2017 제8회

젊은작가상 수상작품집

2017 제8회

젊은작가상 수상작품집

문학동네

| 차례 |

대상

—

임현

고두(叩頭)

작가노트 두고두고 애매한 것들과

해설 노태훈 사과할 수 없다는 사과

임현
2014년 『현대문학』 신인추천에 단편소설 「그 개와 같은 말」이 당선되어 등단. 소설집 『그 개와 같은 말』, 중편소설 『당신과 다른 나』가 있다. 2018년 젊은작가상을 수상했다.

고두(叩頭)

1

오랫동안 전파상을 운영했던 내 아버지는 다리를 절었단다. 군대에서 사고를 당했고 그것으로 유공자가 되었지. 이후로는 생계에 필요한 기술을 배워 종일 앉아서 일했는데 장애인에게 제공되는 혜택을 꼬박꼬박 챙기는 사람이었다. 언젠가는 아버지와 단둘이 기차를 탄 적이 있는데 아마 입석이었을 것이다. 그랬으므로 빈자리를 찾아 여러 번 옮겨 앉아야 했지. 여행을 한 것은 아니고 먼 친척의 조문을 가는 길이었다. 그때 나는 아버지의 당당한 태도가 부끄러웠는데 눈치보지 않고 비켜달라고 할 때까지 버티는 떳떳함이 싫었단다. 정차역에 가까워갈 때마다 통로에서 서성거리며 자주 화장실을 들락거린 것도 다 그런 이유에서였지. 아버지는 산만하다고 내게 화를 내더구나. 체구가 작았으나 목소리가 큰 것도 마음에 들지 않았다. 열차를 내리자마자 승강장에서 담배를 피워무는 것도 그랬다. 불쾌해하는 표정들이 내 눈에는 너무 잘 보이는데도 아버지는 신경쓰지 않더구나. 그리고 나는 그 일을 통해서 아버지가 어떤 사람인가 결론 내릴 수 있었지. 차라리 끝까지 고집을 부리며 일관되게 무례한 태도를 유지했더라면 어땠을까. 그러나 아버지는 당신을 단속하려는 사람 앞에서 몹시 당황해했단다. 담배를 끄지도 태우지도 못하고 어설프게 들고만 있었다. 굽신거리거나 선처를 바라는 것도 아니었다. 대신 지갑을 뒤져 무언가를 급하게 내밀더구나. 나는 오랫동안 아버지를 생각하면 그 장면이 함께 떠올라 불편했단다. 화가 나기도 하고 민망하거나 어딘가 슬퍼지기도 해서 무어라 단정짓기 어려운 상태가 되었다. 왜 아버지는 그때 그런 걸 내밀었을까. 왜 하필 국가유공자증이었을까. 무얼 기대한 걸까. 어쩌면 그걸 당연하게 여기며 살아왔을지도 모른다. 그런 걸 가진 사람이라면 작은 잘못쯤 용서받을 수 있다고, 그게 이유가 될 수 있다고 믿은 거겠지.

그런 사람으로 나는 살고 싶지 않았단다. 부끄러움이라고는 전혀 없는 사람이 되고 싶지 않았지. 그러나 그것은 내가 보다 선량한 인간이라서가 아니다. 다만 아버지가 모르는 걸 내가 알았을 뿐. 그렇게 사는 것보다 그렇지 않은 쪽이 더 이익이 된다는 걸 말이다. 모든 이타적인 행동에는 이기적인 의도가 숨어 있단다. 선물을 준다는 것은 돌려받을 대가를 바라서이고 남을 위한 칭찬은 곧 나의 평판으로 이어져서 훗날을 도모하는 밑거름이 되지. 알아듣겠니? 지금 당장의 손해처럼 보이는 행동들이 나중의 이익을 담보하게 된단다. 손해 아니라 투자. 선물 아니라 거래.

십오 년 가까운 교직생활 동안 매해 첫 시간 학생들에게 강조하는 것도 바로 이 점이란다. 마땅히 지켜야 할 것을 지켜라, 그것이 너희에게 더 이로운 쪽이다. 지금 무슨 생각을 하고 있니? 아마 내 말에 토를 달고 싶은 거겠지. 다른 사례를 들어서 내가 틀렸다고 말하고 싶겠지. 좋아, 좋은 자세야. 의심을 해라. 결국 내가 말하고 싶은 것도 바로 그 점이니까. 인간은 본래 이기적이고 그러므로 노력해야 한단다. 자신의 행동을 돌아보고 끊임없이 반성해야 하지. 의지를 가지고 아주 의식적으로 행동하지 않으면 그냥 생긴 대로 살게 되거든. 그런데도 사람들은 그게 나쁘다는 걸 몰라. 자기가 얼마나 이기적인지도 모르고, 어쩐지 좋은 쪽에만 서 있다고 착각하거든. 너도 들어보지 않았니? 재개발로 인해 보상받지 못한 세입자라든가, 장애인 시설을 들이지 않겠다고 시위하는 지역 주민 이야기 같은 거. 모른다고? 그런 일이라면 전혀 관심이 없다고? 그것도 좋은 예가 될 수 있겠구나. 남의 불행에 왜 관심을 갖지 않는 거겠니? 봐라, 네가 이렇게 이기적이다.

오해하지 말아라. 너를 꾸짖으려는 의도에서 하는 말이 아니니까. 나라는 인간도 마찬가지거든. 한번은 새벽 무렵에 학부모에게서 전화를 받은 적이 있었다. 아이가 사고를 당했다고 하더구나. 상태가 심각했지. 울먹이는 목소리를 위로하면서도 어느 순간에 이르자 이번 중간고사가 걱정되기 시작하더구나. 하필 전교 학생회장이, 그것도 우리 반에서 성적이 가장 우수한 학생이었는데, 의식이 없다고 했다. 그것으로 깎이게 될 반 평균이 아까웠다. 괜히 내기는 해가지고, 옆 반 담임만 좋은 일이라고 생각했지. 그 학생이 염려되지 않은 것은 아니었으나 전화를 끊고도 내가 한참을 잠들지 못했던 건 아무래도 그게 가장 큰 이유였다. 뭐라고 했니? 역겹다고 그랬니? 여전히 이해하지 못하는 것 같구나. 인간이란 본래부터 다들 이기적인 거거든. 너에게 그걸 알려주고 싶었단다.

2

누군가 내 말에 이의를 제기한 적도 있었다. 여전히 나는 학생들에게 윤리 과목을 가르치고 있고 그때는 공립 여자고등학교로 첫 임용이 되었을 무렵이었다. 유복한 가정에서 자라 아무것도 모르는 여학생이었다. 매달 부모와 함께 장애인 복지재단에서 봉사를 하고 해마다 일정한 금액의 기부를 한다고 했다. 지난주에는 지하철에서 구걸하는 노인에게 가지고 있던 용돈을 모두 털어주었다고도 했다. 그러나 그것은 어떠한 보상을 원해서가 아니고 순전히 선의에서 비롯된 것이며 우리 모두에겐 그런 부분이 있지 않냐고 묻더구나. 되바라진 기색이라고는 전혀 없었단다. 오히려 이 문제의 핵심에 잘 다가선 질문이었다. 선한 사람이 가진 무지 같은 것. 그런데도 자기만 옳다고 믿는 무서운 확신 같은 것.

당시의 나는 젊고 의욕적인 교사였으나 노련하지 못했단다. 듣기에 따라 기분이 나쁠 수도 있는 말들을 어떻게 설명해야 할지 몰랐다. 세상에 온전한 자선 같은 건 없고 만약 생계에 영향을 미칠 정도라면 너도 그 노인에게 베풀지 못했을 것이며 그렇다고 봉사나 기부가 잘못된 행동이라는 의미는 아니고 그것은 훌륭한 일이지만 다만 요점은 그게 결국 자기 자신을 위한 행동이라는 걸, 어떻게 설명할 수 있을까. 물론 요즘이라면 조금의 유머러스한 태도와 가벼운 사례를 더해 능숙하게 넘길 만한 일이었겠지.

"그러는 게 졸라 멋있어 보이는 줄 아는 거야."

나를 대신해 그렇게 말한 것은 줄곧 무료한 표정을 짓고 있던 그 학생의 짝이었다. 누군가 웃었고 여럿이 따라 웃기 시작했다. 서둘러 나는 자기만족이라는 단어로 바로잡았다. 자기 행동을 스스로 흡족하게 여기는 마음. 자비를 베푸는 자가 갖게 되는 그 우월한 감정.

"뭐야, 자위 같은 거야?"

다시 한번 그 목소리가 학생들을 웃게 만들었다. 무엇보다 질문한 학생과 그의 부모를 우습게 만들었지. 얼굴이 빨갛게 달아올라 당황해하는 기색이 역력했단다.

그 여학생의 이름은 연주.

나의 수업을 엉망으로 만들어놓은 무례한 아이였다. 교무실로 따로 불러내어 나는 그 학생을 훈계하려 했다. 그런 말을 해서는 안 되는 거라고 타이르는 게 고작이었으나 모든 게 서툴렀던 당시의 내게는 그마저도 곤혹이었지. 어떤 권위도 발휘하지 못했다. 줄곧 다른 곳을 두리번거리던 연주는 어딘가 비스듬한 자세로 내 앞에 서 있었다. 잘못이라고는 하나도 없다는 듯 대단히 지루한 표정을 하고 있었다. 도대체 뭐가 그리 당당한 건가. 조목조목 어떤 게 문제인지 가르쳐야 하나. 그런다고 이 아이가 알아듣기나 할 건가. 그런 생각 때문에 주눅이 든 것은 오히려 내 쪽이었다. 뭐랄까, 나를 만만하게 본다고 생각했다. 갓 부임한 젊은 교사가 되도 않는 선생질을 하고 있는 중이라고. 그게 졸라 멋있는 줄 안다고. 그런 걱정을 하고 있던 차에 연주가 물었다.

"저기요, 이제 가도 돼요?"

나오는 하품을 굳이 참으려고도 하지 않고 혼잣말인 듯 아 좀 피곤하네, 중얼거린 것도 같았다. 뭐가? 뭐가 피곤하다는 걸까? 피곤의 주체가 연주, 연주가 피곤하다는 걸까? '오늘은 연주가 다른 날에 비해 피곤하다'의 피곤, 아니면 내가 피곤하다는 건가? '사람 참 피곤하게 구네' 할 때 그 피곤? 기분이 나빴다. 뭐가 됐든 내 앞에서 할 소리는 아니었으니까.

나는 예의가 없는 인간들을 아주 싫어한단다. 눈치 없는 행동이라든가 절제할 줄 모르는 자유분방함, 어른이 되고 싶지 않다고 말하는 어른, 또 그런 게 자랑인 줄 알고 선언하듯 공개하는 자들이 아주 지겹단다. 내키는 대로 행동하고 언제 어디서든 자기 합리화와 변명을 일삼지. 잘못을 지적해도 반성하지 않으며 도리어 상대방을 꼰대다, 보수적이다, 비하하는 자들 말이다. 반면에 도덕적인 태도를 지키며 산다는 건 몹시 귀찮은 일이다. 하고 싶은 것을 하지 않아야 한다는 것이고 자신의 행동을 매번 반성한다는 것이다. 이기적인 본성을 되도록 숨기며 공동체의 이익을 위해 협조하고 그러지 않을 경우 사회적 보복을 감수하는 것. 그런 최소한의 약속마저 지키지 못한다면 애당초 가까이하지 말아야 할 부류라고 생각한단다. 무엇보다 설득이 되지 않는 존재들이지. 좀처럼 자기 잘못을 인정하지 않거든. '저기요'라니. 어디서 식당 종업원에게나 쓰는 호칭으로 나를 부르는 거냐고 지적한다면 지금 종업원을 비하하는 거냐고 오히려 반격할 만한 족속들이지. 대신 나는 이렇게 말했다.

"그래, 바쁜데 미안하구나."

그게 뭐였겠니?

과연 내가 미안해한 것은 무엇일까. 무얼 사과한 걸까.

너무 멀리 생각하지 말아라. 그것은 단순히 하는 말, 그 이상도 이하도 아니니까. 나는 아무것도 사과하지 않았다. 다만 의도가 있었을 뿐이지. 나는 너와 달리 무례한 인간이 아니다, 자기 잘못을 인정할 줄 알고 도리를 지킨다는 인상을 상대방에게 심어주려는 목적에서였다. 그게 더 근사한 일이라고. 내가 더 멋있다. 무슨 잘못을 진짜 하긴 했는지, 그걸로 미안한 감정을 가졌는지의 여부는 아무 상관 없단다. 핵심은 그런 말을 할 줄 아느냐, 모르느냐뿐이거든. 나는 그걸 아주 중요하게 생각한다. 가식적이라고? 진정성이라든가 진심 같은 말을 나는 전혀 신뢰하지 않는다. 그걸 무엇으로 판단할 수 있겠니? 진짜는 머리를 조아리는 각도, 무릎을 꿇는 자세에서 오는 것들 아니겠니? 너를 때리긴 하지만 사랑하는 마음만은 진심이다, 같은 건 없단다. 호소력 같은 것이 다 무엇이겠니. 그것은 형식 외에 아무것도 아니다. 잘못을 했다면 더 오래 무릎을 꿇고 더 낮게 엎드리는 자세, 그게 가장 필요하단다. 일종의 의무이며 책임지는 자의 태도 같은 것이지. 사랑해서 그랬습니다, 사랑해서 아내를 때리고, 우리 가정을 파탄냈습니다, 같은 건 없어. 사랑을 증명하려 했다면 그러지 말았어야지. 나도 맞고 자랐어요, 폭력 가정에서 나고 자라 그랬습니다, 하는 변명과 뭐가 다르겠니? 둘 중 어느 말이 더 진짜일까. 대답해보렴.

나는 이후로 연주를 주목했단다. 수업중에 그 유복한 여학생을 보는 척, 연주를 보았지. 엎드린 등을, 피로에 잠긴 시선을, 무엇 하나 애쓰지 않는 지루함 같은 것을 보았다. 물론 그 일이 아니었더라도 연주는 눈에 띌 만한 학생이었다. 큰 키에 또래보다 성숙한 체형, 남자 선생들끼리 모여 하는 농담을 여러 번 듣기도 했었다. 대부분은 부도덕한 말이었고 학생을 대상으로 해서는 안 될 소리였단다. 무엇보다 소문이 좋지 않았지. 술집을 드나든다거나 실제로 모텔에서 보았다는 말도 들렸다. 결석이 잦은 이유가 다 그 때문이라고 했다. 오전 수업을 하고 교무실로 돌아온 국어 선생이 연주에게서 술냄새를 맡았다고도 했다. 그래서 내가 물었지.

"어제는 어떻게, 일찍 들어가셨어요?"

"딱 한 잔만 하려던 게, 알잖아."

내 어깨를 툭 치고 의자를 젖힌 그가 다음 수업 전에 깨워달라고 당부했다. 소문들은 대개가 그런 식이었다. 누구의 목격담인지 제대로 알려진 것이 없었지. 정작 그 사람은 무슨 이유로 모텔을 드나들었던 거냐고 아무도 묻지 않았으니까. 떠도는 의혹일 뿐이었고 아무런 악의도 없이 그냥 되는대로 내뱉는 말들이었다.

한번은 그 반의 수업 준비가 전혀 되어 있지 않은 적이 있었다. 어수선했고 닦이지 않은 칠판이 지저분했다. 주번을 부르자 그제야 자고 있던 연주를 누군가 흔들어 깨우더구나. 그랬는데도 서둘러 칠판을 정리한 것은 연주가 아니었단다. 뒷문을 열고 이제 막 휴지통을 비우고 돌아온 그의 짝, 유복한 여학생이었다. 나는 교무실로 둘을 불러 예의 지켜야 할 것들에 대해 설교했단다. 주번으로서의 역할, 공동체와의 약속, 사명감 같은 것. 실은 연주를 설득하고 있는 중이었다. 그때의 나는 아직 젊었고 어딘가 의욕이 넘쳤거든. 아니라면 교사로서 마땅한 의무를 다하고 있던 거겠지. 되도록 다그치지 않았고 감정적인 데라고는 전혀 없었다. 더구나 공평하게 둘을 부른 것은 자칫 자신만을 탓하는 거라고 연주가 오해할까 염려했기 때문이었다. 가르쳐주고 싶었단다. 연주와 관련된 추문의 진위 여부는 내게 중요한 게 아니었거든. 다만 지켜야 할 것을 지켜라, 그것이 너의 평판에 더 긍정적일 거라고 강조하고 싶었다. 문제는 사과하는 쪽이 언제나 먼저 사과한다는 점이란다. 그게 자기 이야기인 줄도 모르는 사람은 언제나 모르지. 둘을 교실로 돌려보내고 잠시 뒤, 나를 찾아와 또 한번 고개를 숙인 것도 그 유복한 여학생이었다.

3

연주에 대한 소문 중 어느 것은 진실이었다. 술집을 드나든다는 것. 분명 주류를 취급하는 식당이었고 그곳에서 주문을 받던 연주가 있었으니까. 평일 저녁시간인데도 단체 손님들로 북적이고 있었다. 그중에는 내가 졸업한 고등학교의 동창들도 있었지. 동태를 주재료로 탕이나 찜을 전문으로 하는 맛집이었는데 홀이 넓고 가족 단위로 오는 손님들도 많았다. 놀이방도 따로 있어서 음란한 장면이라고는 조금도 찾을 수 없는 곳이었다. 나를 알아본 연주가 당황해했단다. 얼큰한 국물을 떠먹으면서도 나는 줄곧 연주 쪽을 흘끔거렸다. 어디선가 저기요, 라고 부르면 연주가 달려갔다. 밑반찬을 채워줄 것을 요구하며 아가씨, 하고 부르는 동창의 입을 틀어막고 싶었다. 또래에 비해 성숙한 아이였으니까. 그렇다고 그런 호칭 어디에 불순한 구석이 있었겠니. 그것은 아무런 의미도 없고 예사롭게 쓰이는 보통명사일 뿐인데. 오랜만에 만난 친구들의 안부 같은 건 이미 안중에도 없었다. 어느 순간이 지나자 사람들이 빠져나가기 시작했고 우리 모임도 거의 파장에 가까워졌는데 연주만큼은 테이블을 닦고 쓰레기봉투를 내놓은 뒤에도 여전히 분주했단다. 마감시간이 지났다는 주인의 말을 듣고서야 나는 자리에서 일어섰다. 그러고도 한참이 지나서야 연주가 나오더구나.

우리는 꽤 오래 아무 말 없이 걸었단다. 분명 선생으로서 내가 해야 할 것이 있었을 텐데 뭘 해야 할지 몰랐다. 대신 연주를 바래다주는 길에 내가 주목했던 것들이란 고작 골목이 좁다는 것과 길고양이가 많다는 것, '이곳에 쓰레기를 버리지 마시오'라고 적힌 경고문 아래 항상 무언가 버려져 있다는 것이었다. 밤바람에 시큼한 하수구 냄새가 났고 멀리서 오토바이 지나가는 소리가 들렸다. 어느 순간 내가 물었지. 힘들지 않냐고. 이런 곳에 사는 것과 이런 곳에서 일하는 것, 그러면서도 학교를 다니며 그런 대우를 받는 것 등등. 연주는 담담해 보였다. 익숙해 보였다고 하는 게 맞을까. 뺨을 맞은 적도 있다고 말하는 표정이 차분했다. 예약을 해두었으나 일행 없이 혼자 기다리던 여자가 한참 뒤 그냥 나가려고 했다는 것이다. 카운터를 보던 사장이 난감해하더라고.

"테이블에 이미 차려둔 것들은 다 어떡하냐고 하는데도 자기 말만 하는 거예요. 다른 일행이 먼저 다른 곳을 예약했고 모두들 거기가 있다고. 나중에는 물 한 컵, 콩나물 한 젓가락에도 돈을 받겠다는 거냐며 소리를 질렀어요. 그러다가 갑자기 나를 때려요. 왜 웃냐고, 뒤에서 자길 보고 웃지 않았냐고. 그런데 나는 안 그랬거든요."

무엇보다 연주는 사장에게 가장 서운했다고 했다. 손님이 나가자 차가운 물수건을 들고 왔는데 그걸 뜨거워진 연주의 뺨에 대고는 우는 연주를 달랬다고 하더구나.

"사람을 때린 건 잘못이지만 그 여자 입장에서도 억울할 수 있다는 거예요. 정확히 그걸 뭐라 표현하면 좋을지 모르겠는데 어딘가 나를 설득하고 싶어했어요. 언제든 우리도 그 여자가 될 수 있다고, 사정이 생겨서 아쉬운 소리를 해야 할 때가 있을 것이고, 그걸 보고 누가 웃는다면 기분이 나쁠 것이다, 그게 뺨을 때려도 된다는 건 아니고 너나 나나 때릴 사람은 아니겠지만 기분은 나쁠 거야. 그런 소리를 하는 거예요. 내 편은 하나도 들지 않고 그 여자 입장에서 그럴 수 있다고요. 무엇보다 이 상황이 모두 나 때문이라고 여기는 듯했어요. 그런데 나는 그러지 않았거든요. 그래서 억울하다, 하는데도 자꾸 나를 설득하더라구요."

연주는 그게 아주 서러웠다고 했다. 아버지가 돌아가시고 어머니가 가출한 뒤 유일하게 부모처럼 의지하던 사람이었다. 그랬으므로 온전히 혼자 된 기분이었다고 말하는 표정이 여전히 차분했다. 그게 연주를 제법 어른스러워 보이게 했다. 벽과 벽 사이가 좁은 골목에 이르러서야 연주는 새시 문을 따고 들어갔단다. 곧이어 불투명한 유리 밖으로 노랗게 뭉개진 빛이 새어나왔다. 그때의 내 감정을 뭐라 설명할 수 있을까. 남자 선생들끼리 모여 하는 지저분한 농담에 내가 적극적으로 동참했던 것은 아니었다. 그런데도 그걸 들으며 웃던 내가 떠오르더구나. 연주에게 미안했다. 학생을 두고 그런 소리를 하지 말라고 대들지 못한 내가 부끄러웠지. 분위기를 망친다고 생각했으니까. 건방지게 이제 막 들어온 신입이, 아무것도 모르는 초짜가, 그게 멋있는 줄 안다고. 무엇보다 내 아버지가 떠올랐다. 나는 정말 그렇게 살고 싶지 않았거든. 그러나 그때만큼은 그런 사람이 되어버린 기분이었단다. 부끄러움도 없이 그런 게 이유가 될 수 있을 거라고 믿어왔던 것이다.

모든 일에 항상 의구심을 가져야 한단다. 당연한 것을 당연하게 보지 말아라. 나쁜 것은 나쁘고 우리는 올바르다, 그런 확고하고 안정된 자세, 양팔저울 같은 거. 평형을 유지하려고 애쓰는 게 아니라 어느 한쪽으로 완전히 기울어버린 상태, 더이상 흔들리지도 않고 다른 쪽으로 다시 기울어질 가능성도 보이지 않는 바로 그 상태. 자기가 그런 지경에 있다는 걸 도무지 인정할 줄 몰라. 그러면서 맞는다고만 하는 거야. 그냥 다 안다고, 알 수 있는 거라고. 몰라? 어떻게 그걸 몰라? 오히려 상대를 부도덕한 사람으로 취급하는 것들. 그것이야말로 윤리적인 삶에서 가장 경계해야 할 적이란다.

그런데 왜 그런 눈으로 나를 보는 것이냐?

뭘 묻고 싶은 거니?

그래서.

잤냐고?

그렇게 묻는다면 나도 그렇게 대답할 것이다.

어쩔 수 없었단다.

4

나를 위선자라고 욕하고 싶겠지. 그러나 나는 결코 그런 사람이 아니란다. 미성년자의 몸이나 탐할 만큼 성욕을 억제하지 못하는 파렴치한이 내가 아니라는 말이다. 무엇보다 그런 일을 나는 원하지 않았다. 이후에도 여전히 연주에 대한 잘못된 소문들은 무성하게 자라고 농담들이 계속되는데도 당신들이 뭘 아느냐고 나는 화내지 못했단다. 연주가 그것을 원하지 않았으니까.

"그런 건 내가 어떻게 할 수 있는 게 아닌걸요. 오히려 확신만 심어줄 뿐이에요."

어차피 자기는 늘 혼자라고, 세상의 소문 같은 거 별로 신경쓰지 않는다고 말하는 이 염세적인 학생의 비밀을 나는 지켜주기로 했다. 그게 우리를 남다른 관계로 만들어주었지. 연주는 점점 달라지고 있었다. 노력하기 시작했거든. 식당에서처럼 학교에서도 무언가 열심히 하기 시작했단다. 전과 달리 내 시간에 졸음을 참으려 했고 더이상 나를 우습게 보지도 않았다. 또 나는 시간이 될 때마다 식당에 들러 연주를 바래다주고는 했다. 혼자가 아니라 둘이 함께 걷는 법을 알려주고 싶었다. 늦은 밤이었고 교사로서 어려운 학생을 위한 당연한 도리였으니까. 잘못이 있다면 그런 일이 생길 거라는 걸 전혀 의심하지 못했다는 것이다.

그날도 평소와 다름없는 날이라고만 생각했단다. 그러나 바래다주는 길에 연주가 손을 잡았고 입을 맞췄고 내가 그것을 매몰차게 떼어냈다. 무슨 짓이냐고 화를 내기도 했다. 모욕당한 기분이었다. 도대체 이 아이는 나를 어떻게 보고 있던 걸까. 혹시 여전히 나를 만만하게 보는 게 아닌가. 얼마나 얕잡아 봤으면 그래도 된다고 생각한 걸까. 문제는 우리가 걷던 그 골목에는 모텔이 많았다는 것이다. 가까운 곳에 술집이 늘어서 있었고 무엇보다 마주치지 말아야 할 사람이 있었다.

"어, 윤리? 윤리 김선생?"

나를 알아보고 누군가 비틀거리며 다가왔다. 그러고는 다시 물었다.

"거기서 뭐해요? 아니, 우리 반 학생이랑 거기서 뭐하는 겁니까? 너는 여기 왜 있는 거냐?"

"학생지도중입니다."

다급하게 내가 변명했다. 그 짧은 순간 어디서 그런 말이 떠올랐을까. 어떻게 그런 순발력이 생긴 건지 모르겠구나. 그러고는 곧바로 연주 쪽을 돌아보았지. 두려웠거든. 연주의 담임에게 이 상황을 어떻게 설명해야 좋을까. 선생이 학생과. 그것도 윤리가. 소문의 대상이 내가 될 수 있다고 생각하니 암담했단다. 지켜야 할 것을 지켜라, 하던 윤리 선생이 그랬다고 하면 재밌어들 할 거야. 금세 퍼지겠지? 별로 어렵지 않을 테니까. 갖가지 가능성들이 떠올랐단다. 연주가 아니라고 한다면? 우리가 손을 잡았고 입도 맞췄고 그래 뭐, 거기까지는 사실이니까. 나도 솔직하게 아니라고 하면 돼, 아니라고, 나는 그러고 싶지 않았는데 이 학생이 갑자기 달려들더라고. 그러나 연주가 무언가를 덧붙인다면? 억지로 끌려왔어요. 거짓말을 지어낸다면? 믿겠지? 믿을 거야. 누구 말을 믿을까. 그러나 연주는 그러지 않았다. 대신 고개를 숙이고 정말이지 무슨 큰 잘못을 저지른 사람처럼 보였단다. 과연 훌륭한 자세였지. 내가 오랫동안 연주에게 가르치고 싶었던 그 자세 말이다. 누구도 의심하지 못할 만큼 잘 짜인 완벽한 형식. 술에 취한 연주의 담임이 뺨을 후려쳤단다. 아무것도 모르면서 그 자세만을 보고 잘못이 있을 거라고 믿어버렸던 것이지. 아, 그게 나를 참을 수 없이 부끄럽게 만들었다.

그러니까.

그래서.

잔 거냐고?

너는 왜 자꾸 그렇게만 묻는 것이냐?

그러나 묻는다면 나도 대답할 것이다.

내가 바란 게 아니었다.

때리는 담임을 말리고 택시에 태워 보내며 뒤처리를 부탁받았다. 그리고 그 좁은 길목들을 따라, 버리지 말라는데 자꾸 버리는 몰지각한 동네를 지나 문을 열고 연주와 함께 들어갔단다. 그러고는 무릎을 꿇었지. 그 어린애 앞에서 고개를 숙이고 용서를 구했던 것이다.

"괜찮아요."

담담한 목소리를 들으니 더 부끄러워지더구나. 그리고 울었지. 아니 나 말고 연주. 연주가 몹시 서럽게 울었어. 정말 혼자가 된 것 같았을 거야. 그러니까 다시 내 손을 잡고 입을 맞추고 결국 사랑한다고 고백했던 거겠지. 그걸 감히 내가 어떻게 거부할 수 있었겠니? 나로서는 전혀 원하지 않는 일이었지만 사람이 어떻게 그럴 수 있어? 너무 잔인하다고 생각하지 않니? 그 순간 내가 느낀 것은 성욕 아니고 치욕, 욕정 아니라 수치심과 모멸감이었다. 그때 그냥 더 단호하게 내쳐야 했을까. 복잡했지. 온전히 혼자 된 기분이었다고, 내게 그런 고백을 하는 연주에게 정말 혼자가 되어버리라고 더 냉정하게 말했어야 했니? 그것은 온전히 연주를 위한 선택이었고 죄를 지은 자의 책임감 같은 것이었단다. 아니라고? 아니야? 지금 닥치라고 그랬니? 그럼 이렇게 말하는 건 어떠니? 그때는 무서웠단다. 나를 용서하는 연주가 무서웠어. 나중에라도 뭘 말하게 될지 나는 진짜 무서웠다.

다음날, 연주는 학교에 나타나지 않았다. 한 주가 지나고 한 달이 되도록 모습을 보이지 않았다. 그렇다고 직접 찾아가볼 엄두는 전혀 나지 않더구나. 후회하고 있었다. 그러지 말았어야 했는데 그래버렸다고, 연주에게도 그건 좋지 않은 일이었다고 반성하며 자책했던 것이다. 자격이 없었다. 그랬으므로 오랜 고민 끝에 그만두기로 마음먹었다. 선생으로서 지킬 것을 지키지 못했으니 그만두자. 모든 걸 사실대로 말하고 다 그만두자. 연주는 그런 학생이 아니라고 변호하자. 그런데 내가? 그런 학생으로 지목한 건 다름아닌 바로 나. 어떻게 내가? 질문을 받을 텐데. 그러면 그땐 왜 그렇게 말했냐고 진짜는 뭘 지도하고 있던 거냐고 물으면 뭐라 말해야 하나. 그때는 또 그럴 만한 사정이 있었고 연주에게도 들키고 싶지 않은 비밀이 있을 것인데 진짜는 사정이 딱한 학생이고 술을 팔기는 하지만 일반 음식점이라고, 동태탕이 유명한 맛집인데 당신들도 그런 거 먹잖아. 그게 부끄러운 건 아니잖아. 고민 끝에 그렇게 말했으나 아무도 믿어주지 않았다. 무엇보다 연주가 없는 학교에서는 이미 더 많은 소문들이 불어나 있었다. 식당에서 일을 하긴 하는데 따로 술집도 드나든다고 했다. 부모가 없어 모텔에 다니는 아이를 아무도 훈계하지 않은 거라고도 했다. 오히려 확신만 심어줄 거라는 연주의 예상대로 나의 고백이 도리어 소문을 부풀린 꼴이었단다. 그러나 거기에 나와 관계된 것은 하나도 없었지. 연주의 담임이 나를 타이르더구나. 안다고, 자기도 그런 시절이 있었다고. 너무 애쓰지 말라고. 그랬으므로 애쓰지 않았다. 아무도 믿지 않는데 내가 뭘 반성할 수 있었겠니. 무릎을 꿇었는데 아무도 보지 않는다면 그게 다 무슨 의미냐. 이상하지 않니? 그렇게 두렵던 연주가 전혀 겁나지 않았거든.

나를 비난하고 싶겠지. 비열하고 졸렬한 인간이라고 욕하며 세상에 진실을 밝히겠다고 정의로운 척 떠들어대고 싶은 거 아니니? 그런데 다들 그래. 다들 그러고 사는 거거든. 들키지 않을 만한 허물은 별로 부끄러워하지 않거든. 그러면서도 정작 자기가 어디에 속해 있는지는 몰라. 그러니까 아무나 쉽게 비난하고 혐오하고 그게 정의인 줄 아는 거지. 정치인을 혐오하고 가정폭력범과 강간범을 혐오하고 남성과 여성이 서로를 혐오하는 게 정의라고 생각하는 거야. 인터넷에 올리고 퍼뜨리고 그걸로 무언가 바로잡는 줄 알아. 그러면서도 정작 그게 자기 모습이라고는 한 번도 생각하지 않거든. 소위 사회 지도층이라거나 고학력자라는 사람들이 왜 그런 짓을 하는 거겠니. 키보드 앞에 앉아서 뭐에 그리 화가 나 있는 거냐고. 그게 다 도덕이고 정의이고 올바른 세계라고 믿는 거거든. 삐뚤어진 세상을 바로잡는 일에 지금 내가 참여하고 있다고. 더구나 적극적인 혐오를 통해 자기는 그런 세계에 속하지 않는다는 걸 확인받고 싶어하거든. 진짜를 말하자면 누구든 그럴 수 있다는 것이다. 그런데 그걸 모른다는 거야. 인간이란 본래 이기적인 존재고 그러므로 부단히 경계해야 하는데도 부도덕하고 불의한 세계가 따로 존재하는 줄로만 알아. 그런 세계에 사는 자들의 전형이 있고 그것은 자기와 다르며 그러므로 그래서 그랬을 거라고 상상하는 거야. 여전히 어려워하는구나. 너라면 다를 줄 아는 거겠지. 그러나 네가 다른 게 아니란다. 다만 그런 상황이 너에게 없었을 뿐. 아니라고? 너는 계속 아니야? 그런데 지금 여기가 어디냐? 뭐가 그리 깨끗해서 너는 여기에 있는 것이냐? 실수라고 했니? 그 일은 사고였다고? 봐라, 말하는 것이 꼭 나를 닮았구나.

5

한동안 보이지 않던 연주가 다시 나타난 것은 방학이 다가올 무렵이었다. 이미 결석일수가 꽤 누적되어 퇴학이 처리된 후였다. 그런 연주가 교무실에 들어섰을 때 모두가 놀랐단다. 무엇보다 이쪽을 향해 성큼성큼 다가오는 그 걸음이 나를 놀라게 했다. 무슨 말을 할지 모르기 때문이었다. 복수심에 진실을 밝히겠다고 떠들어대면 어쩌나. 그걸 도대체 누가 믿는다고. 그러나 정작 연주는 전혀 예상치 못한 말을 꺼내놓더구나. 미안한 마음에 차마 너 일찍 오지 못했다고, 아무래도 내게 부담을 준 것 같다고.

"사랑했어요."

담담하게.

당황스러웠지. 보는 눈이 많고 학생들도 있었고 진학상담을 하던 학부모들이 뭐라고? 뭘 했다는 거야? 사랑했대요, 수군거리는 목소리도 들리더구나. 그랬으므로,

뭐.

뭐?

그래, 뭐.

그래서, 뭐.

뭐, 씨발.

나보고 뭐 어쩌라고.

"죄송합니다. 선생님을 사랑하는 건 아무래도 잘못이니까."

고개를 숙이는 연주가 무서웠단다. 존나 무서웠어. 무릎을 꿇으니까 더 무서웠다. 그 완벽한 사과의 자세가 무엇을 뜻하는 거겠니. 그게 더 우월해지는 거라고 누가 가르쳤는데. 연주를 따로 불러서 미안하다, 아무것도 미안하지 않은데 미안하다고 말하면서 그게 더 멋스러운 거라고 바로 내가 가르쳤는데 그걸 연주가 진짜 잘하고 있더구나. 누가 봐도 훌륭했으므로 나는 무서웠단다. 아무리 봐도 진짜 사랑하는 것 같잖아. 그런 건 내가 어떻게 용서할 수 있는 것도 아니잖아. 사랑한다는데. 무엇보다 연주의 부른 배가 무서웠다. 그걸 남들도 다 주목하고 있어서 사랑했다잖아요, 사랑. 섹스 아니라 사랑. 머쓱하게 다시 강조해야 했을까. 진실을 밝히고 싶었다. 실수예요. 그냥 사고였다고요. 이 학생이 너무 딱해 보여서 한 번, 진짜 딱 한 번 잤는데 아, 일이 이렇게 커졌네. 커질 일이 아닌데 이렇게 된 거예요. 수학 선생님, 이 학생 상황이 진짜 안 좋다니까요. 국어 선생님, 사정을 들어보면 너도 얘랑 잘걸? 딸 같은 이 학생이 교감 선생님은 불쌍하지도 않아요? 어떻게 안 잘 수 있어. 진짜 그럴 수 있어요? 사람들이 어떻게 다들 그래요? 자기 생각만 하고 도움이 필요하다는데 어떻게 모른 척할 수 있냐고요. 아무도 돌보지 않을 때 연주를 보살핀 건 나라고. 내가 함께 걸었다고. 외롭다고 해서 그 밤길을 바래다준 게 다 나라고. 그때 당신들은 뭐했는데? 씨발, 뒤에서 문란한 소리만 해대고 더러워, 진짜 더러워. 그런 새끼들이 왜 나를 더 더럽게 봅니까.

그러나 나는 아무 말도 하지 못했단다. 그 상황에서 무얼 더 말할 수 있었겠니. 이미 웅성거리기 시작했고 거기에 확신만을 더해줄 뿐인데. 진정성이란 게 존재한다고 믿는 사람들은 그것으로부터 실체를 찾으려 할 테지만 그러나 그것은 형식 외에 아무것도 아니었단다. 왜 함부로 내게 미안해하는 것이냐. 나는 그런 사과를 받고 싶지도 않고 무얼 용서해야 할지도 모르는데. 나쁜 의도, 나를 몰락시키려는 의지만 있었을 뿐이다. 내 학생이었다. 그걸 내가 가르쳤거든. 나를 사랑한 배덕한 학생.

결국 나는 그 학교를 떠나야 했다. 징계를 받은 것은 아니었단다. 무엇으로? 학생이 가만 사랑하게 됐다고? 아무런 증거가 없었지. 게다가 사과를 받은 쪽은 나였다. 피해자가 나라고. 모두가 그걸 보지 않았니. 다만 연주가 떠나간 학교에는 이상한 시선만 남았단다. 어딘가 내 눈치를 보기 시작했고 정답게 도란거리다가 일순간 멈춰버렸지. 그런 자리라면 절대 끼워주지 않는데도 나는 그게 무엇인지 단박에 알겠더구나. 혼자가 된 기분이었다. 안 잤어요. 섹스고 사랑이고 나는 진짜 하나도 안 했어. 아무도 묻지 않는데 거기에 대고 변명할 수는 없는 거 아니겠니. 그랬으므로 그렇게 쳐다보도록 나도 보고만 있었단다. 그렇게 되더구나. 떠나던 날, 유복했던 그 여학생만이 나를 배웅해주었다. 모두가 애써 모르는 척하는데도 복도에서 마주치자 허리를 숙였단다. 안녕히 가시라고, 고생하셨다고.

고마웠지. 악수를 하고 싶었다. 그애가 그러더구나.

"손 치워, 이 개새끼야."

떨리는 목소리로. 끝까지 예의가 바른 학생이었지.

"아, 죄송해요. 부모님께서 위급할 때 그러라고…… 그래도 된다고, 그런데 제발 손 좀 치워주세요."

연주.

그 이름을 나는 오랫동안 잊고 살았다. 되도록 기억하고 싶지 않았지. 내게는 아주 위험한 시기였으니까. 식당에는 더이상 나오지 않는다고 했다. 골목이 좁은 그 동네에서도 보이지 않았다. 늦은 밤 얇은 새시 문을 두드리는 내게 낯선 중국인이 무슨 일이냐고 묻더구나. 그러고도 오랫동안 그 골목 어딘가에 주저앉아 나는 연주를 기다렸단다. 여름이었고 악취는 더욱 심했으며 날벌레가 많았다. '이곳에 쓰레기를 버리지 마시오'라고 적힌 경고문 아래였을 것이다. 팔을 휘두르면 손바닥 안에 무언가 잡힌 것 같은데 펼쳐보면 아무것도 없었다. 그런데도 거기에 자꾸 뭔가 있을 것 같더구나. 진짜 있다면 없기를 바랐단다. 실은 처음부터 없었던 게 아닐까. 그러니까 연주의 부른 배…… 그게 사람이라고 어떻게 단정지을 수 있나. 더구나 내 아이라고? 아니기를 바랐단다. 그러나 애당초 그런 건 중요한 게 아니었지. 모두가 그렇다고 믿었고 잘 들어맞는 아귀가 있었을 뿐이다. 다만 나는 묻고 싶었단다. 사랑한다면서 왜 나를 망치려는 거냐고. 정말 낳을 거냐? 연주를 만나서 그러면 그러지 말라고 설득하고 싶었다. 사랑한다면서? 그렇다면 그걸 보여달라고. 그러나 어디에도 연주는 없었다.

소문을 피해 지금의 사립학교에 자리를 잡기까지 제법 오랜 시간이 걸렸다. 연고가 없는 먼 지역이었다. 그런데도 나는 언제 어디서 연주가 다시 나타나 사과할지 모른다는 불안감에 시달렸단다. 전화가 울리면 끊어질 때까지 기다렸다. 집 앞 골목에서 누군가 부르는 소리에 서둘러 달아났지. 낯선 사람을 경계하며 되도록 집밖으로 나가려 하지 않았다. 그러나 그런 일은 없었고 언제부턴가 노래를 흥얼거리는 내가 있더구나. 아주 잊은 것은 아니었지. 언젠가 나를 짝사랑한 여학생도 있었다고 아내에게 농담한 적이 있으니까. 믿지 않더구나. 진짜 농담으로 여기는 그 가벼움이 나는 좋았다.

6

이곳에 오기 전에 나는 유족들을 먼저 만나고 왔단다. 그렇지, 내가 가르치던 우리 반의 전교 학생회장, 반 평균을 높여주던 그 아이. 그애의 아버지가 내 손을 붙잡고 고맙다고 하더구나. 고생이 많았다고, 덕분에 장례를 잘 치를 수 있었다고. 퇴근길에 나는 매일같이 그곳에 들러 내 학생을 간호했단다. 진심으로 그애가 깨어나길 바랐다. 병동의 모든 사람들이 그것을 알아챌 수 있었지. 절대 남에게 해를 끼칠 만한 아이가 아니었다. 불량한 녀석들과 시비가 붙었고 누군가 그애를 밀쳐 계단을 굴렀는데 분명 악의가 있던 거라고 부모는 믿고 있었단다. 호스와 전선들이 환자의 몸 여기저기에 매달려 있었다. 의식이 없어서 그중 하나를 식도와 직접 연결해 영양분을 흘려보내주어야만 했지. 하루에 세 번씩 간호사가 다녀가고, 회진을 돌던 의사는 형식적으로 차트를 넘겨보더니 별다른 지시 없이 다른 환자 쪽을 돌아보더구나. 그들은 기적이 어떤 건지도 모르는 사람들이란다. 자기들 소관 밖의 일일랑 상관없는 체하지. 석 달 동안 아무런 차도가 없는 그 아이의 손마디를 주무르고 가래를 빼내고 말을 걸었던 것은 나와 그 아이의 부모였다.

"뭐라고? 방금 무슨 말을 하지 않았니? 얘야, 다시 한번 말해보렴."

부모가 나를 말리더구나. 눈물을 닦을 생각도 않고 나를 끌어안아주더구나.

내가 어떤 인간인지 그들이 전혀 알지 못하기 때문이었다. 나 역시 너를 바로 알아본 것은 아니었단다. 그러나 네 엄마만큼은 분명 낯이 익었다. 병원 로비에 버젓이 서 있던 그 여자. 하마터면 그대로 달려가 머리채를 휘어잡을 뻔했지. 몰려든 사람들 앞에서 할 수 있는 가장 더러운 말로 욕보일 수도 있었다. 십수 년 만에 도대체 무슨 이유로 다시 나타난 것일까? 지금에 와서 뭘 더 바랄 게 있다고. 그러나 그 여자는 내가 자신을 지켜보고 있는 걸 모르고 있더구나. 아니, 나라는 존재는 벌써 까마득히 잊어버렸는지도 모르지. 한눈에도 무거워 보이는 외투를 목까지 채워 둔해 보였다. 그리고 나를 대신해 상대한 것은 아이의 부모였다. 무례하고 파렴치한 태도에 나만큼이나 치를 떨고 있었다. 어딘가 비어 있는 시선. 정작 자신은 이 사건과 무관하다는 듯이, 아니라면 모든 것을 인정하고 체념한다는 듯이 태연해 보였다. 하지만 그 자세만큼은 여전히 완벽하더구나. 무릎을 꿇고 바닥에 머리를 조아렸다. 아이의 엄마가 참지 못하고 후려쳤다. 자식을 잃을 뻔한, 아니 결과적으로 잃어버린 부모로서 당연한 태도였다. 네 엄마가 말했다.

"죄송합니다, 하지만 그건 사고였어요."

그 말에 아이의 부모는 더 미친듯이 날뛰었다.

"사고라고? 우리 애를 이 지경으로 만들어놓고 어디서 그따위 소리를 지껄이고 있는 거야!"

세 번, 네 번 뺨을 휘갈기는 소리가 병동을 울렸다. 경비들이 달려와 상황을 진정시키는데도 소란은 좀처럼 그치지 않더구나.

나는 그 여자가 알지 못하도록 뒤를 쫓았단다. 노선이 복잡한 버스를 타고 골목이 겹겹이 쌓인 거리를 지나 길고양이들이 함부로 튀어나오는 시간에야 도착한 그곳에는 오래전 연주가 살던 그런 집들이 모여 있었다. 그만큼 비슷해 보였지. 시큼한 냄새가 길마다 배어 있고 가까운 곳에서 경적 소리가 들려왔다. 벽과 문 사이 마주보는 폭이 좁은 골목에서 그 여자가 얇은 문을 따고 들어가더니 곧이어 불투명한 유리 밖으로 노랗게 뭉개진 빛이 새어나왔다. 가벼운 문 뒤에 자리잡고 있을 광경을 상상했단다. 선반 위에 아무렇게 쌓인 가재도구들과 버려도 딱히 문제될 것 없는 잡동사니들로 채워진 방. 불이 잘 붙지 않는 가스레인지에서는 매캐한 냄새가 풍기겠지. 난방비를 아낀답시고 전기장판을 틀고 두꺼운 이불 속에 들어간 네 엄마가 있을 거고. 그 속에서 너와 함께 잠을 자고 여태껏 견더왔던 것 아니니? 얼마나 오랫동안 그곳에 서 있었는지 모른다. 뻣뻣해진 발목이 욱신댔고 무릎이 시큰거렸다. 벽 너머에서 울음소리가 번지더구나. 그런 것조차 가리지 못할 만큼 얇은 집에서 네가 자라왔던 거겠지.

그래서.

그게 진짜 연주였냐고?

뭘 믿고 싶은데?

너는 지금 내가 네 아버지냐고 묻는 것이냐?

네 인생을 망친 게 모두 내 탓이라고 생각하는 거겠지. 그러고 싶은 것 아니니? 너는 버림받았고 그게 지금 불행의 가장 큰 이유라고 믿는 거겠지. 그렇지 않았다면 아무래도 평범한 삶이 되었을 거라고, 그게 다 내 책임이라고 생각하는 것 아니니? 그러나 나는 차마 문을 두드리지 못했단다. 그 여자를 마주볼 용기가 나지 않았다. 연주가 아닐 수도 있었지. 더구나 그런 불우한 가정이라면 이미 너무 많잖아. 미혼모라든가, 관리가 안 되는 탈선 자녀, 그렇다고 모두 너처럼 자라는 건 아니잖아. 그런데도 너는 그러고 싶은 거겠지. 어딘가 책임지울 만한 곳을 찾는 거 아니니?

그래, 그러라고 내가 여기 왔단다.

너에게 사과하기 위해서. 나도 용서받고 싶어서.

끝내 그 아이가 죽어버려서 나는 걱정되었다. 그것으로 네가 그 아이의 부모에게 용서받을 가능성은 모조리 사라져버린 셈이니까.

대신 너의 딱한 가정환경은 재판 과정에서 도움이 되었다. 네 변호사는 가능한 한 신파가 되지 않는 선에서 너의 불행을 부풀리고 그것이 마치 탈선과 폭력의 정당한 사유라도 되는 양 포장했다고 하더구나. 입건되었던 무리 중 비교적 넉넉한 집안에서 합의를 보았다는 말도 들었다. 그리고 네 엄마 말대로 그 일이 사고였다는 주장이 받아들여져서야, 너와 네 친구들이 보호관찰처분을 당하는 것으로 일단락되었지.

예정일에 맞춰 나는 너를 기다렸다. 내가 있는 도시에서 두 시간가량 떨어져 있을 뿐인데 보이는 풍경 모두 낯설더구나. 그 자체로 도심과 격리된 꼴이었다. 높은 벽으로 둘러싸여 있어서 구치소의 내부는 들여다볼 수 없었다. 유일한 출구 앞에서 아무렇게나 자라나는 잡풀을 뜯어내며 지루한 시간을 견디고 있었다. 거기서 네 엄마나 그 아이의 부모와 마주칠 수도 있었다. 그러나 출감시간이 꽤 지났음에도 너를 비롯해 알 만한 사람은 전혀 나타나지 않더구나. 내가 너무 늦게 도착했는지도 모른다. 아니라면 이곳을 서둘러 벗어나던 무리 중에 너와 네 엄마가 있었는지도 모르지. 버스가 지나다니는 도로를 바라보았다. 그곳까지 이어진 길목은 하나였고 누군가 지나갔다면 보지 못했을 리 만무했다. 그러나 어디에도 너는 없었다. 다만 아무도 찾아가지 않는 사내아이 하나가 거기 오래 남아 있더구나. 반성할 줄 모르는 눈매에 겉멋만 잔뜩 든 애송이. 이 사이로 침을 뱉고 되도록 불량스럽게 보이려고 노력하는 그 아이를 보니 어쩐지 용기가 생기더구나. 그래도 될 것 같았다. 빤히 바라보는 나를 의식하고 어디론가 방향을 잡고 걸어갔다가 곧 다시 돌아와 땅을 차고 흙먼지를 일으켰다. 대상도 없는 상스러운 말들을 바닥에 뱉었다. 내가 그 아이 앞으로 다가갔지. 그리고 나를 똑바로 쳐다보는 잘 마모된 조약돌 같은 머리통을 휘갈기며 말했다.

"너는 네 부모에게 미안하지도 않니?"

차마 너에게 하지 못할 훈계들을 늘어놓았다. 마치 그게 너인 것처럼 아버지 행세를 하려 했단다. 다를 것도 없었지. 누군가는 이 아이의 인생에 책임을 져야 하지 않겠니? 사납게 버둥거리며 고함치는 그 아이의 마른 어깨를 붙잡고 너를 위해 준비한 이야기를 들려주기로 마음먹었단다. 얘야, 내 말 좀 들어보렴. 인간들이란 게 말이다, 원래 다들 이기적이거든. 태생적으로 그래. 처음부터 그냥 그렇게 생겨먹은 거란다.

그게 나라고 뭐 달랐겠니.

| 작가노트 |

두고두고 애매한 것들과

1

그해 겨울은 엄청 추웠다. 써야 할 것을 하나도 쓰지 못해서 또 엄청 불안했는데 억지로 뭔가를 쓰고 돌아가는 길에 억울하고 분한 마음이 들었다. 뭐에 그리 화가 나서는 뭐, 뭐, 나보고 뭐 어쩌라고…… 혼자 중얼거렸다. 새벽에 골목을 걷다가 들을 만한 사람은 하나도 없는데 그랬다.

지하철이나 공원 같은 데에서 그런 사람을 몇 번 본 적이 있었다. 한번은 뭐라고요? 지금 나한테 뭐라고 하지 않았어요? 되물었다가 금세 민망해졌는데 그런 거 하지 마요, 사람 많은 데서 왜 자꾸 혼잣말해요, 헷갈리게 그러지 말라고 따지고 싶었다. 그런데 아까부터 뭐라는 거예요? 그 겨울 내가 아마 그랬던 것 같다. 나도 모르게 자주 중얼거렸다.

화가 났으므로 화가 난 이유를 찾자고 생각했던 것 같다. 부당하고 부정하고 불합리한 것들, 객관적으로 나빠서 함께 비난할 수 있을 만한 것들, 내가 아니라 다른 쪽에서 찾자. 무엇이든 나만 아니면 된다고. 나를 화나게 한 책임이 거기에 있다고. 그런데 그게 다 뭐였나. 그해 겨울 나를 화나게 만든 그 무엇. 뭐였길래 이토록 사람을 옳게 만드나. 내 말은 다 논리적이고 합리적이고 그래서 맞는 소리라고 주장하게 만드나. 반면에 반박하는 말들은 왜 모조리 틀리게만 들렸나. 그러니까 그건 진짜 뭐였을까.

2

나를 무섭게 하는 것 중에 하나는 내가 틀렸다고 확신한 것들이 실은 그게 아닐지도 모른다는 의심, 이 세계가 끝나고 구원받지 못할 거라는 불안 같은 것이다. 예를 들어, 공공장소에서 "도를 아십니까?" 묻는 사람들을 만나면 지금은 몰라도 나중에는 저들이 말하는 게 진짜 맞는 게 아닐까 싶어서 불안해진다. 나만 모르고 모두가 알고 있는 정답이 있는 게 아닐까. 그걸 내가 다 따라가지 못한 게 아닌가.

또 내가 사람들에게 자주 들려주는 목격담 하나가 있는데, 지하철에서 다리를 꼬고 앉은 사람의 종아리를 걷어차는 노인을 보면서 저건 또 어디서 온 권한인가, 공중도덕이라는 신념이 사람을 어떻게 저리도 단단하게 만들 수 있나, 무서웠던 적이 있다. 무엇보다 나도 그랬던 게 아닌가. 누군가에게 내가 저렇게 무서워 보인 적은 없었나.

언젠가 또 어디서 내가 한 말 중에는 귀신은 별로 무섭지 않다는 게 있다. 그런 걸 보게 된다면 엄청난 행운이지 않나. 더이상 불확실하지 않으니까 의심할 필요도 없이 그냥 믿을 수 있는 거 아닌가. 귀신에게 빌면 된다. 그런 세계라면 나는 안심할 수 있다. 그러나 그렇지 않을 거라고. 그러니 불안하다고.

만약 이 세계가 그토록 분명하고 확정적인 것으로만 이루어져 있다면, 그래서 무엇도 의심할 필요 없이 믿는 것을 그대로 믿을 수 있다면, 소설은 세간의 떠도는 말처럼 무용한 것이라고 생각한다. 그러나 여전히 암담하므로, 규명해야 할 의혹들이 아직 산재해 있는 세상이므로, 나를 계속해서 쓰게 해주지 않겠나. 그러므로 우리가 옳다고 믿는 것들이 실은 틀렸더라는 말을 하려는 게 아니다. 다만, 우리가 다투고 대결하고 극복해야 할 대상들도 그것을 알고 있다는 점. 우리가 무엇을 중요하게 여기는지 알고 이용할 거라는 점. 자기 합리화와 변명을 성찰과 참회인 척 교묘하게 속일 수도 있다는 점. 나아가 논리와 합리로 우리의 감각을 무디게 할 거라는 점.

무엇보다 기대만큼 그렇게 단순하지만은 않을 거라는 점.

더불어, 선명하게 나쁜 것을 색출해내는 일만큼 복잡하게 나쁜 것을 감각해야 할 또다른 이유 중 하나는 분명하게 슬픈 사람들 사이에 민감하게 아픈 사람들도 있다는 점. 모호하게 다친 사람에게는 다른 종류의 위로가 필요하다는 점. 아니라면 언젠가 나도 그런 말을 필요로 할 때가 있었고 애매하게 그게 도움이 되었고 모호하게 괜찮아졌던 것인지도.

3

「고두」를 쓰는 동안에는 연희문학창작촌에 입주해 있었다. 퇴실을 하루 앞두고 전해 들은 말로는 내가 묵었던 방이 소문의 그 방이라고 했는데 어쩌면 그때 내가 '그것'을 봤을지도 모른다는 생각이 든다. 의심하지 않았을 뿐. 그러므로 하나도 두렵지 않아서 몰랐던 게 아닐까. 무언가 뒤에 있는 거 같고 돌아보면 없었는데 실은 정말 그런 종류의 것이 있지 않았나, 생각하면 섬뜩해진다. 그러니까 아무래도…… 그것 때문이지 않을까 싶은 것이다. 그렇게 되어버린 게 아닌가.

사과할 수 없다는 사과

노태훈

교무실로 불려온 학생이 "저기요, 이제 가도 돼요?"라고 묻는다. 선생은 "어디서 식당 종업원에게나 쓰는 호칭으로 나를 부르는 거냐고" 지적하고 싶다. 동시에 그렇게 말하면 "지금 종업원을 비하하는 거냐고 오히려 반격할 만한 족속들"에 대해서도 생각한다(14~15쪽). 그런데 사실 문제는 그게 아니다. 그 학생이 오로지 혼자 생계를 꾸려나가야 했고, 어쩔 수 없이 음식점에서 오래 일했다면? 그래서 '저기요'라는 말이 학생에게는 별다른 의도 없는, 그저 체화된 호칭이었다면?

임현의 이 박력 넘치는 서사는 독자에게 선의, 평등, 정의, 공정 같은 단어보다 위계, 차별, 혜택, 이익 같은 단어가 삶에 훨씬 가까움을 가감 없이 보여준다. 우리가 이 소설에서 듣는 목소리는, 그것이 변명과 궤변으로 일관하는 중년 남성의 목소리라고 해도, 최근 한국소설에서 잘 들리지 않던 것이어서 조금 반갑다. 좀더 섬세하고 사려 깊게, 내면의 목소리로 침잠해가기만 하던 한국소설에 이토록 거칠게 또 직접적으로 밀어붙이는 목소리는 실로 오랜만이기 때문이다. 그리고 그 목소리는 한 치의 망설임도 없이 인간을 이분법적으로 나눈다. 예의가 바르거나 무례하거나, 윤리적이거나 아니거나.

아버지의 부끄러움을 모르는 태도와 고집스러운 무례함, 그리고 불편한 비굴함을 보고 자란 '나'는 그렇게 살지 않기로 다짐한다. 자신이 더 선량한 인간이어서가 아니라 그것이 더 이익이 되기 때문이다. 순수한 선함에 의한 행위는 없다고, 그저 이익이 되기 때문에 행해질 뿐이라고 윤리 교사가 된 '나'는 말한다. "마땅히 지켜야 할 것"을 지키는 것이 더 이로운 쪽이며 인간이 "본래 이기적"(11쪽)이라는 것을 알아야 한다고도 말한다. 그래서 그에게 인간은 끊임없이 생각해야 하고, 늘 의심하고 반성하면서, 의지를 가지고 의식적으로 노력해야 하는 존재가 된다. 그런 노력이 증명될 수 있는 것은 오로지 '형식'이다. 상대방에게 예의를 지키고, 자신의 행동을 절제하며, 공동체를 위해 협조하고, 잘못을 했을 때 사과하는 것. 진심(진실)이나 진정성은 그 자체로 느껴지는 것이 아니라 어떤 말이나 태도, 자세 등 형식으로서만 확인할 수 있다고 그는 말한다. 다시 말해 "진짜는 머리를 조아리는 각도, 무릎을 꿇는 자세에서 오는 것"(15쪽)이다.

'연주'는 그런 태도와는 거리가 멀었다. 무례했고, 눈치 없이 당당했고, 소문과 의혹이 무성했다. 그런 연주에게 '나'는 집단에서의 역할과 약속, 예의와 사명감 같은 것들을 윤리라는 이름으로 보여주려고 했고 그게 교사로서의 의무라고 생각했다. 추문을 의식하지 않고 감정을 배제한 채 마땅히 지켜야 할 것들을 지키라고, 그게 이익이 될 것이라고 가르치고 싶었다. 하지만 연주가 온전히 자기 삶을 책임지는 사람이었음을, 자기 말만 하면서 자신을 설득하려 드는 수많은 사람들을 묵묵히 감내하며 외로움 속에서 스스로를 꽤 오랫동안 단련해온 사람이었음을 알게 된 '나'는 미안함과 부끄러움을 느낀다.

그러니까 사실 이때 '나'의 확고한 세계관은 흔들리기 시작한 것이다. 인간을 언제나 갑과 을로 나누고 그 관계 속에서 윤리와 도덕의 잣대만을 들이대던 '나'의 형식주의적 태도는 다른 사람을 이해하는 것은 차치하고 스스로에 대해 설명할 기회조차 없는 연주를 만나 변하기 시작한다. 그녀는 나는 그러지 않았다고, 그건 오해라고, 억울하다고 얘기할 틈도 없이 타인에게 뺨을 얻어맞는 사람이다. 그런 연주에게 교사인 '나'가 일종의 동정과 연민을 느끼고 '학생지도'를 하는 것은 이상한 일이 아니다. 그러나 '나'가 몰랐던 것은 그게 갑을 관계가 무너지는 관계, 곧 '사랑'의 시작이었다는 점이고 '나'의 논리대로 무지는, 그것 자체로 죄악이다. "혼자가 아니라 둘이 함께 걷는 법을 알려주고 싶었다"는 것이 "교사로서 어려운 학생을 위한 당연한 도리"(22쪽)라고 생각했다면 그것은 '나'가 그토록 경멸하던 "선한 사람이 가진 무지 같은 것", "그런데도 자기만 옳다고 믿는 무서운 확신 같은 것"(12쪽)이다.

연주가 "부른 배"를 안고 교무실에 나타나 "사랑"했다고 '사과'

하는 장면은 이 소설의 백미라고 할 수 있을 텐데, 이 부분은 결국 "완벽한 사과의 자세"로 모든 걸 감당하고 자기 운명을 받아들이는 연주와 그 이후 내내 어쩔 수 없었다고, 내가 바란 게 아니었다고, 그때는 무서웠다고 자기변명만을 일삼는 '나'가 갈라지는 지점이기도 하다(27~29쪽). 이제 '나'에게 윤리란 잘못 혹은 죄를 정당화하는 수단으로만 남아 있을 뿐이다. 훗날 사고로 죽음에 이르게 된 자기 반의 전교 학생회장을 극진히 간호하는 것은 반 평균이 떨어질 것을 걱정하던 자신에 대한 뒤틀린 속죄 행위 그 이상도 이하도 아니다.

그들 각자의 삶 이후 십수 년 만에 '나'의 앞에 연주와 '너'가 나타나고, 그들은 또 가해와 피해의 상황 속에서, 고의와 사고의 중간에서, 누군가는 고개를 수그리고 누군가는 뺨을 후려치는 지독한 일로 다시 만난다. 물론 그 여자가 정말 연주인지, '너'가 '나'의 아이인지 우리는 끝내 알 수 없다. 그러나 '연주'라는 이름은, '너'라는 존재는 결코 잊히지 않고 언제든 '나'에게 돌아올 수밖에 없는 것이었고, '나'는 아마도 꽤 오랫동안 준비했을 이야기를 '너'에게 들려준다. "호소력 같은 것이 다 무엇이겠니. 그것은 형식 외에 아무것도 아니다"(15쪽)라고 말하면서 바로 지금 이 소설의 방식으로 사과하고, 용서받기를 원한다.

자신이 왜 그럴 수밖에 없었는지를 구구절절 설명하는, 그러나 그토록 호소하면서도 끝내 '너'에게는 하지 못한 이 이야기를 듣고 우리는 어떤 표정을 지어야 할까. 무책임하고 비겁한 '나'를 단죄하고, 연주의 삶을 지지하고 응원하면 되는 것일까. 항상 주변을 의식하고 다른 사람의 시선을 신경쓰면서 사회적 관습과 도덕적 기준에 맞게 살아야 한다는 고루한 태도는 '꼰대'의 것이고, 스스로가 원하는 대로, 그러니까 "그냥 생긴 대로"(11쪽) 자유롭고 행복하게 살되 남에게 피해를 주지 않고 자기만의 도덕과 규범을 잘 지키는 게 세련되고 쿨한 태도라고 우리는 알고 있으니까, 그렇게 결론지으면 되는 것일까. 그런데 뭐가 이렇게 찝찝하고 불편할까. "그게 나라고 뭐 달랐겠니"(36쪽)라는 마지막 말은 왜 '나'의 목소리로만 들리지는 않는 것일까.

한국사회는 유독 인습과 관행에 따른 수직적 위계와 집단 중심의 문화가 강하고, 대체로 그것은 악습인 경우가 많다. 이 부조리하고 불합리한 세계는 우리로 하여금 어떻게 해야 좀더 나은 삶을 살 수 있는지 심각하게 고민하도록 만든다. 그 결과 이제 우리는 문제가 무엇이고 어떤 방식의 해결이 가능한지 어렴풋이 알게 된 듯하지만, 아는 것을 그렇게 실천하는 일은 또 꽤 어렵고 복잡한 일이다. 온전한 '개인'이, '혼자'여도 불편하지 않게 살아갈 수 있게 된다면 그 자체로 이 사회의 아주 중요한 변화이지만, 이를 강조하는 세태에는 자기 주관과 스스로에 대한 확신이라는 전제가 있다. 그러나 대부분의 인간은 아주 불확실한 존재이며, 주관이나 확신은 그것이 가능한 사람들에게만 허락된 가치이다. 개인은 불안하고 편견 속에 있으며 어차피 우리도 누군가에게는 불편한 존재가 될 수 있음을 인정한다면, 개인적이지만 이기적이지는 않겠다는 태도보다 이기적이니까 지킬 건 지키겠다는 태도가 어쩌면 더 솔직한 것이 아닐까.

이 소설을 읽으면 누구나 복잡한 심경이 되리라 짐작한다. '나'의 목소리는 절박하면서 비겁하고, 동시에 거침없이 단호해서 역겹기도 하다. 그러면서도 어떨 때는 그의 토로에 수긍이 가기도 하고, 미묘한 공감이 일어나는 지점이 없지 않다. 자, 이제 우리는 "너에게 사과하기 위해서", "나도 용서받고 싶어서"(34쪽) 찾아온 그를 이해하고, 용서할 수 있을까. 모르겠다. 아무튼 이것은 확실히 해두어야겠다. 그는 아직 결코 진심으로 사과하지 않았다.

노태훈

2013년 중앙신인문학상 평론 부문에 「우리가 만날 수 있는 단 하나의 가능성, 소설—김연수의 근작들에 관한 몇 가지 독법」이 당선되어 등단.

최은미

눈으로 만든 사람

작가노트 강윤희

해설 황현경 작은 신의 것들

최은미
2008년 『현대문학』 신인추천에 단편소설 「울고 간다」가 당선되어 등단. 소설집 『너무 아름다운 꿈』 『목련정전(目連正傳)』, 장편소설 『아홉 번째 파도』, 중편소설 『어제는 봄』이 있다. 2014년, 2015년 젊은작가상, 대산문학상을 수상했다.

눈으로 만든 사람

한겨울이었다. 소년이 살던 집에서 아기가 태어났다.

소년은 마당에서 눈을 뭉치다 아기 울음소리를 들었다. 갓 태어난 아기를 건너다보며 소년이 물었다.

"만져봐도 되나요?"

어른들은 삼 일만 기다리라고 했다. 삼 일 뒤 아기를 만져본 소년이 말했다.

"안아보고 싶어요."

어른들은 칠 일만 기다리라고 했다. 칠 일이 지났을 때 소년은 어디선가 포대기를 꺼내왔다.

"업어줄래요. 업어주고 싶어요."

어른들은 한 달이 지나야 업을 수 있다고 말했다. 소년은 손가락을 꼽으며 한 달이 지나가길 기다렸다. 매일같이 눈이 내렸다. 소년은 썰매를 타고 들어와 언 손을 녹이며 잠든 아기를 들여다보았다. 소년은 아기의 동그란 얼굴을 그리며 해가 질 때까지 눈사람을 만들었다.

마침내 한 달이 되었을 때 어른들은 약속대로 소년의 등에 아기를 업혀주었다. 소년은 어쩔 줄을 몰라했다. 소년은 볼이 빨개져서 물었다.

"애기한테 저는 뭐예요?"

어른들이 말했다.

"삼촌."

*

백은호와 백아영은 나란히 앉아 있었다.

앉아 있는 둘의 뒷모습은 닮아 보였다. 양쪽 귀에서 목을 지나 어깨에 이르는 선이 왠지 모르게 비슷했다. '피가 전혀 안 섞인 남남'은 아닐지도 모른다는 생각이 들 만큼, 둘은 딱 그만큼 비슷했다.

앉아 있는 곳이 식탁일 때 백은호와 백아영은 하루 동안 있었던 일에 대해 얘기를 나누었다. 앉아 있는 곳이 병원 대기실일 때는 진료가 끝나고 무엇을 먹을지를 얘기했다. 영화가 상영중인 극장에 앉아서도 둘은 끊임없이 소곤댔다. 얘기를 하는 쪽은 주로 백아영이었지만 백은호의 리액션도 그에 못지않았다.

새 식구가 오던 주말, 백은호와 백아영은 결혼식장에 앉아 있었다. 둘은 신랑 쪽 하객이었다. 백은호와 백아영이 앉은 테이블에는 둘과는 성이 다른 일가족이 자리를 채우고 있었다. 대부분 강씨 성을 가진 사람들이었다. 강씨들은 저희들끼리 떠들다 가끔씩 백은호에게 무언가를 물었다. 그때마다 백은호는 멋쩍게 웃었다. 백아영이 백은호의 어깨에 머리를 기대자 강씨 중 한 명이 낄낄댔다. 백아영은 자신보다 어려 보이는 강씨를 무례하다는 듯 쳐다보다 다시 백은호에게 몸을 기댔다.

백은호 오른편에 앉은 강윤희는 피곤한 표정으로 눈을 감고 있었다. 막 입장을 시작한 이날의 신랑은 강윤희의 큰 작은아버지의 장남이었다. 강윤희보다 한 살이 어린 그는 어렸을 때 주먹도끼처럼 생긴 돌로 강윤희의 정강이를 찌른 적이 있었다.

강윤희는 아버지의 또다른 남동생 가족이 모여 있는 테이블로 시선을 돌렸다. 강윤희의 아버지는 남동생이 둘이었다. 강윤희 남매들은 아버지 바로 밑의 남동생을 큰 작은아버지, 아버지와 터울이 많이 진 막내 남동생을 작은 작은아버지라고 불렀다. 강윤희는 결혼식장에 도착하면서부터 작은 작은아버지 옆에 붙어 있는 한 소년을 보고 있었다.

"안녕하세요, 누나." 소년은 식장에 도착한 강윤희에게 그렇게 말하며 다가왔다. 식 중간중간 소년과 강윤희는 눈이 자주 마주쳤다. 그때마다 소년은 무언가를 감추고 싶다는 듯 쑥스럽게 웃었다. 강윤희는 당황스러웠다. 소년은 강윤희의 아버지의 막내 남동생의 아들이었고, 강윤희의 기억 속에선 병약한 남자아이일 뿐이었다. 몇 년 사이에 이렇게 성인 남자에 가까운 모습을 하게 되었을 줄 알았다면 강윤희는 작은 작은어머니의 부탁을 거절했을 것이다.

식장을 나서기 전, 강윤희 앞으로 작은 작은아버지가 다가왔다.

"우리 민서 잘 부탁한다."

그러면서 그가 강윤희의 손을 모아 잡았다.

아버지의 아주 어린 동생이었던 남자. 강윤희는 강중식을 무표정하게 바라보다 슬그머니 손을 뺐다. 곧 쉰이 되는 강중식은 열 살 이상 터울인 형들과 비슷한 연배로 보일 정도로 급속히 늙어가는 중이었다. 머리는 신경을 안 쓴 새치로 엉켜 있었고 얼굴빛은 검고 탁했다. 몸 어딘가에 지속적으로 통증을 느끼는 사람처럼 미간에 항상 힘을 주고 있었고 눈언저리가 붉었다. 차려입은 양복만 아니라면 세탁기에서 탈수되다 나온 것처럼 엉망인 모습이었다.

강윤희는 강중식 옆에 선 소년을 착잡한 마음으로 바라보았다. 강윤희는 자신의 부모에게 해마다 여행권과 항공권을 보내오던 강중식을 떠올렸다. 강중식이 사업을 말아먹기 이전의 일이었다. 딸아이 돌잔치 때 강중식한테 받았던 금반지도 떠올렸다. 강중식의 부인인 작은 작은어머니가 자신의 어머니를 간호해주었던 일도 떠올렸다. 그보다 더 오래전, 강윤희 남매들을 데리고 냇가에서 물고기를 잡아주던 강중식을, 스케이트와 자전거를 가르쳐주던 강중식을, 세균 범벅인 이물질을 강윤희의 질 속에 넣고 휘젓던 강중식을, 할머니 장례식 때 목놓아 울던 강중식을 떠올렸다.

"걱정 마세요, 작은아버지."

강윤희는 강중식에게 그렇게 말했다. 강윤희는 엘리베이터를 탔다. 백은호와 백아영이 따라 탔고, 강중식의 아들 강민서가 커다란 배낭을 메고 뒤이어 탔다. 백아영이 호기심 어린 눈으로 강민서를 쳐다보자 강민서가 백아영을 보고 웃었다.

*

저녁마다 하는 백은호와 백아영의 인사법은 이랬다.

백은호가 현관문을 연다. 거실에서 놀던 백아영이 백은호에게 달려간다. 백아영을 번쩍 안아올리며 백은호가 묻는다. "우리 아영이 누구 딸?" 백은호의 목에 팔을 두르며 백아영이 대답한다. "아빠아아아아 딸." 백은호가 다시 묻는다. "진짜?" 그러곤 둘이 동시에 "까르르르르", 웃음을 터뜨린다.

백은호와 백아영은 매일같이 그 의식을 되풀이했다. 우리 아영이 누구 딸? 아빠 딸. 진짜? 까르르르르. 우리 아영이 누구 딸? 아빠 딸. 진짜? 까르르르르. 강윤희가 옆에 있어도 둘은 아랑곳하지 않았다.

강민서가 그들 집에 머물기로 한 기한은 보름 정도였다. 한겨울이었지만 좀처럼 눈이 오지 않았고 기온도 포근했다. 백아영과 강윤희는 겨울방학중이었기 때문에 집에 머무는 시간이 많았다. 백은호는 혼자만 일을 하러 가는 게 억울하다는 듯 투덜대며 출근했다가 부리나케 퇴근했다. 방학인 때는 그나마 강윤희가 저녁을 해주기 때문이었다.

강민서가 오고 며칠 뒤, 강윤희는 마음먹고 장을 봐와 낮부터 육수를 내고 백태를 불렸다. 무를 손질해 채 썰고, 겨울 미역을 데치고, 피꼬막 두 팩을 뜯어 해감하고는 알배기 배추에서 작고 여린 잎들을 골라냈다. 강윤희는 배춧잎 위에 굴을 올려 전을 부쳤다. 꽈리고추를 찌면서 양념장을 만들고 명절 선물로 들어왔던 슈퍼곡물 세트를 풀어 귀리를 불렸다. 강윤희가 재료를 직접 손질해 작정하고 요리를 하는 것은 일 년에 딱 두 번, 방학이 시작될 때 하는 이벤트 같은 것이었다. 백은호와 백아영이 환호하며 식탁으로 달려들었다.

"민서 오빠가 와서 너무 좋아."

백아영이 강민서의 팔을 잡고 자기 옆자리에 앉혔다.

"오빠가 아니라 삼촌이라고 불러야지."

"오촌이잖아." 백아영이 입을 내밀었다.

"어쨌든 오빠는 아니야."

강민서가 강윤희 손에 있는 수저를 받아들어 식탁에 놓았다.

"잘 먹겠습니다, 누나."

그렇게 말하고 강민서가 식탁에 앉았다. 강윤희의 직장에서 강민서 또래의 중학생 아이들은 강윤희를 선생님이라고 불렀다. 자신의 학생이 아닌 그 또래의 아이를 보는 것도, 그 또래에게 누나라고 불리는 것도 강윤희에겐 낯선 일이었다.

"엄마, 왜 비지찌개에 고기가 없어? 할머니는 맨날 고기 넣어주신단 말이야." "비지찌개엔 차돌박이 잘게 썰어넣은 게 딱인데." 짐작대로 백아영과 백은호가 한마디씩 했다. "귀리가 이렇게 커?" "차라리 현미밥을 줘, 엄마."

그러나 강윤희에겐 백씨들의 투덜거림이 들리지 않았다. 강윤희는 자신이 차린 밥과 찌개와 찬을 집중해서 먹고 있는 강민서를 보고 있었다. 꽈리고추를 꼭지까지 말끔히 비틀어 먹고, 배추굴전을 한입씩 아삭아삭 씹어먹고, 피꼬막을 껍데기에 고인 양념 한 방울까지 알뜰히 빨아먹는 강민서를 강윤희는 침도 안 삼키고 보았다. 자신이 만든 음식을 이렇게 정성스레 씹어먹는 사람을 처음 본다는 듯이. 비지찌개를 조심스럽게 불어 먹는 강민서의 콧등에 땀이 맺혀 있었다. 다 먹은 꼬막 껍데기가 한쪽에 가지런히 포개져 있는 것이 보였다.

"민서 삼촌은 이게 다 맛있어?"

백아영이 신기한지 강민서에게 물었다.

"처남 먹는 거 보니까 딱 윤희 누나 취향인데? 처남, 또 뭐 좋아해? 누나가 요새 방학이라 시간이 많거든. 그치 누나?"

누나, 누나, 하는 백은호에게 강윤희가 눈을 흘겼다. 그 둘을 보던 백아영이 손으로 입을 가리며 강민서에게 말했다.

"민서 삼촌, 내가 비밀 얘기 해줄까?"

"뭔데?"

"우리 엄마랑 아빠 사귄다."

강민서는 잠시 멍하게 있더니 "좋겠다" 하면서 수줍게 웃었다.

"우리 반 김유빈네 아빠는 사십사 세인데 우리 아빠는 삼십사 세야. 우리 엄마는 삼십칠 세. 옛날에 아빠가 엄마한테 누나라고 불렀대. 근데 할머니한테 혼나서 이제는 그렇게 안 불러. 그치 아빠?"

백은호가 고개를 끄덕끄덕했다. 백아영은 다시 강민서 쪽으로 몸을 돌렸다.

"민서 삼촌, 내가 비밀 얘기 하나 더 해줄까?"

"뭔데?"

"우리 반 강연찬네 할아버지가 강감찬이래."

"우와, 진짜?"

백아영은 강민서의 리액션이 마음에 들었는지 다 들리는 비밀 얘기를 몇 가지 더 했다. 백은호는 강민서의 음식 취향을 정말로 알고 싶은지 닭발 얘기를 꺼냈다. 뭔가 자신과 죽이 맞는 걸 찾아내고 싶은 표정이었다.

백은호와 백아영은 닭발볶음을 심하게 좋아했다. 강윤희가 반찬 가게에서 반찬과 국을 배달시켜 먹는 걸 본 강윤희의 시어머니는 수시로 백은호와 백아영의 입맛에 맞는 반찬들을 해 날랐다. 일주일에 한 번은 곰솥에 닭발을 가득 볶아서 들고 왔고, 백은호와 백아영은 비닐장갑을 끼고 앉아 그 많은 닭발을 순식간에 해치웠다. 입술이 벌게지도록 닭의 어느 한 부위만을 집중적으로 뜯어먹고 있는 부녀를 보고 있으면 강윤희는 입이 안 다물어지곤 했다. 백은호는 그렇게 먹어도 살이 찌지 않았다. 키도 몸집도 원래 작은 편이었고 언제나 가뿐한 듯 발걸음이 가벼웠다. 처음 봤을 때 강윤희는 백은호가 식욕에도 성욕에도 어느 정도 초연한 몸을 가졌다고 생각했다. 자신이 좋아하는 것을 열과 성을 다해 즐기면서도 몸의 욕구에 휘둘리지 않는 사람. 어쩌면 그렇게 생각했기 때문에 백은호에게 끌렸는지도 몰랐다. 문제는 백아영이었다. 식성은 백은호와 같은데 체질은 달랐다. 먹는 만큼 잘 크는 것까진 좋았지만 어느 순간부터 백아영이 먹는 것들이 백아영의 몸에 다른 변화를 가져오기 시작한 것이다.

"처남 좋아하는 것 좀 더 얘기해봐. 궁금하다."

닭발 얘기에 별 반응이 없자 백은호가 또 물었다.

"오늘 누나가 해준 거요. 이거 다 제가 좋아하는 것들이에요. 무생채도 정말 맛있어요."

"강윤희 누나가 다른 건 몰라도 무생채 하나는 진짜 잘 무치지."

"저 꽈리고추 들어간 건 다 좋아하거든요. 멸치 볶을 때랑 어묵 볶을 때랑 감자 조릴 때 엄마가 항상 꽈리고추 넣어서 해주셨어요. 봄 되면 도라지무침도 많이 먹었는데."

"맞아. 꽃소금 뿌린 오이에, 식초랑 고춧가루 넣고 빨갛게 무쳐서. 도라지무침은 누룽지랑 먹으면 참 맛있었는데."

강윤희가 말하자 강민서가 신이 난 듯 말을 이었다.

"동치미 국물에 메밀국수 말아먹으면 정말 맛있잖아요. 배추에 메밀 반죽 묻혀서 구워먹는 것도 맛있는데. 무만 조린 무조림도 맛있고, 상추겉절이도 정말 좋아해요. 아, 다시마부각도 있다. 설탕 많이 몰려 있는 쪽만 잘라먹고 그랬는데. 겨울엔 매콤하게 한 두부조림도 많이 먹었어요."

"맞아. 고춧가루랑 들기름이랑 마늘 넣고."

"누나도 고들빼기김치 좋아해요? 저는 고들빼기김치랑 고추장아찌 중에 하나만 있어도 밥 한 그릇 다 먹을 수 있어요."

"옛날엔 할머니가 곰취 직접 뜯어다 곰취장아찌도 담가주셨는데."

"아, 아빠한테 들었어요."

강민서의 입에서 아빠라는 말이 나오자 강윤희는 멈칫했다. 아까부터 이어지던 익숙하면서도 찝찝한 느낌의 정체를 그제야 알 것 같았다. 지금까지 강민서의 입에서 나온 음식들은 오래전 강윤희가 강중식과 같은 밥상에서 먹던 음식들이었다. 조부모가 생존해 있던 시절, 그 밑에서 같이 살면서 같이 먹어온 음식들. 강윤희는 자신의 할머니와 강민서의 할머니가 같은 사람이라는 사실이 새삼 놀라웠다.

강윤희는 식탁에서 일어나 냉장고에서 한약을 꺼내 중탕했다.

"국은? 국은 뭐 좋아하는데?"

백은호가 턱을 괴고 묻다가 등을 세웠다.

"설마 배추된장국 좋아해? 아, 강윤희씨가 자기 좋아하는 국이라고 가끔 배추된장국 해주거든. 근데 군대에서 먹던 똥국이랑 맛이 정말 너무 똑같아."

똥국이라는 말에 백아영이 "똥국이래, 똥국이래" 하며 배를 잡고 웃었다.

"근데…… 제가 제일 좋아하는 음식은 따로 있어요."

강민서가 말했다.

"잠깐. 내가 맞혀볼게. 아, 나 알 거 같아."

백은호가 손을 휘젓다가 멈췄다.

"김치만두! 만두 맞지?"

강민서가 웃으며 고개를 끄덕였다.

"우리 윤희 누나도 김치만두 킬러야. 김치만두랑 동치미만 넣어주면 토굴에서 한겨울은 그냥 날걸?"

백은호가 으쓱해하며 말했다.

"아빠, 왜 민서 삼촌한테만 물어. 나한테도 물어봐. 응?"

"안 물어도 다 아는데?"

"우리도 하나씩 얘기하기 해. 응?"

백아영이 졸랐다.

"좋아. 양지머리 두 줌 넣은 육개장."

"그럼 난…… 등갈비 넣은 김치찌개."

"홍두깨살이랑 같이 볶은 호박나물."

"눈꽃치킨!"

"대패삼겹살!"

둘은 볼을 비비고 뽀뽀를 해대며 자기들끼리 음식 이름 대기를 더 이어갔다. 강민서가 빈 그릇과 수저를 싱크대 개수대에 갖다놓으며 "잘 먹었습니다, 누나", 했다.

강윤희는 따뜻하게 데워진 한약을 그릇에 따르고 백아영을 불렀다. 백아영이 인상을 쓰면서 몸을 꼬다가 마지못해 한약을 먹었다. 백아영이 먹는 한약의 이름은 '초경지연탕'이었다.

*

초경을 늦춰준다는 한약을 여덟 살인 백아영에게 먹이게 되기까지, 강윤희의 가족에겐 가을부터 시작된 지난 몇 달이 고난의 시간이었다. 여름방학이 끝나고 아침저녁으로 서늘해질 무렵 백아영은 가슴이 아프다는 말을 했다. 몸도 굼떠졌고 불안한지 군것질에 집착하는 행동도 보였다. 담임을 맡은 학급이 생기면서 강윤희는 지난해보다 퇴근이 늦어졌고 퇴근을 하고 나면 저녁할 힘조차 없을 때가 많았다. 강윤희는 스스로 하는 습관을 들인다는 이유로, 혹은 너무 지쳐서 백아영이 머리를 감거나 샤워를 할 때도 도와주지 않았다.

강윤희가 백아영의 몸의 변화를 안 건 백아영이 가슴이 아프다고 한 지 한 달이 지나서였다. 백아영의 가슴에 멍울이 잡혔다. 가슴에 멍울이 생겼다는 건 이 년 이내에 생리가 시작될 수도 있다는 얘기였다. 그건 강윤희가 중학생 때 겪었던 몸의 변화들이었다. 겨우 여덟 살인 아이한테서 일어날 수 있는 일들이 아니었다.

백아영의 두피에서 냄새가 나기 시작한 것도 그즈음부터였다. 아이 혼자 머리를 어설프게 감아서가 아니었다. 강윤희가 몇 번씩 씻기고 헹구어줘도 백아영의 두피엔 기름이 끼면서 그동안 나지 않던 냄새가 났다. 그 냄새를 뭐라 말할 수 있을까. 더이상 아이의 냄새라고 할 수 없는, 암컷 동물의 털에서 나는 것 같은 냄새였다.

강윤희는 백아영의 증상들을 인터넷에서 검색했고, 그게 성조숙증 증상과 거의 일치한다는 걸 알게 되었다. 강윤희는 바로 인근 대학병원의 소아내분비과 전문의에게 진료 예약을 했다. 병원 대기실 의자에서 진료를 기다리는 동안 강윤희는 성조숙증인지 아닌지를 알려고 온 백아영 또래의 수많은 여자아이들을 보았다.

그날 백아영은 소변검사와 피검사를 하고, 손목 엑스레이를 찍고, 가슴과 자궁 초음파검사, 성장판 검사를 했다. 그러고 나서 십오 분 간격으로 피를 여섯 번을 더 뽑았다. 어려서부터 주사라면 자지러지던 백아영은 주삿바늘이 계속 들어가자 두려움에 차서 꺽꺽

거리며 몸을 비틀었다. 이제는 작은 몸도 아니어서 강윤희와 백은호는 백아영을 붙잡고 진정시키느라 진땀을 뺐다. 그들은 검사 과정에서 이미 기진맥진한 상태가 되었다.

내분비 전문의는 백아영의 황체형성호르몬 수치가 높기 때문에 성호르몬 억제 주사를 사 주 간격으로 맞아야 된다는 진단을 내렸다. 성조숙증 확진 판정이었다. 강윤희는 인터넷에 떠도는 병의 원인과 치료 부작용에 대해 몇 가지를 물었지만 되돌아온 답은 "꼭 그렇지는 않습니다"였다. "그럼 그럴 수도 있다는 얘긴가요?" 물었지만 의사도 이런 사태의 영문을 모르겠다는 얼굴이었다. 강윤희와 백은호가 그날 새롭게 알게 된 것은 성호르몬 억제 주사를 맞는 아이들이 성장호르몬 주사 치료를 함께 받는다는 사실이었다. 성장이 너무 빨라 억제제를 투여하면서, 억제제 때문에 성장이 늦을까 다시 성장 치료를 하는 것이었다. "선택 사항이시고, 의료보험 안 되세요." 성장 치료에 대해 이렇게 설명한 간호사는 서둘러 다음 환자를 불렀다. 간호사도 의사도 너무 바빠 보였다. 접수와 대기, 진료, 수납을 위해 빠르게 돌아가는 소아내분비과 앞은 컨베이어 벨트와 다를 바가 없었다.

백은호는 백아영에게 성호르몬 억제제를 투여하는 것을 반대했다. 주사 맞을 때마다 발작에 가깝게 우는 백아영을 도저히 볼 수 없으며, 잘 자라고 있는 아이한테 인위적으로 호르몬제를 투여하는 것은 못할 짓이라는 것이었다. 성조숙증 치료 시기를 놓치면 성장판이 일찍 닫혀 최종 성인 신장이 작아진다. 강윤희는 키 얘기를 하며 백은호를 설득했다. 백은호는 식이요법과 운동 얘기를 했다.

백은호의 입에서 식이요법이라는 말이 나왔을 때 강윤희는 포크를 집어던질 뻔했다.

"너는 모르는 거야, 모르는 체하는 거야?"

백은호가 안 먹고는 못 사는 소와 돼지와 닭들이 자연스럽게 살다 죽지 못한 인위적인 고기라는 것을 백은호는 속시원히 인정하려 들지 않았다. 수세에 몰리면 백은호는 키에 매달리는 강윤희를 공격했다. 자식의 전시가치에 집착하는 욕망 덩어리라는 것이었다. 키가 큰 남자가 아니라 키가 작은 남자가 그런 말을 하니 전혀 설득력이 없었다. 병원에 다녀온 뒤 강윤희와 백은호는 자주 다투었다. "이게 다 고기 때문이야"라는 강윤희의 말은 "이게 다 너 때문이야" 혹은 "어머니 때문이야"라는 말로 백은호에게 입력되었다.

고기의 여러 부위를 그에 맞는 조리법으로 꾸준히 먹어야 한다는 시어머니의 믿음은 너무도 확고하고 오래된 전통 같은 것이어서 강윤희 자신도 알게 모르게 거기에 길들여진 상태였다. 자라나는 아이에게 고기를 먹이지 않는 건 아이를 영양 결핍에 이르게 하는 방임에 가깝다는 시어머니의 생각을 강윤희도 온전히 부정하지 못했다. 그러나 고기를 먹이지 않는 것보다 더 힘든 건 해롭지 않은 고기를 먹이는 일이었다. 어려서부터 성호르몬제를 맞고 번식을 반복한 초식동물들의 고기를 백아영은 아기 때부터 먹어왔던 것이다.

강윤희의 화살은 시어머니도 백은호도 뚫지 못했다. 화살은 백아영한테로 날아갔다.

강윤희는 백아영이 하는 것들을 사사건건 금지시켰다. 심심하면 먹던 우유와 두유도 못 먹게 했고 일주일에 한 번은 시켜 먹던 치킨, 피자도 끊었다. 환경호르몬 덩어리라는 플라스틱 장난감과 문구점에서 산 조잡한 액세서리도 다 내버렸고 강윤희의 화장품이나 매니큐어에 백아영을 얼씬도 못하게 했다. 성적 자극을 차단해야 한다는 얘기를 들었기 때문에 같이 보던 인기 드라마에서 불시에 키스 신이 나왔을 때는 백아영을 방으로 쫓아버렸다. 학원 앞에서 친구 엄마에게 닭강정을 사달라고 조르는 백아영을 본 날, 강윤희는 주방 구석에 백아영을 몰아넣고 밤이 될 때까지 다그치고 닦달했다. 강윤희의 목소리가 높아지자 백아영은 무릎을 꿇고 두 손바닥을 비비면서 강윤희에게 빌기 시작했다. 너무 울어 나오지도 않는 목소리로 백아영은 잘못했다고, 용서해달라고 손을 떨며 빌었다. 세 살 때 어린이집 후유증 때문에 보였던 행동을 백아영은 오 년 만에 다시 하고 있었다. 강윤희는 그걸 보고 아무 말도 하지 못했다.

태어나면서부터 당연하게 먹어오던 것, 갖고 놀던 것을 갑자기 금지당하는 게 백아영에게 어떤 의미인지 강윤희는 알지 못했다. 백아영은 성조숙증의 '성' 자만 들어도 긴장하며 강윤희의 눈치를 봤다. 멍울이 아픈지 가슴을 만지다가도 강윤희만 보면 팔을 내리며 어깨를 움츠렸다. 자신의 증상 때문에 부모가 다투고, 그 증상에 누구보다 강윤희가 예민하게 반응한다는 걸 백아영이 모를 리 없었다.

어느 날 저녁, 강윤희는 백아영이 안 쓰던 얼굴근육을 쓰는 걸 발견했다. 백아영은 입과 코를 얼굴 한쪽으로 빠르게 밀었다 되돌렸다. 백아영은 처음엔 아무도 안 보는 데서만 그런 행동을 하더니 점점 자주, 밥을 먹을 때도 멈추지 못하고 얼굴근육을 틀기 시작했다. 백아영의 곧은 얼굴선이 번개처럼 뒤틀렸다 돌아오는 것을 볼 때마다 강윤희는 세상이 하얗게 꺼지는 것 같았다.

강윤희는 백아영을 데리고 소아정신과에 갔다. 심리적 압박으로 인한 틱 증상이라고 했다. 소아정신과에서는 일시적으로 근육을 마비시키는 주사 치료를 권했다. 강윤희는 백아영의 손을 잡고 조용히 병원을 걸어나왔다.

그날 밤, 강윤희는 잠든 백아영의 얼굴을 보며 소리 죽여 울었다. 이제야 모든 피로에서 놓여났다는 듯 백아영은 평온하게 잠들어 있었다. 강윤희는 무엇이든 복스럽게 잘 먹는 아이였던 백아영을 떠올렸다. 그게 강윤희와 백은호 부부에게 얼마나 큰 기쁨을 주었던지도. 인터넷으로 볼풀공 한 박스를 배달시켰던 날, 강윤희와 백은호는 욕조에 물을 받아 볼풀공을 채워넣고 밤이 깊도록 공을 하나하나 씻었다. 백아영이 그걸 가지고 재미있게 노는 상상만으로도 둘은 피곤한 줄 몰랐다. 백아영의 기저귀를 갈면서 무심히 주고받던 말들. "은호야, 물티슈 어디 있어?" "응, 트리케라톱스 옆에." 강윤희는 그 시간들을 생각했다. 생각하고 또 생각했다.

강윤희와 백은호는 주사 치료와 자연 치료의 타협점으로 결국 한약 치료를 택했다. 별다른 대안이 없었다. 정신과에는 백아영 대신 강윤희가 다니기 시작했다. 강윤희가 정신과 치료를 시작하자 신기하게도 백아영의 틱 증상이 완화되었다. 강윤희는 매일 밤 씨탈정 두 알을 먹고 잠들었고 낮이 되면 전보다 날카롭지 않은 상태로 백아영을 대하게 되었다. 적어도 강민서가 오기 전까지, 강윤희는 씨탈정의 영향권 아래 있었다.

*

강민서는 서재 방을 썼다. 서재라고는 했지만 컴퓨터 책상 한 대에 책장 몇 개, 잡동사니가 놓여 있는 방이었다. 강민서는 그 방에서 백아영의 동화책들을 읽으며 시간을 보냈다. 커다란 판형의 그림책을 앞에 놓고 반복해 읽기도 하고 숨은그림찾기 책을 펼쳐놓고 보다가 피곤하면 이불을 깔고 잠깐씩 눕기도 했다. 눈을 감고 누워 있는 강민서는 창백하고 커다랬다. 강윤희는 강민서가 감기에 걸리지 않도록 온도와 습도에 신경을 쓰며 방을 살폈다.

백아영이 학원에서 돌아오면 백아영과 강민서는 같이 거실에 앉아 컬러링북을 색칠하거나 주사위 게임을 했다. 백아영은 처음엔 백은호에게 하듯이 강민서의 목에 올라타고 팔에 매달리며 몸으로 놀고 싶어했지만 강윤희가 백은호 외에는 어떤 남자 사람과도 몸을 접촉하지 못하도록 세뇌했기 때문에 곧 포기했다.

강윤희의 작은 작은어머니는 하루에 한 번씩 전화를 해 고맙다고, 미안하다고 말했다. 강중식의 상황이 얼마나 좋지 않은지를 얘기했고, 마지막에는 강민서 얘기를 하면서 눈물을 흘렸다. 강윤희가 방학중인 걸 아는 백은호의 여동생도 수시로 전화를 걸었다. 임신중인 백은호의 여동생은 백아영이 성조숙증 진단을 받자 그 소식을 백은호의 사촌들에게까지 퍼뜨린 장본인이었다. "언니, 태아보험 들려고 하는데요, 설계사가 요즘엔 성조숙증에 걸리는 아이들이 많다고 보장 항목에 추가하라는데 해야겠죠?" "언니, 오메가쓰리는 꼭 먹어야겠죠?" "언니, 애 낳기가 무서워요." "언니, 우리 아기 나중에 아영이처럼 되면 어떡해요."

방학을 하면 강윤희는 그동안 못 본 드라마를 몰아서 보거나 운동을 하거나 백아영의 친구들을 불러 간식을 만들어주거나 했다. 그러나 이번 겨울에는 그중 어느 것에도 집중하지 못했다. 강윤희는 멍한 상태로 식탁에 앉아 백아영과 강민서를 쳐다보았다. 둘은 나란히 앉아 종이접기를 하고 있었다. 백아영과 조곤조곤 놀아주는 강민서의 다정하고 낮은 목소리, 눈빛, 말투와 행동을 살피면서 강윤희는 작은 작은어머니의 성정을 떠올렸다. 그러다보면 눈앞이 흐려지면서 몸이 나른해졌다. 겨울 오후는 짧았다. 차는 계속 식었고, 곧 물러갈 오후의 빛이 거실 끝에 고여서 어른거렸다. 식탁에 앉아 잠깐 졸다가 일어나면 백아영과 강민서는 여전히 종이접기를 하고 있었고, 또 잠깐 졸다 고개를 들면 어느새 창밖이 어두워져 강윤희는 서둘러 블라인드를 내렸다. 저녁 준비를 하려고 찬물에 손을 씻으면 그제야 정신이 돌아왔다. 그러면 다른 누구도 아닌 강중식의 아들이 자신의 집에 머물고 있다는 사실이 소름이 되어 올라왔다.

"윤희야."

백아영과 강민서가 잠든 시간, 백은호가 강윤희를 불렀다.

"윤희 누나."

대답이 없자 백은호가 다시 강윤희를 불렀다. 위로가 필요하거나 무언가 얻어낼 것이 있을 때 백은호는 누나라는 호칭을 꺼냈다.

"민서 있을 때까진 내가 아영이 옆에서 잘 거라고 했잖아. 잘 자."

"그러지 말고 우리 심야영화 보러 가자. 아영이 깨더라도 처남 있잖아. 오랜만에 둘이서만 데이트 좀 하자. 응?"

강윤희는 수건을 개다가 몸을 돌려 백은호를 보았다.

"저 둘만 두고 나가자고?"

"……"

"가슴이 나오기 시작하는 여덟 살 여자애를 열여섯 살 남자애랑 같이?"

"너 왜 그래 또."

"은호야, 내 말 좀 들어봐. 내가 며칠 동안 계속 봤는데 말이야, 민서가 자꾸 우리 아영이 가슴을 쳐다보는 것 같아. 초경지연탕을 먹는데도 아영이 가슴 멍울이 안 없어져. 불안해죽겠어. 우리 그냥 주사 맞힐까?"

"그만해. 그동안 처남 지켜보고도 몰라?"

"모르겠어."

강윤희는 서랍장에 머리를 기댔다.

"아무것도 모르겠어. 정말 모르겠어."

백은호는 강윤희 옆에 한참 말없이 앉아 있더니 패딩을 주워 입고 담배를 피우러 나갔다. 백은호가 성관계 패턴을 회복하기를 원한다는 걸 강윤희는 알고 있었다. 그렇지만 둘은 피임법에 대해 타협을 못 본 상태였다. 몇 해 전부터 강윤희는 그때그때 하는 피임이 아니라 안정적이고 영구적인 피임을 원했다. 백아영이 어느 정도 자라자 안전한 피임의 울타리 안에서 이전보다 왕성하고 규칙적인 성생활을 하고 싶어진 시기가 온 것이다. 멸균이 안 돼 있는 콘돔 때문에 후유증도 겪고 있는 상태였다. 강윤희는 백은호에게 정관수술을 제안했다. 백은호는 거절했다. 다른 건 다 해도 그것만은 하고 싶지 않다고, 백은호는 아이같이 싫다고만 했다. 강윤희는 수술을 하기 싫어하는 백은호를 이해할 것 같으면서도 이해할 수가 없었다.

"좋아. 그럼 피임 시술은 내 몸에다 할게. 대신에……"

"대신에."

"넌 담배를 끊어."

"야, 강윤희. 넌 어떻게 이런 걸로 거래를 하려고 해?"

"너랑 내가 하는 것 중에 거래 아닌 게 있어?"

"난 아니야. 난 정말 너를 사랑하고, 아영이를 사랑해."

백은호는 억울해하는 순진한 개 같았다.

애연가였던 강윤희와 백은호가 어렵게 담배를 끊은 건 신혼 초였다. 백은호가 함께 담배를 끊자고 했을 때, 그리고 실제로 둘이 함께 담배를 끊었을 때 강윤희는 그게 둘의 미래를 위한 의식이자 약속이라고 느꼈다. 힘든 결심을 해준 백은호가 강윤희는 진심으로 고마웠다. 그러나 백아영이 네 살이 될 무렵 백은호는 상의도 없이 다시 담배를 피우기 시작했다. 일이 힘들다는 변명을 했지만 그건 강윤희에겐 명백한 배신이었다. 백아영의 어린이집, 유치원, 학교 친구들이 몰려 사는 아파트 단지 안에서 강윤희는 백은호처럼 자유롭게 담배를 피울 수도 없었다.

본격적인 피임 얘기가 나오면서부터 강윤희와 백은호는 오히려 성관계가 뜸해졌다. 강윤희가 느끼기에 백은호는 배신에 대해 진심으로 사과할 생각도, 피임 방법에 대해 양보할 생각도 없어 보였다. 그런 상태로 성관계가 회복되기만을 바라는 백은호가 강윤희는 뻔뻔하게 느껴졌다.

그러나 강윤희가 가장 외로운 순간은 자신이 왜 그토록 완전한 피임을 원하는지 백은호에게 이해받지 못한다고 느낄 때였다. 백아영이 성조숙증 확진을 받았을 때도, 틱 증상이 왔을 때도 아무도 자신만큼 문제를 심각하게 받아들이지 않는다고 강윤희는 생각했다. 강윤희는 아무것도 믿을 수 없는 세상 한가운데서 혼자서만 노를 젓고 혼자서만 책임지며 혼자서만 비난받는 것 같았다.

강윤희는 베란다로 나가 창문을 열었다. 겨울바람이 가슴골로 들어와도 몸은 시원해지지 않았다. 식구들이 모두 잠들고 앞 동의 불빛도 거의 꺼진 밤이 되면 강윤희는 술을 들고 베란다로 나가 한참씩 찬바람을 쐬었다. 그러고 있으면 백아영의 문제에서도 백은호와의 관계에서도 도망치고 싶어졌다. 모든 걸 놓아버리고 몸을 쓰는 데에만 열중하고 싶은 충동이 밀려왔다. 강윤희의 성격이나 직업이나 가치관 같은 것을 따지지 않고 강윤희라는 여자의 몸 자체에 관심이 있는 남자. 강윤희는 그런 남자와의 원 없는 섹스를 꿈꾸었다. 그 남자는 백은호만 아니면 되는 어떤 남자였고, 강윤희에게 현실적인 피임의 문제는 오직 백은호하고만 관련이 있었으므로, 피임을 안 해도 상관없을 것만 같은 그런 남자였다. 오르가슴의 느낌은 자위로도 충분했지만 씨탈정을 복용한 뒤로 강윤희는 자위를 해도 오르가슴에 이르지 못했다. 그럴 땐 먹는 것으로 해결했는데 술일 때가 대부분이었다.

"안 추워요, 누나?"

새벽이 가까운 듯했다. 컴컴한 거실 쪽에서 누군가가 강윤희에게 말을 걸었다. 베란다 창문을 닫고 들어가자 강민서의 희끄무레한 얼굴이 보였다. 안방 쪽에서 백은호가 낮게 코 고는 소리가 들려왔다. 강윤희는 빈 와인잔을 식탁에 놓고 술을 조금 더 따랐다.

"누나, 제가 달걀찜 해드릴까요?"

강민서가 맞은편에 와 앉으며 말했다.

"너 그런 것도 할 줄 아니?"

"아빠 술 드실 때 가끔 해드렸어요."

"넌 니네 아빠랑 친하니?"

'니네 아빠'라는 말에 강민서의 동공이 조금 커졌다. 가까이서 보니 생각보다 눈이 큰 아이였다. 집에서도 항상 목을 가리는 티를 입고 있는 강민서를 보면서 강윤희는 손으로 자신의 목을 한번 쓸었다.

"아빠한테 누나 어렸을 때 얘기 많이 들었어요."

"니네 아빠가 내 얘기를 해? 뭐라고?"

"어려서부터 야무지고 예뻤다고요. 누나가 태어났을 때 집안의 경사였대요. 부서질까 날아갈까, 다들 그런 마음으로 누나를 돌봤다고. 갓난아기인 누나가 한쪽에서 자고 있는 것만으로도 집안사람들이 다 행복해했대요."

"진짜? 니네 아빠가 그런 말을 했어?"

강윤희는 식탁을 치면서 미친듯이 웃기 시작했다. 강민서가 재빠르게 팔을 뻗어 쓰러지려는 술잔을 잡았다. 강윤희는 눈물이 맺히도록 웃음을 멈추지 않았다.

"너무 웃기지 않니? 그렇게 귀한 아이였는데, 난 왜 이렇게 살고 있을까?"

강민서의 눈이 다시 조금 커졌다.

"누나가 왜요. 전 이다음에 누나처럼 살고 싶어요. 착한 사람이랑 결혼해서 예쁜 딸 낳고. 열심히 일하면서."

"그래?"

"저한테 이다음이 있다면요."

"……"

강윤희가 말이 없자 강민서가 눈사람 얘기를 꺼냈다.

"어렸을 때 엄마랑 둘이 큰집에 간 적이 있는데 그때 누나가 저한테 눈사람을 만들어줬어요. 기억나요?"

강윤희는 기억나지 않았다.

"누나가 봉지에 흑미를 담아와서 눈사람 머리 위에 다닥다닥 붙이는 거예요. 머리카락 심어주는 거라고 하면서. 까까머리 같기도 하고 밤톨 같기도 하고. 저는 그 눈사람이 정말 좋았어요."

강민서가 고백을 하듯 말했다.

"그다음부터는 저도 눈사람 만들 때 항상 흑미를 썼어요. 누나가 중학교 선생님 됐단 얘기 듣고는 누나 반 애들을 부러워한 적도 있어요."

강윤희는 흐흐흐흣, 웃으면서 고개를 젓혔다. 그러고는 숨을 크게 한 번 내뿜었다.

"누나가 애들한테 어떤 수업을 할까, 혼자서 막 궁금해하고 그랬어요."

"흣."

"지금도 궁금해요."

"그래? 읊어줄까? 열이 어떻게 이동하는지, 물은 어떻게 순환하는지, 화학반응에서의 규칙성이라든지, 태양계의 구조, 무성·유성 생식을 하는 지구 것들에 대한 얘기. 뭐 그런 거? 구름은 어떻게 만들어지는지, 빛은 어떻게 굴절되는지, 소화와 순환과 호흡과 배설의 관계, 세포분열의 원리라든가, 원자의 내부는 어떤지, 빛의 합성으로 어떤 그림을 그릴 수 있는지, 태양이 지구한테 어떤 존재인지, 인간들은 왜 이러고 사는지……"

강윤희는 혼잣말처럼 웅얼거렸다.

"모르면서 그냥 떠드는 거지. 난 사실 중학생 애들을 싫어해."

"누나."

"응?"

"우리 그냥 너구리 끓여먹을까요?"

"앉아 있어. 내가 끓여줄게."

강윤희는 싱크대에서 냄비를 꺼내 물을 받다가 뒤를 돌아보았다. 목티를 입은 창백한 강민서가 식탁에 바위처럼 앉아 이쪽을 보고 있었다.

"근데 너 너구리 같은 거 먹어도 돼?"

"괜찮아요."

강민서가 이번엔 웃지 않고 말했다.

"위암은 아닌걸요."

*

눈도 오지 않고 춥지도 않은 날이 이어졌다. 겨울용품 업체들이 울상을 짓고 있다는 소식이 들려왔고 채널을 돌리다 보면 홈쇼핑 쇼호스트들이 어색하게 웃으며 라쿤 털 패딩을 판매하고 있었다. "엄청난 추위가 한 번은 온다는 얘기가 있죠?" 그들은 더워 보이는 패딩을 입고 그렇게 말했다. 눈을 볼 수 없어서인지 강민서가 와 있어서인지 백아영은 다른 때와 달리 눈썰매를 타러 가자고 조르지 않았다.

강민서가 정밀 검사를 받던 날은 작은 작은어머니가 올라와 강민서를 병원으로 데려갔다. 그날은 하루종일 강민서가 집에 없었다. 자기 어머니보다 훌쩍 커버린 키로 작은 작은어머니의 손을 잡고 가는 강민서를 보면서 강윤희는 십일 년 전을 떠올렸다. 어느 날 강윤희는 강중식의 어린 아들이 아프다는 소식을 들었다. 보름째 열이 나고 있지만 근처 대학병원에서도 원인을 찾지 못한다고 했다. 강민서는 열이 시작되고 삼 주째에 신촌 세브란스병원에 가서야 소아림프종 진단을 받았다. 삼 년째 임용고사 준비중이던 강윤희는 강민서가 항암 치료를 받는 동안 두어 번 병원에 찾아간 적이 있었다. 강윤희가 가면 강민서는 맥도날드에 가자고 졸랐다. 강윤희의 기억 속에 있는 것은 눈사람이 아니라 환자복을 입고 맥도날드 피규어 진열대로 뛰어가던 다섯 살 강민서의 모습이었다. 테이블에 피규어를 늘어놓고 신이 나 있던 강민서의 부은 목과, 몸에서 일어나는 일들이 불편해 내내 칭얼대면서도 피규어만은 손에 꼭 쥐고 있던 모습. 강민서는 항암 치료 끝에 초등학교 입학 전에 완치 판정을 받았다. 몸이 다시 안 좋아진 것은 강중식의 사업이 틀어진 최근의 일이었다. 암이 얼마만큼 재발해 어디로 전이됐는지에 따라 이제 강민서의 삶은 모든 것이 달라질 것이었다.

며칠 뒤, 백아영을 학원에 보내놓고 강윤희는 친정엄마에게 전화를 했다.

"너는 꼭 뭐 물어볼 거 있을 때만 전화하지."

친정엄마가 투정 섞인 핀잔을 했다. 강윤희는 자신이 지금까지 친정엄마에게 물었던 것들을 떠올렸다. 어떤 콩은 밥을 해도 왜 계속 딱딱한지, 잡채에 마늘을 넣어야 하는지 말아야 하는지, 녹말가루는 뜨거운 물에 풀어야 하는지 찬물에 풀어야 하는지…… 하지만 강윤희가 정말로 묻고 싶은 것은 그런 것들이 아니었다. 엄마는 어떻게 세상을 믿을 수 있었던 것인지 강윤희는 궁금했다. 어떤 믿음이 열한 살 딸과 스물세 살 시동생 둘만 남겨놓고 여행을 갈 수 있게 했던 것인지. 강윤희는 살아생전에 그런 얘기들을 엄마와 할 수 있는 날이 올까 생각했다. 외음부의 면역 체계에는 이상이 생겼고 백아영을 임신중일 때 빼고는 소염진통제와 항생제를 달고 살아왔다는 걸 백은호조차 알지 못했다. 이 세상에 강윤희의 말을 들어줄 사람은 정신과 의사밖에는 없을지도 몰랐다.

강윤희는 친정엄마가 말한 대로 밀가루를 수제비 반죽보다 약간 되게 반죽해 비닐에 싸두고 신김치를 썰었다. 쫑쫑 썰라고 했기 때문에 쫑쫑쫑 썰었다. 두부를 힘주어 짜고, 숙주나물을 데치고, 파와 마늘을 다져넣어 소를 만들었다. 강윤희는 반죽해놓은 밀가루를 치대고 길게 말아서 피 하나 크기만큼 잘라놓았다. 교자상을 펴고 밀대를 꺼내놓자 백아영과 강민서가 달려들었다. 강민서는 여러 번 해보았는지 밀대를 쓱쓱 움직여 만두피를 보름달처럼 만들어놓았다. 백아영은 자기도 해보겠다며 밀대를 밀었지만 생각처럼 되지 않는지 끙끙댔다. 손목을 어떻게 돌리고 어느 쪽으로 얼마만큼 힘을 줘야 하는지 강민서가 다시 시범을 보였다. 강민서의 손이 전날보다 많이 부어 있었다. 만두소를 넣은 양푼에 숟가락 세 개를 꽂고 그들은 만두를 빚기 시작했다. 둥글게도 만들고 길게도 만들었다. 반죽을 조그맣게 떼어 귀도 붙이고 꼬리도 붙였다. 백아영은 중간중간 백은호에게 전화를 걸어 자기가 만두를 얼마나 멋지게 빚고 있는지 중계했다. 나만 빼고 이러기야, 하는 백은호의 약오른 목소리가 들렸다.

"누나, 오늘밤부터 많이 추워진대요."

강민서가 만두소를 뜨며 말했다.

"엄마, 최강 추위가 온대. 완전 최강."

강윤희는 밖을 내다보았다. 그때까지만 해도 눈은 오지 않았다.

"민서 삼촌, 만두 빚으면서 울기 놀이 할래? 내가 이름을 대면 삼촌이 소리를 내는 거야."

"좋아."

"강아지."

"멍멍."

"고양이."

"야옹."

"소."

"음메."

"돼지."

"꿀꿀."

"하마."

"……"

"헤헤헤, 어렵지?"

백아영이 머리카락에 밀가루를 묻히고 웃다가 다시 문제를 냈다.

"그럼 공룡은 어떻게 울게?"

"키우우우우웅."

"오오. 소라는 어떻게 울게?"

"철썩, 철썩."

"그럼 우리 엄마는 어떻게 울게?"

잠시 정적이 이어졌다. 강민서가 강윤희의 눈을 보고 있었다. 강민서의 시선이 주는 기이한 힘이 공간을 채워왔다. 이상하게도 그 잠깐 사이에 강윤희는 위로를 받고 있는 것 같았다.

백아영이 환호를 하며 일어섰다. 강윤희와 강민서는 밖을 보았다. 거짓말처럼 함박눈이 내리고 있었다. 셋은 만두를 내팽개치고 베란다로 달려갔다. 언제부터 내렸는지 벌써 눈이 꽤 쌓여 있었다. 장갑을 끼고 나가 눈사람을 만드는 아이들도 보였다.

강윤희는 백아영과 강민서의 떼를 이기지 못하고 밖으로 나가는 걸 허락했다. 강윤희가 양쪽 귀에 마스크를 걸어주는 동안 강민서는 상체를 숙이고 가만히 있었다. 강윤희는 목도리를 겹겹이 둘러

주면서 감기에 걸리면 안 된다고 신신당부를 했다. 백아영과 강민서는 그날 페트병만한 작은 눈사람을 만들어서 들고 들어왔다.

강민서는 당연히 줘야 하지 않겠느냐는 듯 강윤희에게 두 손을 내밀었다. 강윤희는 그 위에 흑미를 쏟아주었다. 강민서와 백아영은 흑미로 눈사람의 머리카락을 빼곡하게 심고 눈 코 입도 흑미로 완성했다. 강윤희는 화분 받침에 눈사람을 올려 베란다에 놔두고 혹시라도 녹을까봐 바깥 창문을 열어두었다. 그러나 창문을 열어둘 필요도 없이 그날 밤부터 한파가 시작됐다.

눈이 내린 그대로 세상이 얼어붙었다. 체감온도 영하 삼십 도의 한파는 며칠 동안이나 계속됐다. 세탁기와 수도가 얼고, 한강이 얼고, 텔레비전에서는 얼음이 떠다니는 서해 바다의 모습이 방송됐다.

한파특보 삼 일째, 강민서의 검사 결과가 나왔다. 집이 병원 인근인 강윤희가 강민서를 태우고 운전해서 병원에 먼저 도착했고, 뒤이어 작은 작은어머니와 강중식이 왔다. 결과를 듣고 작은 작은어머니와 강민서가 입원 절차를 밟는 동안 강중식이 옥외 휴게실로 강윤희를 불렀다. 다른 때 같으면 벤치 여기저기에 보였을 사람들이 한파 때문인지 한 명도 보이지 않았다.

"민서가 그러더구나. 윤희 누나네 있는 동안 좋았다고."

강중식이 말했다. 추워도 너무 추워서 강윤희는 몸이 굳는 것 같았다.

"……다 내 잘못이다."

강중식은 갑자기 어깨를 떨더니 그렇게 말했다. 림프절에서 시작된 강민서의 암은 간과 척수로 전이되었다고 했다. 예후가 좋지 않은 듯했다. 이제 강민서는 끝을 알 수 없는 항암 치료와 방사선 치료 속으로 다시 들어가야 했다.

"다 내 죄야……"

강중식은 그렇게 말하면서 흐느끼기 시작했다. 벤치 끝에 걸터앉은 늙은 강중식이 몸을 공벌레처럼 만 채 울고 있었다.

"그때 내가, 그때 내가 너한테……"

강윤희는 '그때'라는 말을 잘못 들었다고 생각했다.

"그래도 윤희야."

강중식이 강윤희 쪽으로 몸을 돌렸다.

"그래도 나는……"

"……"

"손가락밖에는 안 넣었다."

그러면서 강중식은 다시 울기 시작했다. 지푸라기라도 잡고 싶다는 듯이. 그 일이 없던 일이 되면 강민서의 병이 나을 수 있다는 듯이. 최악까지 가진 않았는데 이런 형벌은 억울하다는 듯이. 그러나 강윤희가 놀란 것은 그런 것들 때문이 아니었다. 강중식이 아직 그 일을 기억하고 있다는 사실 때문이었다. 어쩌면 나쁜 꿈을 꾼 게 아닐까 생각한 적도 있었다. 몸의 증상을 빼면 그만큼 그 일은 현실감이 없었다. 이십 년이 훨씬 넘는 시간 동안 사촌들의 결혼식과 조부모의 장례식과 온갖 집안 대소사 속에서 강중식은 아무렇지 않게 강윤희를 대했던 것이다.

강윤희는 강민서의 짐이 빠져나간 서재 방문을 잠갔다. 그러곤 대부분의 시간을 소파에 멍하니 앉아 보냈다. 텔레비전에는 폭설로 항공기가 결항돼 공항에 발이 묶인 사람들이 나왔다. 국립공원과 도로가 통제되고, 비닐하우스와 축사가 붕괴되고, 고깃배가 얼음 한가운데에 갇혀 있는 모습이 보였다. 갑자기 긴급재난문자가 오면 강윤희는 깜짝 놀라 베란다로 나갔다. 그러면 강민서가 만들고 간 눈사람이 까만 흑미를 머리에 이고 꽁꽁 언 채 서 있는 모습이 보였다.

역대급 기록을 세웠다는 한파특보는 오 일 만에 해제됐다. 주말이 지나고 백아영은 강윤희보다 일주일 먼저 개학을 했다. 백아영을 학교에 보내고 빈집에 혼자 앉아 있으면 어디선가 주사위가 굴러가는 소리, 색종이를 접었다 펴는 소리, 강아지와 트리케라톱스와 소가 우는 것 같은 소리가 들려왔다. 강윤희의 친정에 있는 앨범 속에는 오래된 사진이 하나 있었다. 강윤희는 그 사진을 생각하고 있었다. 한 소년이 갓난아기를 업고 있는 사진이었다. 소년은 허리를 직각으로 꺾고서 쩔쩔매고 있었다. 아기가 흘러내릴까봐 양팔에 힘을 주어 뒤를 받치고, 그 와중에도 등에 매달린 아기를 보려고 고개와 눈동자를 뒤쪽으로 한껏 돌리고 있었다. 여차하면 아기를 받으려고 소년 옆에 바짝 붙어 있는 아기 엄마가 보였고, 환호를 하는지 말리는지 모를 손들이 보였다. 강윤희는 그 포대기의 무늬를 기억하고 있었다. 분홍색 빗금이 누빔 결을 따라 전체에 퍼져 있고 띠 부분엔 흰색 땡땡이가 박혀 있었다. 그 포대기는 강윤희의 동생들이 태어날 때까지 계속 쓰이다 언제 사라졌는지 모르게 사라졌지만, 친정에 보관돼 있는 옛날 사진들 속에 아직도 소품처럼 남아 있었다.

한파가 수그러들고 얼었던 세탁기는 다시 작동됐다. 푹한 날이 하루이틀 이어졌다. 강윤희는 며칠 묵은 빨래를 돌리고 집안의 문들을 하나하나 열었다.

베란다로 나갔을 때 강윤희는 눈사람을 세워놓았던 화분 받침에 물이 넘칠 듯 말 듯 찰랑이고 있는 것을 보았다. 그 물 위에 흑미가 빼곡히 떠 있었다.

강윤희는 왠지 그걸 보고 있기가 힘들어 다른 일들에 집중했다. 출근이 시작되면 한동안 손대지 못할 집안일들을 하루에 하나씩 해치웠다. 일주일은 금세 갔다.

주말이 되었을 때 강윤희는 베란다로 나가 다시 화분 받침 앞으로 갔다. 찰랑거리던 물은 다 증발되고 화분 받침에는 습기를 머금은 흑미들만 까맣게 모여 있었다.

강윤희는 백아영을 베란다로 불렀다. 흑미만 남은 화분 받침을 건네자 백아영은 주저앉아서 울기 시작했다. 강민서가 더이상 집에 없다는 걸 그제야 실감한 듯 백아영은 민서 삼촌을 부르며 울음을 멈추지 않았다. 당장 민서 삼촌을 보러 가겠다며 떼를 썼고, 눈사람을 살려내라면서 강윤희의 가슴을 때렸다.

"아영아, 민서 삼촌이랑 니가 만든 눈사람, 없어진 거 아니야. 그냥 모습이 변한 거야."

"너무해. 너무해."

백아영은 오후가 되어서야 진정이 됐다. 강윤희는 백아영과 함께 흑미를 드라이어로 말려 유리병에 담았다. 그리고 냉장고에 넣었다. 냉동실에는 강민서가 빚어놓고 간 김치만두가 남아 있었다. 강윤희는 다음해 겨울에도 강민서와 교자상에 둘러앉아 만두를 빚을 수 있을까 생각했다. 그런 날이 다시 온다고 해도, 그때까지 강민서가 견뎌야 하는 시간들에 대해 강윤희는 알 수 없었다.

강윤희는 출근을 해 다시 중학생 아이들과 지냈다. 강윤희가 담임을 맡은 중학교 이학년 아이들한테서는 하루에도 소소한 사건사고가 끊이지 않았다. 이애랑 저애가 헤어지면 다음날은 저애랑 그애가 사귀고, 그애는 다시 이애에게 고백하고, 울고, 먹고, 깔깔대고, 복도에서 키스를 하고, 교실에서 허리를 감고, 다시 울고, 뛰고, 강윤희를 부르고, 강윤희에게서 도망갔다. 그 아이들을 보며 강윤희는 언젠가는 중학생이 될 백아영을 상상했다. 그러면 암울한 기분이 되었다.

어느 날 새벽엔 백은호가 자고 있는 강윤희를 깨웠다. 백은호는 강윤희의 어깨를 잡더니 나쁜 꿈을 꾸었느냐고 물었다. 강윤희는 침대 끝에서 몸을 구부린 채로 땀을 흘리고 있었다. 강윤희는 백은호의 팔을 잡았다.

"은호야, 아영이가 나한테 자꾸 잘못했다고 비는 꿈을 꿔. 제발 용서해달라고…… 엄마 미안해, 엄마 미안해, 그러면서 자꾸 빌어. 그게 내 악몽이야."

강윤희는 백은호한테 기대 조금 울었다. 백은호는 강윤희를 엎드리게 하더니 땀에 젖은 상의를 벗겼다. 그러고는 마른 수건을 갖고 와 강윤희의 등을 닦았다. 백은호는 수건을 내려놓고 천천히 강윤희의 등을 안마했다. 강윤희는 혼몽한 채로 엎드려서 고르게 숨을 내쉬었다. 잠시 뒤 강윤희의 등엔 손 대신 백은호의 입술이 와닿았다. 조금씩 빨라지는 호흡을 느끼면서 강윤희는 엎드려 있을 때 백은호가 들어오는 걸 자신이 얼마나 좋아했었는지를 떠올렸다. 백은호의 배가 강윤희의 등에 밀착되면 위치상 바로 귓가에 백은호의 숨소리가 들렸다. 숨소리를 느끼다보면 어느새 백은호가 미끄러져 들어와 두 팔에 강윤희를 가둔 채 몸을 움직였다. 등이 점점 뜨거워지는 것을 느끼고 강윤희는 그게 회상이 아니라 실제 상황임을 깨달았다. 백은호의 팔이 강윤희의 눈앞으로 길게 뻗어나와 이불을 움켜쥐고 있었다. 귀에 닿는 백은호의 호흡이 가빴다. 땀에 젖은 백은호의 배가 뒤에서 빠르게 마찰하고 있었다. 미처 어찌할 새도 없이 강윤희는 그곳의 근육이 수축하기 시작하는 걸 느꼈다. 곧이어 강윤희의 몸속에서 울음과도 같은 소리가 폭발했다. 강윤희가 백은호의 팔을 무는 동시에 백은호는 사정했다. 백은호의 몸속에 있던 이억 마리의 정자가 강윤희의 몸속으로 들어오는 순간이었다.

그날 피임을 하지 않았다는 걸 강윤희와 백은호는 아침이 되어서야 알았다.

| 작가노트 |

강윤희

노트북을 끄고 일어서기 전, 그날 쓴 소설의 몇 줄 혹은 몇 페이지를 핸드폰으로 찍어둘 때가 있다. 와이파이가 잘 안 되는 곳에 있거나 백업할 분량이 많지 않을 때일 것이다. 얼마 전 핸드폰에 꽉 차 있는 작년 사진들을 정리하다가 2016년 초의 사진들을 보게 되었다. 2016년 1월 13일에는 눈이 많이 내렸는지 벤치에 쌓인 눈 위에 글씨를 써넣은 사진이 있었다. 한파특보 재난문자를 캡처해놓은 1월 18일의 사진, 성수동의 한 콩나물국밥집 명함을 찍어놓은 1월 23일의 사진, 고무나무 잎들이 새까맣게 얼어버린 1월 25일의 사진. 그 사진들 사이에 이 소설의 초고와 퇴고 원고를 짧게 짧게 찍어놓은 사진들이 있었다.

2016년을 지나는 동안 자주 강윤희를 생각했다. 딸아이 손을 잡고 건널목에 서 있는 여자들을 보면서도 강윤희를 생각했고 식당에서 아이, 남편과 함께 밥을 먹는 여자들을 보면서도 강윤희를 생각했다. 아이 학대 기사에 달린 천벌받을 년이라는 댓글을 볼 때, 내가 사는 집의 천장과 벽과 침대와 현관문을 볼 때, 강윤희를 짓누르는 책임감과 죄책감이 어떤 맥락에서 시작되었는지를 생각했다. 내가 소설 속에서 인물들의 공포나 욕망을 다뤄온 방식과 살면서 인간에 대해 체념해온 것들, 단정짓지 않겠다고 마음먹으면서도 내가 느꼈다는 이유만으로 단정지어온 것들, 의식적으로든 무의식적으로든 내가 세상을 볼 때 밀어놓은 어떤 관점들에 대해서, 왜 그렇게 되었는지를 처음부터 다시 생각하고자 했다. 2016년의 한 축은 그런 시간들이었다.

이 소설은 쓸 때보다 마치고 났을 때 찾아온 감정들 때문에 힘들었다. 마지막 장면을 쓰고 났을 때의 느낌이 아직 선명하다. 끔찍했다. 소설에서만이라도 강윤희가 네모난 집을 찢고 나오게 할 수 없었나 몇 번씩 생각했다. 무기력했고 답답했고 가슴에 무겁고 단단한 것이 올라가 있는 것 같았다. 나는 왜 이 이야기를 이렇게 썼을까 생각했고 그런 생각들 끝에서 나의 유일한 현실같이 느껴지는 강윤희의 자리와 마주해야 했다.

2016년 1월과 2월은 무척 추웠다. 사진을 보자 그때가 얼마나 추웠는지 다시 생각났다. 한파특보도 동파 사고도 잦았다. 노트북 화면을 찍어놓은 사진들 사이에는 그런 추운 사진들과 눈이 퀭한 내 셀카 사진이 섞여 있었다. 나는 내 얼굴을 제일 먼저 삭제했다.

| 해설 |

작은 신의 것들*

황현경

열한 살 강윤희의 질 속에 그녀의 아버지의 막내 남동생 스물세 살 강중식이 세균 범벅인 이물질을 집어넣었다. 외음부의 면역 체계에 이상이 생겨 소염진통제와 항생제를 달고 살아온 강윤희는 지금 서른일곱 살이다. 마흔아홉 살 강중식은 사업에 실패한 후 엉망인 모습으로 급속히 늙어가는 중이다. 그의 열여섯 살 아들 강민서는 다섯 살에 발병한 소아림프종이 재발해 간과 척수로까지 암이 전이되었다. 상황이 좋지 않은 삼촌 강중식 내외를 대신해 병원 인근에 사는 강윤희가 보름 남짓 사촌동생 강민서를 맡는다. 강민서는 제 또래 아이들을 가르치는 중학교 선생님인 강윤희를 누나라 부르고, 성조숙증으로 가슴이 나오기 시작하는 여덟 살 딸 백아영은 오

* 아룬다티 로이, 『작은 것들의 신』(박찬원 옮김, 문학동네, 2016).

촌 강민서를 삼촌이라 부르고, 서른네 살 백은호는 처남의 말투를 징그럽게 흉내내며 아내 강윤희를 누나라 부른다.

틀림없이 이런 이야기를 읽긴 했는데, 글쎄 도대체 이걸 무슨 소설이라 해야 할까. 끔찍한 사건의 피해자인 강윤희를 중심에 놓고 보자면 가족 내 성폭력의 신체적·정신적 후유장애에 관한 소설이라 할 수도 있을 것이다. 그러나 딱하기로 치면 그 끝이 생인지 사인지 모를 항암 치료와 방사선 치료를 앞둔 강민서가 있다. 아버지 강중식의 죄를 아들 강민서가 갚는 인과응보에 관한 소설이라 할 수도 있을 것이다. 그러나 무고한 강민서가 대신하여 치르기엔 죗값이 너무 과하기도 하거니와, 그를 살피는 강윤희의 태도로 미루어 그녀가 그 죗값을 받아내길 원한다고는 도저히 볼 수 없다. 무엇보다도 이런 식의 쉬운 답 중 하나를 선뜻 택하기에는 그들의 관계가 뭐라 말할 수 없게 미묘하며, 여러 장면들이 또한 뭐라 말할 수 없게 기묘하다. 최은미의 「눈으로 만든 사람」은 이렇게나 복잡한 소설이다.

다시 처음으로. 매일같이 눈 내리던 어느 겨울 한 아이가 태어났다. 아이의 삼촌인 소년이 기다리고 기다리고 기다려 만지고 안고 업었다. 시간이 흘러 자신이 그 아이의 질 속에 손가락을 넣고 휘저을 줄은 상상도 못한 채. 왜 그랬을까. 우리는 모른다. 소설이 그의 속마음을 들려주지 않아서이기도 하지만, 그런 미친 짓을 저지른 속내를 듣는다 한들 우리는 결코 이해할 수 없을 것이다. 한데 가만히 보면 속 모를 이가 강중식 하나만은 아니다. 백아영에게 가해지는 온갖 성적 자극을 차단하려 애쓰는 강윤희 앞에서 바로 그 딸에게 볼을 비비고 뽀뽀를 해대는 백은호는 과연 생각이라는 게 있는 자인가. 그리고 강윤희. 모든 걸 놓아버리고 도망치고픈 마음을 이해할 수 없는 건 아니지만, 성조숙증의 '성' 자만 들어도 우리까지 다 넌덜머리가 날 판에 하필 제 몸에만 몰두해줄 남자와의 원 없는 섹스를 꿈꾸다니. 정말이지 다들 왜 이러고 사나 싶다.

인간이란 게 원래 이해할 수 없는 존재들이라고, 왜 이러고 사나 싶으면서도 다들 그러고 산다고 말하면 될까. 아니, 사태의 경중과 가해자와 피해자와 상상과 현실과 남녀의 차이가 다 지워진 이 수상한 항등식에 그렇게 순순히 동의해서는 안 된다. 저 참혹한 삶들이 어디서부터 어떻게 차곡차곡 엉켜왔는지를 우리는 보았지 않나. 강중식이 강윤희를 업을 날을 기다리며 매일같이 만들었던 그것, 강윤희가 어린 강민서에게 만들어주었던 그것, 강민서와 백아영이 함께 만들어 강윤희에게 들고 온 그것, 눈사람. 기약 없는 투병을 위해 병원으로 떠난 강민서가 남긴 그것이 녹아버리자 주저앉아 우는 백아영을 강윤희가 달랜다. "아영아, 민서 삼촌이랑 니가 만든 눈사람, 없어진 거 아니야. 그냥 모습이 변한 거야."(80쪽) 그래, 화분 받침에 녹아 찰랑이던 물이 하늘로 올라가 머물다 다시 돌아올 추운 겨울에 눈이 되어 내리면 누군가는 또 눈사람을 만들겠지. 그러면 또 잠시간 눈사람의 머리카락과 눈 코 입일 흑미는 습기를 머금고 까맣게 모이겠지.

떠올리면 왠지 모를 소름이 올라오는 저 작고 까만 것들이 이게 무슨 소설인지를 말해주는 건 아닐까. 흘러가는 시간에 실려 사라져버리는 것들, 그러고도 남는 무언가. 어디 눈사람뿐인가. 과거 강윤희와 강중식이 같은 밥상에서 먹었던 할머니의 음식들. 강윤희가 물려받아 백씨 부녀에게 먹인 그것들, 강중식의 부인이 물려받아 강씨 부자에게 먹였을 그것들. 하물며 고기의 여러 부위를 그에 맞는 조리법으로 꾸준히 먹어야 한다는 시어머니의 확고한 믿음에 알게 모르게 길들여진 강윤희가 백아영에게 먹여온, 어려서부터 성호르몬제를 맞고 번식을 반복한 초식동물의 고기들. 어딘가에서 여기로 옮겨왔다 또 어딘가로 옮겨갈 무언가. 눈에 보이지도 않을 만치 미세할지언정, 그들 모두의 삶을 마음껏 유린하는 그것을 우리는 '운명의 신'이라 부르지 않을 수 없으리라.

이렇듯 최은미의 소설에서 운명의 신은 주사위를 손에 든 절대자의 모습이 아니다. 이미 「너무 아름다운 꿈」(『너무 아름다운 꿈』, 문학동네, 2013)이나 「창 너머 겨울」(『목련정전』, 문학과지성사, 2015) 등의 탁월한 작품들을 통해 선보인바, 차라리 그것은 숙주인 '몸'에 기생해 '삶'이라는 양분을 빨아먹으며 끈질기게 번식하는 바이러스나 곰팡이와 닮았다. 그렇다면 이 기구한 이야기를 함부로 '운명의 장난'이라 부를 수는 없겠다. 그 작은 신들은 그저 생존과 번식에 몰두할 뿐이니까. 고작 그딴 것들이 삶을 빨아간다니 너무 가혹한가. 그러나 식욕에도 성욕에도 초연할 수 없음은 그들 또한 마찬가지인 것을. 모가지를 기준으로 위는 인간이고 아래는 짐승인 인면수신(人面獸身)의 존재들. 삶이라 할 무언가를 빼앗긴 채 몸만 남아 생존하고 번식하는, 그리하여 '그들'이라 부를 수조차 없는 '그것들'.

이제 "암컷 동물의 털에서 나는 것 같은 냄새"(60쪽)를 풍기기 시작한 백아영이 곧 '그것들'의 목록에 추가될 예정이다. 성호르몬 억제 주사나 초경지연탕 따위가 그 시점을 조금 늦출 수는 있을지 몰라도 영영 미룰 수는 없을 테니. '얼굴'마저도 제멋대로 한 번씩 틱 하고 뒤틀리는데 삶이 어찌 제 맘대로 살아지겠나. 거기 더해지는 마지막 장면. 강윤희의 등 위로 개처럼 올라타 흘레붙던 백은호가 그녀의 몸속에 이억 마리의 정자를 뿌릴 때 우리는 또다시 하나의 숙주가 탄생할 것을 예감한다. 열이 이동하고 물이 순환하듯 생은 반복된다. 이제까지는 비극으로, 이제부터도 비극으로. 형이상학적 접근을 요하는 지점이 조금도 없는 이 끝없는 순환에 '운명론'이라는 말을 가져다 붙이는 것도 이제는 사치스럽게 느껴진다. 트리케라톱스가 풀을 뜯던 그 시절부터 무수히 반복되어왔을, 본능에 충실한 작은 신과 "순진한 개"(68쪽) 같은 '그것들'의 생존과 번식의 기나긴 연대기. 이건 그냥 생물학이다.

이렇게 한번 말해볼까. 어떤 소설은 삶을 불어넣고, 또 어떤 소설은 삶을 빨아간다. 읽고 나면 여태껏 몰랐던 삶을 알게 하는 소설은 물론이고, 여태껏 알아온 삶을 다시 모르게 하는 소설까지도 모두 전자에 포함된다. 어쨌거나 그것들은 삶이 있음을 전제로 하므로 끝내는 어떻게든 삶을 부풀린다. 최은미의 소설은 후자다. 인간들은 왜 이러고 사는지 고작 이것밖에 안 되는 건지 하는 답 없는 자문을 던지다 지치게 하여, 끝내는 여태껏 삶이라 여기고 살아온 그것이 애초에 있기는 한 건지를 의심하게 한다. 뒤의 것이 더 짙은 회의와 허무임은 분명하므로, 그로부터 니체식의 '강한 염세주의'(권희철, 「살아가기 위해서 우리는 비극을 읽는 것입니다」, 『너무 아름다운 꿈』 해설)를 읽어낸 이와 그 염세주의가 자칫 '관성'(김형중, 「미리 결정된 지옥에서」, 『목련정전』 해설)이 될 수도 있음을 지적한 이

를 참고하며 그래서 도대체 이게 무슨 소설인지를 논하고 이만 마침표를 찍으면 될 텐데,

못하겠다. 오랜 시간에 걸쳐 서서히 썩어온 것들이나 삶이 빠져나가 몸이라는 허물만 남은 것들은 그간 최은미의 소설에서 익히 보아왔던지라 어느 정도 면역이 생겼겠거니 했는데 웬걸, 전혀 아니었다. 한 번씩 느껴지던 설화적·신화적 분위기가 말끔히 걷힌 이 이야기를 인물의 성까지 매번 또박또박 챙겨 부르는 비정한 화자의 입을 통해 듣고 나니 그 끔찍함이 참으로 새삼스러웠다. 소설이라기보다는 취재기사나 사건일지를 읽는 기분이었달까. 그러자 나는 '삶이라는 지옥'을 말하기가 난처해졌다. 이때의 이 지옥과, 소설 속 그들이 '지옥 같은 삶'을 살고 있다고 할 때의 그 지옥을 같다고 하면 안 되지 않을까. 아무래도 나는 읽는 내내 강윤희와 함께 헤매다녔던 불쾌한 골짜기(Uncanny Valley)에 아직 갇혀 있는 것 같다. 삶은 어디까지나 삶이고 소설은 어디까지나 소설일진대, 이렇듯 너무 아름다운 소설이 삶과 소설 사이의 안전지대를 침범해 삶을 위협해올 때면 나로서도 달리 도리가 없기에,

이렇게 쓴다. 정말 주옥같고 지옥 같은 소설을 읽었다.

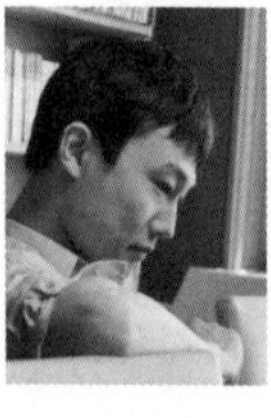

황현경

2012년 문학동네신인상에 평론 「반격, 김사과!」가 당선되어 등단.

김금희

문상

작가노트 더이상 나쁘지 않은 날들

해설 이재경 웃음과 망각의 매듭

김금희

2009년 한국일보 신춘문예에 단편소설 「너의 도큐먼트」가 당선되어 등단. 소설집 『센티멘털도 하루 이틀』 『너무 한낮의 연애』 『오직 한 사람의 차지』, 장편소설 『경애의 마음』 『복자에게』, 중편소설 『나의 사랑, 매기』, 산문집 『사랑 밖의 모든 말들』 등이 있다. 2015년 젊은작가상, 2016년 젊은작가상 대상, 신동엽문학상, 현대문학상, 우현예술상, 2020년 김승옥문학상 대상 등을 수상했다.

문상

부음을 듣고 대구로 내려가면서 송은 희극배우의 잘못된 선택들에 대해 생각했다. 희극배우는 자기 인생이 그런 선택의 연쇄이며 그런 연쇄들 끝에 희극배우가 됐다고 했다. 시작은 아주 작은 세포 덩어리에 지나지 않았을 때 실수로 남자가 돼버린 것이었다. 송이 그런 걸 기억해요? 그런 걸 어떻게? 하고 마지못해 궁금해하자 희극배우는 진지한 표정을 지으며 기억합니다, 라고 말했다.

"나는 코가 자라는 줄 알고 잡아당겼어요. 그랬다가 그만 남자가 된 거죠."

"남자가 왜요?"

"남자라서 괴롭습니다."

"남자가 뭐가 괴로워요? 여자가 죽을 맛이죠."

"아니에요, 정말 남자란, 괴롭습니다."

실제로 희극배우는 우울한 사람이었다. 무기력했고 일 처리에 능숙하지 못했으며 건망증도 심했다. 계절에 상관없이 옷을 입고 늘 불면에 시달렸다. 그런 건 우울증의 증상이라고 송은 생각했지만 쉬셔야 해요, 쉬셔야 한다고요, 라고만 충고했다. 그러면 희극배우는 젖은 빨래처럼 축 처져 있다가도 자리에서 일어나 어디론가 사라졌다. 그래봤자 극단의 소극장으로 돌아가거나 시장에서 순대 한 접시를 놓고 술이나 마실 거면서 말로는 바빠요, 일이 많아요, 하며 스위치가 켜진 로봇처럼 뻣뻣하게 걸어갔다. 그러지 않으면 삼십 분이고 한 시간이고 재단 사무실에 앉아 신세한탄을 하니까 어쩔 때 송은 그만 가주었으면 하는 생각에 쉬셔야 해요, 하고 한마디했다. 사람이 고장난다고요.

재단에서는 사 년째 희극배우의 연극을 지원하고 있었다. 그가 사무장을 맡고 있는 극단은 일 년에 두세 차례 공연을 올리기는 했지만 그보다는 재단의 지원에 적잖게 기대고 있는 상황이었다. 그래도 극단에서 매년 기획하는 시민참여형 연극만큼은 꽤 유명하고 호응도 좋은 사업이었다. 시민들의 참가 신청을 받아 여름부터 연습하고 연말 무대에 올리는데 사실 희극배우의 수입이란 그 과정에서 받는 기획료가 전부였다. 송이 매해 그 사업의 담당자였기 때문에 그와 가장 친했고 그래서 멀리 문상을 가게 된 것이었다.

오랜만에 기차를 탄 송은 승강장 입구에서 표 검사를 하지 않아 놀랐다. 하기는 대학에서 엠티를 간 이후로 기차를 탄 적이 없었다. 여행을 잘 가지 않기도 했지만 기차를 좋아하지 않는 편이기도 했다. 오늘도 차를 정비소에 맡기지 않았더라면 운전을 했을 것이었다. 송은 어리둥절한 얼굴로 좌석에 앉았다. 역방향 좌석이라서 출발과 동시에 어디론가 거꾸로 빨려들어가는 기분이었다. 아버지가 부산 출신이라서 어린 시절 송은 자주 기차를 탔다. 무궁화이거나 비둘기이거나 하는 이름이었을 그 기차의 좌석은 푸른 인공 벨벳천으로 되어 있었다. 그 보드라운 천에 얼굴을 대고 장시간 버텨봤자 송을 맞는 것은 아파서 늘 누워 있던 조모의 무관심한 눈길뿐이라서 그 여행이 그렇게 좋지는 않았다고 송은 기억했다. 조모가 불행하게 세상을 떠나서일지도 몰랐다. 송이 열한 살 때 조모는 스스로 목숨을 끊었다. 삼촌들이 조모를 부산에서, 장남인 송의 아버지가 있는 서울로 옮기기로 결정한 날의 일이었다. 그것은 남은 이들에게 좋지 않은 영향을 주었다. 송 역시 그 일에 대해 생각하다보면 마음이 난폭해지곤 했다. 그것은 실체가 있는 대상이 아니라 실체는 없지만 힘은 가지고 있는 무언가를 향한 것이었다. 이를테면 바람, 막 출발한 동대구행 KTX가 달리면서 일으키는 이 광포한 바람, 흩날리는, 승강장 사람들의 머리카락과 현수막, 그리고 바람이 멈춘 뒤 찾아오는 정적 사이에서 느껴지는, 살아 있다는 것. 진행되지만 실감할 수는 없는 그것을 모멸하고 난폭하게 굴고 싶은 마음.

기차는 한 시간도 안 돼 대전에 도착했다. 기차가 정차했다가 떠나는데 가락국수 부스가 보였다. 부산에서 서울까지 오다보면 기차는 대전에서 길게 정차했고 그러면 송의 아버지는 가락국수를 사왔다. 아버지가 기차에서 내려서 국수를 사들고 오기까지 송은 아버지가 기차를 놓칠까봐, 영영 승강장에 남게 될까봐 긴장했다.

그래서 사람들 사이를 비집고 들어가는 아버지의 뒷모습을 눈으로 애타게 뒤쫓곤 했다. 아버지는 1980년대 남자들이 대개 그랬듯 귀밑까지 좀 길게 머리를 기르고, 마르고, 까맣고, 값싼 천의 양복바지를 입었으므로 얼마 못 가 더는 구별되지 않았다. 한번은 아버지가 미처 못 탔는데 기차가 떠난 적도 있었다. 그때 아버지가 급하게 다른 칸에 올라탄 줄도 모르고 송은 새파랗게 질려 울었다. 어린 시절 자신의 그런 애착에 대해 생각하는 것을 송은 좋아하지 않았다. 마음이 엉망이 되곤 했기 때문이다.

송은 희극배우가 보낸 문자메시지를 확인했다. 오시기 전에 연락을 주세요. 형제들이 다 똑같이 생기어 분간을 못합니다. 송은 피식 웃으면서 지금이 농담할 상황인가, 생각했다. 알겠습니다 하고 답장을 보냈지만 먼저 연락하고 나타날 생각은 없었다. 원래 문상은 경황이 없는 상주를 짧게 일별하고 오는 것이니까. 그런 것이니까, 문상은.

동대구역에 내려서는 곧바로 택시를 탔다. 아직 오후라 그런지 장례식장에는 사람이 거의 없었다. 희극배우와 그의 형들은 정말 생김새가 비슷했지만 헷갈릴 일은 전혀 없었는데 희극배우만 상복을 입지 않았기 때문이었다. 왜 그런지 짙은 파란색 양복을 입고 있었다. 희극배우는 형들 옆에서 주눅이 든 사람처럼 서 있다가 송을 보자 송혀엉, 했다. 송은 가방에서 부의금이 든 봉투들을 꺼내 함에 넣고 절을 했다. 육개장과 편육, 떡을 가운데 두고 희극배우는 송과 마주앉았다. 혼자 온 송이 마음에 걸리는지 조문객이 와서 형들이 곡을 하는데도 가지 않았다. 가만히 보면 뭔가 할말이 있어서 그런 것 같지는 않고 오히려 무슨 말을 듣고 싶은 것 같았다.

"손님 왔는데 가보셔도 돼요."

"나는 곡 안 해요."

"왜요?"

"크리스찬이에요."

"교회를 다녔나요?"

"어제부터 다닙니다."

"어제요?"

"다니기로 했습니다."

"왜요?"

"귀신 소리 내기 싫어서요."

희극배우는 파마 기가 있는 머리를 귀 뒤로 넘기면서 희잉희잉 웃더니 시무룩하게 편육 한 점을 집어먹었다. 정말 종잡을 수 없는 사람이라고 송은 생각했다.

"아버지는 정정했어요. 얼마나 정정했냐면 형들이 치매 등급을 받아 정부 지원을 좀 받을 요량으로 아버지한테 치매인 척하라고 했거든요. 그런데 보건소 사람들이 오면 더 또릿또릿하게 묻는 말에 대답하려고 노력한 겁니다. 이게 뭐예요? 거울! 몇 살이세요? 일흔! 실제론 더 됐지만 아버지는 언제나 일흔, 칠학년, 이라고 했으니까. 등급이 안 나와 지원을 못 받으니 형들이 평생 살던 고향에서 시내 요양병원으로 보내버리더라고요. 형들은 그게 치매라고 하던데요. 그렇게 하기로 꿍꿍이를 꾸미는 거 사람이면 다 하는 건데 이해를 못하니까. 송형 생각은 어떻습니까?"

"네? 뭐를요?"

"온정신이에요, 아니에요?"

희극배우는 화가 나 있는 것 같았다. 상처받은 것 같았고 상처 주고 싶은 것 같았다. 그런 사람의 마음은 조급하고 불안하다. 그때 형제 가운데 가장 풍채 좋은 남자가 희극배우를 불렀다. 한 무리의 문상객이 새로 왔는데 그중 아재라 불리는 노인이 있었다. 희극배우는 안 가려다가 노인이 부르자 잠깐만요, 하며 자리에서 일어섰다.

노인은 이기 막내 맞제, 하면서 희극배우 앞으로 다가섰다. 희극배우가 인사를 하고 노인이 손을 내밀어 악수를 하는 동안 희극배우가 어려서 아주 공부 잘하는 아이였다는 얘기와, 여기서는 서울에서 교수를 한다고 알려져 있다는 얘기가 문상객들 사이에서 흘러나왔다. 희극배우는 연극을 전공했지만 무언가 정치적인 이유에서 공부를 그만둔 것으로 알려져 있었다. 그 정치적 이유가 무엇인지는 정확하지 않았다. 희극배우는 보수적인 색채의 예술단체에서 사무국장으로 일한 적이 있었고 그 반대편 단체 사람들과도 가깝게 지냈기 때문이었다. 송은 사실 그렇게 학교를 그만둔 것이 정치적 이유보다는 괴팍한 성미 때문이 아니었을까 추측하고 있었다. 어느 밤, 술에 잔뜩 취한 희극배우가 보도블록에 걸터앉아 누구와 통화하면서 알잖아, 나 젊었을 때 알잖아, 하고 말하는 것을 들었기 때문이다. 벚꽃이 하늘하늘 지는 봄밤이었는데 희극배우는 바닥에 길게 다리를 뻗고 나 옛날에 나쁜 놈이었잖아, 나빴잖아, 넌 알잖아, 하고 따졌다. 너무 진지하고 간절하게 물어서 지나가던 송이라도 그래, 넌 나빴어, 아주 나빴어, 동의해주고 싶을 정도였다.

"호상은 무슨 호상입니꺼? 호상 아입니더, 죽상입니더."

노인이 형제들에게 이만하면 호상이라고 인사하자 희극배우가 불쑥 말했다.

"죽상?"

"지 얼굴이 죽상 아입니꺼."

희극배우의 말에 아무도 웃지 않고 오로지 송만이 사이다를 마시다가 훅, 하고 사레가 들었다.

"나는 형들이 나쁘다, 아부지한테 아주 나쁘게 했다, 이래 생각합니더."

이어서 희극배우는 송에게도 한 이야기를 아버지 말투—마치 큰 새의 우짖는 소리 같은—를 흉내내며 전했는데, 의도와 달리 문상객들은 물결처럼 잔잔하게 웃었다. 치매 등급을 받으려는 아들들의 분투와, 그런 것에 아랑곳없이 아버지는 한 인간으로서 자신이 그렇게까지 되지는 않았음을, 그렇게까지 모든 것을 잃지는 않았음을 증명하려는 상황이 충돌하면서 웃음을 자아냈다.

"살아생전에 좀 잘하지, 코빼기도 안 비차노코는 말은 많다."

형들 중 한 명이 면박을 줬고 장례식장은 다시 웅성임이 이는 원래의 분위기로 돌아갔다. 그 틈을 타 송이 일어섰고 배웅을 하려는지 희극배우가 따라나섰다.

"서울로 갑니까?"

"네, 그래야죠."

적당한 순간에 인사를 하고 택시를 타려는데 희극배우가 계속 따라왔다. 배웅하려는 게 아니라 그 자리가 싫어서 나와버린 모양이었다. 언제 인사를 해야 하나, 언제쯤, 서울 올라가서 다시 봐요, 하면서 언제. 큰길로 나와 송이 인사를 하려고 하자 희극배우가 잠깐 시간을 내줄 수 있느냐고 했다. 송은 거절하려다가 좀 전의 상황도 있고 해서 그래요, 하고 승낙했다. 문상을 온 길이니까 한두 시간 늘어진다고 그렇게 나쁜 상황이 되는 건 아니었다.

올 때는 몰랐는데 장례식장 바로 옆이 서문시장이라고 하는 큰 재래시장이었다. 희극배우는 어디 조용한 데 가서 이야기하자면서 송을 시장 안으로 데리고 들어갔다. 시장은 송이 그때껏 봤던 어느 시장보다도 커서 길이 끝도 없이 분화되고 연결되었다. 낡은 건물동에는 수십 개의 보세 상점들이 입점해 있었는데 그 건물과 건물 사이도 공중 다리로 연결되어 있었다. 국수와 순대 같은 간식거리들을 파는 노점을 지나면서 송은 어떤 익숙한 냄새를 맡았고 두리번거리며 어디서 나는 냄새인지를 찾았다. 그것은 오래 끓인 무의 냄새에 아주 진한 국간장 냄새가 뒤섞인 것이었는데 그냥 뒤섞인 것으로는 충분하지 않고 그 뒤섞임이 반복되고 반복되어서 주변에 완전히 배어버린, 그래서 솥이 끓지 않아도 마치 환각처럼 그 짜고 물큰한 내가 맡아질 정도로 오래오래 달여진 국물음식의 냄새였다. 이를테면 송이 부산에 내려가 조모의 부엌에서 맡았던 그런. 희극배우는 그렇게 송이 잠깐 흔들려 무언가 상념에 빠지는 순간을 놓치지 않았다. 왜, 뭘 찾아요? 물었지만 송은 더이상 설명하지 않고 그냥 옛 생각이 나서요, 저도 경상도 사람이라, 라고만 했다.

"송형 경상도 출신입니까?"

"아버지가 부산 분이시고 저도 부산 출생."

"멀리 왔네요, 부산에서 북쪽 끝까지 말입니다."

"끝은 아니죠, 평양도 있고 개마고원도 있는데."

"송형 지금 농담합니까?"

"농담이요?"

"지금 농담하는 겁니까. 사 년 만에 농담도 듣고 고향도 알고 좋은데요. 또 말해봐요."

"아이고, 배우님, 잘 아시면서 뭘 그래요. 뭘 모른다고."

"양주임하고는 어떻게 되었어요?"

"양주임이요?"

송이 걸음을 우뚝 멈췄다. 시장 길도 끝나 있었다. 어깨를 치며 지나가던 그 많은 인파도 사라지고 하루 장을 마친 노인들이 버려진 푸성귀의 이파리들을 정리하고 있었다. 송은 갑자기 나타난 대로를 사람들이 신호도 지키지 않고 건너가는 것을 보고 있었다. 그러고 나서 좀 짜증을 내듯이, 억울한 누명을 쓴 아이들이 울음과 신경질을 참으며 내뱉듯이 말했다.

"양주임이 뭐요, 뭐, 뭐라고 해요?"

"양주임 때문에 어쩌면 연극이 안 올라갈 수도 있겠어요."

서문시장을 빠져나오자 북문길과 남문길이라는 표지판이 보였다. 양주임 이야기를 꺼내놓고 희극배우는 그닥지 않게 한동안 말이 없었다. 양은 송과 재단에서 함께 근무했던 동료인데 사 년 가까이 끌어온 송과의 연애가 끝나면서 사표를 냈다. 그러다 여름에 나타나서는 시민참여형 연극에 참가 신청을 한 거였다. 그 소식을 듣고 송은 양이 재회를 바란다고도 생각해봤지만 겨울이 오기까지 양과 마주친 적은 한 번도 없었다. 양과 송의 연애는 사내 연애인데다, 사이가 끊임없이 위태로웠기 때문에 주위 사람들에게는 알릴 상황이 못 됐다. 송은 양에게 애정을 느끼다가도 어떤 대상과 가까워질 때마다 드는 복잡한 결의 불편함을 끝까지 참아내지는 못했다. 자기 내부에서 느껴지는 냉소, 환멸, 혐오감 같은 것들, 부담들을. 그런데 양주임하고는 어떻게 되었어요, 하고 질문을 받은 것이었다. 송은 놀랐고 희극배우가 어디까지 알고 있는지 알아야겠다고 생각했다. 그래서 희극배우가 앞산공원 안 갈래요, 대구에서 유명한데요, 했을 때 잠자코 버스를 따라 탔다.

공원까지는 버스에서 내려서도 산길을 한참 올라가야 했다. 바람은 매섭고 빠르게 칼칼칼칼 하며 불어닥쳤다. 코트도 입지 않은 희극배우가 덜덜 떨어서 결국 송이 머플러를 건넸다. 양에게 선물받은 머플러라는 걸 의식도 못하고 있다가 희극배우에게 건넬 때에야 떠올렸다.

"송형, 아버지를 잃어봤습니까?"

희극배우는 취한 것도 아니면서 길을 이리저리 갈지자로 걸었고 그때마다 목소리가 가까워졌다 멀어졌다.

"아닙니까?"

송은 몸이 떨리고 숨이 차서 대답하지 않았다. 화가 났는데 여기까지 자신을 끌고 온 희극배우에게가 아니라 엉뚱하게도 양에게였다. 양이 미웠고 양이 원망스러웠다. 자기가 지금 춥고 힘들게 산길을 올라가는 게 모두 양의 탓처럼 느껴졌다. 단순히 느낌만이 아니라 실제로 그럴 만한 이유들이 있지 않은가. 연극에 왜 참가 신청을 했어, 그런 엉터리 연극에. 연극을 통해 상처를 치유하고 자신감을 회복하자는 게 취지였지만 이렇게 우울한 희극배우가, 정작 자기 마음도 다잡지 못해 어디로 튈지도 모르는 희극배우가 그런 걸 정말 이루고 있는지는 알 수 없는 일이었다. 송은 양이 사 년간의 연애를 희극배우에게 다 말했을지도 모른다고 생각했다. 한 번의 낙태를 포함해서. 그 일은 송과 양에게 상처로 남은 것이었다. 송은 아직 부모가 될 준비가 되지 않았었고 양도 거기에 동의했지만 그 일은 다툴 때마다 서로에게 휘두르는 흉기가 되었다.

"송형, 귀순용사 이웅평을 압니까? 83년에 이웅평이 올 때 내가 여기 앞산공원에 있었거든요."

희극배우는 혼자 전망대 앞에 있다가 사이렌 소리를 들었다고 했다. 이것은 실제 상황입니다, 하는 확성기 방송이 나오자 사람들이 썰물처럼 공원을 빠져나갔다. 희극배우는 함께 왔던 아버지가 어디를 가서 돌아오지 않았으므로 움직일 수 없었다. 나중에는 다리를 덜덜 떨면서 무서워서 오줌을 쌌는데 그때까지도 아버지는 오지 않았다. 희극배우는 그날 아버지가 자신을 버리려 했다고 생각하고 있었다. 그때 그의 아버지는 전 재산을 털어 어느 섬에선가 양파를 사들였는데 그 배가 가라앉으면서 모든 것을 잃었다. 결국 아버지는 대구로, 근처의 가장 크고 복잡한 도시로 아이 하나를 버리기 위해 왔다는 것이었다.

"부친은 돌아왔잖아요? 돌아왔는데 왜 애를 버리려고 해요? 오해죠."

"전쟁이 나는 줄 알고 돌아왔겠지요. 아버지는 참전용사였으니까 전쟁고아가 어떻게 되는지 잘 압니다. 차마 돌아오긴 했어도 날 버리려고 했었다, 이 말입니다. 아버지도 그런 적이 있었다."

둘은 공원에 올라 케이블카를 탔다. 일정한 진동으로 흔들리면서 겨울 산을 거슬러올라갔다. 케이블카가 지나는 곳만 밝아지면서 마치 창처럼 날카로워 보이는 겨울나무의 세세한 생김새가 드러났다. 무슨 생각이 났는지 희극배우는 죽은 사람이라도 삼 일 동안 귀는 열려 있다고 말했다. 듣는 능력은 그러니까 심장이 멈춘 뒤에도 사라지지 않고 유지된다는 것이었다.

"그러니 돌아가야 할까요?"

"어디를요?"

"장례식장으로요."

"그럼요, 가셔야죠, 상중 아닙니까."

케이블카에서 내리자마자 둘은 자판기 코코아를 뽑아들고 목을 축이면서 대구의 야경을 구경했다. 도시를 둘러싸고 있는 산이 눈에 들어왔다. 둥근 형태의 도시였다. 대구는 분지였고 몰려들어온 열기가 빠져나가지 않는 더운 도시였다. 비록 지금은 참을 수 없게 춥지만. 희극배우는 종이컵을 쥔 채 덜덜 떨면서 자기가 제작했던 코미디 연극들에 대해 이야기했다. 그나마 좀 알려진 작품으로 〈실패한 선택을 하는 남자〉가 있었다. 연극은 남자주인공이 자동차 사고로 죽는 데서 출발해 그 남자가 어떤 선택을 하면 죽지 않을 수 있었을까의 관점으로 과거를 돌아보는데, 어떻게 해도 남자는 똑같은 사고로 죽는다. 자동차 대신 전철을 타거나 야당 대신 여당에

투표를, A라는 여자 대신 B라는 여자와 데이트를 해봐도 매번 남자는 죽게 되는 것이다. 그렇게 이런저런 선택들을 한 끝에 남자가 죽으면 객석에서는 웃음이 터졌다고 했다.

"이상한데요, 안 웃긴데."

"웃깁니다, 송형. 송형이 보지 못해서 그렇지 웃겨요. 정말 웃깁니다."

"아니 그런 얘기가 웃겨요? 사람들이 다 웃는단 말예요?"

"코미디잖습니까? 물론 배우는 안 웃어요. 배우가 안 웃어야 더 웃기죠."

희극배우는 낄낄거리다가 침울하게 "아버지를 잃어봤습니까?" 하고 물었다. 송은 아니라고, 자신의 아버지는 일흔도 되지 않았다고 대답했다. 여전히 일을 하며 돈을 번다고.

"하지만 언젠가는 아버지를 잃겠지요?"

"네?"

"송형도 아버지를 잃을 거라는 말입니다."

"그렇긴 하겠지요."

송은 왜 갑자기 남의 아버지를 들먹이나 싶어서 떨떠름하게 동의했다.

"송형은 아버지가 죽기를 바란 적이 있습니까?"

"네? 뭐라고요? 왜 그런 말을 해요?"

희극배우가 자판기로 돌아가 코코아 한 잔을 더 뽑았다. 그리고 좀 서둘러 마시다가 혀를 데었는지 급하게 입에서 떼다가 머플러에 쏟고 말았다. 송이 머플러를 빼앗아서 급하게 털었다. 벌써 바알간

물이 들어 있었다.

"죄송합니다. 세탁해드릴게요."

"아니, 배우님, 왜 이렇게 나를 괴롭게 합니까. 여기까지 끌고 와서 대체 나한테 왜 그래요? 왜요?"

송이 와락 화를 내자 희극배우가 시무룩하게 송형, 미안합니다, 정말, 하고 사과했다. 송은 머플러를 더 털어보다가 포기했다. 희극배우가 눈치를 보며 가져가 닦아보다가 다시 목에 둘렀다.

"그리고 아까 양주임은 왜 물어봤어요? 양주임이 왜, 뭐라고 해요?"

"아무 말 한 거 없어요."

"근데 뭐요? 우리 사이가 뭐 어쩌구 했잖아요."

"그건."

"뭐라고 했죠? 거봐요, 뭐라고 했잖아, 뭐래요? 뭐?"

"송형, 그러지 말아요. 이제 다 상관없게 됐습니다. 양주임은 곧 이민을 간다니까요."

희극배우의 말을 들은 송이 놀랐다. 연락을 끊은 지 일 년이나 되었으면서도 이제야 그 부재를 깨달았다는 듯이, 심장이 묵직해질 정도로.

"난처하게 됐어요. 연극에서 중요한 역할인데요."

"어디로 간답니까?"

"미국."

"미국 어디요?"

"그게 중요합니까? 이제 여기 없을 건데 그게 왜 중요해요?"

말이 끊겼고 둘은 다시 케이블카를 타고 공원으로 내려왔다. 둘은 같은 방향으로 나란히 섰다가 케이블카가 불안하게 흔들리는 것 같아서 다시 마주보고 섰다. 마주보면서 송은 희극배우의 나이가 몇이더라, 생각했다. 자기보다 많게는 열 살쯤 많을 것이다. 자기도 십 년이 지나면 저렇게 되어 있을까, 다시 생각했다. 저렇게 불안하고 우울하게 안정감 없게 외롭게 가진 것 없게 내쳐진 채 나쁘게, 살게 될까. 송은 희극배우가 확실히 나쁘다고 생각했다. 왜 나쁘냐면 지운 흔적이 없기 때문이다. 뭔가 옛일을 완전히 매듭짓고 끝내고 다음의 날들로 옮겨온 흔적이 없었다. 그의 날들은 그냥 과거와 과거가 이어져서 과거의 나쁨이 오늘의 나쁨으로 이어지고 그 나쁨이 계속되고 계속되는 느낌이었다. 그러니까 그는 어떤 선택을 하든지 어차피 나빠질 운명인 것이다. 선택이 실패한 것이 아니라 실패가 선택되는 것이다.

공원으로 내려오자 희극배우가 택시를 불렀다. 택시 안에서 송은 이제 몇 주 안으로 한국을 떠나는 양에 대해 생각했다. 양의 금테안경과 칼귀와 자신의 명치까지밖에 오지 않는 작은 키에 대해 생각했다. 그런 양이 아주 여기를 떠나 살 수 있으리라고는 생각되지 않았다. 송이 알기로 양은 미국에 친척도 없는데, 그렇다면 결혼인가. 희극배우는 얼마 가지 않아 택시를 세웠다. 저녁을 먹고 가자고 했다. 송은 싫다고 이제 서울로 가겠다고 했고 희극배우는 여기까지 왔는데 그냥 이렇게 보낼 수는 없다고 말했다.

"형, 송형, 대구까지 왔는데 이렇게 가면 내가 형 얼굴을 어떻게 또 봅니까?"

하는 수 없이 송은 따라 내렸다. 수성못 앞이었다. 유원지로 들어가기 전에 송은 안내판에서 백 년이 넘은 인공 연못이라는 설명을 읽었다. 일본인 미즈사키 린타로가 축조, 축조라는 말을 되새기며 송은 오리구이와 숯불갈빗집, 독일식 맥줏집과 한식당들을 지났다. 건물들은 야경을 위해서인지 알록달록한 알전구로 장식되어 있었다. 그 알전구는 최대한 건물의 실루엣을 따라 설치되어야 했겠지만 불행히도 어긋나 삐뚤빼뚤한 직선과 곡선을 이뤘다. 호수는 꽝꽝 얼었고 그 얼음에 오리배가 기울어진 채로 잠겨 있었다. 희극배우는 걷다가 통나무로 된 경양식집으로 들어갔다. 포크 가수가 노래를 하고 중년의 남녀들이 돈가스 따위를 먹고 있었다.

"뭐 뜨끈한 거나 먹지요, 에? 남자 둘이서 경양식은요?"

"날도 날이니까 오늘은 좀 다른 걸 먹읍시다."

희극배우는 메뉴판도 제대로 보지 않고 옆 테이블을 가리키며 음식을 시켰다. 수프가 나왔고 송은 하는 수 없이 후룩 마셨다. 이제 보니 희극배우는 굉장한 대식가였다. 돈가스 한 접시를 추가하더니 자기 혼자 해치웠다. 많이 걸어서인지 송도 공복감이 채워지지 않았다. 수프를 더 달라고 해서 먹었다. 희극배우가 고기를 씹으면서 식전 빵을 더 시켰다. 송이 피클과 샐러드를, 희극배우가 감자튀김을 리필했다. 송과 희극배우는 그렇게 음식들을 먹어치우면서 재단의 이런저런 사람들을 흉봤다. 대표이사와 팀장들, 시설관리팀과 구내식당 운영자들을 평소 생각보다 더 부풀려서 욕했다. 그런 얘기들은 열도를 가지고 있었다. 지금까지 대구를 돌아다니면서 느끼지 못한 열기였다. 대구는 세숫대야처럼 오목한 도시였고 한번 들어온 것이 잘 빠져나가지 않아 언제든 부글부글 끓는 도시였다. 송은 텔레비전에서 어느 여름 대구의 아스팔트에 달걀을 깨서 익히는 장면을 본 적이 있었다. 대구는 그렇게 뭔가가 끓고 열이 오르는데 밖으로 나갈 수 없는 도시였다. 그래서 이렇게 문상이 길어지는지도 모르겠지만.

그러는 사이 다시 양에 관한 이야기가 나왔고 송은 희극배우가 양에 대해 너무 많이 안다고 생각했다. 맥주를 마시며 좀 취하다가 정신이 확 들었다. 희극배우는 양이 우는 모습에 대해 묘사하고 있었다. 양주임은 어떤 기미도 없이 갑자기 눈물을 흘리지 않습니까. 그렇게 조용히 우는 사람은 본 적이 없어요. 양주임은 조용히 우는 사람입니다. 옷장을 열어본 적이 있습니까? 양주임은 세 벌의 블라우스로 직장을 다녔던 사람입니다. 양주임은 어깨가 오른쪽으로 비딱한 사람이지요. 정자세로 서 있어도 어깨가 비뚜름……하게, 자기도 모르게 돌아간다고. 내가 바로잡아주면 배우님, 소용없어요, 저는 어차피 이렇게 어깨가 외로 나가서, 나가버려서 돌아오지가 않아요, 그렇게 조용히 울면서.

"그만해!"

송이 소리를 질렀다. 노래하던 가수가 멈출 정도로 큰 소리였다. 양이 아무렴 이런 인간과 가까웠을 리는 없다고 생각했지만 송은 기분이 상했다. 희극배우의 말은 하나 틀린 것이 없었지만 희극배우에게는 그런 말을 할 자격이 없지 않은가. 희극배우는 그럴 만한 사람이 아니지 않은가. 희극배우의 말은 정말이었지만, 양은 그런 여자였지만 그 사실이 희극배우의 입에서 나오니까 손쓸 수 없이 비극적으로 느껴졌고 송의 어떤 죄책감을 건드렸다.

"대체 양주임이랑 뭔 사이예요?"

희극배우가 뭐라고 말했지만 기어들어가는 목소리라서 송에게는 들리지 않았다.

"네? 뭐라고요?"

"조용히 우는 사이."

송은 그 말이 너무 유치하고 어이가 없어서 일격을 당한 것처럼 웃기 시작했다. 그건 송이 대구에 온 뒤로 희극배우에게서 들은 어떤 말보다도 웃긴 말이었다. 희극배우는 더이상 아무것도 먹지 않고 송의 웃음소리를 들었다. 온몸이 뻣뻣하게 굳어서는 무언가를 견디면서 들었다. 그렇게 견디고 있다는 걸 알면서도 송은 웃음을 멈추지 않았고 희극배우가 정말 웃길 줄 아는 사람이라고 생각했다.

둘은 계산을 하고 나와 서로 꽤 먼 거리를 유지한 채 유원지를 통과했다. 희극배우가 빨리 걸었고 송은 천천히 걸었다. 바람이 불어서 나무가 우우, 하고 흔들리는데 얼어버린 연못은 비현실적일 정도로 넓었다. 축조된 무언가가 저렇게 얼음으로 변하면 거기에 무엇을 축조했는지 실감이 없어지고 텅 비어버린다고 송은 생각했다. 먼저 가던 희극배우는 풍선 다트 게임 부스 앞에 서 있었다. 상품 중에 머플러가 있다고 했다. 희극배우는 다트를 수십 번 던졌지만 풍선을 맞히지는 못했다. 그걸 묵묵히 지켜보던 송이 이천원을 내고 다트를 던졌다. 송은 몇 개의 풍선을 터뜨릴 수 있었다. 그것이 빵! 하고 터질 때마다 희극배우가 읔! 하면서 추임새를 냈다. 빵! 읔! 빵! 읔!

동대구역에 도착하자 희극배우는 기차에서 먹으라며 군밤을 사주었다. 역 앞에는 군밤을 굽는 노파들이 연탄난로를 하나씩 끼고 앉아 있었다. 노파들은 작고 둥글었다. 연탄불은 발갛고 부채질을 할 때마다 흰 연기와 함께 검은 재가 일어나 공중으로 떠올랐다. 희극배우는 군밤을 만원어치나 사면서 노파에게 건강하게 오래 사세요, 하고 인사했다.

"오래 살긴 뭘 오래 사노, 얼른 죽어야지."

노파는 퉁명스러웠다.

"아니, 아니요, 오래오래 사셔야 합니다. 꼭 그래야 합니다."

희극배우가 군밤 봉투를 들고는 가지도 않고 떼를 쓰듯 말하자 비로소 노파가 알았다, 고마워서 눈물이 다 난다, 했다. 하지만 노파가 그렇게 말했을 때 정작 눈물을 흘린 것은 노파가 아니라 희극배우였다. 희극배우는 조용히 눈물을 닦으면서 군밤을 송에게 내밀었고 창구로 가서 표를 사왔다. 기차가 올 때까지 송은 희극배우와 대합실에 나란히 앉았다. 상점들은 문을 닫고 춥고 피로한 얼굴의 사람들이 텔레비전을 응시하고 있었다.

"송형, 아버지는 치매였을까요?"

송은 대답하지 않았다.

"치매였겠죠? 그러니까 맨정신이어서 모든 거를 말입니다, 우리가 그러듯이 다 그렇게 느끼고 생각하지는 않았겠지요. 그러니까 의사들이 입원을, 그렇지 않습니까? 마지막 면회에서 아버지는 촌으로 가게 해달라고 사정을 했다는데…… 우리가 보기에는 안 그래도 의사들은 전문가들이니까, 그렇지 않습니까?"

"배우님, 죽은 분은 죽은 분이시고 산 사람은 살아야죠. 정신을 똑바로 차리세요. 무엇보다 생활을 단정히 하세요. 남들처럼요. 술도 줄이고 아무거나 막 드시지 말고 잠도 자고요, 낮에 일하고 밤에 자고 추운 날에는 코트를 입고요, 장갑도 끼는 겁니다."

"송형은 그렇게 삽니까?"

"그럼요."

"그렇군요…… 하지만 나는 바빠서요. 바쁩니다, 송형은 잘 모르겠지만요."

대화는 거기서 끊겼고 송과 희극배우는 일어나 승강장 입구를 지났다. 이제 그만 돌아가보라고 해도 희극배우는 가지 않았다. 송은 정말 악몽 같은 하루라고 생각했다. 기차가 승강장으로 들어왔고 송이 지친 몸으로 거기에 오를 때 희극배우가 송형, 하고 다시 불렀다. 송이 뒤도 돌지 않고 손을 휘휘 내저어 인사하는데 "제가 나쁩니까?" 희극배우가 물었다. "내가 이번에도 나빴습니까, 그렇지요?"

송이 탄 뒤로 출입문이 덜컥 잠겼고 그때서야 송은 뒤를 돌아보았다. 기차가 떠나고 있었다. 그 방향으로 희극배우가 몇 걸음 걸어오다가 얼굴을 일그러뜨리는 것이 보였다.

송은 휴대전화로 뉴스를 읽고 동영상을 검색하면서 잊으려고 애썼다. 오늘 하루 희극배우가 늘어놓았던 말들, 시답지 않은 농담과 우울한 개그들. 하지만 기차가 빠르게 대구를 벗어날수록 그런 말들은 머릿속에서 길게 이어져 결국 송은 양에게 전화를 걸었다. 정말 여기를 떠나는지, 이제 아주 떠나서 다시는 만날 수 없는지 궁금했다. 마치 죽은 사람처럼. 그렇게 만날 수 없는 사이란 죽은 사람이나 다름없으니까. 양은 전화를 받지 않았다. 전화하기까지는 망설였지만 송은 어차피라는 생각으로 몇 번 더 걸었다. 그때부터 어딘가 무너지는 것 같던 마음은 대전이 다가오자 이상한 긴장 속으로 빠져들어갔다.

송은 조모의 장례식을 기억하고 있었다. 그렇게 불행하게 간 조모에게도 죽음의 절차는 다르지 않았다. 다른 망자들처럼 대형 버스를 개조한 운구차에 실렸고 상복을 입은 자식들이 함께 탔다. 조부가 묻혀 있는 시립묘지까지 갔는데 장지가 마련되어 있지 않아서 한동안 장례는 중단되었다. 인부들이 착오로 다른 묫자리에 터를 판 것이었다. 욕설과 싸움이 오가고 남자들은 다시 조부의 묘 옆에다 땅을 파기 시작했다. 가족들은 일정한 간격으로 울음을 반복했다. 노모의 부양을 거절했던 숙부들도 울었고 숙모들도, 검고 늙은 얼굴을 한 익명의 친척들도 울었다. 송도 따라 울었다. 하지만 단 한 사람, 송의 아버지는 울지 않았다.

오후가 되어서도 인부들은 터를 다 파지 못했다. 지친 송은 층층의 묘지를 내려가 운구차 그림자 아래 앉아 있었다. 거기서도 묫자리를 파고 있는 마르고 검은 남자들이 보였다. 그들이 곡괭이나 삽을 움직일 때마다 시뻘건 흙이, 너무 시뻘게서 싱싱하기까지 해 보이는 흙이 파헤쳐졌다. 6월의 태양 아래 그것은 아주 나른하고 지루한 광경이었다. 송은 그런 생각을 하며 흙장난을 하다가 다시 조모가 죽었고 죽은 조모는 이 버스에 실려 있지 않은가, 생각하며 울었다. 조모를 생각하면 겁이 나니까 조모를 뺀 조모의 모든 것, 낡은 보료나 옥색 비녀, 부엌의 짠내, 장판의 검게 탄 자국들을 떠올렸다. 그렇게 울다가 멈추다가 노곤하게 오후의 피로에 젖어들어 갈 무렵 아버지가 지나갔다. 처음에 무심히 지나는 듯 보이던 아버지는 다시 돌아와 눈물로 엉망이 된 송의 얼굴을 무섭도록 냉랭한 눈으로 쏘아보았다. 그렇게 차갑고 분노에 찬 얼굴을 송은 그전에도 이후에도 본 적이 없었다. 그리고 아버지는 송에게 걸어와 빰을 후려쳤다. 송의 고개가 팩 돌아갔고 아버지는 다시 팔을 들어 송을 갈겼다. 왜 우냐, 엉? 왜, 왜? 어린 송이 우는 것은 조모가 죽어서였지만 입이 떨어지지 않았다. 무언가 공포와 분노와 배신감이 뒤엉킨, 그전에는 느끼지 못했던 감정이 확확하게 치밀어 대답할 수 없었다.

아버지를 말릴 사람은 아무도 없었고 그후로도 아버지는 비명에 가까운 소리로 왜, 왜, 우냐, 왜, 하면서 송의 따귀를 계속 갈기다가 묘지로 홱 돌아 올라갔다. 송의 두 빰은 부풀어올랐고 쓰라렸지만 송은 억지로 울음을 참았다. 눈물을 닦았고 그 일을 아무에게도 말하지 않았다. 마음에서 차갑고 무거운 것이 일어나고 있었다. 인간으로서의 자존감이나, 모멸에 대한 명백한 거부 같은 것이었다. 송은 아직까지 그 이야기를 누구에게도 한 적이 없다고 생각했다가 사람은 죽어서도 삼 일간은 귀가 열려 있다는 희극배우의 말을 떠올렸다. 그게 지독한 농담인지 과학적 사실인지는 알 수 없어도 만약 그렇다면 죽은 조모가 모든 것을 듣고 있었을 것이다. 그렇다면 조모가 마지막으로 들었던 것은 조금씩 파괴되어가는 자신의 육체가 내는 소리가 아니라 그렇게 폭력적으로 드러날 수밖에 없는 누군가의 고통과 죄책감이었을 것이다.

"왜 전화했나 해서."

대전이 가까워졌을 때 양에게서 전화가 걸려왔다. 일 년 만의 통화인데도 둘은 어제까지 연락을 주고받은 사람처럼 데면데면한 말투로 대화했다. 할 이야기가 없을 것 같았는데 엉뚱하게도 사소한 것들—언젠가의 여행에서 지불하지 않은 고속도로 통행료 고지서가 날아왔다는 얘기나, 양의 집에 두고 온 송의 소지품들, 책이나 시디들에 대한 이야기가 끼어들면서 말은 길어졌다. 송은 양이 먼저 말해주기를, 동시에 말하지 않기를 바라면서 계속 대화를 지연시켰다. 선물한 머플러를 잃어버렸다고 하자 양은 별다른 감흥 없이 같은 걸 또 구할 순 없을 거라고 대답했다. 여행에서 산 것이기 때문이었다.

"그래, 연극은 잘되어가고?"

기차가 역에 섰을 때 송은 여기를 떠나느냐는 질문을 그렇게 바꿔 물었다. 양은 한동안 말이 없었다. 송은 내려올 때처럼 유리창에 얼굴을 대고 밖을 보았다. 가락국수 부스는 셔터가 내려지고 간판의 불도 꺼져 있었다. 마치 상자를 봉하듯 완전히 봉합되어 있었다.

"걱정이야, 마지막 장면에서 독창을 해야 하거든. 어디 이민이라도 가야지 싶다니까."

양은 수백 명의 시선이 오직 자기에게만 꽂힐 것을 생각하면 어쩐지 자꾸 울고 싶어진다고 덧붙였다. 그렇게 말하는 양의 목소리가 담담하고 심드렁해서 그때서야 송은 희극배우가 농담을 잘못 전했음을 깨달았다. 그 의도에 대해서는 알 수 없어도.

"조용히 우는 사람이잖아."

송이 말했다.

"내가?"

양이 하하 웃었고 재밌는 말이네, 했다. 다시 기차가 움직일 때 송은 문득 내가 나빴지, 하고 묻고 싶었지만 그러지 않았다. 그런 나쁘지 않음에 대한 기대, 이를테면 속죄 같은 것은 그 공허한 질문에 대한 답변을 듣지 않을 때 가능한 것이 아닌가 싶어서. 전화를 끊고 송은 가방에서 군밤을 꺼냈다. 뜨겁던 군밤이 식으면서 봉지는 축축하게 젖어 있었다. 깨물었더니 구웠다기보다는 생것에 가까웠다. 송은 생각보다 무르지도 달지도 않은 밤을 우걱우걱 씹어서 삼켰다. 삼키는데 헛웃음이 나와서 송은 좀 웃었고 문득 자신의 웃음과 희극배우의 깊은 우울은 관계가 있지 않을까 하는 생각을 했다. 기차는 숱한 경계들을 넘으며 상행중이었고 자정이 넘어 이제 하루가 지나 있었다. 희극배우의 불운을 위로하기 위해 간 문상길이었다.

더이상 나쁘지 않은 날들

「문상」을 쓰던 계절이 어떠했는지 잘 기억나지 않는다. 그후로 많은 일이 지나갔고 많은 계절을 나쁘게 보냈으니까. 그래서 내가 쓴 소설을 마치 다른 사람의 작품처럼 낯설어하면서 읽었는데 늘 나쁜 선택만 하는 희극배우의 말을 곱씹을 수밖에 없었다. 제가 나쁩니까, 하는 그의 질문. 나빴습니까, 그렇지요? 소설을 더 이어 쓴다면 나빴다면 얼마나 나빴습니까, 물어야 한다고 생각했다. 이제는 방문객들도 별로 없는 오래된 유원지나 바람이 칼칼칼 부는 공원을 걷다보면 누구나 한 번쯤 확인하고 싶어지니까. 질문하고 싶은 사람의 얼굴을 직접 보면서, 떨리는 눈썹이나 뺨이나 입술 등에 시선을 두면서 묻는 것이다. 그렇게 눈앞에서 바라보고 물으면 우리는 아무것도 속일 수가 없다. 만약 나빴다면 그 나쁨을 확인할 수 있고 그렇지 않다면 그 나쁘지 않음을 믿을 수 있을 것이다.

하지만 그 순간이 지나면 우리는 누군가를 붙들고 다시 묻고 싶겠지. 내가 나쁘냐고, 정말 나빴냐고.

어린 시절, 부모와 함께 친족들이 사는 남쪽 도시를 오가는 데는 지금과는 비교가 안 될 정도로 오랜 시간이 걸렸다. 명절 기차표를 구하기 위해 역 앞에서 진을 치고 기다리던 아버지의 모습과, 숨이 막힐 정도로 많은 사람들이 실려 있는 전철과 기차를 타고 지겨워서, 그 장거리가 지겨워서 떼를 쓰다가 졸다가 엄마가 집에서부터 싸온 도시락을 먹다가 다시 졸다가 하다보면 비로소 도착했던 여정의 느낌이 생생하다. 하지만 아버지는 이제 남쪽으로는 가지 않고 그곳에 대한 특별한 기억이 없다시피 한 나만 그 도시를 그리워한다. 부산, 대구, 대전 같은 이름의 도시들을.

어른이 된 이후에는 혼자 가서 며칠 머물기도 하는데 거기서 돼지국밥이나 재첩국 따위를 먹고 있으면 귀에 익숙한 사투리들이 들리면서 마음 어딘가가 풀어지는 기분이었다. 단지 그 공간에 그 말들이 있다는 사실만으로도 남쪽 도시들이 연상시키는 죽은 이들에 대한 복잡한 공포와 죄의식이 사라졌다. 어쩌면 모든 일이 그렇게 아주 나쁘지만은 않지 않았을까, 믿고 싶어졌다. 죽은 이들도 지금 내 귀에 들리는 저 말과 억양을 썼으리라 생각하면 그들은 더욱 가깝고 다정한 사람들이 되었다. 그들도 밤하늘의 달을 올려다보곤 했었다고 생각하면. 바람을 느끼고 오는 비에 손을 내밀어보기도 했다고 상상하면. 누군가의 연인이었고 아이였고 아니, 그런 관계속에 그를 넣는 것은 어느 면에서는 그를 또 지워버리는 일이 되니까 그저 누군가의 풍경이기도 했다고 생각하면. 풍경이라는 건 우리가 살아서 어디든 걸으면 될 수 있는 것이니까.

이처럼 죽은 이들이 여기의 풍경으로 존재했다고 생각하면 실제로 그들에 대한 이야기를 정확히 듣지 못했으면서도 문득문득 그리움에 빠졌다. 그렇게 불명확한 채로 누군가를 기리는 일도 가능한 것이다. 해변이나 공원, 전망대, 호수, 폐점한 기차역의 매점, 서울행 야간기차, 서문시장의 좁고 분화된 길과 냄새들을 통해, 그리고 가만히 듣고 있으면 꺾이고 부서진 마디들이 생생하게 만져지는 그 도시의 말들을 통해. 아무도 말해주지 않아도 괜찮아, 라고 생각했다. 그렇게 풍경 속을 헤매는 것만으로도 나는 그들을 충분히 만날 수 있어.

소설을 읽는다는 건 누군가의 '나쁨'에 대한 지겨운 고백을 듣는 일일지도 모르겠다. 울어야 할 일과 절대 울고 싶지 않은 일, 되돌려주고 싶은 모욕과 부끄러움, 한순간 광포한 것으로 변해버리는 환멸과 후회들이 차창 밖처럼 연속된다. 나는 누구나 아주 나빠지지 않기 위해 안간힘을 쓴다고 믿고 나 역시 마찬가지이지만 한계도 있을 것이다. 그러니 이 소설은 어느 나쁘지 않은 오후에 누군가의 문상을 가듯이 읽어주었으면. 우리는 언젠가 이 세계에서 지워져 기억으로만 존재하는 이들이 되겠지만 아직은 내가 나빴습니까, 하고 더 물어야 하는 사람들이니까. 그러므로 문상을 가는 우리의 얼굴이란 다 젖었다가도 마르고 어두워졌다가도 다시 밝아질 수 있을 것이다.

어려서 나는 그 먼길을 오가야 하는 명절의 기차 여행을 지겨워 했지만 지금은 이런 생각을 한다. 대전역 승강장에 내려 가락국수를 사러 가는 누군가의 뒷모습을 기억하지 않았다면 나는 훨씬 더 쓸쓸한 어른이 되었을지 모른다고.

웃음과 망각의 매듭

이재경

누군가를 떠나보내는 일이 간단할 리 없다. 견딜 수 없어, 하는 수 없어, 볼 낯이 없어 떠나고 또 보내는 것이 사람의 일이니, 그 도리 없음에 상응할 값을 치르는 일 역시 우리의 몫인 것이다. 그러자니 감정의 투여가 필요하고 합당한 절차가 필요하다. 가장 극단적인 방식의 이별인 죽음에 가장 극적인 형태의 의식인 장례가 대응하듯 말이다. 하지만 장례식의 극성(劇性)이 요구하는 연기는 종종 너무 과장되거나 너무 경직된 종류의 것이어서, 배우에게든 관객에게든 감정의 해소나 정화는커녕 부자연스럽고 꺼림칙한 기분만을 남기기도 한다. "원래 문상은 경황이 없는 상주를 짧게 일별하고 오는 것"(96쪽)이라지 않는가.

「문상」의 두 인물에게도 그러하다. 저 말의 주인공인 문상객 '송'은 말할 것도 없거니와 상중인 '희극배우'도 부친의 장례식이 거북스럽기만 하다. 그도 그럴 것이 그의 아버지는 정부 지원금을 위해 치매 환자를 연기하라는 형들의 요구에 시달리다 요양병원에 사실상 감금되어 생을 마감했고, 그런 형들이 곡을 하며 연기하는 부조리한 애도에 불평 없이 동참하는 것이 그에게 요구되는 역할인 것이다. 이 상황에 그는 희극배우답게 항거한다. 상복 대신 푸른 양복을 입고, '귀신 소리' 내는 게 싫어 크리스천이 되었다 하며, 그만하면 호상이라는 봉합적 언사에 죽상을 하고서 아버지의 비참을 재연한다. 희극배우의 극단을 지원하는 재단의 담당자로서 적당히 조의를 표하고 형식적 도의를 지키는 것에 충실하려던 송에게 이러한 사연과 분란이 달가울 리 없다. 하지만 얼른 자리를 뜨려던 송의 문상길이 "한번 들어온 것이 잘 빠져나가지 않아 언제든 부글부글 끓는 도시"(108~109쪽)에 묶여 길어지면서, 이 도시처럼 그를 붙들어 매는 희극배우는 단순한 업무 관계 이상의 존재감을 발하기 시작한다.

우울한데다 오지랖까지 넓은 남자, 도무지 옛일을 매듭짓지 못하는 남자, '나쁘다'는 것을 곱씹느라 남다른 의미로 '바쁘다'는 이 남자가 '남들처럼' 살고자 하는 송에게는 불편하다. 애초부터 "역방향 좌석이라서 출발과 동시에 어디론가 거꾸로 빨려들어가는 기분"(95쪽)을 유발하며 개운치 않은 감상에 젖어들게 했던 이 문상이 희극배우를 통해 점점 더 언짢은 방식으로 이미 지나온 과거를 자꾸 들춰내기 때문이다. 현실 논리에 포박된 인물로 하여금 스스로를 돌아보도록 만드는 어딘지 뒤처지고 별스러운 인물상은 김금희 소설에서 자주 반복되어온 것이지만, 「조중균의 세계」의 '조중균'이나 「너무 한낮의 연애」의 '양희'만큼 자기 세계를 굳건히 유지하는 캐릭터로 구축되지 않으면서도 희극배우는 그렇게 하는데, 이 소설에서 그는 사실상 송이 투사하는 과거에 대한 매개적 존재로서 기능하기 때문이다.

이 존재는 일종의 촉매제와도 같이 송의 껄끄러운 기억들과 복잡하게 얽혀든다. 희극배우가 무람없이 내뱉는 말들("송형, 아버지를 잃어봤습니까?" "송형은 아버지가 죽기를 바란 적이 있습니까?" "차마 돌아오긴 했어도 날 버리려고 했었다, 이 말입니다. 아버지도 그런 적이 있었다.")은 버림과 버려짐에 대한 더 광범위한 맥락의 물음으로 전환되면서 송의 마음속에 잔존하는 유사한 기억들(부양 책임 문제로 자식들 사이에서 떠밀리다 자살한 조모, 그 갈등의 당사자로서 어머니에 대한 복잡한 심경에 시달렸을 아버지, 귀향길 정차역에서 잠시 하차한 아버지가 기차를 놓치고 말까봐 두려워하던 유년 시절의 자신)과 공명한다. 나아가 희극배우가 불쑥 꺼내놓는 옛 애인 '양'의 이야기로 인해 물음은 자신과의 지난한 연애 끝에 결국 재단을 떠나게 된 그녀, 그리고 그 과정에서 낙태한 아이에 대한 것으로까지 소급 적용된다. 희극배우의 물음은 그 주어와 목적어를 이 모든 대상들로 바꿔 묻도록 만든다. 문제는 이렇게 묻는 존재의 성격으로 인해 애써 지워온 그 기억들이 더욱 비극적인 색채를 머금고 한층 공포스러운 것으로 육박해온다는 사실이다.

> 마주보면서 송은 희극배우의 나이가 몇이더라, 생각했다. 자기보다 많게는 열 살쯤 많을 것이다. 자기도 십 년이 지나면 저렇게 되어 있을까, 다시 생각했다. 저렇게 불안하고 우울하게 안정감 없게 외롭

게 가진 것 없게 내쳐진 채 나쁘게, 살게 될까. 송은 희극배우가 확실히 나쁘다고 생각했다. 왜 나쁘냐면 지운 흔적이 없기 때문이다. 뭔가 옛일을 완전히 매듭짓고 끝내고 다음의 날들로 옮겨온 흔적이 없었다. 그의 날들은 그냥 과거와 과거가 이어져서 과거의 나쁨이 오늘의 나쁨으로 이어지고 그 나쁨이 계속되고 계속되는 느낌이었다. 그러니까 그는 어떤 선택을 하든지 어차피 나빠질 운명인 것이다. 선택이 실패한 것이 아니라 실패가 선택되는 것이다.(107쪽)

나쁨을 지워내지 못하는 것이 곧 나쁨이다. 송이 정식화하는 이 나쁨의 논리는 나쁜 것을 끊어내지 못하면 자신의 삶 자체가 온통 나쁜 것으로 물들어버릴지 모른다는 공포에 입각한다. 일종의 오염 공포다. 송에게 나쁨과 엮인다는 것은, 희극배우가 연기하는 인간들처럼 아무리 진지해도 고작해야 웃음거리밖에 안 될 운명으로 전락하는 것(어떤 말을 해도 치매 환자로 치부되는 노인, 어떤 선택을 해도 죽음에 이르고야 마는 남자), 희극배우의 작품 제목처럼 '실패한 선택을 하는 남자'가 되는 것이다. 그러나 많은 오염 공포가 그러하듯 송의 논리는 비약적이며 무책임하다. 스스로의 나쁨은 외면한 채 외부로 전가하며, 나쁨의 반성이 아닌 나쁨의 망각을 통해 나쁨의 근절로 나아가기 때문이다. 이는 자신이 망각하기 위해 버린 것에 대한 죄책감을 덜기 위한 방어기제일 뿐이다. 매듭짓지 못하는 것이 문제가 아니라 매듭짓는 방식이 문제인 것이다. (이런 맥락에서 우리는 아버지를 잃어봤느냐는 희극배우의 물음에 송이 양을 향한 원망으로 반응하는 대목, 희극배우가 양의 머플러에 코코아를 쏟아 "바알간 물"을 들이고 말 때 송이 과잉 반응하는 대목을 이해할 수 있다.)

송은 희극배우와의 시간을 "악몽 같은 하루"(112쪽)라 생각하며 다시 한번 망각을 기도하지만 정작 몸은 그렇게 반응하지를 않으니 희극배우의 극은 이미 관객을 움직이는 데 성공한 셈이다. 송은 아마도 나쁨에 대한 자신의 억압적 반응을 정초했을 기억, 조모의 장례식에서 우는 자신을 후려쳤던 아버지를 상기하며 "폭력적으로 드러날 수밖에 없는 누군가의 고통과 죄책감"(115쪽), 그것이 누군가에게 불러일으키는 "인간으로서의 자존감이나, 모멸에 대한 명백한 거부"(114쪽)를 되살린다. 이어지는 양과의 통화는 자신이 그녀에게 가했을 나쁨에 대해 조금은 더 나은 매듭을 지을 기회일 것이다. 망자라도 청각은 살아 있다는 희극배우의 이야기처럼, 이미 죽은 관계라 해도 보다 적절한 마지막 말을 건네는 것 정도는 가능하다면 말이다. (송은 희극배우 같은 이가 진행하는 시민참여형 연극은 엉터리일 것이 뻔하다며 거기에 참가한 양의 선택을 폄하하지만, 송 역시 상처를 치유한다는 그 연극에 자신도 모르게 참여하고 있는 것인지도 모른다. 양이 이민을 간다는, 희극배우의 의도를 알 수 없는 잘못된 전언이 이 통화를 만들어냈으니.)

둘의 마지막 통화는 '조용히 우는 사람'이라는 말과 함께 웃음으로 마무리된다. 희극배우가 양과 '조용히 우는 사이'라 말하던 순간 송은 상대방이 자극하는 죄책감을 억누르기 위해 폭력적인 웃음을 터뜨렸으나, 어느새 그는 희극배우의 언어로 양에게 마지막 말을 건네고 있는 것이다. 그렇게 나쁨을 끌어안되 희극배우처럼 결국 '내가 나빴지' 하는 말로 손쉽게 자신의 "나쁘지 않음에 대한 기대, 이를테면 속죄 같은 것"(116쪽)을 구하고 있지도 않으니, 그는 이 '악몽 같은 하루'를 통해 한 뼘 성장한 것일까. 희극배우가 준 군밤을 삼키며 헛웃음짓는 그는, 스스로를 비극적 상황으로 몰아넣으며 희극적 대상이 되는 것 이상의 무언가를, 웃음거리 이상의 어떤 웃음을 선물받은 것일까. 반드시 비극적이지도 반드시 희극적이지도 않은 이별의 가능성을, 그렇게도 누군가를 떠나보내고 무언가를 매듭지을 수 있다는 사실을 알게 된 것일까. 글쎄, 모를 일이다. 양의 웃음과 송의 웃음 사이에는 시차가 있으니. 사죄할 자와 속죄할 자 사이에는 웃음이 매듭짓지 못할 잔여가 남아 망각되지 않을 터이니.

이재경
2014년 문학동네신인상에 평론 「불가능한 해방—최근 장편소설에 나타난 '밑'의 아이들에 대하여」가 당선되어 등단.

백수린

고요한 사건

작가노트 결정적인 장면

해설 신샛별 아름다운 것을 택했지,
그게 옳은 것은 아닐지라도

백수린

2011년 경향신문 신춘문예에 단편소설 「거짓말 연습」이 당선되어 등단. 소설집 『폴링 인 폴』 『참담한 빛』 『여름의 빌라』, 중편소설 『친애하고, 친애하는』, 짧은 소설 『오늘 밤은 사라지지 말아요』가 있다. 2015년, 2019년 젊은작가상, 문지문학상, 이해조소설문학상, 현대문학상을 수상했다.

고요한 사건*

죽은 고양이를 처음 본 것은 내가 열여덟 살에서 열아홉 살로 넘어가던 겨울이었다. 눈 소식이 유난히 없었던 그해 겨울. 잣눈. 싸라기눈. 포슬눈. 국어사전에서 눈(雪)을 가리키는 서로 다른 이름들을 발견할 때마다 나는 눈이 오길 기다리는 마음으로 노트에 베껴 적으며 지루한 겨울을 나고 있었다. 우리 가족이 서울에 정착해 살기 시작한 지 삼 년 가까이 되어가던 시점이었다. 어쩌다 눈이 오면 하얗게 지붕을 갈던 낡은 집들과 골목 어귀에 죽어 있던 그 고양이는 더이상 이 세상 어디에도 남아 있지 않다. 그렇지만 그것들은 분명히 존재했다. 행정구역상 정식 명칭은 따로 있었지만 우리가 서울에 처음 올라와 살았던 동네를 그곳 주민들은 소금고개라고 불렀다. 옛날에 소금장수들이 고개 아래 나루터에서부터 소금을 지고

* 바실리 칸딘스키의 그림 〈고요한 사건Évènement doux〉(1928)에서 제목을 빌려왔다.

넘어다녀서 소금고개라고 불렸다는 말도 있었지만 가파른 고개를 넘다보면 땀이 비 오듯 쏟아져 옷자락에 소금이 생길 지경이라 그렇다는 말을 동네 아이들은 더 믿었다. 동네 아이들이 더 믿었다고, 나는 지금 쓰고 있지만, 사실 동네 아이들이 더 믿었는지 아닌지 나로서 알 길은 없다. 나에게 그 동네의 친구라고는 해지와 무호가 거의 전부였는데, 그들이 내게 그렇게 말했기 때문에 그런가보다 지금까지 믿고 있을 뿐이다.

소금고개에서 살던 시절에 대해서라면 사실 해지와 무호를 빼놓고는 이야기할 수가 없다. 그들은 갑자기 이사 간 나와 달리 아주 어렸을 때부터 그 동네에서 줄곧 자랐다. 같은 골목을 기저귀 차림으로 뛰어다녔고, 같은 초등학교를 졸업했다. 성별이 달라 중학교를 따로 다니긴 했지만, 그들 사이에는 소꿉친구들만 공유하는 친밀감이 있었는데, 그것은 시간이 만드는 대부분의 것이 그러하듯 공고해서 내가 끼어들 여지가 없었고, 그래서 가끔 나는 그들과 함께 있을 때 외로웠다. 그렇다고 해서 그들이 나를 소외했다거나, 내게 거리를 두었다는 의미는 결코 아니다. 오히려 그 반대였다. 그들은 새로운 생활에 적응하지 못하던 나를 적극적으로 맞이해주었던 소수의 사람들에 속했다. 나는 중학교 시절의 마지막 한 해를 해지와 같이 등하교하면서 보냈다. 해지 어머니는 처음엔 내게 별로 관심이 없었지만 내가 전학 간 그 학기에 치른 중간고사에서 전교 3등을 하자 우호적으로 태도를 바꾸었다. 돌이켜보면 그 동네 사람들 대부분이 우리 가족을 그런 식으로 대했던 것 같다. 처음에는 외지에서 왔기 때문에 우리를 경계하던 사람들의 태도는 차츰 우리 가족에 대해 알아갈수록 우호적으로, 그렇지만 조금은 거리를 둔 예의바름으로 바뀌어갔다.

"그건 너희 가족이 좀 있어 보여서 그래."

해지는 언젠가 그렇게 말했다. '있어 보인다'는 말이 무얼 가리키는지 정확히 몰랐지만 어렴풋이는 그 뜻을 짐작할 수 있었다. 우리 부모님은 아침마다 동네 골목을 마당비로 쓰는 유일한 사람들이었고, 꼼꼼히 분리수거를 했으며, 주말에는 고향에서부터 가져온 낡은 전축으로 팝송을 들었다. 그 동네에서 아버지는 정장 차림으로 출근하는 유일한 사람이었고, 그 동네의 아주머니들 중 고등학교를 졸업한 사람은 어머니밖에 없었다. 어머니는 가파른 비탈길을 오르내리며 시장에 다녀올 때마다 기미가 생길까봐 양산을 단정하게 받쳐들었다. 어머니가 가진 양산은 총 세 개였는데, 그것은 많은 개수가 아니었지만 적지도 않은 개수였다. 어머니는 그날의 옷차림에 따라서, 기분에 따라서, 하늘의 빛깔에 따라서 양산을 골라 들고 다녔다. 그 동네에 그러는 여자는 우리 어머니밖에 없었다. 그러니까 동네 사람들이 우리를 이질적이라고 느낀 것은 어찌 보면 당연한 일이었다. 내색은 않았지만 우리 가족 역시 우리가 동네와 어울리지 않는다는 사실을 누구보다 더 잘 알고 있었다.

그러니까 소금고개는 내가 그때까지 살아왔던 곳과는 완전히 달랐다. 우리가 이사하던 날, 아버지가 운전하는 차의 뒷좌석에 앉아 꾸벅꾸벅 졸다가 눈을 떴을 때 우리의 구형 엘란트라는 굽이굽이 이어진 좁다란 비탈길을 힘겹게 올라가고 있었다. 차창 너머로 단층의 낡고 허름한 집들이 줄지어 있는 풍경이 보였다. "엄마, 여기가 서울이야?" 내가 상상했던 서울의 모습과 달라도 너무 달랐으므로 나는 놀라서 눈을 크게 뜨고 물었다. 차는 한참을 더 올라간 끝에 멈춰 섰다. 어머니가 앞장서서 문을 열고 들어가서 나는 골목 안쪽, 청록색 대문의 집이 우리가 앞으로 살게 될 곳이라는 사실을 받아들여야만 했다. 때는 봄기운이 돌기 시작하는 3월 중순이었고, 유난히 맑은 날이었다. 눈부신 햇살 속에서 칠이 벗어진 담벼락과 동그란 엉덩이를 내놓고 아무데나 주저앉는 아이들의 오줌 자국이 길바닥 여기저기에 말라가던 골목은 서글프리만큼 초라했다. 나는 안에 든 것이 깨질까봐 이삿짐 트럭에 싣는 대신 서울까지 직접 들고 온 종이상자를 끌어안은 채 부모님을 따라 조심조심 대문 안으로 들어섰다. 기분 탓인지 집안에 들어서자 하수구 냄새가 훅 끼쳤다. 어디선가 고양이 울음소리가 들려왔다. 이윽고 우리를 뒤따라 용달차가 집 앞에 도착하고, 인부들이 우리의 세간을 좁고 허름한 집 안에 조금씩 들여놓았는데도, 나는 내가 앞으로 살아가야 할 곳이 이 집이라는 사실을 받아들일 수가 없었다. 집은 전에 살던 곳보다 턱없이 작은 크기의 단독주택으로, 두 개의 방과 하나의 거실로 구성되어 있었는데 거실 벽을 이루는 네 면의 너비가 균일하지 않아 바닥은 사다리꼴 형태를 띠고 있었다. 그나마 상당 부분은 안방에 들어갈 공간이 없어 거실에 덩그마니 놓은, 어머니의 오동나무 장으로 가려졌다. 소파는 들어갈 자리가 없어 결국 버리기로 했다. 누렇게 변색된 화장실 세면대, 물때가 낀 바닥 타일을 보는 순간 나는 고향에 두고 온 우리의 집이 그리워져 눈물이 날 것 같았다.

"재개발 때문이다."

그날 밤, 이삿짐을 대충 부려놓아 아직 어수선하던 안방에 들어가 정말 납득할 수 없다는 얼굴로, 우리가 왜 이런 집에서 살아야 하느냐고 묻는 나를 옥상으로 데리고 올라간 아버지는 그렇게 설명했다.

"저기에 뭐가 보이냐?"

아버지가 손끝으로 서쪽 언덕 위를 가리켰다.

"아파트요."

나는 고향에 두고 온, 우리가 살던 아파트를 떠올리면서 퉁명스러운 말투로 답했다.

"그렇지. 저게 다 아파트다. 우리가 살던 아파트보다 몇 배나 비싼 아파트야. 이 동네에도 저런 아파트가 머지않아 들어설 거다."

그러니까 아버지는 그날 밤, 그 일대가 모두 소금고개와 같은 달동네 밀집 지구였는데 몇 년 사이 불량 주택 재개발 사업이 추진되면서 아파트 단지가 조성되었고, 소금고개가 그 지역에 남아 있는 유일한 달동네라는 이야기를 내게 전했다. 서울의 아파트는 너무 비싸서 어차피 네가 가진 돈으로는 전세밖에 구할 수 없을 거다, 그럴 바에는 재개발을 기다리는 것이 낫지 않겠냐, 는 친구 조씨 아저씨의 말이 아버지의 귀에 일리 있게 들렸다. 그래서 부모님은 부동산에 밝은 조씨 아저씨의 조언에 따라 서울로 이사를 오면서 허물어져가는 동네의 허물어져가는 집을 한 채 산 거였다.

"길어야 일 년 아니면 이 년일 거다."

아버지는 그렇게 말했다.

"그때까지, 불편하겠지만 온 가족이 힘을 합쳐 잘 살아보자."

언덕 저쪽을 빽빽이 메우고 있는 고층 아파트의 가지런한 창들마다 불빛이 투명하게 빛났다. 언젠가 나도 본 적 있는 조씨 아저씨는 이런 집들을 매입해 그즈음 서울에 아파트를 세 채나 가진 부자가 되어 있었다. 아버지는 대수롭지 않다는 듯 일 년, 혹은 이 년이라고 말했지만 나는 자신이 없었다. 그렇지만 아버지는 언제나 옳았으니깐. 나는 속으로 생각했다. 아버지를 따라 터덜터덜 옥상에서 내려오는 길, 계단을 밝히기 위해 전 주인이 달아놓은 백열전구 위로 하루살이들이 덧없이 부딪치고, 부딪쳤다가, 떨어졌다.

"어쨌거나 너는 공부만 지금처럼 열심히 해라. 나머지는 아빠 엄마가 다 알아서 할게. 서울에 온 것도 다 널 위해서잖냐."

아버지는 방으로 들어가려는 내 등에 대고 당부를 잊지 않았다. 방으로 들어가 고향에서 쓰던 이불의 익숙한 냄새를 맡으며 잠을 청했지만 잠은 쉽게 오지 않았다. 아버지와 어머니가 그날 늦게까지 집안 곳곳을 정리하며 만들어내는 작은 소음을 나는 이불 속에서 들었다.

내가 전학을 간 학교는 지리적으로 우리 동네와 아파트 단지의 중간쯤에 위치해 있었다. 그렇기 때문에 학교를 이루는 구성원도 절반가량의 우리 동네 아이들과 절반가량의 아파트에 사는 아이들로 나뉘어 있었다. 부모님은 새 학교로 등교하기 전에 몇 차례나 내게 이왕이면 아파트에 사는 아이들과 친하게 지내라고 당부했다. 그러나 그런 당부를 할 수 있었던 것은 부모님이 한 번도 전학을 해본 적이 없기 때문임을 나는 이내 알게 되었다. 전학생에게는 친구를 선택할 권리가 전혀 없다는 것을 부모님은 미처 알지 못했다. 전학생으로 처음 교탁 앞에 서는 순간, 내게 쏟아지던 여든 개의 눈동자. 가늠하고 평가하여 어느 부류로 분류해야 하는지 판단하기 위해 재빨리 나를 훑던 눈길을 나는 오랜 세월이 지난 지금까지도 기억하고 있다. 새 학교에서의 첫날 나는, 교실 바닥에 침 뱉는 절반의 아이들에게 위화감을 느끼는 다른 절반의 아이들과 나 자신이 가깝다고 생각했지만, 같은 로고의 백팩을 메고 다니고 공부에 목숨을 거는 것은 시시한 일이라는 듯 수업시간에는 엎드려 자지만 각자 집으로 돌아가서는 과외수업을 받던 그 아이들은 내가 자신들과 다르다는 것을 쉽게 간파했다. 반 아이들은 언뜻 평화롭게 공존하는 듯 보였지만, 물리적 성질이 달라 합류 지점을 지난 뒤에도 각자의 흰빛과 검은빛을 유지하며 나란히 흐른다는 남아메리카의 두 강줄기처럼, 서로 섞이는 법이 없었다. 그나마 내게 공부를 잘하는 재능이 있었고, 그것이 전학 간 뒤 처음 본 중간고사에서 증명되었기 때문에 나는 아파트에 사는 아이들과 어울릴 수 있었다. 그렇지만 나는 그들이 삼삼오오 모여 하는 그룹 과외에 속할 수 없었고, 무엇보다 그들과 나는 집으로 돌아가는 방향이 달랐다.

만약 내가 전학 간 학교에 해지가 없었다면, 나의 새로운 삶은 더욱더 암울했을 것이다. 그러나 외지에서 온 나를 경계하는 눈빛으로만 바라보던 아이들 틈에 해지가 있었고, 덕분에 나는 조금씩 새로운 환경에 적응해갈 수 있었다. 내가 해지와 친하게 된 것은 어쩌면 해지만이 이쪽과 저쪽, 어느 쪽에도 끼지 못한 채 어정쩡하게 있던 나를 배척하지 않은 유일한 아이였기 때문이다. 해지는 학교에 있을 때 그렇게 눈에 띄는 아이가 아니었고 오히려 조용한 편이었지만, 학교만 벗어나면 말수가 늘고 활달해졌다. 서울의 지리를 하나도 모르던 나를 인근 대학 앞의 패스트푸드점이나 영화관 같은 곳에 데리고 간 것도 해지였다. 우리 중학교에 붙어 있는 남자중학교에 다니던 무호가 우리와 함께하는 날도 많았다. 처음 봤을 때 무호는 키가 겨우 나만했고, 마른 체구에 귀여운 얼굴이어서 또래의 남자라기보다는 남동생 같은 느낌이었다. 게다가 세 명이나 되는 누나들의 생리대 심부름을 하며 자란 탓인지 무호는 여자아이들과 어울리는 것을 좋아했다. 무호는 동네의 다른 남자아이들과 달리 나에게 짓궂은 농담을 하지도 않았고 무엇보다 내 앞에서 욕을 하지 않았다. 우리는 점점 더 자주 어울렸다. 해지나 무호와 달리 나는 학교 앞 보습학원에 다녔기 때문에 그들이 놀고 있을 때 뒤늦게 내가 합류하는 식이긴 했지만.

해지와 둘이, 혹은 무호까지 셋이서 저녁 늦게까지 놀다가 해가 뉘엿뉘엿 질 무렵 집으로 돌아가기 위해 가파른 비탈을 올라 쇠락한 골목으로 접어들면 우리는 어딘가 숨어 있던 길고양이들과 어김없이 마주쳤다. 그곳엔 정말 수도 없이 많은 길고양이들이 살았다. 주차되어 있는 차 아래에 자리잡고 누워 있거나 무단 투기된 검은 봉투 주위를 기웃거리다가 사람들이 지나가면 소스라치게 놀라 어디론가 사라져버리던 길고양이들.

아마 해지와 친해진 지 얼마 되지 않아, 함께 집으로 돌아가던 어느 저녁의 일이었을 거다. 해지에게 그즈음 내가 보았던 기괴한 풍경에 대해 이야기한 것은. 그것은 동네 어귀의 공터에서 한 아저씨가 수많은 고양이들에게 둘러싸여 있던 장면에 대한 이야기였다. 그 아저씨는 왜소했고 수염을 제대로 깎지 않은 탓인지 인상이 퍽 무서웠는데, 우리 아버지보다 나이가 많은 것처럼 보였지만 실제 나이가 어떻게 되는지는 알 수 없었다. 해지는 내 이야기 속에 등장하는 인물이 누구인지 잘 알고 있었다. 그 아저씨는 무호의 집이 있는 골목에 사는 사람으로 오래전 큰 사고로 가족을 모두 잃은 후 동네의 고양이들을 찾아다니며 먹이를 주기 시작했다고 했다. 그 동네에 사는 동안 나는 그후로도 종종 고양이 아저씨—우리는 그를 줄곧 고양이 아저씨라고 불렀다—를 맞닥뜨렸다. 나는 다섯 마리, 여섯 마리, 열 마리의 더러운 고양이들이 특유의 냄새를 풍기며 한데 모여 있는 풍경과 술에라도 취한 것처럼 항상 눈에 핏발이 서 있던 아저씨가 무서웠다. 그렇지만 해지는 전혀 두렵지 않은지 나와 같이 있다가도 고양이 아저씨를 만나면 동네의 여느 아이들처럼 그에게 다가갔다. 심부름으로 아저씨에게 전이나 밑반찬을 가져다드리기 위해서일 때도 있었지만, 대부분의 경우 노란색 줄무늬 고양이나 배와 입 주위가 하얗고 등이 검은 고양이를 쓰다듬으며 다른 고양이들이 아저씨가 덜어주는 사료를 먹는 모습을 쭈그리고 앉아 구경했다. 아무런 말도 없이. 나는 그들 곁에 다가가지 못하고 해지나 아저씨의 다리에 털을 묻히며 느릿느릿 지나다니는 고양이들을 멀찍이 서서 지켜봤다. 사료를 다 먹은 고양이들이 흩어지면 해지도 내 곁으로 다시 돌아왔다. 아저씨도 늘 그래왔던 듯이 그냥 그렇게 빈 사료 주머니를 들고 어두운 골목 안으로 사라졌고.

소금고개에서의 생활은 차츰 적응이 되어갔지만, 고양이 아저씨의 존재처럼 끝내 적응할 수 없는 것도 있었다. 수시로 들려오는 발정난 고양이들의 울음소리가 그랬고, 얇은 벽을 타고 넘어오는 이웃 노인의 가래 뱉는 소리나 커다랗게 틀어놓은 텔레비전 소리가 그랬다. 도대체 나한테 어떻게 이럴 수가 있어요, 어떻게? 하고 소리지르곤 하던 드라마의 주인공들. 그 시절의 드라마에서는 가난한 남자가 고시에 합격한 뒤 부잣집 여자를 만나기 위해 옛 애인을 버리는 일이 정말이지 빈번했다. 어머니와 아버지는 내가 해지와 어울리는 것을 탐탁지 않아했지만 상위권 성적을 변함없이 유지했으므로 대놓고 나에게 뭐라고 하지는 않았다. 부모님은 나를 좋은 사립고등학교에 보내기 위해서 서울에 올라왔다는 말을 수시로 했다. 넌 장차 훌륭한 사람이 되어야지. 그런 말들은 끈끈하게 내 발바닥에 들러붙어 어디든 걸을 때마다 쩍쩍, 소리가 날 지경이었다. 부모님이 내게 입단속을 시켰으므로 나는 재개발될 예정이기 때문에 소금고개로 이사 왔다는 이야기를 아무에게도 하지 않았다. 계절이 바뀌어도 우리가 기다리던 재개발 소식은 들리지 않았다. 그렇지만 어머니나 아버지는 모두 쉽게 동요하지 않는 성격이었고, 변함없이 아침마다 골목을 마당비로 쓸고 또 쓸었다. 고양이들이 매일 밤 쓰레기봉투를 헤집어놓고 가는 탓에 새벽의 골목에는 쓰레기들이 나뒹굴었다. 고양이들을 볼 때마다, 어디선가 아기 울음소리 같은 고양이의 울음소리가 들려올 때마다, 어머니는 정말 불길한 동물이야, 하고 말했다. 그때마다 어머니는 정말 몸서리를 쳤고, 얼굴을 잔뜩 찌푸렸으므로, 나 역시 영문도 모른 채 몸을 떨었다.

날이 더워지기 시작하면서, 소음보다 참기 힘든 것이 악취라는 것을 나는 배웠다. 소음은 창문을 닫으면 어느 정도는 해결되었지만 악취는 창을 닫아도 창틈으로 새어들어왔다. 그 동네에는 내가 예전에 살았던 곳에서 단 한 번도 맡은 적이 없는 온갖 냄새가 풍겼다. 정화조 트럭이 지나갈 때면 진동하던 악취나 고양이들의 배설물 냄새, 무엇보다도 아무렇게나 거리에 버려진 음식물 쓰레기 썩는 냄새가 항상 공기중에 가득했다. 우리는 더워죽겠는데도 창문을 열지 못한 채 선풍기를 틀고 살았다. 어머니는 집안 구석구석에 방향제를 갖다놨다. 나는 아파트에 사는 아이들이 내 몸에서 동네 특유의 냄새를 맡지 않을까 걱정이 됐다.

여름 내내 악취는 점점 더 심해졌다. 무더위와 폭우가 반복되면서 부패하는 속도도 빨라졌다. 어느 주말인가, 연일 비가 쏟아지던 날, 찜통 같은 거실에 상을 펴놓고 앉아 온 가족이 저녁을 먹는데 어머니가 아버지에게 이사를 가면 안 되겠느냐고 물었다. 재개발 이야기가 도통 들리지 않는데, 이 집을 전세 놓고 무리해서라도 대출을 받아서 다른 동네에 전셋집을 구하는 게 낫지 않을까 하는 이야기였다.

"애한테는 아무래도 교육 환경이 중요하잖아."

어머니가 땀을 닦으면서, 내 쪽을 흘깃 보았다. 나는 아무런 잘못도 저지르지 않았지만 왠지 그래야 할 것 같아서 고개를 푹 숙였다.

"흐음."

제대로 말리지 않은 운동화 깔창 냄새가 나던 우리집의 거실 한가운데에서 아버지가 신음처럼, 깊은 한숨을 내쉬었다.

그즈음 어머니가 나의 교육 환경을 걱정하기 시작한 데는 원인이 있었다. 나와 성적이 비슷한 아이들과 어울리려고 애쓰는 일이 너무 피곤했기 때문에 나는 점점 더 해지와 붙어다니고 있었다. 해지가 우리집으로 올 때도 있었고 내가 해지의 집으로 갈 때도 있었지만, 맥주로 머리를 탈색해보려다가 어머니에게 들켜 혼난 이후 우리는 해지의 집에서 놀 때가 더 많았다. 그 집을 떠올리면 지금도 선명하게 기억나는 것은 우리가 현관문을 열 때까지 집안에 고여 있던 어둠과 코를 찌르던 쾨쾨한 자릿내였다. 해지의 아버지가 무슨 일을 했는지는 지금껏 모르지만, 살짝 열린 방문 틈으로 러닝셔츠 차림의 아저씨가 모로 누워 있는 것을 자주 보았다. 해지의 어머니는 주말에만 집에 있었다. 처음에는, 우리 어머니와 달리 목소리가 걸걸하고 한 번도 들어본 적 없는 야한 농담을 아무때나 하는 해지 어머니가 사실 좀 무서웠다. 그렇지만 덩치 큰 몸에 꼭 끼는 꽃무늬 티셔츠를 즐겨 입고, 무엇보다 해지와 닮은 얼굴의 그녀를 나는 좋아했다. 아무튼 해지네 집은 취향을 짐작할 수 없는 가구와 집기들로 발 디딜 틈이 없었다. 우리집보다 훨씬 좁았기 때문에 해지의 방이 따로 없는 그 집에서 우리가 있을 장소라고는 옥상뿐이었다. 우리는 사다리를 타고 옥상에 올라가 텐트를 치고 그 안에서 라디오를 들었다. 빠람빠람빠람. 시그널이 울리고 DJ 목소리가 들리면 우리는 텐트 바닥에 나란히 드러누웠다. 도시가스가 들어오지 않는 해지네 집 옥상에는 커다란 LPG 통들이 늘어서 있었고 그 옆에 세워둔 장대에는 빨랫줄이 걸려 있었다. 해지는 신경쓰지 않는 듯했지만 나는 수치를 모르고 바람에 나부끼는 속옷들을 보면 민망해져 시선을 돌렸다. 염료가 다 빠진 것처럼 후줄근하던 브래지어와 팬티들. 차가운 바닥에 누워서 좋아하는 가수의 노래를 듣는 동안 텐트 위로는 빨래의 그림자들이 어른거렸다.

한번은 그 비좁은 텐트 안에서 해지가 내 눈썹을 정리해준 적도 있었다. "눈을 감아야지." 해지의 말에 나는 순순히 눈을 감았다. 해지는 내 눈썹을 물로 적시고 비누를 칠했다. 눈을 감은 탓인지 비누의 인공 살구 향이 더 진하게 느껴졌다. "시작한다." 해지가 말하고 나는 눈을 더 질끈 감았다. 그 시절, 해지에게는 나 말고도 오래된 친구들이 많이 있었지만, 내게는 해지가 바깥세상의 전부였다. 내 얼굴 위로 사각거리는 소리를 내며 움직이던 칼날. 그 순간 나는 아주 짧은 찰나라도 눈썹 모양이 망가지거나 상처가 나면 어떻게 하나, 따위의 걱정을 하지 않았다. 사랑에 굶주린 어린아이처럼, 맹목적으로, 나는 해지를 믿었다. 해지의 손이 아주 조심스럽게 내 이마 위에서 곡선을 그으며 움직이는 것을 느끼면서. "다 되었어." 해지가 거울을 보여주었다. 그 안에 해지의 눈썹과 똑같은 눈썹을 지닌 내가 있었다. 그날 밤, 나는 사다리를 타고 다시 옥상에서 내려와, 고양이들이 있는 골목을 지나쳐, 집으로 돌아오자마자 그때까지 열지 않았던 마지막 이삿짐 상자의 테이프를 뜯었다. 고향의 친구들이 선물해준 도기 인형들과 작은 꽃병, 플라스틱 사진틀 따위의 아무짝에 쓸모없지만 당시 내 눈에는 아름다워 보였던 것들을 꺼내어 나는 내 방을 꾸몄다.

해지에게는 내가 그저 삶을 구성하는 한 부분에 불과할지도 모른다는 생각은 당시 나를 때때로 슬프게 했다. 해지는 동네 친구들이 많았는데 특히 남자들 사이에서 인기가 좋았다. 해지와 같이 동네를 걷다보면 우리보다 두세 살쯤 나이가 더 많은 고등학생들이 해지에게 다가와 시답지 않은 장난을 걸거나 색소가 많이 든 아이스크림 같은 걸 사주고 가는 일이 심심치 않게 있었다. 어머니는 내가 해지를 쫓아다니는 남자애들과 어울리지는 않을까 항상 전전긍긍이었다. 그렇지만 어머니의 걱정이 기우라는 것은 그 시절의 어린 나도 알았다. 나는 그들의 안중에 전혀 없었으니까. 남자들 앞에만 서면 쭈뼛대고 경계하던 나와 달리 그들을 대하는 해지의 태도는 스스럼이 없었다. 다른 남자들과 있을 때와 달리 무호 앞에서는 낯을 전혀 가리지 않는 나를 보며 해지가 "너 무호 좋아하지?" 하고 쿡쿡 찌르곤 했던 것도 그런 까닭이었다.

다른 남자애들을 데리고 올 때도 있었지만 무호는 대개 혼자 우리에게 왔다. 해지네 집으로 무호가 찾아오면 돈 없이 마땅히 갈 곳이 없었으므로 우리는 종종 비탈길을 내려가 신작로를 건너 굴다리까지 걸어갔다. 장미, 백조 따위의 간판만 걸려 있을 뿐 창문도 하나 없는 허름한 방석집 앞을 시시덕거리며 지나면 굴다리가 나왔다. 굴다리까지 가봤자 우리가 하는 일이라고는 별게 없었다. 굴다리 너머에는 마을버스 차고지로 쓰이다가 버려진 부지가 있었다. 아무렇게나 자란 풀이 무성하던 그곳에는 커다란 아카시아나무가 우거져 있었고, 허리춤까지 자란 개망초와 키 큰 해바라기가 차례로 꽃을 피우던 얕은 구릉이 있었다. 우리는 이미 무용해진 그곳에 다다르면 아무데나 주저앉아 건전하게 이야기를 나눴다. 대개는 가족에 대한 이야기랄지, 장래에 대한 이야기랄지 뭐 그런 것들이었던 것 같다. 그곳에서 나는 무엇에 쓰였던 것인지는 모르지만 그때 이미 무너져버린 담벼락을 평균대 삼아 걷는 것을 좋아했다. 그리 높지 않은 담이었지만 균형을 잡기 위해 양팔을 벌리고 걸으며 나는 정주민이 없는 나라에만 정차하는 기차를 상상하곤 했다. 좁은 담 위를 휘청휘청 오가면서 주로 내가 하는 일은 아이들이 하는 말을 듣는 것이었다. 어쩌다 아이들이 우리 가족에 대해 물으면 간혹 내 얘기를 할 때도 있었다. 나는 우리 아버지가 가난한 시골 출신으로 오 남매 중에 장남이기 때문에 동생들을 건사하기 위해 어떤 희생을 해왔는지, 그런 이야기들을 즐겨 했던 것 같다. 아버지는 음악을 사랑했고, 그래서 기타 연주자가 되고 싶었지만 집안을 일으키기 위해서 기꺼이 꿈을 포기했다. 나는 그런 아버지가 자랑스러웠다. 아버지에 대해 이야기할 때면 나는 늘 신이 나서 평소와는 달리 제법 큰 목소리로 떠들었을 것이다. 아버지를 내가 얼마나 좋아하는지에 대해서. 소리나는 대로 아버지가 적어준 가사를 보면서 짐 리브스나 존 덴버의 노래를 함께 따라 부르던 기억이나, 음악 실기시험을 볼 때면 솔-솔-미-파-솔, 리코더 부는 법을 아버지에게 배웠던 기억 같은 것에 대해서. 나는 아버지가 크게 화를 내는 것도, 욕을 하는 것도 본 적이 없었다. 아버지는 비가 오나 눈이 오나 매달 마지막 주 토요일마다 할머니 할아버지 댁에 찾아가 다리를 주물러드리고 돼지갈비라도 사드릴 때면 드시기 좋게 살코기만 가위로 잘라드리는 그런 사람이었다.

"떨어질 거 같으니까 이제 좀 내려와."

아이들이 위태롭게 걷는 내게 소리지르면 나는 마지못한 척 풀밭에 앉아 있는 그들 옆으로 가 자리를 잡았다. 풀밭에 앉으면 엉덩이가 이내 축축해졌다. 아이들은 졸업하면 각기 기술을 배우는 학교에 입학할 예정이었다. 해지는 미용을 배울 거라고 했고 무호는 정비공이 될 거라고 말했다. 언젠가는 해외 패션쇼에 오르는 모델들만 담당하는 헤어디자이너가 될 거라는 둥, 유명한 독일 회사의 자동차를 설계하고 말겠다는 둥, 석양이 비쳐들어 홍조를 띤 얼굴로 아이들이 그려 보이는 미래는 하나같이 터무니없었다. 그들이 그리는 미래가 비눗방울처럼 커다랗게 부풀어오를수록 나는 이상하게도 점점 불쾌해졌는데, 그 원인이 무엇인지 그때는 자각하지 못했다. 인문계 고등학교, 그것도 명문대 합격률이 높은 사립 고등학교 입시를 준비하고 있던 것은 나 하나였고, 나는 아이들이 떠드는 동안 말없이 내 주위의 강아지풀을 손으로 뜯었다. 내가 담배를 처음 배운 것은 그런 날들 중 하루였다. "훅, 들이쉴 때 같이 마셔." 아이들이 나를 재촉하고 나는 담배를 입에 문 채 훅, 숨을 빨아들였다. 담배 연기가 지나간 자리를 따라 내 기도가, 내 폐가 뜨거워졌다. 내가 캑캑거리며 기침을 하는 모습에 아이들이 손뼉을 치며 웃었다.

만약 성적이 떨어졌다면 부모님은 어떻게 해서라도 이사를 가려고 애썼을 것이다. 그러나 나는 훌륭한 사람이 되어야만 한다는 당부를 잊지 않았고 다행히 성적도 떨어지지 않았다. 학교에서 해지가 책상에 엎드려 자는 동안 나는 착실히 공부를 했고 교칙을 어기지도 않았다. 이런저런 이유들에도 불구하고 아파트에 사는 아이들이 나를 대놓고 무시하지 않던 까닭은 성적 때문이었다. 나는 그 아이들이 우리 동네 아이들을 어떻게 보는지 알고 있었다. 내가 그 대상이 아니라는 사실은 다행이었지만 그렇게 생각할 때마다 배신자가 된 것 같은 감정이 나를 사로잡았다. 그리고 해지가 공부를 조금만 했다면 내가 이런 감정을 느끼지 않아도 될 텐데 하는 생각에 화가 났다. 아버지는 주어진 환경을 극복하지 않고 안주하려는 것은 잘못하는 일이라고 언제나 내게 말했다.

재개발이 될 거라는 소문이 동네에 돌기 시작한 것은 이듬해 봄쯤이었다. 소문이 구체화될수록 동네의 분위기가 조금씩 달라져갔다. 부모님은 우리가 살던 동네가 하루빨리 허물어져버리길 바랐고, 그것이 순리라고 생각했다. 그러면서도 부모님은 골목을 쓸었고, 골목에서 누군가를 마주치면 묵례를 했다. 나는 우리 중학교 졸업생 중 소수만 진학할 수 있었던, 강 건너의 사립 고등학교에 입학한 후 말수가 조금 더 줄었다. 우리 동네까지는 스쿨버스가 오지 않아서 다른 아이들보다 더 일찍 일어나 스쿨버스가 다니는 곳까지 일반 버스를 타고 가야만 했는데, 그래서 나는 몇 배나 더 피곤했다. 야간 자율학습을 마친 뒤 버스를 갈아타고 밤늦게 집에 오는 날들이 많았기 때문에 해지와 만날 수 있는 시간도 자연스레 줄어들었다. 간혹 아프다는 핑계를 대고 조퇴를 하기도 했지만 그럴 때는 해지가 집에 없기 일쑤였다. 그렇게 일찍 집에 돌아와봤자 혼자 있게 되는 날들에는 처음 이사 왔던 날 아버지가 내게 아파트 단지를 보여주었던 옥상에 쪼그려앉아, 사라져가는 태양의 빛줄기가 쇠락한 골목과 남루한 벽을 부드럽게 어루만지는 풍경을 바라보았다.

마치 검버섯 핀 노인의 얼굴을 쓰다듬듯이. 그러면 그 손길을 따라, 동네는 쪽잠을 청하는 고단한 노인처럼 주름이 깊게 팬 눈꺼풀을 천천히 감았다. 해가 지고 나면 대기에 남아 있던 온기도 노인의 마지막 숨결처럼 느리게 흩어져갔다. 몸에 한기가 깃들어 더이상 앉아 있기가 힘들어지면 그제야 나는 쭈그렸던 다리를 펴고 자리에서 일어났다. 초라한 골목이 어째서 해가 지기 직전의 그 잠시 동안 황홀할 정도로 아름다워지는지, 그때 나는 그 이유를 알지 못했다. 다만 그 풍경을 말없이 바라보는 동안 내 안에 깃드는 적요가, 영문을 알 수 없는 고독이 달콤하고 또 괴로워 울고 싶었을 뿐.

재개발추진위원회가 설립되면서 동네 사람들은 저마다 재개발하는 것이 이익인지 손해인지를 따지기 시작했다. 동네는 재개발에 찬성하는 사람들과 반대하는 사람들로 나뉘었다. 재개발에 반대하는 주민들은 비상대책회의장으로 정해진 무호네 집에서 매주 화요일 저녁 대책회의를 열었다. 턱없이 높은 추가 분담금을 내는 것이 불가능한 사람들은 재개발에 반대했다. "동의율이 낮으면 조합 설립이 무산될 수도 있대." 오랜만에 만난 무호가 말했다. "응." 컴컴한 골목 한쪽에서, 고양이 아저씨가 두고 간 사료를 허겁지겁 먹는 고양이들을 보면서 나와 해지는 고개를 끄덕였다. 해지의 가족은 세입자였으므로 동의하지 않을 권리가 없었다.

시간은 빠르게 흘렀다.

무호는 이제 키가 나보다 훨씬 컸고 어깨도 예전보다 두 배가량 넓어졌다. 그렇지만 무호에게는 여전히 웃을 때 아기 같은 구석이 있었다. 무호가 동네의 버려진 폐가에서 어떤 여자아이와 옷매무새가 흐트러진 채로 나왔다는 소문을 누군가가 내게 전하기도 했고, 실제로 그런 일이 일어났을 가능성이 높다는 것도 알고 있었지만, 나는 괘념치 않았다. 무호는 적어도 내 앞에서만큼은 예전처럼 순진한 얼굴이었고, 그것으로 충분했으니까. 우리 셋에게는 공통점이 없었지만 우리는 여전히 가끔씩 버려진 차고지에 앉아 시답지 않은 이야기를 하며 담배를 피웠다.

언젠가 한번은 해지였는지 무호였는지 둘 중 하나가 넌 좋은 대학에 가서 부자가 되겠지, 같은 말을 내게 했다. 그런 말을 내 앞에서 꺼낸 것은 처음이었다. 해지는 만날 때마다 학교에서 배우는 미용 기술에 대해서, 마네킹의 가발을 자를 때의 고충 같은 것들에 대해서 이야기했다. 무호는 우리 사이에 있을 때도 있었고, 없을 때가 더 많았다.

해가 한번 더 바뀌고 내가 열여덟 살이 되자 이사를 가는 사람들이 하나, 둘 생겨났다. 해지네 식구는 그 동네를 가장 먼저 떠난 무리에 속했다. "갑자기 집주인네가 들어와 살겠다고 연장을 안 해준대." 해지는 덤덤한 척 입술에 립글로스를 바르며 전했다. "재개발한다는데 우리가 안 나가고 버틸까 겁나 그런 거겠지, 뭐." 무호가 밤늦은 시간 하교하던 나를 버스 정류장으로 마중나오겠다고 한 것은 해지네 이사가 결정되고 얼마 지나지 않은 9월이었다. 무호가 나를 마중나온 것은 그때가 처음이었다. 그래서였을까. 인적이 드문 버스 정류장에 홀로 서 있는 무호를 봤을 때 나는 이상하게 조금 설렜다. 우리는 아주 오랜만에 단둘이 비탈을 올랐다. "가방에 뭐가 이렇게 많이 들었냐, 키 안 크게." 무호가 내 가방을 번쩍 들어 대신 둘러멨다. 무호가 이제는 나보다 훨씬 크다는 것이 갑자기 실감났다. 헬스장에서 벤치프레스를 열심히 한다더니 무호의 팔뚝은 예전보다 훨씬 굵어져 있었다. 나는 무호가 남자의 몸을 가지고 있다는 사실에 새삼 놀랐다. 그리고 왜인지 모르겠지만 소문 속에서 무호와 옷이 헝클어진 채 폐가에서 나왔다는 여자아이의 얼굴이 궁금해졌다. 우리는 학교에서 있었던 일이나 그 무렵 화제가 되고 있던 할리우드 영화에 대해서 이야기를 주고받았지만 공통의 화젯거리가 별로 없었다. 나도 무호도 골목 곳곳에 걸려 있는 붉은 깃발을 보았지만 둘 다 애써 모른 척하고 있었다. 그즈음 재개발을 찬성하는 사람들과 반대하는 사람들 사이의 갈등은 점점 더 심해져갔다. 가파른 계단을 말없이 오르자 밤이 내린 공터가 나왔다. "그러고 보니 고양이 아저씨를 못 본 지 좀 되었네." 무호는 아저씨를 며칠 전에 보았다고 말했다. 아저씨는 고양이들을 두고 갈 수 없어 재개발에 반대한다고 했다. "얼마 전에는 어떤 사람들이 아저씨한테 고양이들을 다 죽여버리겠다고 협박까지 했대." 무호가 화난 목소리로 말했다. "아저씨가 제일 만만하니까 괜히 화풀이하는 거지." 재개발을 찬성하는 이들이 반대하는 주민들의 가게나 집을 찾아가 위협하고 행패를 부린다는 소문은 나도 들어본 적이 있었다. 우리는 다시 말없이 걸었다. 무호의 숨소리가 가까이 들렸다. "여기까지면 됐어. 이제 가." "아니야, 집 앞까지 바래다줄게." 우리집 쪽으로 꺾어지는 골목으로 들어서자 새끼 고양이 두 마리가 놀란 듯 안쪽으로 달아났다. 그리고 마침내 우리집 앞에 도착했을 때, 외등 아래서 무호가 어렵게 말을 꺼냈다. 해지가 떠나기 전에 고백하고 싶은데 도와주었으면 좋겠다고.

그리고 그 주 토요일 밤에 나는 무호의 부탁대로 해지를 옛 마을버스 차고지로 데리고 갔다. 해지는 춥고 깜깜한 데를 갑자기 왜 가느냐며 계속 툴툴댔다. 기억이 틀리지 않는다면, 해지는 그날 오렌지색 스웨터를 입고 있었다. 털이 날리는 오렌지색 앙고라 스웨터에 무릎이 튀어나온 트레이닝복을 입고 무슨 일이 기다리는지도 모르는 채 내게 이끌려 비탈을 내려가던 해지. 헐벗어가는 아카시아나무 뒤에서 무호가 초 대신 폭죽을 꽂은 케이크를 들고 나오자 해지는 뭐하는 짓이냐며 소리를 지르다가 이내 빨개진 얼굴로 웃음을 터뜨렸다. 나는 그때 처음으로 내가 무호를 좋아하고 있었는지도 모른다는 사실을 깨달았다. 아닌가. 좋아한 것은 아니었나. 어쩌면 우리 셋의 관계의 축이 한쪽으로 기울어버렸음을 깨닫는 순간 느낀 허전함이 나를 착각하게 만든 것뿐이었을까. 하지만, 아무튼, 그 순간에는, 크림 범벅의 케이크 위로 반짝이는 불꽃과 그 너머 어른거리는 무호의 환한 얼굴을 보면서, 사실은 내가 무호를 얼마간 좋아한 것 같다는 생각을 했다. 그러나, 또 동시에, 그렇더라도, 나와 무호의 삶이 교차할 수 있는 순간은 너무나도 짧고, 우리는 이제 몇 년의 시간이 흐르지 않아 완전히 다른 길을 걷게 될 것이며, 더이상 우리의 인생은 겹쳐지지 않을 거라는 사실을 내가 너무 오래전부터 알고 있었다는 생각도. "나랑 사귈래?" 이제는 남자의 몸을 가진 무호가 수줍은 얼굴로 물었다. "그래." 해지가 상기된 얼굴로 고개를 끄덕였다. 나는 관객의 역할에 익숙해진 배우처럼 박수를 쳤다. 내 박수 소리에 쑥스러운 듯 아이들이 나를 바라보며 웃었다. 우리는 같이 웃었다. 폭죽의 불꽃이 짙푸른 어둠 속에서 요란한 소리를 내며 탔고, 땅에 떨어지자 순식간에 사그라졌다.

가끔, 그곳을 지날 때가 있다. 예전에 굴다리가 있었고 창 없는 방석집들이 즐비하던 거리는 이제 흔적도 없이 고층건물로 뒤덮여 있다. 우리 가족은 포클레인이 폐가들을 부수기 전에 이사를 했고, 그후 한동안 나는 그 지역에 다시 가지 않았다. 고양이 아저씨처럼 종국엔 쫓기듯 떠나간 그 동네 대부분의 사람들이 어디에, 어떤 모습으로 살고 있는지 나는 모른다. 그렇지만 많은 시간이 흘렀는데도 어쩌다 버스를 환승하기 위해, 이제는 공항철도가 놓인 그 거리를 걷다보면 그 시절의 어떤 장면들이 불쑥 떠오르곤 한다. 이를테면 죽은 고양이를 발견한 그날의 기억 같은 것.

해지는 그렇게 떠났다. 우리는 자주 통화했고 어쩌다가 만났지만 점차 거의 만나지 않게 될 거였다. 무호와 단둘이 만난 적은 그 후로 없었다. 눈이 귀한 지방에서 나고 자란 나는 눈을 매일 기다렸지만 그해 겨울은 정말 눈이 오지 않았다. 시베리아에서 내려온 한랭기단의 영향으로 얼굴이 에일 정도의 강추위만 계속되었다. 겨울이 되자 동일한 체크무늬 명품 목도리를 일제히 꺼내 두르고, 방학에는 싱가포르로, 캐나다로 어학연수를 떠나고, 무엇보다 야간 자율학습은 의미 없다는 듯이 담을 넘어 도망가는데도 언제나 성적이 나보다 잘 나오던 아이들 틈에 있다보니 나는 공부에 흥미를 잃었다. 외국소설이든 잡지든, 심지어 국어사전까지, 활자에 굶주린 사람처럼 아무 책이나 닥치는 대로 첫 페이지부터 끝까지 읽어대기 시작한 것은 그 때문이었다. 뭔가를 읽고 있는 동안만큼은 아무와도 이야기하지 않아도 되었고 시간이 한 움큼씩 없어졌는데, 나는 그것이 좋았다. 그날도 일요일이었지만 학교 도서실에 앉아 제임스 조이스나 외젠 이오네스코의 책 같은 것을 이해하지도 못하면서 읽다 집에 돌아가는 길이었을 거다. 매서운 추위에 잔뜩 웅크린 채 비탈을 올라가고 있는데 어디선가 웅성거리는 소리가 들렸다.

"싸움이 났어요."

누군가가 외쳤다. 나는 두렵지만 궁금한 마음에 이끌려 소리가 나는 쪽으로 향했다. 그곳, 석유가게 앞에는 이미 몇몇의 구경꾼들이 몰려 있었다. 이따금씩 나는 후회했다. 그곳에 가지 말았어야 했는데. 그렇지만 나는 호기심을 이기지 못하고 내 앞을 가로막은 채 서 있는 아주머니들의 어깨와 어깨 사이에 고개를 들이밀었다. 그리고 그곳에서 얻어맞고 있는 고양이 아저씨를 보았다.

"저 사람들이 고양이한테 약을 먹였다나봐."

구경꾼 중 누군가가 누군가에게 수군거리는 소리가 들렸다. 젊은 사내들에 의해 바닥에 내동댕이쳐진 고양이 아저씨는 꺾어진 허리를 자꾸만 곧추세우며 일어섰다. 나는 두려웠다. 아저씨가 죽을까 봐. 언제나 핏발이 붉게 선 눈 때문에 무서워 보이던 아저씨의 얼굴은 더욱 흉측하게 일그러졌다. 아저씨를 때리던 이들은 싸움을 그만하고 싶은 것 같았지만 아저씨는 돌아서는 그들을 향해 자꾸만 달려들었고 또 얻어맞았다. 왜 아무도 말리지를 않지? 나는 다급한 마음에 주변을 둘러보았다. 눈살을 찌푸리며 구경하는 사람들은 대부분 아주머니나 할머니였고 남자라고는 꼬마들밖에 없었다. 고양이 아저씨가 뭐라고 뭐라고 소리를 질렀다. 비명소리는 아니었고 무슨 말을 한 것이 분명했지만 발음이 부정확해 알아들을 수가 없었다. 나는 문득 아버지를 떠올렸다. 아버지라면, 어떻게든 이 사태를 해결할 수 있을 거였다. 나는 뒤로 돌아서 달렸다. 평소에 가던 길을 우회해서 집까지 뛰었다. 나는 내가 그렇게 빨리 뛸 수 있는 사람이라는 것을 그때까지 알지 못했었다. 집으로 꺾어지는 골목에 들어서자 거기엔 정말 죽은 고양이가 있었다. 우리집 앞을 자주 지나던 고양이, 입 주위로만 별 모양으로 흰 털이 나 해지가 별이라고 부르던 그 고양이였다. 죽은 고양이를 본 것은 그때가 처음이었다. 고양이는 네 다리를 위로 쳐든 채 배를 보이며 시멘트 바닥에 죽어 있었다. 눈을 뜬 상태로 차갑고 꼿꼿하게 굳어 있던 고양이. 나는 가방에서 열쇠를 찾았다. 열쇠가 열쇠구멍에 잘 들어가지 않아서 그제야 내 손이 떨리고 있다는 것을 알았다.

"아빠, 아빠."

집에 들어오자 훅, 따뜻한 기운이 나를 감쌌다.

내 목소리가 다급하게 들렸던 게 틀림없었다. 어머니와 아버지가 동시에 무슨 일인가 놀라서 방에서 뛰어나왔으니까.

"아빠, 아빠. 고양이 아저씨가 맞고 있어요."

그뒤로 자세한 것은 기억나지 않는다. 나는 아마 울면서 아버지에게 내가 목격한 것을 설명한 것 같다. 아저씨의 얼굴이 어떻게 부어 있었는지. 그의 몸이 발길질에 어떻게 둥그렇게 말렸다가 다시 가까스로 펴졌는지. 그리고 피가, 피가 어떻게 흘러내렸는지에 대해서. 나는 아버지가 내 이야기를 다 들으면 옷을 챙겨 입고 밖으로 뛰어갈 것이라고 생각했다. 경찰을 부르고, 사람들을 불러서 어떻게든 상황을 해결해줄 거라고. 그러나 놀랍게도 아버지는 내 이야기를 듣더니 어머니에게, "얘 물 좀 떠다줘. 숨넘어가겠네"라고 말했다. 그리고 내 쪽을 바라보면서는 이렇게 천천히 덧붙였을 뿐이다.

"얼굴이 꽁꽁 얼었다. 따뜻한 아랫목에 가서 몸 좀 녹여라."

나중에 안 일이지만 재개발 추진이 지연되는 데 대한 분풀이로 독극물을 주입한 닭고기를 동네 여기저기에 뿌려둔 것은 찬성파 중 누군가였다. 수십 마리의 고양이들이 그것을 먹고 골목 곳곳에서 죽어나갔다. 아버지는 그것을 이미 알고 있었을까. 어쩌면 아버지는 성정상 싸움에 끼어들고 싶지가 않았던 것뿐일지도 몰랐다. 아버지는 그저 우리 가족을 위해 서울로 이사를 왔을 뿐이고, 그런 갈등을 겪게 될 줄은 상상도 하지 못했을 테니까. 그렇지만 이상하게도 나는 어머니가 건네준 물을 받아 마시고도, 시키는 대로 방 아랫목에 이불을 덮고 앉아 있으면서도, 눈물이 멈추지 않았다. 한참을 울고 까무룩 잠이 들었다가 통통 부은 눈을 가까스로 떴을 때는 이미 캄캄한 밤이었다. 나는 자리에서 일어나 앉았다. 머리가 깨질 듯이 아팠다. 어머니와 아버지는 이미 잠들었는지 집안이 조용했다. 그렇게, 어두운 방안에 무거운 눈을 끔벅이며 잠시 앉아 있는데, 어떤 이유에서인지 갑자기 집 앞에 죽어 있던 고양이를 묻어줘야겠다는 생각이 들었다. 그것은 정말 이상한 생각이었다. 나는 한 번도 고양이를 만져본 적이 없었고, 무엇인가의 사체를 묻어

본 적은 더더욱 없었으니까. 그렇지만 어디에 어떻게 묻어야 할지도 모르면서 나는 입고 있던 옷 위에 파카를 걸쳤다. 고양이는 차가운 바닥에 아직 그대로 있을 거였고, 그렇게 내버려둘 수는 없었다. 나는 사람들이 그저 구경만 하고 있던 고양이 아저씨를 떠올렸고, 안방으로 들어가던 아버지의 뒷모습을, 내 얼굴을 자꾸만 쓸어내리면서 한숨 자라고, 나를 토닥이던 어머니를 떠올렸다. 나는 파카의 지퍼를 올렸다. 아버지나 어머니가 깰까봐 전등을 켜지 않고 주변을 손으로 더듬으며 거실로 나가면서, 고양이를 수건 따위로 감싸서 공터 옆 화단에 묻어주면 되지 않을까, 그런 생각을 했다. 꽤 괜찮은 생각인 것 같았고, 기분이 한결 나아졌다. 그런데, 현관 앞에 서자 갑자기 한기가 느껴졌다. 문틈으로 찬바람이 들어오는 모양이었다. 밤이 되었으니 바깥은 낮보다 기온이 더 떨어져 있을 것이었다. 며칠째 영하 십오 도 안팎의 강추위가 계속되고 있었다. 나는 신발장에서 운동화를 꺼내기 위해 현관으로 발을 내디뎠다. 현관 바닥에 맨발이 닿자 생각보다 너무 차가워 몸서리가 쳐졌다. 고양이가 아직 그대로 있긴 한 건가. 옷을 너무 얇게 입은 것 같다는 생각이 들었다. 사실 누군가가 벌써 치워버렸을지도 모르는데. 우리가 살던 집의 현관문 윗부분에는 바깥을 내다볼 수 있도록 동그랗게 유리창이 나 있었다. 실내와의 온도 차 때문에 유리창에 김이 서려 바깥은 아무것도 보이지 않았다. 나는 운동화를 구겨 신은 채 창을 손바닥으로 쓱쓱 문질렀다. 고양이 사체가 아직 골목에 버려져 있는지만 일단 살짝 확인하고 나갈 생각이었다. 내 손자국을 따라 투명해진 차가운 유리창에 이마를 가만히 대었다.

"세상에."

그 순간 나도 모르게 탄성이 튀어나왔다. 창밖에는 커다란 눈송이가 떨어져내리고 있었다. 깃털처럼 부드러운 눈송이가. 역청빛 어둠을 덧칠한 이웃집의 지붕 위에도, 옥상 위의 장독대와 비탈 아래쪽의 앙상한 나무초리 위에도, 고요하게. 얼마나 아름다웠는지. 그것은 정말 내가 태어나서 단 한 번도 본 적이 없는 커다란 눈송이였다. 마른눈. 자국눈. 가랑눈. 국어사전에서 내가 발견했던 무수한 단어로도 형용하기가 충분치 않던 눈송이. 그토록 숨막히는 광경을 나는 그전에도 그 이후에도 본 적이 없었다. 그리고 나는 차가운 유리창에 이마를 댄 채 그렇게 한동안 서 있었다. 구겨진 신발 위에, 양말도 없이, 까치발을 한 채로. 돌이켜보면 그것이 내 인생의 결정적인 한 장면은 아니었을까 하는 생각이 든다. 앞으로 나는 평생 이렇게, 나가지 못하고 그저 문고리를 붙잡은 채 창밖을 기웃거리는 보잘것없는 삶을 살게 되리라는 사실을 암시하고 있었으니까. 그러나 내가 그 장면의 의미를 이해하게 된 것은 아주 먼 훗날의 일이고, 그때 나는 창밖으로 떨어져내리는 아름다운 눈송이를 그저 바라보고만 있을 뿐이었다. 모든 것을 까맣게 잊어버리고. 집집마다 매달려 펄럭이는 붉은 깃발들 사이로 새하얀 눈송이가 떨어져내리는 풍경을, 그저 황홀하게.

| 작가노트 |

결정적인 장면

「고요한 사건」을 쓰기 위해 나는 내가 지금 살고 있는 동네의 좁고 더러운 골목들과 그 안에 숨어 사는 수많은 길고양이들에게 빚졌다. 이사 온 첫해 언제였던가. 집에서 여느 날처럼 소설을 쓰고 있었는데 아기 울음 같은 고양이 소리가 계속 들려왔다. 나는 발정기인가보다 하고 생각하며 글에 집중하려고 애썼다. 마감이 임박해 있었고, 아무런 생각도 나지 않았기 때문에 길게 이어지는 고양이의 울음소리는 내 신경을 건드렸다. 적당히 좀 해라, 아마도 나는 그렇게 생각했던 것 같다. 발정난 고양이 따위, 그렇게도 생각했던 것 같다. 하지만 울음소리는 도무지 잦아들 생각 없이 저녁 늦게까지 지속되었다. 그제야 뭔가가 잘못된 것일지도 모른다는 생각이 들었다. 아닌 게 아니라 창밖으로 건너편 집 아이가 옥상에 올라가 계속 우리집 쪽 어딘가를 살피고 있었다. 나는 작업을 멈추고 고양이 울음소리가 들려오는 쪽 창문을 열었다. 창문을 열자 고양이 울음소리가 기다렸다는 듯이 더욱 크게 들려오기 시작했다. 고양이는 우리집과 옆집 벽이 맞닿아 있는 아주 좁은 틈 사이에 빠져 있었다. 옆집 지붕 위에서 굴러떨어진 모양인데 혼자 힘으로 빠져나올 수가 없어 하루 온종일 도와달라고 울었던 것이다. 결국 나는 119에 전화를 걸어 고양이를 구해달라고 요청했다. 구조된 것은 태어난 지 얼마 되지 않은 아주 작은 새끼 고양이였다. 구조대원은 내게 그 고양이를 키우겠느냐고 물었다. 나는 집에 강아지를 키우고 있기 때문에 고양이를 키울 수 없다고 답했다. 「고요한 사건」을 쓰는 동안 나는 가끔씩 그 고양이에 대해서 생각했다. 내가 키우지 못하면 그 고양이는 이제 어떻게 되느냐고 구조대원에게 묻지 못한 것이 계속 마음에 걸렸다. 고양이가 어딘가 따뜻하고 안전한 곳에서 잘 살아가고 있을 거라고 믿고 싶었지만, 현실은 그보다 냉혹하고 비정하고 차가운 일들로 가득하다는 것을 알기 때문에 나는 글을 쓰다가 문득문득 고양이의 울음소리가 다시 들려오는 것만 같은 환청에 사로잡혔다. 살아남기 위해 우리는 어째서 그토록 필사적이어야만 하는 걸까.

결정적인 한 장면, 이라는 표현을 소설에 썼지만 요즘은 문득문득 삶에 결정적인 장면이라는 것 따위가 과연 있을까? 하는 생각을 한다. 어떤 장면이 결정적이게 되는 것은 결국 그것이 결정적이었다고 내가 사후에 생각하기 때문은 아닐까. 삶이 이렇듯 나의 해석에 의해 끊임없이 다시 쓰이는 서사일 뿐이라면 소설을 쓰는 행위는 결국 내가 살아온 삶에 대한 변명을 늘어놓는 일에 다름이 아닐까. 그렇게 생각하는 것은 부끄럽고 그래서 나는 종종 괴로운 마음이 되어버린다. 하지만 또 어떤 날에는, 내가 죽은 고양이 따위는 잊어버린 채 쏟아지는 눈에 정신 팔린 아이의 맨발, 시릴 텐데도 뒤꿈치를 든 채 오래도록 서 있는 여자아이의 맨발이 자꾸 눈에 밟히는 그런 종류의 사람인 이상 나는 어쩔 수 없이, 온통 비겁한 변명에 불과하더라도 소설을 계속 쓸 것 같다고 생각할 때도 있다.

| 해설 |

아름다운 것을 택했지, 그게 옳은 것은 아닐지라도

신샛별

다시 쓴 「엄마의 말뚝」: 계급 격차와 우정의 (불)가능성?

1980년에 발표된 박완서의 「엄마의 말뚝 1」에서 딸을 학교에 보내 신여성으로 키우고 싶었던 엄마는 박적골을 떠나 농바위 고개를 넘고 송도를 거쳐 마침내 서울에 입성한다. 그러나 낙원 같았던 시골에서 별안간 서울 변두리 현저동 비탈 꼭대기의 초라한 집으로 옮겨온 여덟 살 소녀의 심정은 참담하다. "상자갑만한 집들이 더러운 오장육부와 시끄러운 악다구니까지를 염치도 없이 꾸역꾸역 쏟아놓아 더욱 구질구질하고 복잡한 골목이 한없이 계속됐다."[1] 새 동네에 대한 이와 같은 실망스러운 인상을 간직한 채 시작된 소녀

1) 박완서, 「엄마의 말뚝 1」, 『엄마의 말뚝』, 세계사, 2012, 38쪽.

의 서울살이는 서울에 말뚝을 박긴 했으되 '문안'에 정착한 것은 아니라는 모종의 불안을 감당해야 하는 삶과 다르지 않았다. 일제강점기를 지나 해방과 한국전쟁을 경험하고 어느덧 중년 여성이 된 소녀가 평생을 시달려온 '문안'을 향한 집착, 어머니 대로부터 물려받은 유산이기도 한 계층이동과 신분상승의 욕망을 '속물성'으로 규정하는 것은 다소 범박한 단순화일지는 몰라도 백수린의 「고요한 사건」을 한국문학의 통시적 흐름 안에서 읽어보는 데에는 도움을 준다. '서울'이라는 상징적 문턱을 넘으면서 문명화·근대화의 길로 접어드는 모녀의 모습을 묘사하는 「엄마의 말뚝1」의 첫머리를 박완서 소설이 줄곧 주목해온 중산층적 심성이 발아하는 장면으로 읽을 수 있다면, 지방에 살던 한 가족이 중학생 딸의 사립 고등학교 진학을 고려해 역시 '서울'로 이주하는 모습을 그리는 「고요한 사건」의 도입부는 '문안'을 향한 한국인의 한정 없는 욕망과 그 유구함을 상기시킬 뿐만 아니라, 중산층적 속물성의 분기(分岐)를 시사한다. 요컨대 딸을 학교에 보내는 것은 당연해진 지 오래고, 이제는 사립 고등학교쯤은 되어야 한다는 것이다.

「엄마의 말뚝1」과 「고요한 사건」, 두 소설 모두에서 부모가 미리 마련해둔 서울의 거처는 가파르고 좁은 동네에 있었고 화자인 소녀들은 그곳을 마주하자마자 강한 거부감을 느낀다. 흥미로운 것은 앞서 인용한 「엄마의 말뚝1」에서와 마찬가지로 「고요한 사건」의 주인공이 '소금고개'에 첫발을 들인 당시의 심정을 '감각적'으로 기억하고 있다는 점이다. "소금고개는 내가 그때까지 살아왔던 곳과는 완전히 달랐다. (……) 우리의 구형 엘란트라는 굽이굽이 이어진 좁다란 비탈길을 힘겹게 올라가고 있었다. 차창 너머로 단층의 낡고 허름한 집들이 줄지어 있는 풍경이 보였다. (……) 눈부신 햇살 속에서 칠이 벗어진 담벼락과 동그란 엉덩이를 내놓고 아무데나 주저앉는 아이들의 오줌 자국이 길바닥 여기저기에 말라가던 골목은 서글프리만큼 초라했다. (……) 기분 탓인지 집안에 들어서자 하수구 냄새가 훅 끼쳤다."(131~132쪽) 질서 없이 아무렇게나 배치된 집들과 고르지 않은 길들이 만드는 부조화에 소음과 악취가 더해진 풍경 앞에서 망연자실한 소녀의 울먹임이 예사롭게 보이지 않는 것은 「고요한 사건」이 '아름다움'을 향한 특별한 애착을 암시하는 장면으로 끝맺어지고 있기 때문이다. 이 소설에서 '미'와 관련된 '감각적' 진술은 자주 등장하기도 하거니와 그것들은 주인공의 심중을 헤아리고 그의 언행을 이해하기 위해서도 각별한 주목을 요한다. 예컨대 주인공은 자신의 부모를 소개하는 대목에서 여러 개의 양산을 때에 따라 다르게 골라 드는 어머니의 외양에 대한 고집과 그녀의 상대적으로 높은 교육 수준, 주말마다 전축으로 팝송을 챙겨 듣는 아버지의 음악 애호적 습관과 그의 단정하고 세련된 정장 차림을 언급하는가 하면 그들이 분리수거를 철저히 한다든가 아침마다 골목을 장비로 쓰는 등 공중도덕을 성실히 준수하는 품성을 가졌다고 강조한다. 주인공 가족이 기왕의 소금고개 주민들과 쉽게 동화되지 못하고 "거리를 둔 예의바름"(131쪽)으로 서로를 대할 수밖에 없었던 것은 말하자면 그들의 취향과 그에 따른 생활양식이 소금고개 주민들의 그것과는 이질적이었던 탓이다.

취향도 위계가 있으며 심지어 대물림된다는 부르디외의 견해를 떠올려본다면 부모를 자랑스럽게 여기면서(이 소설의 주인공은 아버지에 대한 유별난 애정과 존경심을 가지고 있다) 부모의 취향과 생활양식을 모방하고 학습해왔을 주인공이 언덕 저쪽의 아파트에 사는 아이들과도, 소금고개 아이들과도 친구가 되지 못한 까닭을 납득할 수 있다. 청결에 둔감하고 무례하게 행동하는 소금고개 아이들을 보고 위화감을 느꼈으나, 그렇다고 아파트에 사는 아이들과 스스럼없이 어울릴 정도로 가정 형편이 넉넉하지는 못했던 주인공은 이를테면 ('문화 지체'를 뒤집어) '물질 지체'의 곤경에 처해 있었던 셈이다. 소설 속 표현에 따르면 '좀 있어' 보였으나 실제로는 가진 것이 적어 아파트를 장만하기 전 얼마간 재개발 예정 지역인 소금고개에 머물러야 했던 주인공에게 그 누추한 동네는 일종의 '환승 지점(transfer point)', 즉 '사이성(in-between-ness)의 장소'였던 것이다.[2] "이쪽과 저쪽, 어느 쪽에도 끼지 못한 채 어정쩡하게 있던"(135~136쪽) 이방인 주인공에게 유일하게 다가온 사람은 '해지'였다. 방과후 패스트푸드점이나 영화관에 함께 다니면서 둘은 친구가 된다. 둘 사이가 친밀해졌다가 점차 소원해지는 과정을 중심에 놓고 읽는다면 이 소설의 줄거리는 '우정의 실패'로 파악되기 쉽다. 사는 동네만 같았지 문화적으로나 물질적으로나 다른 계층에 속하는

2) '환승 지점' '사이성의 장소'라는 용어는 『모빌리티』(존 어리 지음, 강현수·이희상 옮김, 아카넷, 2014, 94쪽)에서 빌려왔다. 계면(界面/境界接面, in-between)에 머무는 이방인으로서의 정체성이 백수린 소설의 핵심 중 하나라는 기왕의 지적(황종연, 「노마디즘의 공작가— 백수린론」, 『문학동네』 2015년 봄호)은 이 소설의 경우에도 타당하다.

두 소녀는 다른 고등학교에 진학하면서부터 만나고 대화하는 시간이 급격히 줄고 기어이 서로를 떠나게 된다. 그렇다면 이 소설은 계층적 차이에 따른 우정의 (불)가능성과 한계에 대해 말하고자 했던 것일까. 「고요한 사건」은 여기서 한 걸음 더 나아간다.

심미적 주체성의 윤리적 난경(難境): 아름다움에 이끌리는 삶은 그 대신 무엇에 실패하는가?

주인공과 그의 부모가 고수하는 심미적 삶의 세부를 공들여 묘사하면서 이 소설이 우정의 실패를 다루는 여타의 이야기들보다 한 걸음 더 나아간 지점에 대해 말하기 위해서는 주인공과 해지의 친밀함이 어떤 조건하에 형성·유지되는가를 섬세하게 따져볼 필요가 있다. "한번은 그 비좁은 텐트 안에서 해지가 내 눈썹을 정리해준 적도 있었다. (……) 해지가 거울을 보여주었다. 그 안에 해지의 눈썹과 똑같은 눈썹을 지닌 내가 있었다. 그날 밤, 나는 사다리를 타고 다시 옥상에서 내려와, 고양이들이 있는 골목을 지나쳐, 집으로 돌아오자마자 그때까지 열지 않았던 마지막 이삿짐 상자의 테이프를 뜯었다. 고향의 친구들이 선물해준 도기 인형들과 작은 꽃병, 플라스틱 사진틀 따위의 아무짝에 쓸모없지만 당시 내 눈에는 아름다워 보였던 것들을 꺼내어 나는 내 방을 꾸몄다."(141쪽) 해지가 주인공의 눈썹을 정리해준 일은 둘의 관계를 진전시킨 결정적인 사건이었다. 능숙하면서도 조심스러운 해지의 손길이 전달하는 무한의 보살핌, 그리고 똑같은 눈썹 모양이 암시하는 무언의 약속이 맺어진 직후 주인공이 우정의 기념물들로 자신의 방을 치장한다는 설정은 의미심장하다. 더는 관계의 '쓸모'를 고려하게 되지 않는 상태, 오직 '아름다움'으로 그 존재 가치가 입증되는 단계. 둘의 우정은 이제 막 어떤 임계를 넘어 질적으로 달라지고 있었다. 따라서 주인공에게 굴다리 너머의 마을버스 차고지, "이미 무용해진 그곳"(142쪽)만큼 우정을 재차 확인하는 아지트로서 적합한 공간은 없었다. 그곳에서 주인공은 '우리'라는 동류의식의 황홀함을 나지막한 담 위를 휘청휘청 걸으며 부유하는 기분으로 상상해볼 수 있었고, 그것은 '아름다운 우정'이라는 추상을 고양된 기분으로 구체화시키는 일종의 의식과도 같았다. 그러나 그와 같은 비현실적 순간에서 빠져나와 현실적인 고민을 나누자마자 그들이 곧 살아가게 될 삶의 격차는 도드라져 보였고 우정은 균열의 조짐을 보인다. 요컨대 주인공에게 비현실성이란 서로 다른 계층인 친구와의 다름을 망각하고 우정에 몰입하기 위한 필요조건이었던 것이다.

여기까지만 말하면 이 소설은 심미적 주체성에 대해 긍정하고 있는 듯하다. 언뜻 이 소설은 다음과 같이 말하고 있는 것처럼 보이기 때문이다. '조건을 불문하고 차이를 초월하는 우정을 가능하게 하는 것은 쓸모와는 동떨어진 미의 관점에서 우정을 발견하고 배양할 줄 아는 심미안이다. 그러므로 주인공과 해지 사이의 우정의 실패에는 누구의 책임도 없다. 열여덟 살에서 열아홉 살로 넘어가는 즈음, 더이상 쓸모의 세계를 외면할 수만은 없는 성인이 돼가고 있던 그들은 이제 아름다움에 몰두할 여력이 없었다……' 그러나 백수린은 이와 같은 독해 방식을 이탈하는 의외의 장면으로 소설을 마무리지으면서, 심미적 주체성의 윤리적 난경을 제시하고 아름다움에 이끌리는 삶이 사실은 우정에 얼마나 무능하고 또 무관심할 수 있는가를 보여준다. 재개발 찬성파와 반대파의 갈등이 거세지는 와중에 재개발 추진이 지연되자 찬성파 중 누군가가 분풀이로 동네 고양이들에게 몰래 독극물을 먹여 죽이는 사건이 일어난다. 동네 고양이들을 살뜰히 챙겨온 '고양이 아저씨'가 젊은 사내들에게 집단 폭행을 당하는 일도 벌어진다. 고양이 아저씨가 저렇게 일방적으로 맞다가 죽을까봐 두려운 마음과 고양이 사체를 목격한 충격을 안고 주인공은 집으로 황급히 달려가 아버지를 찾는다. "아버지라면, 어떻게든 이 사태를 해결할 수 있을 거"(152쪽)라는 기대를 품고서. 그러나 부모님은 동네에서 벌어지고 있는 일들에 간섭하지 않았고, 부모님 몰래 고양이 사체를 묻어주기로 결심한 주인공은 집밖으로 나서려던 순간 싸움도 사체도 잊게 할 정도로 황홀하게 내리는 눈에 매혹돼버리고 만다.

"돌이켜보면 그것이 내 인생의 결정적인 한 장면은 아니었을까 하는 생각이 든다. 앞으로 나는 평생 이렇게, 나가지 못하고 그저 문고리를 붙잡은 채 창밖을 기웃거리는 보잘것없는 삶을 살게 되리라는 사실을 암시하고 있었으니까."(155쪽) 이것은 아름다운 것에 눈길을 주느라 싸움도 사체도 외면했던 과거에 대한 인정이자 반성인가(그렇다면 우리는 그의 윤리적 결단의 변화를 기대해볼 수 있을 것이다), 아니면 어떤 상황에서도 아름다움을 포기할 수는 없다는 심미적 주체의 자기 선언이자 변명인가(그렇다면 그는 같은 상황이 와도 똑같은 선택을 하고 말 것이다). 회고의 형식을 취하면서 이 소설은 이 질문을 영리하게 피해가고 있지만, 우리는 이 질문을 고스란히 떠안게 되었다. 아름다운 것과 추한 것, 옳은 것과 그른 것이 교착(交錯)하는 순간을 짚으면서 백수린은 미적인 것에 대한 판단이 윤리적/도덕적인 것에 대한 판단을 압도하거나 삭제하는 경우가 생길 수 있다는 인식에까지 나아갔다. 이와 같은 인식적 각성은 '아름다운' 시민 의식의 성과를 자축하고 있는 2017년 봄, 지금-여기에서도 긴요해 보인다. 이 소설을 읽고 나면 옳은 것을 좇으며 틀린 것을 심판하려는 와중에 아름다운 것을 옹호하면서 추한 것을 배제하는 일이 벌어질 수도 있다는 서늘한 생각에 이르게 되기 때문이다. 때마침 도착한 「고요한 사건」의 회고와 더불어 우리는 아름다움에 매혹돼 잊어버린 추한 과거, 그 과거에 잠복돼 있는 끝나지 않은 싸움들, 묻히지 못한 사체들, 그리고 작별 인사 없이 헤어진 친구들을 모두 만날 수 있다. 그리고 자문해보게 된다. '아름다운' 삶을 살고자 하는 나는 과연 무엇과/누구와 친구가 될 수 있고 또 없는지를.

신샛별
2012년 문화일보 신춘문예에 평론 「절망을 이야기하는 소설의 두 가지 행로—김애란과 김사과에 주목하여」가 당선되어 등단.

강화길

호수—다른 사람

작가노트 아직 남은 사람

해설 강지희 처음에는 오필리아로,
다음에는 세이렌으로

강화길

2012년 경향신문 신춘문예에 단편소설 「방」이 당선되어 등단. 소설집 『괜찮은 사람』 『화이트 호스』, 장편소설 『다른 사람』, 중편소설 『다정한 유전』이 있다. 2020년 젊은작가상 대상, 한겨레문학상, 구상문학상 젊은작가상을 수상했다.

호수
—다른 사람

오 분도 지나지 않아 나는 그와의 동행이 후회되었다. 마음이 내키지 않으니 걸음이 뒤처졌다. 그가 내게 신경쓰지 말고 계속 앞서 걸었으면 했다. 하지만 그는 걸음을 멈추었고, 뒤를 돌아보며 어서 자신의 곁으로 오라는 듯 미소를 지었다. 내가 그의 곁으로 가기 전에는 절대 움직이지 않을 것 같았다. 나는 그에게 먼저 가라고, 뒤따라 걷겠다고 말했다. 그가 부드러운 말투로 대답했다.

"아니에요, 진영씨. 같이 걸어요."

언젠가 민영은 그가 배려라고 생각해서 하는 행동들이 사실 그녀를 숨막히게 할 때가 있다고 말했다. 지금 민영은 병원에 있다. 의식불명 상태다. 삼 주가 넘었다.

나는 다시 그와 걷기 시작했다. 습기 찬 공기 냄새와 짙은 풀냄새가 뒤섞여 풍겼다. 동네에 거의 다 왔다는 걸 나는 항상 이 냄새로 알아차리곤 했다. 지금 같은 여름이면 냄새는 더욱 진하게 풍겼다. 이렇게 습기를 더듬으며 얼마쯤 걸어가면, 어느 순간 오래된 주공아파트 단지 입구가 불쑥 나타났다. 마치 주문에 불려나온 듯 느닷없이 펼쳐지는 이 풍경을 보며 민영은 말하곤 했다. 다른 세상으로 들어가는 기분이야.

우리는 이 동네를 좋아했다.

"아, 다 왔네요." 그가 말했다.

그리고 단지 입구를 향해 걸었다. 그는 이곳이 익숙해 보였다. 우리 마을은 안진시 외곽의 낮은 산자락 호숫가에 자리하고 있다. 열두 살 때부터 서른두 살인 지금까지 나는 줄곧 이 동네에서 살았다. 어릴 때부터 나는 호수를 찾아 마을에 놀러오는 외지 사람들을 가끔 마주치곤 했다. 그들은 아파트 단지 주변을 빙글빙글 돌며 한참을 헤매다 겨우 호수를 발견했다. 동네 바깥으로 돌아서 가도록 되어 있는 엉성한 표지판 때문이었다. 나는 단지 내를 가로질러 가면 훨씬 일찍 도착할 수 있다는 걸 알면서도 그들에게 가르쳐주지 않았다. 그건 동네 사람들도 마찬가지였다. 누구도 그들에게 우리가 공유한 비밀을 알려주지 않았다. 남들이 모르는 걸 익숙하게 알고 있다는 감각은 내게 묘한 우월감을 느끼게 해줬다. 나는 그들 앞에서 보란듯 고개를 빳빳이 들고 단지 안으로 성큼성큼 걸어들어가곤 했다. 바로 지금 그처럼.

길 양쪽에는 소나무들이 늘어서 있었다. 무성하게 솟은 잎들이 햇빛을 가렸다. 한껏 올라간 체온이 조금 가라앉는 게 느껴졌다. 나는 바지 주머니에 손을 넣었다. 아침에 출근할 때 챙겨넣은 작은 핀

셋이 손에 잡혔다. 무슨 의도가 있어서 들고 나온 건 아니었다. 책상 위에 있어서 그냥 집어들고 나왔다. 최근 생긴 버릇이다. 크든 작든 딱딱한 물건을 손에 쥐면 나는 마음이 편해졌다. 딱딱한 촉감을 느끼면 뭔가에 대비한다는 기분이 들기 때문이었다. 아마 나는 앞으로도 그럴 것이다. 끔찍한 일이 있었으니까. 이곳에서. 나는 잊을 수 없을 것이다.

호숫가에 쓰러져 있던 민영을 발견한 사람은 조깅을 나온 남자였다. 그는 민영이 이미 죽은 줄 알았다고 했다. 핏기 없이 창백한 피부가 마치 얇은 조개껍데기 같았다고, 얼굴이 금방이라도 으스러져 내릴 것처럼 보였다고 했다. 그는 말했다. 무서웠다고. 시체를 봤다는 생각에 너무 무서웠다고.

나는 잊을 수 없을 것이다.

그러나 지금 나는 기분이 제법 괜찮았고, 그에게 조금은 농담을 걸어보고 싶은 생각도 들었다. '길을 저보다 더 잘 찾으시네요.' 이렇게.

하지만 말하지 않았다. 그에게는 별 의미 없는 말일 테니까. 민영과 사귀던 날부터 그는 이 동네를 매일같이 드나들었다. 그리고 민영의 사고 후에는 거의 이곳에서 살다시피 하고 있었다. 어쩌면 이제 그는 이 동네에 대해 나보다 더 잘 알지도 모른다.

길의 끝에 다다랐다. 단지 바깥이다. 천변이 보였다. 이번에도 그는 익숙한 걸음으로 그곳에 발을 디뎠다. 나는 그의 뒤를 따랐다. 호수는 여기서 멀지 않다. 천변을 이십 분 정도 걸어가면 산자락으로 이어지는 나무다리가 나오는데, 호수는 바로 그 너머에 있다.

늦은 밤, 잠이 오지 않을 때면 민영과 나는 몰래 집을 빠져나와 호수까지 산책하곤 했다. 새벽 내내 호수 주변을 맴돌며 걷다보면, 어느새 살결이 물을 잔뜩 머금어 말랑말랑해져 있었다. 우리는 흐늘거리는 수초가 된 기분으로 호숫가에 나란히 서 있곤 했다. 때때로 누군가를 보기도 했다. 물가에 앉아 힘없이 빨랫방망이를 두드리던 여자. 사람들은 딸 이름을 따와서 그녀를 미자네라고 불렀다. 나도 그렇게 불렀다. 처음에는 나이 지긋한 할머니를 함부로 대하는 기분이 들어 마음에 걸렸지만, 어느 순간부터는 개의치 않고 미자네라고 부르게 되었다. 우리는 이곳에, 미자네는 저곳에 앉아 함께 시간을 견디곤 했다. 그녀에게 인사를 건넨 적은 한 번도 없다.

"진영씨, 뭐 좀 물어봐도 될까요?"

갑자기 그가 나를 불렀다. 그에게로 고개를 돌리는 순간, 하천의 물비린내가 얼굴로 훅 밀려들었다. 심한 지린내에 나도 모르게 인상을 찡그렸다. 그는 여전히 친절한 얼굴로 나를 내려다보고 있었다. 그가 물었다.

"사고 전날, 민영이 만났을 때 말이에요."

"네."

"그날 대화 중에 생각나는 다른 이야기 정말 없어요?"

나는 고개를 저었다. 지금까지 한 이야기가 전부라고, 더는 없다고 말했다.

"정말 없어요? 다시 잘 생각해보세요."

그가 다시 말했다. 여전히 부드러운 말투였지만, 나는 조금 추궁

당하는 기분이 들었다.

"있으면 바로 말했겠죠." 나는 대답했다. "지금까지 말한 게 정말 전부예요. 밥 먹고, 차 마시고, 사는 이야기 했어요."

민영은 내가 거짓말을 하면 티가 난다고 말하곤 했다. 그가 다시 물었다.

"그럼 혹시 제 이야기는 안 했어요?"

나는 기억이 없다고 했다.

"정말 없어요?"

"네, 없어요."

이런 대화가 처음은 아니다. 사고 전날 민영과 나는 저녁을 먹었다. 그는 우리가 그때 무슨 이야기를 했는지 여러 번 물었다. 그날 민영이 이상해 보이지는 않았는지, 그러니까 기분은 어떤 것 같았는지 묻고 또 물었다. 죄책감 때문이었다. 민영이 사고를 당하던 순간, 그는 잠들어 있었다. 서울 출장에서 돌아온 지 얼마 안 된 시간이었다. 그는 너무 피곤했다. 민영에게 자고 일어나서 연락하겠다는 문자만 보내고는 그대로 곯아떨어졌고, 다음날 경찰의 전화를 받으며 일어났다. 그는 민영과 어떤 대화도 나누지 못했다. 대신 그는 민영이 의식을 잃으며 마지막으로 남긴 말만을 전해 들었다.

"호수에 두고 왔어. 호수에."

그게 무엇인지 누구도 몰랐다. 그래서 찾아야만 했다. 민영의 사고와 관련이 있을지 몰랐다. 그 무언가를 찾아낸다면 민영이 그곳에 왜 그렇게 쓰러져 있어야 했는지, 이유를 알아낼 수 있을지 몰랐다. 민영의 가족들은 매일 호수에 가서 무언가를 찾았다. 뭘 찾아야 하는지 몰랐지만 어쨌든 호수를 이잡듯 뒤지고 다녔다. 경찰에 신고도 했고, 잠수부를 고용해서 호수 속까지 살폈다. 아무것도 찾지 못했다. 그러자 그는 민영의 주위 사람들에게 일일이 전화를 해서 그들과 민영이 마지막으로 나눈 대화에 대해 물었다. 그는 대화 속에 호수의 무언가에 대한 단서가 있을 거라고 생각했다.

특히 내게 계속 물었다. 민영과 나는 이십 년을 알고 지낸 사이였고, 서로의 비밀을 조금씩 알았으니까.

나는 민영과 나눈 이야기를 있는 그대로 차근차근 말했지만 그는 계속 되물었다. 정말 그게 전부인지, 기억나는 다른 이야기는 없는지 계속 물었다. 그의 질문은 늘 비슷했다.

"이상한 낌새는 없었어요? 뭔가 다른 느낌을 받지는 않았어요?"

나는 매번 그런 적 없다고 대답했다. 하지만 그는 만족하지 못했다. 내가 숨기는 이야기가 있다고 생각하는 것 같았다.

사람들은 그의 집요함을 이해해줘야 한다고 말했다. 그의 소중한 사람이 다쳤으니까. 제대로 된 인사도 못했으니까. 어떻게든 진상을 밝히려는 그의 노력을 지지해줘야 한다고 했다. 그러나 나도 진실을 알고 싶은 사람이었다. 나도 궁금했다. 왜 나의 가장 친한 친구가 새벽녘 호숫가에 그런 식으로 쓰러져 있어야 했는지, 알아야만 했다. 오늘 호수에 가기로 결정한 것도 그 때문이다.

이전에도 그는 내게 호숫가에 함께 가달라고 여러 번 부탁했다. 그는 나라면 다른 사람들이 알아보지 못하는 걸 찾아낼 수 있을 거라고 했다. 나는 응하지 않았다. 호숫가에 가고 싶지 않았기 때문이다.

어제 그에게서 전화가 걸려왔다.

"뭔가를 찾았어요, 진영씨."

그게 뭐냐고 물어보자 그는 머뭇거리며 대답하지 못했다. 설명을 못하겠다며 말을 얼버무렸다. 그러더니 대뜸 "장도리 같아요"라고 말했고, 이어 "아뇨, 머리핀처럼 생겼어요"라고 말을 바꿨다. 나는 그게 무슨 말이냐고 되물었다. 그는 한숨을 쉬었다. 어떻게 말해야 할지 모르겠다고 하더니 내가 호수에 직접 와서 봐줄 수 없겠냐고 했다. 다른 사람들은 쓸모없는 물건이라고 말하지만 자기 생각에는 살펴볼 필요가 있는 것 같다고 했다.

"그럼 한번 가지고 와보실래요?"

내가 말하자 그가 한숨을 쉬며 대답했다. "그렇게는 못해요."

물건이 보기보다 무겁다고 했다. 그리고 옮기기 복잡한 상황이라고 했다. 직접 보면 자기가 무슨 말을 하는지 알 수 있을 거라고 했다.

"그러니까, 호수에 한번 나와줄 수 있어요?"

나는 대답하지 못했다. 그는 언제든 생각이 바뀌면 말해달라고 하며 전화를 끊었다. 그는 나를 이해한다고 했다. 그도 민영이 쓰러진 곳을 매번 다시 보는 일이 쉽지 않다면서. 그건 사실이었다. 하지만 꼭 그 이유 때문만은 아니었다. 나는 그와 함께 있는 시간이 불편했다.

이전부터 그랬다. 이상한 일이었다. 그는 평판이 좋은 사람이었고, 실제로도 굉장히 좋은 인상을 줬다. 그는 매일 민영을 집까지 데려다줬고, 수시로 연락해서 민영을 신경썼으며 가족의 대소사도 꼼꼼하게 챙겼다. 나는 지난겨울에 다른 친구들과 함께 그를 본 적이 있다. 여러 사람 가운데 있자 그가 얼마나 매력적인 남자인지 새삼 알 수 있었다. 그는 예의바르고 잘생겼을 뿐만 아니라 유머 감각도 좋아서 분위기를 잘 이끌었다. 그는 자신이 마음만 먹으면 누구든지 웃길 수 있다고 착각하는 유형의 남자가 아니었다. 그는 정말로 재미있는 남자였다. 그의 주변에서는 계속 웃음소리가 났다. 내가 이상하다고 생각한 건, 정작 민영이 별로 웃지 않는 걸 발견했을 때부터다. 물론 그날 민영은 만나기 전부터 피곤하다고 말하긴 했었다. 감기몸살 때문에 며칠간 고생했다고 말이다. 그러면 약속을 미루라고 내가 말하자 민영은 전화 너머에서 힘없이 웃었다. 그가 바빠서 오늘밖에 시간이 안 된다고 했다. 나는 불만스러웠지만, 모임에서 그가 민영을 알뜰히 챙기는 걸 보고 마음이 조금 풀렸다. 그는 사람들과 대화하면서도 민영에게서 눈을 떼지 않았다. 그녀의 기분이 어떤지, 피곤한지 아닌지 계속 살피는 것 같았다. 그녀가 물을 마시고 싶어하면 바로 떠다줬고, 추워하면 외투를 몸에 걸쳐줬다. 카운터에 가서 히터를 세게 틀어달라고 말하기도 했다. 그때마다 친구들이 부러움 섞인 야유를 했다. 민영아 좋겠다. 민영이는 좋겠네. 와, 대단하다. 대단해. 여자친구를 알뜰히 챙기는 일로 왜 그런 놀림을 받아야 하는 건지는 모르겠지만, 어쨌든 다행이라고 생각했다. 그러던 중이었다.

그가 내게 술을 권했다. 나는 거절했다. 그는 웃었다. 그리고 또 술을 권했다. 나는 원래 술을 마시지 않는다고 대답했다. 그는 민영의 남자친구였다. 나는 최대한 정중하고 부드럽게 거절했다. 그러자 그가 다시 웃음을 터뜨리며 말했다.

"여기 재미없게 사시는 분이 한 명 더 있었군요."

그러면서 민영을 바라봤다. 이전에 민영은 그와 술을 마시는 일이 거의 없다고 말했었다. 그가 술을 즐기지 않아서 그런다고 했다. 하지만 함께 시간을 보낼 재밌는 일은 얼마든지 많다며 좋다고 했다. 그의 반응을 보며 나는 민영이 그와 술을 마시지 않는 이유가 내게 말한 것과는 반대라는 걸 눈치챘다. 하지만 이유가 있겠지. 대충 넘어가야겠다고 생각했는데, 옆에 앉은 다른 친구가 큰 소리로 웃으며 말했다.

"민영이가 술을 안 마셔요?"

"네. 안 마시죠. 못 마시잖아요?"

그가 자신만만하게 대답했다. 그러자 친구가 또 웃었다. "와, 속고 계시네요."

순간, 그의 표정이 약간 굳었다.

당시 그 친구는 조금 취했고, 기분이 좋았다. 악의는 없었다. 그 친구는 민영이 대학 시절 술을 마시고 학교 잔디밭에 드러누워 있던 이야기를 꺼냈다. 너무 취해서 친구 둘이 업어가도 정신을 차리지 못했다는 이야기도 했다. 노래방 테이블 위에 올라가 춤을 췄다는 말도 했다. 나도 기억하는 이야기다. 모두 추억이다. 다른 친구들도 한마디씩 보탰다. 물론 모두 좋은 사람들이었고, 민영을 곤란하게 할 만한 이야기는 하지 않았다. 이전 남자친구라든가, 술김에 그녀에게 무심코 고백한 어떤 남자들에 대한 것들을 말이다. 분명 꽤 유쾌한 분위기였다. 그의 굳은 표정은 풀어진 지 오래였다. 솔직히 그의 표정이 딱딱했던 적이 있기나 했는지, 나는 확신이 들지 않는다. 그는 친구들과 농담을 주고받으며 민영의 옛날 일에 대해 듣고 또 들었다. 그러다 내가 민영에게 시선을 돌렸을 때였다. 민영이 무표정한 얼굴로 가만히 앉아 있었다. 피부가 창백했다. 나는 물었다.

"민영아, 왜 그래. 어디 아파?"

민영이 고개를 끄덕이며 괜찮다고 대답했다. 하지만 얼굴은 점점 더 파리해졌다. 긴장한 것 같기도 했고, 어딘가 정말 아파 보이기도 했다. 그녀는 신경쓰지 말라고 했지만 나는 걱정이 되었다. 나는 옆에 앉은 그에게 손을 뻗어 어깨를 툭툭 두드렸다. 그가 얼굴을 돌렸다. 모르겠다. 아마 기분 탓이었을 것이다. 나를 보는 그의 눈길이 서늘했다. 왜 즐거운 시간을 방해하느냐며 나를 귀찮아하는 것 같았다. 하지만 그건 잠시였다. 그는 민영을 보자마자 무척 놀란 표정으로 자리에서 급히 일어났다.

그날 모임은 그렇게 끝났다. 그는 민영을 집에 데려다준다며 먼저 일어났다. 나는 친구들과 한 시간 정도를 더 있었다. 나는 찜찜한 기분에 민영의 술버릇을 공개한 친구를 나무랐다. 왜 그런 소리를 하냐고, 눈치도 없냐고. 그 친구는 그게 뭐 어떠냐며 대수롭지 않아했다. 친구는 그가 겨우 술버릇 가지고 여자친구에게 뭐라고 할 사람 같지 않다고 했다. 다른 친구들도 내게 신경쓰지 말라고 했다. 그들은 말했다. 그는 무척 좋은 사람 같다고. 민영은 행복하다고. 나는 중얼거렸다.

"그건 모르는 거야."

친구는 한숨을 쉬며 고개를 저었다. 그리고 내게 말했다. 제발,

남자를 좀 믿으라고. 나는 아무 말도 더 할 수 없었다. 사실 어떻게 이야기할 수 있는 것도 없었다. 나도 뭐가 뭔지 확신할 수 없는, 그저 느낌에 사로잡혀 있을 뿐이었으니까.

그 일 이후 나는 그가 계속 불편했다. 민영이 폭행을 당한 건 정황상 확실했다. 경찰이 말했다. 그녀가 어떻게 왜 호숫가에 있게 되었는지가 문제였다. 호숫가에서 사고를 당한 것인지, 아니면 다른 곳에서 호숫가로 옮겨진 건지 불확실하다고 했다. 알리바이 때문에 주변 사람들 모두 조사를 받았다. 그도 경찰의 조사를 받았다. 민영이 사고를 당했다고 추측되는 시간 몇 분 전에 그의 차가 거주중인 빌라 주차장으로 들어오는 모습이 카메라에 찍혔다. 그가 차에서 내려 엘리베이터를 타고 집으로 들어가는 모습까지 나왔다. 그는 적극적으로 조사에 임했다. 범인을 잡을 수 있다면, 얼마든지 협조할 수 있다고 했다. 나는 그가 조금 신기했다. 그저 '조사'일 뿐이라는 걸 알았지만, 나는 경찰을 만나는 일이 어렵고 겁이 났기 때문이다. 그는 감시 카메라가 설치되지 않은 빌라 뒷문에 대한 질문에도 당황하지 않고 대답했다고 들었다. 반면 나는 아는 사실을 말할 때도 더듬거렸다.

내내 차분하던 그가 감정적으로 반응한 건 병원에서다. 민영의 몸에는 상처가 많았다. 의사는 모든 상처가 사고 때문인지, 아니면 그전부터 있던 것들인지 정확하게 알 수 없다고 했다. 근래에 생긴 건 분명하다고 했다. 그는 의사들이 무능하다며 화를 냈다. 나는 의아했다. 나는 멍자국이 언제 생겼는지 알아내는 것보다, 왜 생겼는지를 살펴보는 일이 더 중요하다고 생각했기 때문이다. 그러나 그는 상처가 언제 생겼는지, 그러니까 그걸 알 수 있는지 없는지 유별나게 신경쓰는 것 같았다. 나는 아무 말도 하지 않았다. 사람마다 다르게 받아들일 수 있는 거니까. 그리고 내가 그를 보며 떠올리는 생각들은, 어쨌든 그의 슬픔을 모욕하는 일처럼 느껴졌다.

사람들은 말했다. 민영은 그에게 충분한 사랑을 받았을 거라고. 그러니까 그를 도와줘야만 한다고. 그러나 민영을 아끼는 사람은 그 혼자가 아니다. 나는 그와 이야기할 때면 몸의 어딘가에 난 깊고 붉은 상처를 들여다보는 기분이 들었다. 쓰리고 욱신거리는 통증이 묵직하게 몸을 짓누르는 느낌. 하지만 언제 어디서 다쳤는지는 모르는, 나도 모르게 몸에 박힌 상처를 발견하는 기분. 그래서였다. 나는 대부분의 이야기를 반복해서 털어놓았지만 결국 모든 것을 말하지는 않았다.

사고 전날, 민영은 내게 무섭다고 말했다.

그가 걸음을 멈췄다. 나를 또 불렀다.

"진영씨."

그는 이번에도 나를 내려다보고 있었다. 무언가를 물을 때면 그는 꼭 이런 식으로 가까이 다가왔다. 그는 키가 백구십 센티미터에 가까웠고, 때문에 항상 나를 내려다볼 수 있었다. 나는 그를 보기 위해서 고개를 한껏 들어올려야 했다. 그러면 상대가 나보다 얼마나 큰 사람인지 확실하게 알 수 있었다. 게다가 그는 어깨가 넓고 몸 근육이 단단하게 잡힌 덩치가 상당한 남자였다. 그의 앞에 서면 주변 공기가 무거워지는 게 느껴졌다. 그가 나를 내려다보며 말했다.

"그럼 이전에는 민영이가 제 이야기 한 적 없어요?"

나는 미소를 지었다. 화를 내기에 마땅한 이유가 없었기 때문이다. 자신이 원하는 대답을 듣기 전까지 그가 나를 이런 식으로 계속 몰아붙일 거라는 생각이 들었다. 이전에 민영은 그가 매사에 빈틈이 없는 사람이라고 말했다. 그 말을 듣고 나는 민영을 놀렸다. 이제 너는 꽉 잡혀 지내게 될 거라고, 넌 이제 끝났다고.

나는 말했다.

"전에 말했잖아요. 편하고 좋은 사람이라고 했다니까요."

그가 딱딱한 말투로 대답했다. "그랬죠."

"네. 그게 전부예요."

그는 입을 다물었다. 다시 조용했다. 이대로 호수까지 가면 좋겠다고 나는 생각했다. 먼저 발걸음을 옮기는데, 그가 또 물었다.

"그럼 다른 친구 이야기는 한 적 없어요?"

"네?"

"여자들은 그러잖아요. 친구 이야기라고 하면서 자기 이야기를 모두 털어놓죠."

마치 자신이 여자라도 된다는 듯한 말투였다. 나는 그를 가만히 바라보았다. 바로 이 기분이었다. 그는 민영의 이야기가 궁금하다면서 그녀가 자신을 어떻게 생각했는지, 그러니까 그녀가 그에 대해 어떤 말을 했는지 은근슬쩍 캐물었다. 민영이 아니라, 그에 대해 대답하고 있다는 이 느낌 때문에 나는 그를 믿을 수가 없었다. 심지어 그는 나를 잘 속이고 있다고 확신하는 것 같았다. 만일 내가 그라면, 여자친구가 사고로 누워 있는 상황이라면 그녀가 자신에 대해 어떤 말을 하고 다녔는지 캐묻고 다닐 것 같지는 않았다.

"그런 적 없어요."

나는 단호하게 대답했다. 민영은 자기 사생활을 일일이 털어놓는 부류가 아니라고, 누군가를 이용해 자신의 이야기를 하는 '그런 사람'도 아니라고 대답했다. '그런 사람'이라는 단어를 말할 때 나는 목소리에 힘을 줬는데, 민영이 어떤 사람인지 그가 전혀 알지 못한다는 뜻을 전하고 싶었기 때문이다. 그러자 그의 표정이 미묘하게 일그러졌다. 그는 자신이 화가 났고 기분이 좋지 않다는 걸 감추는 사람이 아니라는 생각이 들었다.

나는 주머니에 손을 넣었다. 손안에 꽉 쥐어지는 딱딱하고 작은 핀셋. 오늘 아침 나는 그에게 문자를 보냈다. 퇴근 후 호수에 함께 가자고. 그가 무슨 생각을 하는지 알고 싶었다. 그 물건이 대체 어떻게 생긴 건지 한번 보고 싶었다. 대체 그가 내게 왜 그런 질문들을 하는 건지, 정확히 알고 싶었다. 사람들은 그가 절박하기 때문이라고 말했지만, 내가 보기에는 무언가를 확인하고 싶어 안달난 것 같았다. 내가 아는지 모르는지, 그러니까 민영이 그렇게 된 이유를 내가 찾아낼 수 있는지 없는지 말이다. 때로는 그가 나를 어떻게든 호수로 끌어들이려 한다는 느낌을 받기도 했다. 나는 이런 기분이 싫었다. 그가 나를 시험한다는 느낌에 사로잡혀 있는 것도 싫었고, 남모를 의심을 혼자 간직하는 것도 싫었다. 그래서 내가 직접 확인해야겠다고 생각했다. 호수에서 그가 무슨 말을 하는지 어떻게 행동하는지, 그리고 만일 '무언가'를 찾아낸다면, 그가 어떤 표정을 지을지 보고 싶었다. 그렇다면 이 기분도 어떤 식으로든 분명 해결되겠지. 반드시.

퇴근길, 집에 전화를 걸어 호숫가에 들렀다 가겠다고 말했다. 엄마는 놀라며 나를 말렸다. 그와 함께 갈 거라고 했더니 그제야 안심이 된다는 듯 알았다고 대답했다. 엄마는 말했다.

"그래, 그럼 괜찮겠구나."

괜찮지 않다. 엄마는 바보가 아니다. 그냥 내가 괜찮을 거라고 믿고 싶어할 뿐이다.

민영은 분명 무서워했다.

처음에는 버스 때문이라고 생각했다. 그날 그때 우리는 카페에 있었다. 주문한 커피가 나오자마자 갑자기 민영이 말했다.

"요즘 뭔가 무서워."

"뭐?"

나는 핸드폰을 만지작거리며 다른 생각을 하던 중이었다. 민영의 말에 나는 놀라서 고개를 들었다. 내가 제대로 들은 건지 확인하고 싶었다. 하지만 내 반문에 민영은 대답하지 않았다. 대신 그녀는 아이스 아메리카노가 담긴 유리컵을 손으로 살며시 쥐었다 놓기만 반복했다. 컵에 맺힌 물방울이 민영의 손끝을 적셨다. 그때 민영의 어깨에서 카디건이 흘러내렸다. 민영은 팔뚝 아래로 떨어지는 카디건을 끌어올렸다. 날이 덥다면서 차가운 음료까지 주문해놓고 왜 카디건을 입고 있는 건지 의아했지만 크게 신경쓰지는 않았다. 나는 민영이 먼저 이야기를 하도록 기다리는 중이었다. 민영은 솔직한 친구였지만, 자신의 진짜 감정을 표현하는 데는 서툴렀다. 분위기가 무거워지면 부담스러워하면서 입을 다물어버리는 편이었다. 그래서 나는 민영이 말이 없어도 한참 동안 그냥 기다렸다. 커피를 다 마셔갈 즈음이었던가, 민영이 입을 열었다.

"오늘 버스에서 이상한 남자를 봤어."

버스에서 민영은 앞에서 세번째 좌석에 앉아 있었다. 그녀의 앞에 중학생으로 보이는 단발머리 여자아이가 앉아 있었고, 그 건너편에는 피부가 보기 좋게 그을려 생기 넘쳐 보이는 날씬한 여자가 앉아 있었다. 버스가 커브를 돌자 민영의 자리 쪽으로 햇빛이 내리쬐었다. 앞의 여학생이 빛을 피해 고개를 오른쪽으로 기울였다. 여학생의 단발머리가 찰랑, 흔들렸고 하얀 목덜미에 옅은 주름이 잡혔다. 그 순간이었다.

"아, 씨발!"

뒷자리에서 어떤 남자가 고함을 질렀다.

민영은 돌아보지 않았다. 앞의 여학생도, 건너편의 여자도 뒤를 보지 않았다. 그들 모두 약속한 것처럼 계속 앞을 바라보았다. 버스 기사 아저씨만 룸미러를 통해 뒤쪽을 힐끔 봤다. 그러나 모르는 척했다. 민영은 룸미러도 바라보지 않았다. 그래야 할 것 같았다. 다음 정류장에서 여학생과 여자가 동시에 내렸다. 남은 승객은 민영과 남자뿐이었다. 남자는 계속 욕을 했다. 고함과 짜증이 민영의 귀에 박혀들어왔다. 버스 기사도 그에게 아무 말 안 했다. 귀찮은 일에 휘말리고 싶지 않았을 것이다. 민영은 음악을 들을까도 생각했지만, 귀에 이어폰을 꽂지는 않았다. 그 상황에서 남자가 무슨 말을 하는지 듣지 않는 건 현명하지 못한 선택처럼 느껴졌다. 두 정거

장만 더 가면 되었지만, 민영은 결국 다음 정거장에서 내렸다. 벨을 누르고 자리에 가만히 앉아서 기다렸다가, 버스가 멈추자마자 재빨리 일어나 뒷문으로 뛰어내렸다. 남자가 뒷문 바로 앞좌석에 앉아 있다는 걸 그때 알았다. 하지만 그녀는 남자가 어떻게 생겼는지 전혀 기억하지 못했다. 버스가 떠난 뒤에도 민영은 정류장에 내린 자세 그대로, 그러니까 고개를 숙이고 뒤돌아선 자세로 정류장 바닥을 바라보며 한참 동안 서 있었기 때문이다. 남자가 소리를 지르던 순간부터 되뇌던 말을 속으로 계속 중얼거리면서.

눈을 마주치면 안 돼. 눈을 마주치면 안 돼. 눈을 마주치면.

안 돼.

이야기를 마친 후 민영은 가만히 나를 바라보았다. 그녀의 말이 이어지기를 기다렸지만, 내 친구는 무슨 말을 할 듯 말 듯 계속 망설이기만 했다. 그러더니 조심스레 물었다.

"너도 내가 유난스럽다고 생각해?"

나는 민영의 눈을 가만히 마주보았다. 대답했다. "무슨 소리야? 누가 그런 말을 했어?"

민영은 고개를 저었다. 그런 말을 한 사람은 없다고 했다. 나는 또 물었다.

"민영아, 뭐가 무섭다는 거야? 버스?"

민영은 고민하는 표정으로 나를 바라보더니, 이내 결국 아무것도 아니라고 대답했다. 나는 민영이 무슨 말을 하는지 알 수 없었다. 그녀의 말을 잘못 들은 것 같기도 했다. 그래서 나는 민영이 제대로 다시 말해주기를 기다렸지만, 민영은 그냥 해본 말이라며 신경쓰지 말라고 했다. 그 순간이었다. 민영의 카디건이 아래로 흘러내렸다. 그녀의 가느다란 팔뚝이 내 눈에 들어왔다. 푸르스름하고 동그란 멍자국이 민영의 팔뚝에 찍혀 있었다.

내가 물어보자 민영은 어디서 다쳤는지 모르겠다고 대답했다. 그냥 오다가다 어딘가에 찧은 것 같다고 했다.

"모르겠어. 그냥 실수였던 것 같아."

실수로 다쳤다는 건가, 아니면 다친 일이 실수였다는 건가? 무언가 이상했다. 민영이 대충 넘어가려 한다는 느낌도 들었다. 그러나 내가 재차 따져 묻기도 전에 민영이 먼저 다른 말을 꺼냈다.

"너는 별일 없지?"

"응, 없어."

"뭐야. 또 거짓말하네."

그러고서 민영은 웃었다. 나도 따라 웃었다. 그래야 할 것 같았다. 그날 나는 더는 아무것도 묻지 않았다. 우리가 이야기할 다른 날이 금세 다시 오리라 생각했다.

나는 이 이야기를 경찰에 했다. 그들은 내 말을 듣는 내내 무표정이었다. 그래서 내 이야기가 중요한지 아닌지 알 수 없었다. 다만 그들은 확인하고 싶어했다. 민영이 뭘 무서워한 것인지. 버스 안의 남자를 말하는 건가요? 아니면 다른 사람인가요? 그들은 정확한 대답을 듣고 싶어했다. 처음에 나는 아니라고 대답했다가 나중에는 그렇다고 말했다. 그리고 다시 말을 바꿔서 모르겠다고 말했다. 그들이 나를 믿지 못하는 것이 느껴졌다. 하지만 나는 정말로 헷갈렸기 때문에 그렇게 대답할 수밖에 없었다. 경찰들은 내 이야기가 도움이 되었다고, 참고하겠다고 말했다. 듣기로는 버스 정류장 주변도 탐문하고 그 버스 기사도 조사했던 것 같다. 그 이후 수사가 어떻게 진행되었는지 모르겠다. 그들은 내게 아무것도 알려주지 않았고, 실제로 새로운 소식이 들려오지도 않았다. 내가 별다른 도움이 되지 못한 것 같아 괴로웠다. 아마 내가 혼란스러워했기 때문일 것이다. 내가 조금 더 분명하게 알고 있었다면, 상황을 정확하게 전달했다면 뭔가 달라졌을 것이다. 그러나 지금도 나는 모르겠다. 문제는 뭐였을까. 어디서 잘못된 걸까, 너는. 민영아 너는 어떻게 된 걸까.

나는 그의 얼굴을 살짝 올려다봤다. 조금 전보다 훨씬 험악한 표정이 떠올라 있었다. 갑자기 심장이 빠르게 뛰었다. 나는 그와 같이 걸어가기 싫었다. 나는 혼자 빠르게 걸었다. 그가 뒤처졌다. 문득 실수라는 생각이 들었다. 그를 나보다 앞세워 걸었어야 했다. 그가 뒤에서 따라오고 있고, 내가 그걸 볼 수 없다는 생각이 들자 불안했다. 여기서 벗어나고 싶었다. 나는 더 빨리 걸었다. 나무다리가 저 앞에 있었다. 나는 거의 뛰다시피 앞으로 걸었다. 그렇게 다리에 도착한 순간이었다.

그가 등뒤에서 내 팔뚝을 거세게 잡아당겼다. 머리 위에서 낮고 차가운 목소리가 들렸다.

"진영씨. 내가 계속 부르잖아요. 안 들려요?"

나는 소리를 지르며 그를 밀쳤다. 그러자 그가 더 거칠게 내 팔을 움켜쥐었다. 엄지손가락으로 팔뚝을 세게 눌렀다. 살이 동그랗게 눌리면서 엄청나게 아팠다. 나는 다시 소리를 질렀다. 그제야 그가 화들짝 놀라며 내게서 손을 뗐다. 내가 그렇게 반응할 줄 몰랐다는 듯 얼굴에 당황스러운 표정이 떠올랐다. 그가 빠르게 주변을 살피는 것이 보였다. 등에 소름이 돋았다. 주위에는 아무도 없었다.

그가 다정하게 말했다. "미안해요, 진영씨."

그리고 한 발짝 뒤로 물러섰다. 마치 내가 그에게 위협을 줘서 물러선다는 태도였다. 기가 막혔다. 그가 또 사과했다.

"정말 미안해요. 내가 경솔했어요."

그는 나를 아프게 할 생각은 없었다고 말했다. 내가 너무 빨리 걸어가서 따라잡으려 하다보니 이렇게 가까이 오게 되었다고 했다. 그는 억울해하며 말했다.

"몇 번이나 진영씨를 불렀어요. 못 들었어요?"

내가 그의 말을 무시하고 계속 걸어가서, 나를 멈춰 세운다는 것이 자기도 모르게 세게 움켜쥐고 말았다고 했다. 준비한 것처럼 자연스러운 이야기였다. 하지만 나는 그가 부르는 목소리를 듣지 못했다. 그가 나를 정말로 불렀는지 의심스러웠다. 그가 간곡한 말투로 다시 말했다. 미안하다고, 정말 미안하다고.

"실수였어요. 이런 일은 다시 없을 거예요."

그는 정말로 내게 미안해하는 것 같았다. 진심으로. 나는 혼란스러웠다. 어쩌면 나는 민영이 세상을 떠날지도 모른다는 생각 때문에 그를 탓하고 있는 건 아닐까. 그렇다면 나는 지금 엄청난 실수를 저지르고 있는 걸지도 모른다. 마음이 물렁하게 움푹 파이는 순간, 나는 정신이 번쩍 들었다. 그날, 내가 멍자국에 대해 물었을 때 민영은 말했다. "실수였던 것 같아."

그래. 모두 실수를 저지르곤 한다. 함부로 실수를 저지르곤 하지.

늘 이곳에 있었던, 새벽녘의 호숫가에서 힘없이 빨랫방망이를 두드리던 여자. 미자네는 항상 낡은 두건을 머리에 푹 눌러쓰고 나와 있었다. 미자네가 이상해 보였던 나는 어른들에게 물어보곤 했다.

"미자네 집에는 세탁기가 없어? 왜 호수에서 빨래해?"

한동안 누구도 내게 대답을 해주지 않았다. 언젠가 엄마가 지나가듯 이렇게만 말했다. 미자네는 집에 있기 싫어서 그러는 거라고. 그 의미를 알아차리는 데 오랜 시간이 걸리지 않았다.

열세 살 초등학교 시절, 호숫가로 야외수업을 갔다. 그날도 미자네를 보았다. 그녀는 얕은 물가에 쭈그리고 앉아 힘없이 방망이를 두드리고 있었다. 짓궂은 남자아이들이 낄낄대며 그녀를 곁눈질했다. 무슨 일이 벌어질 것 같다고 느낀 순간, 남자아이들이 미자네의 두건을 낚아채 달아났다. 그때 나는 소문으로만 듣던 미자네의 머리를 목격했다. 울긋불긋한 두피 위엔 머리카락이 정말로 거의 없었다. 이후, 다른 소문이 났다. 미자네 남편은 이제 더는 움켜쥘 머리카락이 없어서 그녀의 목덜미를 잡고 집안 곳곳으로 끌고 다닌다고 했다. 그날, 황망한 표정으로 호숫가에 앉아 있는 미자네를 보며 민영은 울었다. 그리고 선생님께 일러바쳤다. 남자아이들은 선생님에게 하소연했다. "실수였어요. 실수요. 어쩌다보니 그랬어요." 선생님은 알았다고 대답했다. 그렇게 돌아선 남자애 중 한 명이 민영을 노려보며 말했다.

"야, 너도 세컨드지?" 민영은 울음을 멈추지 않았다.

그런 일이 있었다. 이곳에서.

잊을 수 없을 것이다.

나는 그에게 신경질적으로 물었다.

"민영이에게도 그랬어요?"

"뭘요?"

그가 무슨 소리냐는 듯 반문했다. 나는 손이 떨렸다. 물었다.

"이렇게 무섭게 했냐구요."

그가 황당해하는 얼굴로 나를 봤다. 그 얼굴에는 방금 전까지 나를 불편하게 했던 분위기가 전혀 남아 있지 않았다. 익히 내가 봐왔던 얼굴이었다. 친구들이 민영을 부러워하게 했던, 엄마가 걱정을 덜게 만들었던, 좋은 사람, 좋은 남자. 다정하고 친절한 사람의 얼굴. 누군가를 사랑했고, 그 사람을 잃어버릴까봐 고통에 찬 표정.

"민영이가 그렇게 말했어요?" 그가 말했다.

나는 그를 노려보았다. 그는 절망한 것 같았다. 그렇게 보였다.

"내가 무섭다고 그랬어요? 민영이가?"

그가 물었다. 당당한 눈길을 마주하자 다시 자신이 없어졌다. 나는 그의 시선을 피했다.

"몰라요."

나는 대답했다. 민영은 말했었다. "모르겠어." 그건 내 말버릇이기도 했다. 속내를 털어놓을 자신이 없을 때, 상대의 눈을 피하며 얼버무리는 습관. 민영은 그걸 잘 알았다. 하지만 나는 항상 민영에게 끝까지 모른다고 했다. 스물다섯 살 여름, 사귀던 남자가 내 목을 졸랐을 때, 목에 시퍼런 멍자국이 남아 있는데도 불구하고 나는 민영에게 모른다고 했다.

"여기가 왜 이러지? 어디서 다쳤는지 모르겠어."

작년 즈음 그 남자에게 다시 연락이 오기 시작했다는 말도 나는 하지 않았다.

그가 간절한 말투로 말했다.

"진영씨. 내가 이상해 보이는 거 알아요. 하지만 나는 진짜 궁금해서 그러는 거예요."

그는 말을 이어나갔다. 민영에게 자신이 정말 좋은 남자였는지 궁금했다고. 그는 요즘 밤에 침대에 누우면 항상 민영이 생각난다고 했다. 못 해준 것들이 생각나고, 그녀를 외롭게 했던 일들이 떠올라서 괴롭다고 했다. 이제 민영에게 직접 물어볼 수 없을 거라는 생각 때문에, 만회할 기회를 영영 잃어버린 것 같다는 생각 때문에 너무 힘들다고 했다.

그가 내게 한 발짝 다가왔다. 나는 뒤로 물러났다.

"그러니까 진영씨. 부탁할게요. 생각나는 게 있으면 제발 말해줘요. 민영이가 나를 무서워했나요? 나한테는 정말 중요한 문제예요."

나는 여전히 그를 믿을 수 없었지만, 동시에 나 역시 실수를 저지르고 있는 것인지 모른다는 생각도 여전히 들었다. 그가 말을 이었다.

"힘들다는 거 알아요. 여기까지 와준 것도 정말 감사하게 생각해요. 여기서 그런 일들이 계속 있었잖아요. 지금 예민할 수밖에 없다는 거, 저는 이해해요."

나는 주머니에 손을 집어넣었다. 핀셋을 잡았다 놓았다. 그의 말은 사실이었다. 여기에 오기로 결정한 건 쉬운 일이 아니었다. 나는 이곳에 서 있는 것이 힘들다. 그래. 끔찍한 일이 있었으니까. 잊을 수 없는 일이. 민영이 두고 온 무언가를 찾는다고 동네 사람들까지 동원된 와중에도 민영의 엄마는 내게 어떤 부탁도 안 했다. 그녀는 내가 호숫가에 가는 걸 싫어하리라고 생각했다. 그건 사실이었다.

이곳에서 벌어진 일은 나와 내 가족들에게도 영향을 미쳤다. 동네 사람들에게도.

작년 여름부터 전 남자친구는 내게 직접 만나서 사과를 하고 싶다는 문자를 보내왔다. 나는 답장하지 않았다. 하지만 계속 연락이 왔다. 나는 이렇게 오랜 시간이 지났는데 그게 무슨 의미가 있느냐며 거절했다. 얼마 뒤 다시 연락이 왔다. 진심으로 미안하다며, 꼭 만나고 싶다고 했다. 나는 그 말에 마음이 흔들렸다. 내가 당한 일을 사과받는다면 오랫동안 마음에 묵혀둔 상처가 사라질 것 같았다. 그가 내게 한 일이 어린 나이에 어쩌다 저지른 실수처럼 느껴지기도 했다. 그런 감상적인 기분에 젖어들자 내가 그를 너무 냉정하게 대한다는 생각이 들었고, 조금 미안해졌다. 나는 그에게 호수에서 만나자고 했다. 이후 내게, 그를 왜 호수로 불러냈느냐고 질책하던 사람들과는 이제 연락하지 않는다. 그는 사과했다. 나는 곧장 사과를 받아들이지는 않았다. 그렇게 쉽게 넘어갈 수는 없는 일이었다. 나는 그에게 뭘 잘못했다고 생각하는 거냐고 따져 물었다. 나는 정확한 말을 듣고 싶었다. 너를 함부로 대해서 미안해. 단지 그 말이 듣고 싶었다. 그 말이 중요했다. 그는 말했다. 내가 장난을 받아주지 못하는 유형의 사람이라는 걸 파악하지 못했던 것 같다고. 그제야 나는 그가 취해 있다는 걸 알았다. 그리고 순식간에 몸이 굳어버렸다. 움직일 수가 없었다. 그가 미소를 지으며 말했다.

"넌 진짜 하나도 안 변했구나." 그가 손등으로 내 볼을 툭, 툭, 쳤다.

"장난이잖아. 장난도 못 받아줘?"

나는 가만히 서 있었다. 어느 순간 갑자기 앞이 하얗게 번쩍였다. 나는 가만히 있었다. 바닥에 쓰러졌을 때도, 그 이후에도 가만히 있었다. 습관이었다.

나는 주머니 속 핀셋을 다시 꼭 쥐었다. 지금 그는 나를 이해한다고 말했다. 내가 겪은 일 때문에, 그를 의심하는 걸 말이다. 정말일까. 하지만 팔뚝의 통증이 뚜렷하게 느껴졌다. 그가 애원하는 눈길로 나를 보고 있었다. 오히려 내가 해서는 안 될 짓을 저지른 기분이었다.

"좋아요 그럼." 그가 말했다. 그러고는 내게서 더 멀리 떨어졌다.

그는 자신이 앞에서 걸어갈 테니 내게 뒤에서 따라오라고 했다. 자신을 믿을 수 없다면 막대기든 뭐든 무기로 삼을 만한 걸 들고 와도 좋다고 했다. 그는 내 오해를 풀 수 있다면 뭐든 할 거라는 듯 굴었다. 그는 내 대답을 듣기도 전에 앞서 걸었다. 나는 그의 뒷모습을 바라보다 조심스레 발을 앞으로 내디뎠다. 어쨌든 여기까지 온 건 민영 때문이다. 그녀가 잃어버린 무언가를 찾기 위해서다. 나는 길가에 놓인 나무막대기를 주워들었다. 더 단단하고 강한 물건을 손에 쥐자 마음이 안정되었다. 나는 막대기를 힘껏 쥐었다. 그는 뒤돌아보지 않았다.

다리를 건너자 산길이 나왔다. 여기서부터는 얕은 오르막길이다. 그의 머리 위로 하늘이 보였다. 나무들 사이로 희멀건 안개가 새어 들어왔다. 익숙한 냄새가 났다. 물기를 잔뜩 머금은 저녁 공기를 나는 깊이 들이마셨다. 땅바닥이 조금 물러진다 싶은 순간이었다. 호수가 드러났다.

그와 나는 민영이 쓰러져 있던 곳으로 향했다. 그는 눈감으면 저 일대가 환하게 떠오를 정도로 그곳을 자주 들여다봤다고 했다. 그는 말했다.

"낮에는 햇빛이 많이 들어요. 벌레도 없고, 물비린내도 별로 안 나요. 호숫가에서 가장 깨끗한 곳이더라구요."

그는 새로운 사실을 발견한 것처럼 설명했지만 나는 아무 생각도 들지 않았다. 모두 내가 아는 이야기였다. 바로 그곳에서 미자네가 늘 빨래를 했다. 민영과 내가 앉아서 시간을 보냈다. 내가 전 남자친구를 만난 곳도 역시 그곳이다. 그는 다른 의미를 부여하는 것 같았다. 다른 곳도 아니고, 저곳에 민영이 누워 있었다는 건 특별한 뜻이 있는 거라고. 그리고 그 물건도 바로 그곳에 있었다고 말했다.

"무슨 뜻이 있는 건데요?"

나는 물었다. 확신에 찬 목소리가 들렸다.

"뭔가 다른 장소라는 거죠."

틀렸다. 여긴 그냥 물가다. 그의 말대로 햇빛이 많이 들고, 벌레도 없고, 물비린내가 별로 안 나는 깨끗한 곳이라서 사람들이 많이 드나드는 곳일 뿐이다. 민영은 특별한 곳에서 발견된 것이 아니다. 매일 드나들며 일상을 보내던 곳에 있었던 것이다. 그러나 나는 그에게 반박하지 않았다. 어쩐지 피곤한 대화가 이어질 것 같았다. 내가 아무 말이 없자 그는 이상했는지 뒤를 돌아보았다. 그는 내 손에 들린 막대기를 보고는 싱긋 미소를 지었다.

“진짜 주웠네요.” 그가 말했다.

약간은 서운해하는 것 같기도 했고, 우스워하는 것 같기도 했다. 어쩌면 이곳은 그에게 특별한 장소가 맞을지도 모르겠다. 민영이 발견된 곳. 그녀가 누워 있던 곳. 의식을 잃은 곳.

그건 그녀를 짓밟은 사람에게도 마찬가지겠지. 나는 다시 막대기를 꼭 쥐었다. 하지만 이번에는 마음이 편해지지 않았다. 내가 이걸 들고 있다고 해서 뭘 어떻게 할 수 없다는 건 아마 그가 더 잘 알 것이다. 나도 알고 있다.

그래, 그 여자처럼.

밤이었다. 여자는 친구들과 호프집에서 맥주를 한잔 마셨다. 그리고 일어나 집으로 향했다. 동네 입구에 도착했을 때, 누군가가 뒤에서 따라오는 걸 느꼈다. 남자였다. 여자는 걸음을 빨리했다. 남자의 걸음도 함께 빨라졌다. 열 걸음 너머에 그녀의 아파트가 보였다. 그녀는 뛰었다. 엘리베이터가 일층에 서 있었다. 그녀는 엘리베이터 열림 버튼을 누르고 안으로 들어간 뒤, 재빨리 닫힘 버튼을 눌렀다. 그때 남자가 엘리베이터 안으로 뛰어들어왔다. 그녀는 거의 소리를 지를 뻔했다. 핸드폰 키패드로 112를 눌렀다. 손이 떨렸다. 남자가 말했다.

“저기, 연락처 좀 알 수 있을까요?”

남자는 그녀가 너무 마음에 들어서 술집에서부터 따라왔다고 말했다. 중간에 말을 걸 틈이 없어서 여기까지 왔다고. 그녀는 고개를 저었다.

"안 돼요? 제가 마음에 안 드세요?"

남자가 말했다. 그녀의 집은 십오층이었고, 이제 겨우 오층이었다. 그녀는 숨이 막혔다. 남자는 키가 크지는 않았지만, 운동을 많이 한 사람처럼 팔뚝이 무척 굵었다. 단단해 보였다. 그녀는 더듬거리며 자신의 전화번호를 말했다. 남자가 씨익, 웃으며 들고 있던 핸드폰에 숫자를 입력했다. 그리고 통화 버튼을 눌렀다. 그녀의 핸드폰이 울렸다.

"지금 뜨는 번호가 제 번호예요."

남자가 말했다. 그녀는 아주 오랫동안 멍청한 여자들에 대해 들어왔다. 마음을 함부로 주는 여자들, 쉽게 승낙하는 여자들, 상황을 주도하지 못하고 끌려다니는 여자들. 그녀는 위험한 남자들보다 멍청한 여자들에 대한 경고를 더 많이 들어왔다. 쉽게 보이면 안 돼. 그건 네 값을 떨어뜨리는 일이야. 이제 십삼층이었다. 그녀는 남자에게 애써 미소를 지었다. 그래야 할 것 같았다. 남자가 말했다.

"정말 친절하시네요."

그리고 엘리베이터 문이 열렸다. 여자는 서둘러 내렸다. 남자는 따라 내리지 않았다. 마치 그게 굉장히 신사적인 태도라는 듯이. 예의를 아는 남자라는 걸 보여준다는 듯. 그녀에게 말했다. "조심히 들어가세요." 그리고 연락을 할 테니 꼭 받아달라고 했다. 그녀는 다시 미소를 지으며 고개를 숙였다. 남자는 엘리베이터 열림 버튼을 누르고 있었다. 그녀가 어디로 가는지 보려는 것 같았다. 그녀는 그에게서 최대한 시선을 떼지 않은 채, 그러니까 그가 거절당했다는 느낌을 받지 않도록 따뜻한 표정을 유지하면서 현관문 쪽으로 팔을 뻗었고, 초인종을 미친듯이 눌러댔다. 가족들이 있을 거라고 생각했다. 밖에서는 소리가 나지 않았지만, 집안에는 띵동 하는 소리가 연이어 울려퍼졌다. 띵동 띵동 띵동 띵동 띵동 띵동 띵동 띵동 띵동 띵동 띵동 띵동 띵동 띵동 띵동 띵동 띵동 띵동 띵동.

물가에 도착했다.

"그건 어디에 있어요?"

나는 물었다. 그는 대답하지 않았다. 주위를 두리번거리며 중얼거렸다.

"이상하네. 여기 있었는데."

나는 그에게서 조금 물러났다. 그는 찾아볼 테니 내게 여기서 기다리라고 말했다. 그러고는 앞쪽으로 뛰어갔다. 주변을 둘러보는 모습이 정말로 뭔가를 잃어버린 사람처럼 보였지만, 뭔가 어색했다. 그래도 어쨌든 그가 내게서 멀어지자 속은 편했다. 나는 숨을 크게 들이마셨다. 호수가 눈앞에 있었다. 오랫동안 봐왔던, 손끝만 내밀면 닿을 곳에서 잔잔히 출렁이던 호수가.

이미 많은 사람이 오갔다. 그들이 매번 아무것도 찾지 못한 건 아니었다. 단지 민영이 두고 온 것을 찾지 못했을 뿐, 항상 무언가를 건져올리긴 했다. 정체를 알 수 없는, 그러니까 어디서 어떻게 오게 된 건지 알 수 없는 물건들이 많았다. 목걸이. 귀걸이. 머리카락. 물에 불은 편지. 풀 수 없는 굵은 매듭. 핸드폰. 오르골. 고양이의 뼛조각. 누군가의 옷. 이젠 더는 누군가의 일부였다고는 상상할 수 없는 잡다한 물건들. 이 호수는 얼마나 많은 사람의 사연을 얼마나 깊이 담고 있는 걸까. 이곳에 도착하기 전까지만 해도 내가 뭔가를 찾을 수 있을 거라는 자신이 있었다. 그러나 막상 호수를 앞에 두고 있자 무엇도 보이지 않았다. 내가 뭘 찾을 수 있겠는가. 모든 걸 이야기할 수 있는 사람은 오직 민영뿐이다. 나는 고개를 돌렸다.

앞쪽 저편에 그가 보였다. 이상했다.

그가 호수에서 허우적대고 있었다. 나는 앞쪽으로 걸어갔다. 뛰었다. 그가 나를 발견하고 소리쳤다.

"여기 있어요!"

"뭐가 있는데요?"

그가 물속에 양팔을 넣은 채로 내게 외쳤다. 무언가 들어올리려 하는 것 같았다.

"혼자서는 못하겠어요. 바닥에 꽉 박혀 있어요."

내게 도와달라는 뜻이었다. 나는 당황했다. 그는 무척 흥분해 있었고, 상황을 냉정하게 판단하지 못하는 것 같았다. 나는 그에게 물에서 나오라고 소리쳤다. 사람들을 부르겠다고 했다. 그러나 그는 내가 무슨 말을 하건 상관없다는 듯 물건을 들어올리려 애를 쓰더니, 아예 물속에 고개를 처박았다.

나는 집에 전화를 걸었다. 민영의 엄마에게도 전화를 걸었다. 그가 뭔가를 찾았다고, 어서 도와달라고 소리쳤다. 내가 그렇게 말하는 사이 그가 고개를 물 밖으로 내밀었다. 숨을 크게 들이마시고는 다시 물속으로 들어갔다.

나오지 않았다.

"이한씨?"

나는 그를 계속 불렀지만, 물위는 잔잔했다. 나는 고민했다. 어떡해야 하지. 어떡해야 현명한 거지. 나는 올바른 판단을 하고 싶었다. 올바른 판단을 하는 사람이 되고 싶었다. 내 의지로 판단하고 싶었다. 상황에 휩쓸리는 건 이제 지긋지긋했다. 그러나 그는 물속에 있었다. 나는 신발을 벗고, 바지를 걷어올렸다. 혹시 하는 생각으로 들고 온 나무막대기를 손에 쥐었다. 심호흡을 한번 하고서 나는 물속으로 들어갔다.

금세 물이 허리까지 와 닿았다. 여름이었지만, 호수의 물은 차디찼다. 축축하고 지저분한 촉감이 다리를 휘감아왔다. 바닥은 온통 돌덩이였는데 미끄러웠다. 걸을 때마다 나는 휘청거렸다. 역겨운 냄새가 머리카락에 스며들었다. 나는 그를 불렀다. 조용했다.

수면이 잔잔해진 때, 그가 물속에서 불쑥 튀어나왔다. 나는 놀라서 소리를 질렀다. 그가 후아, 후아, 숨을 몰아 내쉬었다. 나보다 두 배는 거대한 남자가 온몸이 젖은 채, 역겨운 냄새를 풍기며 내 앞에서 있었다. 나는 돌아가고 싶었다. 그가 말했다.

"바로 밑이에요."

"네?"

내가 서 있는 곳 아래에 물건이 있다고 했다. 그가 내게 물밑을 더듬어보라고 했다. 팔이 닿지 않을 것 같다고 하자, 그는 고개를 저었다. 그는 물건이 생각보다 훨씬 수면 가까운 곳에 놓여 있다고 말했다. 그가 내게 강요하듯 말했다.

"어서 만져봐요."

나는 싫었다. 고개를 저으며 대답했다. 사람들에게 연락했다고.

나는 나가서 기다릴 테니 이한씨도 어서 밖으로 나오라고. 그렇게 몸을 돌리는 순간, 그가 내 손에 들린 나무막대기를 덥석 쥐고는 순식간에 물속으로 잡아당겼다. 내 손도 딸려들어갔다. 무슨 짓이냐고 화를 내려는데, 막대기 끝에 딱딱한 게 닿는 느낌을 받았다. 나도 모르게 막대기를 놓쳤다. 손바닥을 펼쳤다. 그리고 몸을 조금 숙였다. 그곳에 정말로 무언가가 있었다. 딱딱하고 단단한, 길고 얇은 물건이 바닥에 있었다. 위쪽인지 아래쪽인지 모르겠지만 한쪽으로 갈수록 점점 얇아지고 있었고, 조금은 날카로운 느낌도 들었다. 뭔지 알 것 같기도 했고 전혀 감이 오지 않기도 했다. 저녁이었다. 사위는 어둑어둑했고 원래 불투명했던 호수의 색은 더 짙어져 있었다. 물 밖에서는 아무것도 보이지 않았다. 이게 뭔지 종잡을 수가 없었다. 궁금했다. 그러나 물속으로 더 들어가고 싶지는 않았다. 그때 그와 눈이 마주쳤다.

그가 말했다. "그런데 진영씨."

나는 손으로 물건을 계속 더듬으며 대답했다. "네?"

그가 말했다. "민영이가 정말로 나 무섭다고 했어요?"

그 순간, 수면이 흔들렸다. 발이 돌덩이 위에서 미끄러졌고, 나는 중심을 잃었다. 나는 물에 빠졌다. 차가운 물이 온몸을 감싸안았다. 살결이 축축해졌다. 나는 눈을 떴다. 아무것도 보이지 않았다. 시커먼 세상이 나를 짓눌렀다. 차갑고 지저분한 물속에 나 홀로 있었다. 나는 팔을 허우적댔다. 손에 무언가 와 닿았다. 그 물건이었다. 나는 얇고 단단한 그것을 꽉 움켜쥐었다. 딱딱한 촉감이 손바닥에 착 달라붙었다. 마음이 차분하게 가라앉았다. 그리고 많은 것들이, 호수의 무수한 기억이 내 손바닥으로 스며들었다. 호수에 여자가 있었다. 그녀는 강간을 당했다. 두들겨맞았다. 발가벗겨진 채로 발견되었다. 왜냐하면 상대가 원했기 때문이다. 상대가 원했기 때문에 그녀는 원하지 않는 일을 당했다. 여자는 구급차에 옮겨지는 순간 정신을 잃었다. 사람들은 말했다. 구급대원들이 그녀를 일으키자, 여자의 거기에서 돌멩이가 후드득 떨어져내렸다고. 물론, 다른 이야기도 있었다. 밤새 홀로 누워 있던 그녀의 몸이 얼마나 차가웠는지, 그녀가 흐릿하게 맴도는 의식을 어떻게 간신히 붙잡았는지, 어떻게 눈을 부릅뜨고 견뎠는지, 그러나 정작 누군가 도와주려 손을 내밀었을 때는 잔뜩 겁에 질려 몸을 부르르 떨고 말았다는 것에 대해 다들 한 번씩은 이야기했다. 그러나 자잘한 돌멩이들이 바닥에 떨어지며 냈던 그 소리에 대해서만, 오직 그 이야기만 사람들의 입에 끈질기게 오르내렸다. 그러니까 조심했어야지. 그랬어야지. 그래. 그랬어야지. 그러게 호수에 왜 갔느냐고? 왜 왔느냐고?

시큼하고 텁텁한 물이 입속으로 들어왔다. 귓속으로 파고들었다. 차가운 물이 어깨를 무겁게 짓눌렀다. 체온이 식어가는 게 느껴졌다. 머리카락이 흔들렸고 살결이 물에 불어났다. 눈동자에 물속의 벌레들이 달라붙었다. 호수에 왜 갔느냐고? 왜 왔느냐고? 무슨 소리를 하는 거예요. 당신이 원한 거잖아요. 그래서 따라 들어온 거잖아요. 아니에요? 물이 목구멍 너머로 꿀꺽꿀꺽 넘어갔다. 나는 캄캄한 물속에서 기침을 했다. 나는 물건을 쥔 손에 더 힘을 주었다. 물건을 꽉 잡고 다리를 아래로 뻗었다. 발가락 끝이 간신히 바닥에 닿았다. 어깨가 수면 위로 올라가는 게 느껴졌다. 나는 고개를 들어올렸다.

공기가 얼굴로 밀려들었다. 목구멍 속에서 물컹한 것들이 역류해 쏟아져나왔다. 혀끝에 텁텁하고 비릿한 맛이 남았다. 나는 숨을 몰아 내쉬었다. 고개를 들자, 그가 보였다. 그의 왼손에는 내가 내내 들고 있던 막대기가 쥐어져 있었다. 그가 내게 뭔가를 말했다. 그러나 나는 알아듣지 못했다. 귀가 먹먹했고 내 숨소리밖에 들리지 않았다. 오래전, 미자네는 두건을 빼앗아 달아나는 남자아이들을 보며 황망한 표정으로 호숫가에 앉아 있었다. 그 모습을 보고 민영은 울기 시작했다. 무서워. 무서워. 나는 민영의 어깨를 도닥였다. 신경 쓰지 마. 네가 신경쓸 것 없어. 우리와는 다른 사람이야. 완전히 다른 사람이야. 그때, 돌아선 남자아이들이 우리를 노려보았다. 우리를 함께 바라보았기 때문에 정확히 누구를 지목하는지 알 수 없었다. 신경이 팽팽하게 당겨지는 순간, 남자아이 하나가 우리를 향해 외쳤다.

"야, 너도 세컨드지?"

그 남자아이와 내 눈이 마주쳤다. 나는 민영의 어깨에서 슬며시 손을 내려놓았다. 그래야 할 것 같았다. 민영은 울음을 그치지 않았다.

물을 가로지르며 그가 내게 다가왔다. 어두운 그림자가 내 머리 위를 덮었다. 그의 몸에서 호수의 냄새가 났다. 물속에서 꽉 쥐고 있는 물건의 촉감이 선명하게 느껴졌다. 그것은 무척이나 딱딱했다. 그 순간, 그가 내게 말했다.

"내가 유난스럽다고 생각해요?"

나는 천천히 그의 눈을 마주했다. 그리고 해야 할 일을 했다. 그래야 할 것 같았다.

| 작가노트 |

아직 남은 사람

"물론, 다른 이야기도 있었다. 밤새 홀로 누워 있던 그녀의 몸이 얼마나 차가웠는지, 그녀가 흐릿하게 맴도는 의식을 어떻게 간신히 붙잡았는지, 어떻게 눈을 부릅뜨고 견뎠는지."

나에게는 이 장면이 중요했다.

| 해설 |

처음에는 오필리아로, 다음에는 세이렌으로

강지희

텍스트의 젠더가 작가의 성별과 다르게 구성되곤 한다는 것은 이미 상식이다. 그러나 호숫가에서 쓰러진 채 발견된 여성의 몸에서 시작되는 강화길의 소설 앞에서 이 상식적 명제는 조금 무색해지는 것 같다. 여성 작가가 쓴, 초점화자 또한 여성인 이 소설은 여성 독자와 만나 신경이 팽팽하게 당겨지는 경험을 만든다. 「호수—다른 사람」은 몸으로 먼저 스며들어오고 불가항력으로 신경을 장악해버리는 소설이다. 여성들의 일상에 일렁이던 잠재적 위협들은 남성들의 가청 범위를 넘는 고주파를 만들어내면서 보이지 않는 공동체를 구성한다. 그러나 이 소설은 여성소설이기 이전에 범죄소설이고, 동시에 긴밀하게 구성된 심리소설이기도 하다. 겹으로 이루어진 이 소설을 단순하게 읽지 않기 위해 우리는 최소한 두 번의 독해를 필요로 한다. 처음에는 하드보일드로 건조하게, 다음에는 기괴한

전율 속에서 모호하게. 다시 이렇게 말해볼 수도 있겠다. 처음에는 오필리아로, 다음에는 세이렌으로.

처음 읽어내려갈 때 이 소설은 전형적인 범죄 스릴러처럼 보인다. 친구 '민영'은 폭행을 당해 혼수상태에 빠졌으며, 자꾸 나를 살피며 캐묻는 민영의 남자친구 '이한'은 충분히 의심스럽다. 소설은 이 혐의를 시시각각 짙게 물들여가면서 입증의 순간을 향해 나아간다. 민영이 사고를 당하던 순간 출장에서 막 돌아와 잠들어 있었다는 죄책감 때문이라 하기에는, 이한의 집요함은 민영이 사고 전날 자신에 관한 이야기를 했는가에만 맞춰져 있다. '진영'의 회상 속에서 모든 것은 주요한 단서가 된다. 친구들과의 모임에서 민영이 술을 못 마시는 체해왔다는 것을 알았을 때 굳어지던 이한의 표정이나, 그 자리에서 창백하고 무표정한 얼굴로 앉아 있던 민영, 의식불명인 민영의 몸을 덮은 상처들이 '언제' 생겼는가에만 지나치게 신경쓰며 감정적으로 반응하던 이한의 모습들. 뭔가 무섭다고 했지만 곧 부인하던 민영의 카디건이 흘러내린 뒤, 드러난 팔뚝에 찍혀 있던 멍자국은, 이한이 지금 진영의 팔뚝을 거칠게 잡아당길 때의 살의 눌림과 절묘하게 겹쳐진다.

민영을 해친 것이 누구인지를 추적하는 이 미스터리 서사는 무수한 여성들의 중첩되는 역사 속에서만 범인을 지목할 수 있다. 소설 사이사이에는 이 사건과 무관한 다른 여성들이 겪어온 폭력적인 경험들이 파문을 그리며 번져나간다. 버스 안에서 남자 승객이 거칠게 욕설을 내뱉어도 공포에 질려서 그의 얼굴을 확인할 수조차 없었던 순간, 남편의 폭력으로 인해 머리가 거의 다 뽑힌 채 늘 호숫가에서 빨래를 하던 '미자네'의 모습, 사과를 빙자해 집요하게 만남을 요청하던 전 남자친구를 만났을 때 호숫가에서 벌어졌던 폭력, 맘에 든다고 무작정 따라온 낯선 남자가 밀폐된 엘리베이터 안에서 번호를 따낼 때 엄습해오던 두려움. 여성의 일상을 핍진하게 훑어내는 경험들 속에서, 필사적으로 "우리와는 다른 사람이야. 완전히 다른 사람이야"(202쪽)라고 되뇌었던 경계의 말은 무참하게 무너져내린다. 버스 안에서, 호숫가에서, 엘리베이터 안에서 움츠러든 여성들은 의식불명으로 누워 있는 민영과 '다른 사람'이 아니며, 읽어나가는 동안 몸의 어딘가가 뻣뻣하게 굳어지는 당신과 '다른 사람'일 수 없다. 증거가 될 만한 사건들을 머리에서 재조합하며 범인을 추측중인 진영은 지금 탐정의 자리에 놓여 있지만 그녀 역시 우연히 살아남았을 뿐이며, 그 우연한 행운은 이한과 함께 호숫가로 향하는 길에서 다시 피해자-여성으로서의 보편적 운명 앞에 집어삼켜지기 직전에 있다.

이 폭력과 비명의 역사를 반복시키는 것은 누구인가. "그녀는 위험한 남자들보다 멍청한 여자들에 대한 경고를 더 많이 들어왔다."(196쪽) 남성에게 주어진 '실수할 수 있는 권력' 앞에 여성들의 '불가피한 어리석음'은 계속된다. 21세기에도 여성에게 주어진 선택지는 간명해 보인다. 다락방에서 미치거나, 호숫가에서 시체와 다름없는 모습으로 발견되거나. 그렇게 호숫가에 누워 있는 여자의 모습으로부터 우리는 유서 깊은 이미지 하나를 떠올릴 수 있다. 그것은 약혼자인 햄릿에게 자신의 아버지가 살해된 후 강물에 몸을 던진 오필리아다. 이런 그녀의 비극적 결말은 아이러니하게도 미술사에서 더

없이 아름다운 물의 여신처럼 그려짐으로써 미학적으로 승화되곤 했다. 관련해 가장 유명한 작품 중 하나일 존 에버렛 밀레이의 〈오필리아〉는 그 탐미성의 절정을 이루고 있는데, 물에 반쯤 잠긴 아름다운 원피스와 주변에 흩뿌려진 꽃들, 누군가를 맞이하듯 벌려진 팔, 그리고 살짝 벌어진 입으로 인해 그림 속의 여자는 방금 막 죽었다기보다는 마치 보이지 않는 남성과의 관계에서 절정을 맞이하고 있는 것처럼 보인다. 에로티즘과 죽음의 친연성에 대해 이해함에도 불구하고, 대상화된 에로티즘의 자리에는 언제나 햄릿이 아니라 오필리아가 놓여 있었음을 우리는 새삼 불편하게 인식할 수밖에 없다. 그리고 그 미학사는 호숫가에서 폭력에 휘말렸던 여성들이 "그러니까 조심했어야지" "그러게 호수에 왜 갔느냐"(201쪽)는 무성의한 질책들 앞에서, 정작 가해자가 아닌 섹슈얼한 혐의들 내지 자기혐오와 싸워야 했던 여성들의 역사와 다시 겹쳐진다.

하지만 이게 전부일까. 역사에서 비스듬하게 몸을 돌린 채 다시 이 소설을 읽었을 때 나타나는 또다른 얼굴이 있다. 그때 「호수」는 모든 것이 금세 붕괴될 가건물처럼 아슬아슬하게 쌓아올려진 심리소설로 다시 드러난다. 우리는 진영이 믿음직한 화자가 아닐 가능성을 상정해볼 수 있다. 진영은 생존을 위한 피로와 불안 속에서 과민해져 있는 여성 중 하나이며, 무엇보다 호수에서 일련의 폭력적인 사건들을 겪었기에 거리를 두고 냉정하게 상황을 기술하지 못하는 상태일 수 있다. 실제로 우리가 객관적으로 파악할 수 있는 사실은 민영이 의식불명의 상태로 병원에 입원해 있다는 것 외에는 없다. 민영이 의식을 잃으며 마지막으로 남긴 말("호수에 두고 왔어. 호수에.")의 모호함처럼, 모든 상황은 안개 속에 뒤덮여 있다. 이한의 집요함과 적극성은 진상을 밝히려는 필사적인 노력일 수 있으며, 때때로 그의 표정이 미묘하게 서늘해지곤 한다고 느꼈던 것도 모두 진영의 착각일 수 있다. 무엇보다 버스 안에서 욕설이 섞인 고함을 지르던 남자, 새벽녘 호숫가에서 힘없이 빨랫방망이를 두드리던 미자네, 사과를 빙자해 폭력을 저지른 진영의 전 남자친구, 맘에 든다는 이유로 술집에서부터 따라와 엘리베이터에서 전화번호를 따간 남자 등은 이 사건과 하등 관련이 없다. 진영이 가진 대부분의 의혹은 그녀의 공포에 갇힌, 지극히 사적인 것이다. 이 모호성은 소설의 마지막 순간 절정에 이른다. 민영이 두고 왔고 이한이 찾아냈다는 그것은 끝까지 '물건'이라고만 지칭되며, 호수 안에서 진영의 발이 돌덩이 위에서 미끄러지고 시커먼 세상이 그녀를 짓눌렀던 순간의 묘사는 이한에 의해 제압당하는 중인지 그저 진영이 당황한 채 혼자 허우적거리는 중인지 알 수 없다. 물속에서 발견한 "딱딱하고 단단한, 길고 얇은 물건"(200쪽)을 꽉 쥐고 "해야 할 일을 했다"(203쪽)는 결정적인 순간에도 진영이 대체 무슨 일을 저지른 것인지는 정확히 알 수 없다.

이 모호성은 구조적이다. 민영이 호수에 두고 왔다는 그 '물건'은 일종의 맥거핀처럼 서사를 추동해나가지만, 소설 어디에도 이에 들어맞는 최종적 기표는 존재하지 않는다. 작가는 끝내 우리에게 명쾌한 해석을 위한 단서를 제공하지 않으며, 어떤 미스터리도 해소시키지 않는다. 소설의 표층에서 우리는 최악의 데이트 폭력을 저지른 영악한 용의자가 자신을 의심하는 여자를 마저 해치우기 위해 움직이는 잔인한 범죄소설을 읽지만, 그 이면에는 사회적으로 명백히 억압당해온 젊은 여자의 신경증적 반응들로 이루어진 심리소설이 있다.

흡사 헨리 제임스의 『나사의 회전』을 상기시키기도 하는 이 매력적인 심리소설의 층위에서 봉착하는 난감함은 마지막 장면을 어떻게 위치 지을 것인가에 있다. 범죄소설의 층위에서 그 장면은 진영이 처음으로 위협적인 남성에게 반격을 가하며 서사에 반전을 일으키는 순간처럼 보인다. 이때 그녀는 상황을 지배하길 원하는 것 같다. 천천히 그의 눈을 마주하고 그 '물건'으로 '해야 할 일'을 하는 순간은 더이상 상징적 질서가 정합적이지 않다는 것을 꿰뚫어보는 자의 움직임이며, 충동으로 향하는 운동처럼 보이기도 한다. 그러나 마지막 이 돌발적인 움직임을 내면의 목소리만으로 연약하게 구성되어왔던 자기 서사가 결핍 없이 현실화되는 숭고한 순간으로, 타자의 죽음과 더불어 마침내 자유롭게 살게 되기를 실현하는 순간으로 읽을 수 있을까. 심리소설의 층위에서 바라보면 그것은 그저 정신분석학을 경유한 근사한 수사가 되어버리는 것은 아닐까. 이 마지막 장면은 끝내 명쾌하게 설명되지 않는 불투명함으로 인해 오히려 힘을 가지게 되는 것이 아닐까.

고전 신화에 나오는 세이렌들은 반은 인간이고 반은 새인 존재로, 섬 위에 살면서 매혹적인 노래로 선원들을 유인했다. 그리고 세이렌의 노래에 굴복한 선원들은 즉시 사망했다. 오직 오디세우스만이 밀랍으로 자신의 귀를 막고 몸을 묶어두는 지략을 발휘해 세이렌의 유혹을 넘어선다. 하지만 이로 인해 세이렌 자매가 실제로 무엇에 대한 노래를 부르는가는 『오디세이아』의 영원한 미스터리로 남았다. 츠베탄 토도로프는 이 수수께끼에 대해 "세이렌의 노래는 삶이 있기 위해서는 사라져야만 하는 시가(詩歌)이며, 문학이 태어나기 위해서는 사멸해야 하는 현실"이라고 나름의 답을 내놓는다. 세이렌의 노래는 내러티브가 일관성을 획득하기 위해서 말해지지 않은 채 남아 있어야만 하는, 내러티브 안에 있는 어떤 지점이다. 「호수」의 마지막에 이르러 그간의 긴장감과 의심들은 주인공의 불확실한 현실 인식과 함께 붕괴하고, 진실은 여러 겹의 현실과 비현실 속에 가려진다. 심리소설의 층위에서 인물은 불투명한 막에 싸이며 지워진다. 그리고 영원히 풀 수 없는 미스터리가, 세이렌의 노래만이 남는다. 그러나 이는 사람들이 알고 있다고 믿는 현실 속에서는 결코 (여성들의) 진실에 접근할 수 없다는 사실을 알려준다.

「괜찮은 사람」에서 시작해 「니꼴라 유치원—귀한 사람」을 거쳐 「호수—다른 사람」으로 이어지는 '사람' 연작에서 강화길은 상징계 질서 속에 어떻게든 안착해보려는 여성들이 겪는 위태로운 심리적 서스펜스를 그려왔다. 그리고 각각의 소설에는 전체 서사의 맥락에서는 잉여로 치부될 수밖에 없지만, 화자의 내면으로부터 돌출된 듯한 기괴한 페르소나적 인물들이 튀어나오는 순간들이 있다. 느닷없이 나타나 니꼴라 유치원을 둘러싼 수상한 소문들을 상기시키는 속눈썹 없는 10회 졸업생 여자가 그렇고(「니꼴라 유치원」), 길을 잃은 순간 도축장에서 손수레를 끌고 다가와 고기 썩는 냄새를 풍기며 흘러내리는 아이스크림을 건네는 남자가 그렇다(「괜찮은 사람」). 그런데 「호수」에서 페르소나는 더이상 인물화되어 나타나지 않는다.

오랫동안 '오필리아'로 살아왔던 여성은 예기치 못한 순간에 '세이렌'으로 화하는 것이 아니라, '세이렌의 노래' 속에서 지워진다. 그러나 어떤 나르시시즘도 없는 이 냉혹한 지워짐 속에서 역설적으로 소설은 더 강하고 오랜 여운을 남긴다.

강화길의 「호수」는 여성의 생물학적 신체가 전설의 우물 속에서 경이와 신비로 드러나는 신화적 세계가 아니라, 여전히 한계로 남아 호숫가에서 짓이겨지는 세계 속에 있다. 작가는 끝내 신화로 회복될 수 없는 여성 내면의 균열을 들여다보고, 그것이 얼마나 불투명한지를 그려낸다. 그동안 우리에게 필요했던 것은 더 많은 환상으로 현실에서 여성이 놓인 자리의 비루함을 승화시키는 대신, 이렇게 현실과 진실 사이에서 끝내 논리적으로 해명되지 않는 여성들의 심리적 경계에 머무는 소설인 것 같다. 어떤 여성도 처음부터 오필리아나 세이렌으로 태어나지는 않는다는 것. 여성을 나누는 오래된 이분법을 넘어 여기까지 왔고, 이제 여성문학은 새롭게 시작되는 중이다.

강지희
2008년 조선일보 신춘문예에 평론 「환상이 사라진 자리에서 동물성을 가진 '식물-되기'—한강론」이 당선되어 등단.

최은영

그 여름

작가노트 그곳에서 만날 수 있을까

해설 이은지 사랑이라는 역설

최은영

2013년 『작가세계』 신인상에 중편소설 「쇼코의 미소」가 당선되어 등단. 소설집 『쇼코의 미소』 『내게 무해한 사람』이 있다. 2014년, 2020년 젊은작가상, 허균문학작가상, 김준성문학상, 이해조소설문학상, 한국일보문학상을 수상했다.

그 여름

1

이경과 수이는 열여덟 여름에 처음 만났다.

시작은 사고였다. 운동장을 가로질러 가던 이경이 수이가 찬 공에 얼굴을 맞았다. 안경테가 부러지고 코피가 날 정도의 충격이었다. 이경은 쩔쩔매는 수이와 함께 양호실과 안경점에 갔다. 고친 안경을 쓰고 수이의 얼굴을 봤을 때 이경은 처음 안경을 맞춰 썼던 때를 떠올렸다.

뿌연 갈색인 줄 알았던 나뭇가지에는 회색의 가느다란 줄무늬와 흰 동그라미 무늬가 있었고, 가지 위로 돋아난 이파리들은 흐리멍덩한 녹색이 아니라 여린 잎맥이 뻗어나가는 투명한 연둣빛이었다. 모든 것이 또렷하게 보였지만 바닥이 돌고 있는 것처럼 어지러웠다.

그때의 기분을 이경은 수이의 얼굴을 보면서 똑같이 느꼈다.

안경점 밖으로 나오자 햇볕이 유난했다. 둘은 읍내를 걷다 다리 중간까지 건너서 걸음을 멈췄다. 7월의 공기는 뜨거웠지만 다리 아래로 흘러가는 강물은 시원한 바람을 실어왔다. 전날 비가 내려 강물은 불어 있었고, 물속에 뿌리를 박고 자라는 식물들의 잎사귀는 검은빛에 가까운 초록색이었다. 그 잎잎이 무성했다.

수이는 다리난간에 몸을 걸치고 강물을 가만히 응시했다. 말을 걸어도 되나 싶을 정도로 몰두해서 강물을 보았다. 날갯죽지가 긴 새 한 마리가 유속이 빠른 강 위를 위태롭게 날고 있었다.

"저 새 이름 알아?" 이경이 물었다.

"저 회색 새?"

"응."

"왜가리."

꿈에서 깨어난 것 같은 표정으로 수이는 이경을 바라보며 답했다. 각질이 심하게 일어난 입술과 검붉게 탄 얼굴에, 두 눈만은 반짝이고 있었다.

둘은 다리 위에서 이런저런 이야기를 나누었다. 대부분 이경이 묻고, 수이가 답하는 식이었다. 이경은 2반이었고, 수이는 9반이었다. 이경은 문과 반이었고, 수이는 예체능 반이었다. 이경은 인흥면에 살았고, 수이는 고곡면에 살았다. 이런 우연이 아니었다면 서로 얼굴도 모르고 지냈으리라고 수이는 웃으며 말했다. 듣기 좋은 목소리라고 이경은 생각했다. 집으로 돌아와서도 이경의 귓가에는 수이의 목소리가 맴돌았다.

다음날 수이는 이경의 교실 앞으로 찾아왔다. 손에는 이백오십 밀리리터짜리 딸기우유가 들려 있었다. 우유를 내밀면서 수이는 쑥스럽게 웃었다.

"몸은 좀 괜찮아?"

"응. 괜찮아."

이런 식의 짧은 대화를 나누고 수이는 운동장으로 갔다.

그 주 내내 수이는 딸기우유를 들고 왔다.

"몸은 좀 괜찮아?"

"응. 정말 괜찮아."

그렇게 말하는 이경의 얼굴에도 결국 웃음이 돌았다. 아침에 학교에 갈 때면 이경은 오늘도 수이가 찾아올 것인지 기대했고, 수이가 오지 않더라도 상심하지 말자고 스스로를 달래기도 했다.

창가에 서서 밖을 보면 운동장을 달리고 있는 축구부 애들이 보였다. 창이 끌어당기기라도 하는 것처럼 이경의 시선은 자꾸 창가로 향했다. 같은 유니폼을 입고 같은 머리 스타일을 한 애들 사이에서도 수이를 찾아내는 건 어렵지 않았다. 이경은 운동장을 몇 바퀴씩 돌고 숨을 몰아쉬는 수이의 모습을, 진지한 표정으로 패스 연습을 하는 수이의 얼굴을 바라봤다.

청소 당번을 끝내고 집으로 돌아가던 그 주 토요일 오후였다. 멀리 보이는 다리난간에 수이가 기대서 있었다. 축구부의 하얀 유니폼을 입고, 운동화를 신고, 운동 가방을 든 채로. 이경은 바닥을 보고 걸어가면서 어색한 그 순간을 피하려 했다. 다리에 다다랐을 때 수이가 작은 목소리로 이경을 불렀다.

"김이경."

이경은 고개를 들어 수이를 봤다. 무슨 말이든 해야 한다는 압박 때문에 오히려 아무 말도 할 수가 없었다.

"집에 가?" 수이가 물었다.

"응."

"왜 늦게 가?"

"청소 당번이라서."

"점심은 먹었어?"

"아니."

"그럼 나랑 점심 먹을래?"

수이는 이경의 얼굴을 제대로 쳐다보지도 못하고 그 말을 했다. 그 자신 없는 표정과, 억지로 힘을 끌어올려 짧은 문장을 말로 풀어내는 모습을 이경은 가만히 바라봤고, "뭐 먹을래?"라고 대수롭지 않은 척 대답했다.

둘은 라면을 먹고, 형광 색소가 잔뜩 들어간 삼백원짜리 슬러시를 마시면서 읍내를 걸었다.

"너 바쁘니?" 수이가 물었다.

둘은 시가지에서 사 킬로미터쯤 떨어진 둔치로 걸어가 지서댐이 코앞에 보이는 계단 위에 책가방을 놓고 앉았다. 걸으면서 흘린 땀이 둔치에서 불어오는 시원한 강바람에 말랐다. 강물은 어느 쪽으로 흐르는지 짐작할 수 없을 정도로 잔잔했다.

둘은 별말 없이 커다란 콘크리트 댐을 바라봤다. 매미 소리가 들렸고, 작고 투명한 풀벌레들이 다리 위로 올라왔다. 콘크리트 계단이 부서진 자리에 길쭉하게 자란 강아지풀이 팔다리를 간질였다. 교복 치마가 땀에 젖은 허벅지에 달라붙었다. 이경은 수이 쪽으로 고개를 돌렸다. 수이는 다리를 꼬고 턱을 괸 채로 이경을 바라보고 있었다.

"눈동자가 갈색이구나." 수이가 말했다.

"어릴 때 애들이 개눈이라고 했었어." 그렇게 말하는 자신의 목소리가 미세하게 떨리고 있다고 이경은 생각했다.

"신경쓰니, 그런 말?"

이경은 고개를 저었지만 그건 사실이 아니었다. 누군가가 자신의 눈동자 색을 인지하고 그 말을 전할 때 이경은 언제나 옅은 수치심을 느꼈었다. 개눈. 이상한 눈.

수이는 이경의 눈을 가만히 바라보고만 있었다. 자신을 그렇게 바라보는 사람은 처음이었다. 사람이 사람을 이렇게 오래 바라볼 수 있구나. 모든 표정을 거두고 이렇게 가만히 쳐다볼 수도 있구나. 그렇게 생각하면서 이경은 자신 또한 그런 식으로 수이를 바라보고 있다는 것을 알았다.

손가락 하나 잡지 않고도, 조금도 스치지 않고도 수이 옆에 다가서면 몸이 반응했다. 철봉에 거꾸로 매달린 것처럼 어지럽고 속이 울렁거렸다. 수이의 손을 잡았을 때, 세상에 이보다 더 좋은 건 없으리라고 생각했다. 창고 구석에서 수이를 처음 안으면서 이경은 자신이 뼈와 살과 피부를 가진 존재라는 것에 감사했고, 언젠가 죽을 때가 되면 기억에 남는 건 이런 일들밖에 없으리라고 확신했다.

둘이 함께한 첫해의 여름은 그렇게 흘렀다. 수이는 훈련 외의 시간을, 이경은 보충수업 외의 시간을 모두 서로를 만나는 시간으로 사용하려 했다. 숨어서 서로의 몸을 만지는 건 어려운 일이었지만 이경의 집이 비는 날엔 그곳에서 만나기로 하면서 그런 어려움은 줄어들었다.

그들은 오래도록 키스했다. 혀와 입술의 맛, 가끔씩 부딪치는 치아의 느낌, 작은 코에서 나오는 달콤한 숨결에 빠져서 시간이 어떻게 흘러가는지조차 인지할 수 없었다. 자신의 몸이라는 것도, '나'라는 의식도, 너와 나의 구분도 그 순간에는 의미를 잃었다. 그럴 때 서로의 몸은 차라리 꽃잎과 물결에 가까웠다. 우리는 마시고 내쉬는 숨 그 자체일 뿐이라고 이경은 생각했다. 한없이 상승하면서도 동시에 깊이 추락하는 하나의 숨결이라고.

둘은 사이좋은 자매처럼 같이 낮잠을 자기도 했다. 수이는 잠든 이경의 모습을 가만히 바라보는 일을 좋아했다. 얕은잠을 자면서도 이경은 수이의 시선을 느꼈고, 눈을 뜨면 자신을 쳐다보는 수이의 검은 눈동자를 볼 수 있었다. 같은 베개를 베고 서로의 눈을 마주 볼 때면, 이경은 수이의 눈 속에서 수이의 얼굴을 담은 자신을 보았다. 그들은 따뜻하고 몽롱하게 서로의 눈 속에 잠겨 있었고, 그럴 때 말은 무용했다.

여자를 좋아하는 여자가 있다는 사실을 이경은 들어 알고 있었다. 초등학교, 중학교 때 아이들이 '레즈'라는 단어를 어떤 뉘앙스로 말하는지도 알았다. 레즈, 라는 말을 뱉을 때 아이들의 얼굴에 어리던 웃음은 레즈비언이 어딘가 은밀하고 야릇하며 더럽고 무섭고 우스운 사람들이라는 뜻을 담고 있는 것 같았다. 자신에 대해 확실히 알지 못했을 때였는데도 이경은 아이들과 함께 웃을 수가 없었다.

수이와 함께 있을 때 이경은 자신이 다른 몸으로 태어난 것 같았다. 눈으로 볼 수 있는 풍경과 코로 들이마시는 숨과 피부에 닿는 공기의 온도까지도 모두 다르게 느껴졌다. 모든 감각기관이 한 꺼풀 벗겨진 느낌이었다. 수이를 만나기 전의 삶이라는 것이 가난하게만 느껴졌다.

하지만 수이는 '조심해야 한다'고 말했다. 같이 다니더라도 딱 붙어 걷지 말고, 운동장 스탠드에도 떨어져 앉자고 했다. 그런데도 자꾸 몸이 수이에게 다가갔고, 그럴 때면 수이는 차가운 표정으로 이경을 바라봤다. "이거 놔." 그렇게 말하고 뚝 떨어져서 걸어가는 수이의 뒷모습을 볼 때면 이경은 버려지고 무시당한 것만 같은 기분에 눈물이 났다. 수이에게 말도 없이 발걸음을 돌려서 자기 집으로 간 날도 여럿이었다. 그 문제로 둘은 자주 싸웠다. 이경이 친한 친구에게 자신의 연애에 대해 말하고 싶어했을 때도 수이는 화를 냈다.

"상대가 너라는 건 말하지 않을 거야."

"걔가 알아채지 못할 것 같아? 그게 나라는 걸?"

수이는 얼굴이 새빨개지도록 화를 내고 한동안 말을 하지 않았다. 하지만 언제나 먼저 사과하는 건 수이였다.

수이는 자기 정체성이 밝혀진 뒤 모두로부터 외면당하는 꿈을 자주 꿔왔다고 했다. 자신은 어린 시절부터 스스로에 대해 알았다고. 세상에 여자를 좋아하는 여자가 있다는 사실을 알기 전부터도.

"나는 내가 무서웠어."

그때가 수이가 자신의 가장 깊은 마음을 보여준 순간이었다.

이경과 수이가 사귄 지 백 일이 되던 무렵이었다. 그날도 강 위 다리난간에 기대어 이야기하고 있는데 어떤 키 큰 여자가 웃으며 그들 쪽으로 걸어왔다. 이경을 쳐다보는 여자의 얼굴에 묘한 미소가 어렸다. 속을 아프게 찌르는 웃음이었다.

"사귀는 애니?"

여자는 그렇게 말하고 수이의 어깨를 툭 밀고 지나갔다. 중심을 잃은 수이가 이경 쪽으로 쓰러졌다. 여자가 시야에서 사라질 때까지 수이와 이경은 아무 말도 하지 않은 채 난간을 두 손으로 꼭 쥐고 있었다. 귀 끝까지 빨개진 수이가 이경을 보며 쓴웃음을 지었다.

"누구야?"

"중학교 선배." 수이가 조용히 말했다. 둘은 아무 일이 없었던 것처럼 말하고 행동했지만 그 일로 서로가 크게 상처받았다는 사실을 알았다. 여자는 수이가 사람이 아닌 것처럼 밀쳤어. 수이의 말이 맞았다는 걸 이경은 그제야 깨달았다. 이 작은 동네에서 수이와 이경은 조심하고 또 조심해야 했다.

같이 스쿠터를 타면 어떨까, 라는 생각이 든 건 그 여름이 다 지나가기 전이었다. 차고에서 스쿠터를 끌고 나오는 이경을 보고 수이는 인상을 찌푸리며 웃었다.

"너 날라리구나. 이런 거 타고 다니고."

"내가 어딜 봐서 날라리야."

"나쁜 짓만 골라서 하고."

"너한테 배웠지."

"정말 나쁘다. 나쁜 애야, 너."

'나쁘다'라는 말이 이경은 마음에 들었다. 수이 앞에서라면 얼마든지 더 나빠질 수 있을 것 같았고, 그러고 싶었다. 이경은 수이를 태우고 가장 긴 경로를 따라 스쿠터를 몰았다.

무력감에 잠길 때, 이경은 그때의 일을 기억한다. 강을 따라 돌고 돌아 가던 길에서 나던 물냄새와 풀냄새, 오래된 스쿠터의 엔진 소리와 자신의 허리를 감싸안던 따뜻한 팔의 감촉, 합숙소 근처까지 오고서도 아쉬워서 스쿠터에 앉았다 내렸다를 반복하던 수이, 그때 수이가 짓던 우스꽝스러운 표정, 집으로 돌아갈 때 스쿠터 백미러로 보이던, 점점 작아지던 수이의 모습.

사랑을 하면서 이경은 많은 일들을 사랑에 빠진 사람의 입장에서 이해할 수 있었다. 수이의 단단한 사랑을 받고 나니 그렇게 두려워하던 사람들의 시선과 자신에 대한 판단이 예전만큼 겁나지 않았다.

고등학교를 다니던 내내 이경은 머리를 검은색으로 염색해야 했다. 머리카락이 갈색이어서 교칙에 위반되었기 때문이다. 뿌리부터 다시 갈색 머리가 자라나면 선도부에 불려가서 훈계를 듣고 그 부분을 검게 염색해야 했다. "넌 눈도 갈색이구나?" 자신을 바라보던 선도부장의 찌푸린 얼굴 앞에서 이경은 더이상 주눅들지 않았다. 당신은 사랑이 부족하구나. 아무도 당신 같은 사람을 사랑해주지 않을 테니까. 그 찌푸린 얼굴을 이경은 속으로 비웃을 수 있었다.

짧은 가을과 긴 겨울을 지나는 동안 이경과 수이는 더 깊은 이야기를 나눴다. 고등학교를 졸업하면 이곳을 떠나자는 이야기, 같은 도시로 가서 살자는 이야기였다. 수이는 어른이 되면 돈을 많이 벌 거라고 말했다. 대학 팀에 들어가서 졸업 후 실업 선수로 뛰고, 그후에는 운동 관련 사업을 할 거라고 했다.

이경이 보기에 그즈음 수이는 너무 애쓰고 있었다. 훈련시간 외에도 체육관에 가서 혼자 근력 운동을 했고, 이경과 데이트하던 주말까지도 모두 훈련에 쏟아부었다.

여자 축구선수 팀이 있는 학교가 얼마 없었기에 수이는 남자중학교 선수들과 연습 시합을 하기도 했다. 그런 날이면 수이는 어느 때보다도 침울해졌다. 처음에는 이유를 몰랐지만 시간이 지나면서 이경도 차차 그 사정을 알게 됐다. 남자 선수들이 경기중에 여자 선수들의 몸을 만진다는 것이었다. 다른 선수들도 그런 일들을 겪지만 그저 욕을 하고 털어버리는 분위기라고 했다.

문제 제기를 한 수이에게 코치는 오히려 불쾌해했다. 운동선수가 운동이나 하면 되지 다른 일에 신경을 쓴다는 반응이었다. 그런 소리 할 시간에 운동이나 열심히 하라고. 남자애들은 원래 다 그런 거고, 짓궂은 장난에 감정적으로 대응하는 건 유치한 일이라고 했다. '짓궂다'는 말이 무슨 뜻인지 줄곧 생각해왔다고 수이는 이경에게 말했다.

"비열한 말이라고 생각해. 용인해주는 거야. 그런 말로 자기보다 약한 사람을 괴롭힐 수 있는 권리를 주는 거야. 남자애들은 원래 그렇다니."

수이가 그런 말을 할 때 이경은 어떻게 답해야 할지 알지 못했다. 눈물이 날 정도로 화가 나서 당장이라도 그 코치와 남자애들을 찾아가 정강이를 걷어차주고 싶었다. 그런 일을 겪고 혼자 그 말들을 곱씹었을 수이를 생각했다. 그렇게까지 참아가면서 운동을 해야 하나. 훈련이라는 명목으로 허벅지에 멍이 들도록 맞아가면서, 모욕적인 말을 들어가면서까지 해야 하는 가치가 있나.

"수이야, 힘들면 관두면 돼. 네가 참아가면서 사는 거 싫어." 이경은 자주 그렇게 말했다.

수이의 경기를 보러 간 적이 있었다. 관람객도 별로 없는 썰렁한 구장에서 이경은 이리저리 달리는 수이의 모습을 지켜봤다. 선수들은 모두 긴장한 표정으로 경기에 임했다. 후반전까지 무득점으로 이어지던 경기는 연장전에서 상대편이 1점을 넣으면서 끝났다. 수이 팀 벤치 뒷자리에 앉아서 경기를 보는 내내 이경은 고통스러웠다. 연장전으로 가게 되면서 힘들게 숨을 쉬는 수이를 보는 것이 괴로웠고, "야, 이수이!" 외치는 감독의 날카로운 목소리가 듣기 싫었다.

미드필더인 수이는 경기 내내 쉬지 않고 집중했다. 그런데도 공을 뺏겨 공격에 실패했고 쉽게 자리를 내줘서 상대 팀 공격을 제대로 막아내지 못했다. 두 팀 모두 비등비등한 실력이었지만 수이는 구장에서 뛰는 스물두 명의 선수 중에 가장 부진한 선수로 보였다. 무슨 일인지 감독이 선수 교체를 하지 않아 수이는 벌을 받듯 연장전까지 그 상태로 뛰어야 했다. 그 모습을 자신이 보고 있다는 사실을 알기에 더 괴로웠을 것이라고 이경은 생각했다.

그 경기 이후 수이는 더 치열하게 훈련에 매진했다. 무언가가 되어야겠다고 생각해본 적이 없었던 이경으로서는 그렇게까지 해서 꿈을 이루려는 수이를 이해하기 쉽지 않았다. 이런 어려움을 다 겪고 나서야 이룰 수 있는 꿈이라면 포기하는 것이 더 나으리라고 생각했다. 매일 긴장 속에서 연습해야 하고, 경기에 들어가고, 자기 의지와는 무관한 경기 결과로 평가받아야 하는 일이라면.

"힘들면 그만두면 되잖아."

"그게 말이 되니." 수이가 대답했다. "그게 말이 된다고 생각해?"

"그래도……"

"아무것도 모른다, 넌."

수이는 화가 난 채로 집에 가버렸고, 한동안 이경에게 찾아오지 않았다.

이제 이경은 안다. 축구는 수이에게 선택하고 말고의 문제가 아니었다. 수이의 선택이었다고 하더라도 아주 적은 수의 선택지 중에서 고른 일이었을 것이다. 수이에게 축구는 세상과 자신을 연결시켜줄 수 있는 단 하나의 끈이었다. 그런 수이에게 이경은 선택에 대해 말했다. 자신에게 주어진 선택지가 수이보다 훨씬 더 많았다는 사실을 조금도 이해하지 못한 채로.

수이는 이미 중학교 삼학년 때 십자인대 부상을 입었었다. 재활을 했고 조심했지만 고등학교 삼학년 여름에 그 부위를 다시 다쳤다. 남자 중학생들과의 연습 경기에서 일어난 일이었다. 아무런 악의도 없었다던 중학생의 '장난'으로 수이는 돌이킬 수 없는 부상을 입고 말았다. 수이는 합숙소에서 짐을 빼고 부모의 집으로 돌아갔다. 더이상 과격한 운동을 해서는 안 된다는 최종 통보를 듣고 나서였다.

이경은 당시 수이가 어떤 상실을 경험했는지 짐작도 할 수 없었다. 그런 자신의 무지가 답답하고 괴로웠다. 자신이 할 수 있는 일은 수이를 스쿠터에 태워 돌아다니는 것뿐이었다. 그런 날이면 다리 위에 스쿠터를 세워놓고 하류로 흘러가는 강물을 한참 바라보기도 했다.

밤의 강물은 금속의 표면 같았고, 강변에 우거진 나뭇잎들은 바람에 흔들리는 검은 깃털들 같았다.

"계속 보면…… 정말 이상해." 수이가 말했다.

"뭐가?"

"강. 너무 큰 물이잖아."

"응……"

"자꾸 보고 있으면 이상해서."

"겁이 나나보다."

수이는 조용히 고개를 젓고는 다리난간을 두 손으로 꽉 움켜쥐었다. 수이의 시선은 강물을 향하고 있었지만 텅 빈 것처럼 보였다. 분명 강물을 보고 있었지만 아무것도 보지 않는 것 같았고, 두려워하면서도 매혹된 듯 보였다. 이경은 쳐다보지도 않고 내내 강물에 시선을 고정하고 있었다.

2

스무 살 봄, 이경과 수이는 서울로 이주했다. 이경은 서울 한복판에 있는 대학의 경제학과에 입학했고, 수이는 서울 외곽의 직업학교에서 자동차 정비 일을 배우기 시작했다. 수이는 부모로부터 어떤 경제적 지원도 받지 못했다. 이경은 기숙사에 당첨되었지만 수이는 보증금 없이도 계약이 가능한 '잠만 자는 방'에서 서울 생활을 시작해야 했다.

천식이 있는 이경은 습하고 환기가 잘 되지 않는 수이의 방에 오래 머무르지 못했다. "더 있을 수 있어." 이경은 말했지만, 수이는 한 시간도 지나지 않아 눈물 콧물을 흘리는 이경을 붙잡을 수 없었다.

만족스러울 때까지 서로의 몸을 안고, 만지고, 같이 잠들 수 있는 시간은 그래서 언제나 부족했다. 성인이 되고 고향을 벗어나면 모든 일들이 그전보다는 나아질 거라고 생각했지만 상황은 오히려 악화된 듯 보였다. 수이는 직업학교를 다니면서 고등학교 선배가 개업한 갈빗집에서 설거지 아르바이트를 했다. 부모로부터 학비를 지원받고, 틈틈이 용돈도 받는 이경은 그런 수이 앞에서 할말이 없었다. 학교 앞 밥집에서 아르바이트를 하기는 했지만 그야말로 여분의 돈을 마련하기 위한 일이었지 수이처럼 절박한 돈벌이는 아니었다.

직업훈련과 아르바이트를 병행하느라 수이는 언제나 바빴고, 데이트는커녕 전화도 마음놓고 오래 하지 못했다. 이경이 문자를 보내도 수이에게서 곧바로 답을 받지 못하는 때가 많았다. 이경은 기숙사 침대에 누워서 수이와 함께 지냈던 시간들을 그리워했다. 사랑하는 수이를 다른 사람을 그리워하듯 그리워한다는 사실에 새삼 서글퍼졌다. 함께 스쿠터를 타고 다니던, 자신의 집에 누워서 성인이 된 뒤의 자유로운 삶에 대해 이야기하던 그 시간이 쓸쓸하게 기억됐다. 눈을 감으면 흰색 유니폼을 입고 운동장을 뛰어다니던 열여덟의 수이가 보였다. 고작 이 년 전의 일이었지만 훨씬 더 오래된 일처럼 느껴졌다.

대학교 첫 여름방학이 시작되었다. 이경은 한강 변에서 자전거를 타기 시작했고, 레즈비언 바에도 처음 가보았다. 같이 가자는 이경의 제안에 수이는 시간이 없다고 하다가, 시간이 나도 그런 곳은 가기 싫다고 말했다. 너랑 나만 있으면 되지 왜 굳이 그런 곳까지 가야 하는지 모르겠다고 했다.

이경은 직업학교 앞에서 수이를 기다렸다. 기숙사에서 버스를 타고 한 시간 삼십 분은 가야 했지만, 수이가 보고 싶은 마음이 차오르면 그렇게라도 해서 찾아갔다. 수이의 수업이 끝나면 둘은 김밥천국에 가서 오므라이스나 김치볶음밥 같은 음식을 시켜 먹었다. 이경은 어두운 조명 밑, 수이의 까만 손톱을 가만히 바라봤다. 바짝 깎은 손톱에 기름때가 껴 있었고, 손끝도 기름기로 반질거렸다. 머리카락과 목은 온통 땀에 젖어 있었다.

이경은 수이가 언제나 하루를 최대치로 살아낸다고 생각했다. 어릴 때부터 운동을 시작하면서 자기 한계를 극복해나가는 것에 익숙해진 사람이라고. 단 하루도 허투루 보내지 않고, 누구에게도 의지하지 않으려 하고. 이경의 눈에 수이는 힘들어도 힘들다는 말을 하지 못하는 사람처럼 보였다.

"일 많이 힘들지 않아?" 이경이 물었다.

"배우는 건데 뭐."

수이는 그렇게 말하고 오므라이스를 허겁지겁 먹었다.

"천천히 먹어. 저녁 좀 대충 때우지 말구."

수이는 별 대답 없이 이경을 향해 웃어 보였다.

"돈은 좀 있니."

"너보단 많지." 수이는 그렇게 말하고 윙크했다.

그런 수이를 보며 이경은 대학에서 알게 된 아이들을 생각했다. 자기 주량에도 안 맞는 술을 잔뜩 마시고 울기도 하면서 주정하는 아이들을. 별로 궁금하지도 않은 자신의 일대기를 주절주절 늘어놓는 아이들을. 자신의 약점을 부끄러움 없이 노출하는, 억눌리지 않은 아이들의 자아가 이경은 신기했었다. 십자인대가 나가도, 평생의 꿈이 시들어버려도 그 슬픔을 한 번도 토로하지 않았던 수이가 그제야 이경은 낯설게 느껴졌다.

"나한텐 말해도 돼. 힘든 일 있으면."

"나 그렇게 안 힘들어. 진짜야. 배우는 것도 재밌고."

"수이야."

"시험만 끝나면 같이 놀러가자. 어디 갈까? 너 바다 보고 싶다고 했잖아."

텔레비전에서는 한국과 독일의 월드컵 4강 경기가 재방송되는 중이었다. 그해 여름은 어디를 가든 월드컵 이야기밖에 들리지 않았다. 음식점에서도, 술집에서도, 거리에서도 매일 한국의 월드컵

경기가 재방송됐다. 수이와 음식점에 들어가면 이경은 수이가 텔레비전을 등지고 앉도록 텔레비전이 보이는 쪽에 자리를 잡았고, 수이의 흥미를 끌 만한 이야기를 하면서 방송이 들리지 않는 것처럼 행동했다. 세상이 작당한 듯이 아직 아물지 않은 수이의 상처를 들쑤시는 것 같았다.

"다음 월드컵은 독일에서 한다더라." 수이가 말했다.

"그래?"

"응. 그렇대. 그때 같이 갈래? 그때 되면 둘 다 여유도 생길 테고, 여름휴가 내면 될 테니까."

"그러자."

"약속했어."

그렇게 말하며 웃는 수이의 얼굴에 두려움이 비친 것 같다고 이경은 생각했다. 수이는 무엇을 두려워하는 것일까. 자신의 장래일까, 돈일까, 나와의 관계일까, 그 모든 것일까. 수이는 늘 미래에 관해서만 이야기해왔었다. 마치 자기는 과거나 현재와 무관한 사람이라는 듯이 성인이 되면, 대학에 가면 벌어질 미래의 일에만 관심이 있었다. 그리고 지금 수이는 사 년 뒤의 우리에 대해 이야기하고 있어. 그것도 한 치의 의심 없이 기다려온 미래에 배반당한 적 있는 수이가.

이경은 일주일 동안 고향집에 내려가 있었다. 수이는 자격증 시험 준비 때문에 같이 갈 수 없다고 말했지만 이경은 수이에게 다른 문제가 있다는 것을 직감했다. 수이는 자기 가족에 대한 이야기를 별로 하지 않았고, 가족에 대한 질문 자체를 거북해했다.

고향의 모든 공간은 수이와의 기억으로 뒤덮여 있었다. 수이와 이곳에서 함께 보낸 시간은 고작 일 년 반 정도였지만, 그 시간의 밀도는 수이를 만나기 전의 십칠 년을 압도했다. 강 위의 다리, 학교 운동장, 읍내 거리…… 수이를 만나지 않았더라면 이 공간은 책가방을 메고 도시락 가방을 들고 오갔던 외로운 곳으로만 기억되었을 것이었다.

이경은 댐이 보이는 둔치 쪽으로 스쿠터를 몰았다. 읍내에서 사 킬로미터밖에 떨어져 있지 않았지만 그곳은 수이와 이경이 가장 멀리 갈 수 있는 곳이었다. 그곳에서 그들은 조금이나마 자유로울 수 있었다. 이경이 계단 위에 앉은 수이의 무릎을 베고 누워 있기도 했고, 수이가 이경의 무릎을 베고 눕기도 했다. 수이의 무릎에 누워 올려다보던 하늘과 수이의 얼굴이 떠오른 순간, 어떤 생각이 이경을 스치고 지나갔다. 이제 그곳에 수이와 다시 올 순 없을 거라는 예감이었다.

그곳은 수이가 자신에 대해서, 자신의 감정과 생각에 대해서 가장 많이 이야기한 공간이기도 했다. 이경은 수이에 대해 더 많이 알고 싶었고 그래서 많은 질문을 했다. 수이는 가족에 대한 이야기만 제한다면 거의 모든 질문에 성실하게 답했다. 왜 운동을 시작하게 되었는지, 가장 좋아하는 교사는 누구인지, 가장 친한 친구와는 어떻게 만나게 되었고 지금은 어떤 관계를 유지하고 있는지, 이경과 다리에 서서 처음 이야기했을 때 어떤 심정이었는지, 그 이후로 이경을 얼마나 보고 싶어했는지.

수이가 자신에 대해 이야기하지 않게 된 건 언제부터였을까. 수이는 어느 순간 자신에 대해 말하는 법을 잊은 사람처럼 변해 있었다. 부상을 당했을 때도, 의사에게서 더이상 축구를 할 수 없다는 진단을 받았을 때도 수이는 좀처럼 입을 열지 않았다. 자동차 정비 일을 시작했을 때도 마찬가지였다. 왜 그 일을 택했느냐는 말에 수이는 어깨를 한 번 으쓱했을 뿐이었다. 수이에 대해 더 알고 싶었고, 수이가 매일 어떤 생각을 하며 지내는지 궁금했지만 대답 없는 질문을 계속하는 건 어려운 일이었다.

둔치의 계단에 앉아서 이경은 서울에 올라온 뒤로 계속해서 부정하던 사실을 인정했다. 나는 수이와 만나면서도 이렇게 외로웠구나. 벽을 보고 말하는 것처럼 막막했었구나. 너에 대해 더 알고 싶었는데, 더 묻고 싶었는데, 너의 생각과 감정을 조금이라도 나누고 싶었는데 그게 잘 되지 않았어.

이경은 레즈비언 바 사장이 추천한 인터넷 카페에 가입했다. 기숙사에 혼자 있는 시간 동안 카페에 올라온 이야기들을 읽고 채팅을 하면서 이경은 수이가 아닌 다른 사람들과의 관계에서도 소속감을 느낄 수 있다는 것을 알아갔다. 용기를 내서 오프라인 정모에 나갔다. 서로 나이도 다르고 하는 일도 가지각색인 사람들과 바에 모여 같이 술을 마시고 떠들어대면서 이경은 수이와 함께할 때 느낄 수 없었던 자유로움을 맛봤다.

새로 사귄 친구들은 이경을 좋아하는 것처럼 보였다. 부정적인 메시지를 전하거나, 훈계하려거나, 비꼬듯이 말하지 않았고, 이경과 보내는 시간을 진심으로 즐거워하는 것 같았다. 수이는 술을 단 한 잔도 마시지 않았지만, 새로 사귄 친구들은 아침해가 뜰 때까지 이경과 함께 술을 마셨다. 술을 마시면 긴장이 풀어지고 작은 농담에도 웃음이 났으며 함께 있는 사람들을 하나하나 껴안아주고 싶어졌다. 수이를 생각하면 그립고도 화가 나서 눈물이 났다.

그중에서도 이경은 누비와 가까웠다. 스물네 살의 웹디자이너인 누비는 주로 민소매 블라우스에 원색의 긴 치마를 입고, 긴 머리는 까만 끈으로 묶고 다녔다. 이경은 이제 누비의 얼굴이 잘 기억나지 않는다. 하지만 걸어갈 때의 뒷모습만은 어쩐지 생생하게 기억한다. 걸을 때마다 높게 묶은 머리와 치맛단이 저 나름의 리듬으로 살랑살랑 움직이던 모습을.

누비와 이경은 술자리에 가장 늦게까지 남곤 했다. 친구들이 술에 취해서 하나둘씩 집에 돌아가고 나면 남은 안주를 먹으면서 일상을 이야기했다. 사는 곳도 지하철로 두 정거장 거리라서 첫차를 기다리며 편의점에서 같이 컵라면을 먹기도 했다.

"애인은 언제 보여줄 거예요?" 누비가 말했다.

"언젠가 오겠죠."

"우리랑 친한 거 질투하지 않아요?"

"그런 거 안 해요, 수이는. 자기 할 일도 바쁘니까."

"이것 좀 더 먹어요."

누비가 라면 면발을 덜어 이경에게 건넸다.

"수이는요." 이경은 이렇게 말하면서 어색함을 느꼈다. 누군가에게 수이에 대해서 이야기하는 건 처음이었다. "자기 얘길 잘 안 해요. 그리고 한 번도, 제 앞에서 울었던 적도 없어요."

이런 이야기를 할 만큼 친한 사이는 아니라고 생각하면서도 한 번 말문이 터지자 걷잡을 수가 없었다.

"수이가 저를 믿지 못해서 그런 건 아니겠지만…… 그런데도 자꾸 그런 생각이 들어요. 내가 아닌 다른 사람이어도 그랬을까. 나보다 섬세하고 성숙한 사람이라면 수이도 저절로 마음을 열지 않았을까…… 수이가 얼마나 외로울지, 제가 아무것도 몰라서 아파요. 갠 지금 무슨 생각을 하고 있을까요."

오랫동안 생각해오던 일이었지만, 막상 말로 뱉고 나니 경솔한 행동으로 느껴졌다.

"예전 애인이랑 오 년을 만났어요. 통신에서 만났죠. 다른 애들도 모르는 이야기를 해볼까요." 누비의 얼굴에 피로한 미소가 어렸다. "오 년 만나는 건 꽤 어려운 일이잖아요. 그것도 어릴 때 만나서 이만큼 온 거니까. 우린 모든 걸 함께 했어요. 그 사람은 어떤지 모르지만 저는 제 모든 걸 다 보여줬던 것 같아요."

편의점 창으로 보이는 세상이 점점 더 밝아지고 있었다.

"그리고 그 사람도 저에게 그랬죠. 확신할 수는 없지만 다른 사람에게는 절대로 말할 수 없는 부분을, 보이고 싶어하지 않는 부분을 저에게 보여줬어요. 저는 그 사람을 위로했고, 그 사람도 저를 위로했죠. 어떻게 우리가 두 사람일 수 있는지 의아할 때도 있었어요. 네가 아픈 걸 내가 고스란히 느낄 수 있고, 내가 아프면 네가 우는데 어떻게 우리가 다른 사람일 수 있는 거지? 그 착각이 지금의 우리를 이렇게 형편없는 사람들로 만들었는지도 몰라요."

누비는 남의 이야기를 전하듯이 덤덤하게 말을 이어갔다.

"자주 싸우고, 자주 헤어졌죠. 그 사람이 처음 헤어지자고 했을 때가 기억나네요. 두 달 사이에 십 킬로가 빠지고 심장이 너무 빨리 뛰어서 잠도 제대로 자지 못했어요. 그 사람, 두 달 지나고 다시 돌아오더군요. 둘이 붙잡고 후회하고 울었지만, 그 순간뿐이었죠. 영화의 속편 같은 거더군요, 헤어지고 다시 만난다는 건. 본편이 아무리 훌륭하고, 그래서 아쉬워도 소용없는 일이잖아요. 결국 모든 게 점점 더 후져지는 거지. 그 속에 있는 나 자신도 너무 초라해 보이고."

이야기를 마치고 누비는 활짝 웃어 보였다. 희미한 햇살이 누비의 얼굴을 비췄다.

그런 대화를 나눈 지 얼마 되지 않아 이경은 누비의 옛 애인을 만나게 됐다. 모임의 친구가 연출한 연극이 레즈비언 바에서 열리던 날이었다. 연극이 시작되기 전 레즈비언 싱어송라이터가 기타를 치면서 노래했고, 여자 가수들의 뮤직비디오가 한쪽 흰 벽에 상영됐다. 이경은 바에서 일을 도왔다.

호리호리하고 키가 큰 사람이 입구로 들어왔다. 회색 남방을 입었는데, 윗단추 두 개 정도를 풀어서 긴 목이 더 부각되어 보였다. 손목에는 은색 시계를 차고 있었다. 그녀는 무표정한 얼굴로 테이블에 가방을 두고 이경 쪽으로 걸어왔다. 시원한 향수 냄새가 났다.

"병맥주 주세요. 아무거나."

이경은 병맥주의 뚜껑을 따서 그녀에게 건넸다.

"아끄 안녕." 그녀는 이경 옆의 아끄에게 인사를 하고 구석에 가서 내내 가만히 서 있었다.

"은지잖아. 누비 옛 애인. 누비가 쟤 때문에 많이 울었어. 서로 연락 안 한다고 들었는데 여기 왜 왔나 몰라." 아끄가 말했다.

누비는 은지 쪽으로는 고개도 돌리지 않고 다른 사람들과 열심히 이야기했다. 은지는 다시 이경 쪽으로 와서 맥주 한 병을 더 달라고 말했다. 맥주를 건네받고 은지는 이경 바로 앞 스탠드에 자리를 잡았다.

"누구 기다리는 사람 있어요?" 은지가 물었다.

"그쪽은요?"

"아까부터 입구를 보셔서 물어봤어요."

"애인 기다리고 있었어요."

"그렇군요."

연극은 한 시간 정도 진행됐다. 할머니 레즈비언들의 이야기였는데, 2002년에서 오십 년이 지난 2052년이 배경이었다. 어린 시절부터 오십 년을 만나온 레즈비언 커플이 결혼식을 준비하면서 과거를 회상하는 내용이었다. 역할은 할머니였지만, 주인공을 맡은 두 배우는 모두 이십대였고, 의상이나 메이크업, 연기 모두 배우 나이에 맞췄다. 마치 할머니들 속에 그 이십대 여자들이 그대로 남아 있다는 듯이. 둘은 처음 만났던 해에 찍은 사진과 영상들을 관객과 함께 봤다.

커플이 하얀 드레스를 입고 손을 잡은 채로 같이 행진하면서 연극은 끝났다. 서른 명 정도의 관객들은 둘에게 꽃가루를 뿌려주고 오래도록 박수를 쳤다. 다들 코를 훌쩍이면서 배우들에게서 눈을 떼지 못했다. 연극이 끝나고도 몇몇은 바에 남아서 뒤풀이를 했다.

수이는 새벽 한시가 되어서야 바에 왔다. 이미 어느 정도 사람이 빠져서 이경도 바에 앉아서 쉬고 있었다. 수이는 티셔츠에 무릎까지 오는 반바지를 입고 검은 얼룩이 진 러닝화를 신고 있었다. 평소와 같은 차림이었지만 이경은 수이의 옷차림이 무성의하다고 생각했고, 수이에 대해 그렇게 생각했다는 사실에 놀랐다.

이경의 친구들은 수이를 반갑게 맞았다. 술을 마시지 않는 수이를 위해서 무알코올 칵테일을 만들어줬다. 수이는 칵테일을 조금씩 마시면서 약간 피곤한 표정으로 주변을 둘러봤다. 그런 수이에게 이경의 친구들은 돌아가면서 이런저런 것들을 물어보았다. 수이가 이 공간을 불편해하고 있다는 것을 눈치로 알아차리곤 모두 더 과장해서 쾌활한 척을 하고 있다고 이경은 생각했고, 문득 그런 상황이 부끄러워졌다.

"수이씬 몇 학번이에요?" 아끄가 물었다.

"저 학생 아니에요." 수이가 답했다.

"맞다. 알고 있었는데 너무 학생처럼 보여서……" 아끄가 말끝을 흐렸다.

"저 대학 안 갔어요. 머리도 나쁘고 돈도 없고 그래서." 수이는 무표정하게 말했다.

수이답지 않은 말이었다. 수이가 저렇게 비꼬는 투로 말하는 것을 이경은 들어본 적이 없었다. 짧은 순간이었고, 대화 주제가 바뀌어서 다들 웃고 떠들고 했지만 수이는 내내 침묵했고 질문을 받으면 겨우 대답하는 수준으로만 대화에 참여했다. 아무리 피곤하다고 하더라도 친구들 앞에서 그런 식으로 자신에게 무안을 줄 수는 없는 일이라고 이경은 생각했다.

집으로 돌아가는 길에도 수이는 내내 말이 없었다.

"피곤하니." 이경이 물었다.

"……"

"수이야."

"응?"

"아끄 말에 꼭 그렇게 대답해야 했어?"

"……"

"그냥 웃으면서 넘어갈 수 있는 일 아니야? 무안해하잖아, 다들. 일부러 그런 것도 아닌데."

"……"

"그러면 너도 상처받지 않아?"

"넌 모르잖아."

수이가 작은 목소리로 말했다.

"이경이 넌 모르잖아."

그렇게 말하고 수이는 이경을 보고 웃었다. 그 웃음이 '넌 나보다 훨씬 편하게 살아왔잖아'라고 힐난하는 표정처럼 느껴졌다.

"네가 네 이야기를 해주지 않는데 내가 어떻게 널 알 수 있겠어." 화가 날수록 이경의 목소리는 차분하게 가라앉았다. "다들 너에게 잘해주려고 했어. 근데 넌 모두를 무안하게 했지……"

수이는 아무 대답 없이 건너편 길을 응시하고 있었다.

"네가 재네를 보는 표정을 봤어. 표정 관리가 안 되더라, 너. 한심하고 이상한 사람들이라는 표정으로."

"난 그냥 그렇게 시끄럽고 사람 많은 곳이 싫었어. 그래서……"

"이런 게 싫었으면 그냥 싫다고 말하고 안 왔음 됐을 거야."

"여기에 네가 있잖아."

"재들은 적어도 자기 이야기, 숨기지 않고 해. 힘들면 힘들다고 말하고 싫으면 싫다고 말하고. 넌 아니잖아. 그렇게 못하잖아."

"비교는 하지 마라, 이경아."

수이는 그렇게 말하고 큰길가로 걸어갔다. 잘 가라는 말도 없이, 잘 가겠다는 말도 없이, 뒤도 한 번 돌아보지 않고 빠른 걸음으로 이경으로부터 멀어져갔다. 이경은 문득 이 모든 일들이 지겹고도 피로하게 느껴졌다. 수이는 나 말고는 만나는 친구도 없지. 같이 운동하던 친구들과도 더이상 연락을 하지 않는다고 수이는 말했었다.

그날, 이경이 수이에게 느꼈던 감정은 부끄러움이었다. 초라한 옷차림에 더러운 러닝화, 새로운 사람들과 쉽게 어울리지 못하는 촌스러움, 자기 학력을 부끄러워하는 것 같은 모습까지도 부끄러웠다. 친구들 앞에서 멋진 애인을 보여주지 못한 것 같아 부끄러웠다. 부끄러움을 느꼈다는 걸 인정하기 싫어서 이경은 수이 탓을 했다. 수이를 다른 사람들의 시선으로 판단했다는 사실을 인정하고 싶지 않아서였다.

3

그해 겨울, 수이는 보증금 오백만원을 마련해 이경의 기숙사와 가까운 거리의 원룸으로 이사했다. 직업학교 졸업을 앞두고 견습생으로 카센터에서 일을 시작했고, 시간이 날 때마다 달리기를 했다. "돈이 좋아." 수이가 말하면 "정말 돈이 최고"라고 이경이 동의했다. 보증금 오백만원은 이경과 수이의 관계를 부드럽고 편안하게 해주었다. 웃풍도 없고, 깨끗한 부엌과 샤워실이 딸린 집에서 이경과 수이는 서울에 올라온 지 일 년 만에 아무 걱정 없이 서로를 안고 잘 수 있었다.

그해 겨울이 얼마나 따뜻하고 충만했는지 이경은 기억한다. 아직도 눈을 감으면 수이의 집이, 가습기가 뿜어내던 하얀 증기가, 김이 서려 뿌연 유리창에 수이가 손으로 찍어놓은 아기 발바닥 모양의 낙서가 보이는 것 같다.

운동을 관두면서 수이의 얼굴과 몸은 조금씩 변했다. 예전에는 단단하기만 했던 몸이 조금 부드럽고 물렁해졌고, 날카롭던 얼굴선이 둥그스름해졌다. 그런데도 입을 약간 벌리고, 완전히 의식을 잃은 채로 아이처럼 자는 모습은 예전과 똑같았다. 수이는 베개에 머리를 대자마자 잠에 빠지고는 낮게 코를 골았다. 이런 수이의 모습을 아는 건 자기뿐이라는 생각에 이경은 부드러운 기쁨을 느꼈다.

일을 시작하고서부터 수이는 자기 일에 대해서 여러 이야기들을 했다. 자동차 엔진과 부품에 대해 이야기할 때 수이의 눈에는 어느 때보다도 밝은 빛이 돌았다. 수이가 말하는 도중에 이해하기 어려운 단어가 나오면 이경은 놓치지 않고 질문했다.

"토크가 뭐야?"

"회전 힘이야. 한 축을 이용해서 물체를 돌리는 힘. 토크가 강하면 순간적인 힘이 좋다는 거야." 수이는 기다렸다는 듯이 이경의 질문에 답했다.

그해 겨울을 지나면서 이경은 수이가 자신과는 여러 면에서 다른 사람이라는 점을 깨닫게 됐다. 수이는 자동차를 포함한 기계에 매력을 느꼈고, 정리정돈과 청소를 열심히 했으며 외모를 가꾸고 새로운 사람을 만나는 일에는 어떤 관심도 없었다. 반면 이경은 자기 자신에 대해 알아가는 일을 좋아했고, 다른 사람들에 대해서도 관심이 많았다.

이경은 서서히 깨닫게 됐다. 수이가 자신에 대해 별로 말하지 않았던 건 수이의 그런 성향 때문이라고. 수이는 '자기 자신'이라는 것에 대해 이경만큼의 생각을 하지 않는지도 몰랐다. 수이는 생각보다 행동이 앞서는 사람이었고, 선택의 순간마다 하나의 선택을 하고 그에 따른 책임을 지려고 노력했다. 자신의 선택에 따른 결과에 대해서는 어떤 변명도 하지 않는 것이 수이의 방식이었다. 수이는 자동차 정비 일을 하면서 그것이 자기 인생에 어떤 의미로 작용하는지를 그다지 중요하게 생각하지 않았다. 자신이 선택한 일이니까 최선을 다해 수행할 뿐이었다. 반면 이경은 끊임없이 자신의 행동이 어떤 의미인지 생각하려고 했고, 어떤 선택도 제대로 하지 못해서 전전긍긍했다. 자신이 무엇을 하고 싶은지조차 알지 못했는데, 자신이 어떤 선택을 하더라도 결국 후회가 더 크리라는 것만은 확신할 수 있었다.

수이가 아닌 다른 사람을 좋아한다는 것을 이경은 상상할 수 없었다. 수이는 이경이 태어나 처음으로 사랑한 사람이었고, 다른 사람에게는 그 비슷한 감정조차 느껴본 적이 없었으니까. 그래서 이경은 은지에 대한 자기 감정을 이해할 수 없었다. 수이를 사랑하면서 어떻게 은지에게 심하게 끌릴 수 있는지 알 수 없었고, 뒤죽박죽이 된 마음으로 자주 울었다.

이경이 은지를 다시 만난 건 스물한 살의 봄이었다. 학교 앞 빵집에서 아르바이트를 시작하고 얼마 되지 않아서였다. 계산을 마친 은지가 이경에게 물었다.

"누비 친구 맞죠?"

"네?"

"저번 가을에 아끄랑 누비랑 같이 있지 않았어요?"

은지는 그렇게 말하면서 이경을 빤히 바라봤고, 이경은 얼떨결에 고개를 끄덕였다. 그제야 혼자 바에 앉아서 맥주를 마시던 은지의 모습이 흐리게 떠올랐지만, 같은 사람이 맞는지 확신할 수 없었다. 그저 키가 크고 뼈대가 가는 사람이었다는 것만이 기억날 뿐이었다. 어두운 곳이었고, 아주 잠깐 본 사이인데도 어떻게 자기 얼굴을 기억하는지 의아했다.

"기억 못하시는구나." 은지는 애써 웃었다.

"기억나요. 그때 바에 앉아 계셨죠."

이경의 대답을 듣고 은지는 고개를 끄덕였다.

“저 여기 바로 앞에서 일해요. 저 병원에서.”

“저도 여기 대학 다녀요.”

“그건 저도 알아요. 몇 번 봤어요.”

마주보고 서 있는 것이 어지러울 정도로 아름다운 사람이라고 이경은 생각했다. 매끄러운 피부에, 짙은 눈썹은 깨끗하게 정리되어 있었다. 작은 속쌍꺼풀에 눈꼬리가 조금 위로 올라가 있었는데, 아주 예민하고 신경질적인 사람이라는 느낌을 줬다.

“손이 왜 이래요?”

이경은 흉한 모습을 들켰다는 부끄러움에 손을 주머니에 넣었다. 그전 아르바이트를 할 때, 달궈진 돌솥에 덴 자국이었다.

“보여줘봐요, 손.”

이경은 손을 꺼내 보여줬다.

“어디에 뎄구나. 물집이 터져서…… 소독이라도 좀 했어요?”

은지는 가방에서 주머니 하나를 꺼냈다. 알코올에 젖은 솜으로 상처 부위를 소독하고, 연고를 바르고, 반창고를 붙였다.

이경이 은지에게 끌리기 시작한 순간은 그렇게 짧았다.

빵집의 통유리창으로는 대학병원 입구가 보였다. 이경은 네시부터 아홉시까지 그곳에서 일했고, 은지는 거의 매일 빵집에 들렀다. 흰 셔츠에 청바지를 입고 흰 운동화를 신은 모습이 그림 같았다. 끈이 긴 크로스백을 옆으로 메고 진열대를 골똘히 바라보는 은지를 이경은 가만히 바라봤다. 자신의 시선을 그녀가 눈치챌지 모른다는 것을 알면서도 눈을 떼지 못했다.

“어디 살아요?” 계산대 앞에 선 은지가 물었다.

“충무로요.”

“통학은 안 힘들어요?”

“버스 한 번이면 와요.”

“그렇구나.”

은지는 무슨 말을 하려다 말고 창가 테이블로 갔다. 여섯시. 마지막 햇빛이 창으로 쏟아져들어오는 시간이었다. 그곳에 앉아서 그녀는 천천히 빵을 먹었다. 카운터에서 계산을 하고, 포장을 하면서도 이경은 그녀에게서 눈을 뗄 수 없었다. 그녀는 비스듬하게 앉아 바깥을 바라보고 있었다. 빵을 반쯤 먹고는 쟁반에 내려놓고 가만히 밖을 쳐다보다 다시 빵을 집어 천천히 먹었다. 다리를 창가 쪽으로 꼬고 이경에게서 등을 돌린 채여서 얼굴을 제대로 볼 수 없었지만, 그런 이유로 이경은 은지를 마음놓고 바라볼 수 있었다.

“또 봐요.”

쟁반을 카운터 위에 올려놓으면서 은지는 늘 그렇게 말했다. 또 봐요. 그녀가 밖으로 나가면 그녀를 볼 수 있었다는 행복감과 그만큼 더 커진 그리움에 마음이 얼얼했다. 가끔 은지가 오지 않는 날이면 시간은 더디게 갔고, 작은 일에도 쉽게 침울해졌다.

이경은 그날도 그런 날인 줄 알았다. 퇴근을 하려고 정리하고 있는데 은지가 빵집 안으로 들어섰다.

“저녁은 먹었어요?” 은지가 물었다.

이경은 고개를 저었다.

“그럼 같이 먹어요.”

그렇게 말하고 은지는 밖으로 나갔다. 빵집 밖에서 자기 쪽을 보고 있는 은지의 모습이 이경은 낯설었다. 이경은 그녀에게서 한참을 떨어져서 걸었다. 오랜만에 걸어보는 사람처럼 자기 걸음걸이가 어색하게 느껴졌다.

"빵 많이 좋아하시나봐요."

이경의 말에 그녀는 대답 없이 웃기만 했다.

"공짜 빵 받으면 드릴게요."

그녀는 잠시 웃다가 "그런 거 있으면 이경씨 애인 줘요"라고 말했다.

은지와 이경은 샤브샤브집에 갔다. 맑은 육수에 깨끗한 야채와 고기를 익혀 먹으니 속이 든든하고 개운했다. 값싼 백반집의 자극적인 순두부나 제육볶음과는 전혀 다른 맛이었다.

"그때 그 연극 어떻게 봤어요?" 은지가 물었다.

"오십 년 뒤에는 여자끼리도 결혼할 수 있을까…… 너무 늦은 건 아닌가 싶기도 하고. 다른 곳도 아닌 한국에서 그런 일이 일어날까 싶고……"

"전 그게 좋았어요. 주인공 둘이 작은 추억들을 나누는 장면이. 너무 이상주의적인 이야기라고 비판할 수도 있겠지만, 그 시간을 같이 견뎠다는 게……"

그런 말을 하면서 비스듬히 테이블 구석을 바라보는 은지의 모습을 보면서 이경은 문득 아득해졌다.

누가 먼저 그러자고 말한 것도 아닌데 그들은 목적지도 없이 종로 거리를 걸었다. 시간이 있는지 없는지도 묻지 않았고, 지금이 몇 시인지도 묻지 않았다. 사람이 많은 구간을 지날 때는 팔이 부딪치기도 했다. 그렇게 무작정 길을 걷다보니 세종로 칭경기념비각이 나왔다.

"손은 다 나았어요? 흉은 안 졌고?"

이경은 오른손을 그녀 앞으로 뻗었다.

"선생님 덕분에 다 나았죠."

"내가 왜 선생님이에요."

"그럼 뭐라고 불러요."

"이름 부르면 되잖아요."

그렇게 말하고 은지는 부드러운 표정으로 이경을 바라봤다. 웃지 않고 있을 때는 예민하고 날카로워 보이던 눈에 장난기가 어려 있었다. 이경은 망설이다 입을 열었다.

"은지, 씨."

"좋네요. 그렇게 부르니까."

"은지씨."

은지는 가만히 서서 이경을 바라봤다. 더이상 차갑지 않은 바람이 불었다. 바람에 은지의 짧은 머리칼이 이리저리 날리고 있었다. 당신도 알고 나도 알고 있어. 이경은 생각했다. 걷는 것 말고는 하는 일도 없지만 그저 같이 있어서 좋다는 것을, 어딜 가고 싶어서가 아니라 그저 헤어지기 싫어서 이러고 있다는 것을. 이경은 은지가 자신의 마음을 읽어내리라는 걸 알았다. 이토록 서로에 대해 아무것도 모르면서 말하지 않고서도 순간의 감정을 이해할 수 있다는 사실도. 둘은 마주서서 서로의 눈을 가만히 바라보고 있었다.

"자꾸 생각이 났어요."

이경이 말했다. 은지는 골똘한 표정으로 이경을 보고 있었다. 당신, 이라는 목적어 없는 문장이었지만 그녀는 그에 대해 묻지 않았다. 마치 이경의 마음을 다 알고 있다는 듯이, 아니, 아무것도 모른다는 듯이.

당신은 어떻게 이렇게 생겼을까. 이경은 생각했다. 얇은 피부, 가느다란 머리카락, 마른 입술을 달싹거리는 모습이 아름다웠다. 약간 안쪽으로 몰린 왼쪽 눈동자와 웃지 않아도 위로 올라간 입꼬리와 작은 턱. 이런 얼굴을 본 적이 없어. 그 얼굴이 차가울지, 따뜻할지 손을 뻗어 만져보고 싶었다.

그날 이후 이경은 얕은잠을 겨우 이어 자면서 온갖 꿈들을 꿨다. 얼굴에 커다란 뾰루지가 났고 계단을 올라가다 이유 없이 몇 번 엎어졌다. 다른 사람의 말을 집중해서 들을 수가 없었다. 은지의 웃는 얼굴이, 이경의 얼굴을 똑바로 쳐다보고 또박또박 말하는 모습이 눈앞에서 떠나지 않았다. 아무리 물을 마셔도 입이 말랐고 밥맛이 없었다. 이러다 말겠지, 싶었지만 시간이 지날수록 모든 정신이 그녀를 다시 만나고 싶다는 요구에 집중되었다. 보고 싶어 몸이 아팠다. 혹시나 문자나 전화가 올까 싶어서 핸드폰을 손에 꼭 쥐고 잤다.

은지와 자주 만났던 것은 아니었다. 네 달 동안 둘은 고작 여섯 번을 만났다. 그런데도 그 여섯 번의 데이트는 십삼 년이 지난 지금까지도 이경에게 분명한 인상으로 남아 있다.

은지는 별로 망설이지도 않고 자기 이야기를 털어놓았다. 자긴

딸만 넷인 집의 셋째 딸이라는 것, 부모로부터 진심 어린 사랑을 받아보지 못했다는 것, 그래서 자기도 자신을 어떻게 좋아해야 하는지 몰라 아직도 힘들다는 말을 은지는 점심으로 무얼 먹었는지 말하듯 대수롭지 않게 했다.

"이런 얘기 아무한테나 막 하고 다녀요?" 이경이 묻자 은지는 눈을 내리깔고 웃었다.

"나도 사람 봐가면서 말해요. 그리고 이경씨는 아무나가 아니니까."

은지는 가족이 다 모인 자리에서 동생에게 아우팅을 당해 아빠와 삼촌들에게 몰매 맞은 이야기도 아무렇지 않게 했다. 머리카락이 뭉텅이로 뽑히고 이마가 찢어져 꿰매야 했다는 이야기였다.

"단 한 명이 필요했어요. 단 한 명. 내 편을 들어줄 단 한 사람. 때리지 말라고 말해줄 사람. 그런데 모두 다 구경만 하는 거죠. 남자 어른들의 일이니까 끼어들 수 없단 듯이."

은지는 자기 머리칼을 장난스레 헝클어뜨렸다.

"괜찮아요. 이제 보지 않고 사니까. 지금이 중요한 거 아니에요? 보고 싶은 사람만 보고 살아도 짧은 인생인데."

은지는 그 말을 하고 이경을 빤히 쳐다봤다.

은지는 한참 동안 이경을 찾아오지 않았다. 같이 밥 먹을 사람이 없어서 빵집을 찾아오고, 심심하니까 함께 걸었을 뿐인데 나 혼자 애가 타고 입이 말랐구나, 당신은 내게 마음이 없지, 하고 이경이 생각하는 날이면 그녀는 다시 찾아왔다. 자기가 무슨 짓을 하고 있는지 조금도 알지 못한다는 태연한 얼굴로. 이경이 얼마나 엉망이 된 마음으로 그녀와 함께 밥을 먹고 길을 걷는지 그녀는 짐작도 못하는 것처럼 보였다. 시간이 흐르고 그녀에 대한 마음이 커질수록 이경의 속은 점점 더 어두워졌다. 창가에 앉아 천천히 빵을 먹는 은지를 보는 것조차도 고통스러웠다.

수이는 은지의 존재를 이경에게 들어 알고 있었다.

"아꼬 친구 있잖아. 그 병원 간호산데, 혼자 밥 먹기가 싫은가봐."

이경이 말하면 수이는 그저 고개를 끄덕였다. 이경은 수이에게 어떤 행동도 숨기지 않았다. 이경의 말 그대로 이경과 은지는 가끔씩 저녁을 같이 먹고 일상적인 대화를 하고 종로 일대를 걸었을 뿐이니까. 단지 이경의 마음만은 그런 행동이 수이를 배신하는 것임을 잘 알고 있었다. 아무것도 속이지 않았지만 사실 모든 것을 속인 것과 마찬가지라고. 이경은 은지를 만나지 않기로 마음먹었다.

이경은 학교에서 조금 떨어진 곳에 있는 피자집으로 아르바이트를 옮겼다. 수이에게는 빵집에 이상한 손님들이 많이 들어서 피곤하다는 거짓말을 한 후였다.

아르바이트를 관두기 전날, 이경은 은지와 같이 저녁을 먹고 인사동 골목길을 걸어다녔다. 같은 골목을 몇 번 왕복하다가 이경이 말했다.

"저는 운이 좋은 편이었던 것 같아요. 아무 시행착오 없이 수이를 만났으니까."

"그래요."

"자기가 좋아하는 사람이 자기를 좋아해주는 경우는 별로 없잖아요. 그렇게 서로를 알아보고 사랑할 수 있다는 게 지금 생각해보면 정말 운이 좋았다고밖에는……"

"그래요. 좋아 보여요, 이경씨." 은지가 말했다. 웃고 있었지만 약간의 화가 묻은 말투였다. 자기를 바라보며 웃는 은지의 아름다운 얼굴을 이경은 똑바로 쳐다볼 수 없었다.

"그럼 저는 먼저 가볼게요." 이경은 그렇게 말하고 뒤도 한 번 돌아보지 않은 채 큰길로 걸어갔다. 안국역까지 같이 가기로 했지만, 그곳에서는 아무렇지 않은 얼굴로 헤어질 수 없을 것 같았다. 이렇게 미리 사라지는 편이 낫다고 생각했다.

그날 밤, 이경은 잠들지 못하고 수이 곁에 누워 있었다.

"빵집에서 얼마나 일한 거지?"

"이번 학기 내내 했으니까 네 달 됐지."

"그 일이 확실히 고생이었나봐. 너 그동안 살이 너무 많이 빠졌어."

"맞아."

이경은 그렇게 대답하고 베개에 얼굴을 묻었다. 울음이 치받쳐서 목울대가 뻐근해졌다.

"너 우니, 이경아."

"아니."

"그런 것 같은데."

자신을 걱정해주는 수이를 마음으로 배신했다는 사실과 이제 더 이상 은지를 볼 수 없다는 사실이 하나로 뒤섞여서 이경은 참았던 눈물을 터뜨렸다. 수이는 아무 말 없이 이경의 등을 쓰다듬었다.

"수이야."

"응."

"난 욕심꾸러기들이 싫었다."

"알아."

"막 욕심내고 그런 사람들 있잖아. 만족을 모르고."

"그래."

"수이 넌 나를 사랑하지."

"그럼."

"수이 네가 없는 곳에 행복은 없어."

그 말을 하기 전까지 이경은 수이가 없는 곳에 행복은 없다고 진심으로 믿었었다. 하지만 막상 그 생각을 말로 표현하고 나니 그 말이 껍데기만 번지르르한 거짓처럼 느껴졌다.

작은 소리로 코를 골며 자고 있는 수이 옆에서 이경은 잠들지 못하고 누워 있었다.

수이를 만나기 전, 세상이 얼마나 삭막하고 외로운 곳이었는지 이경은 기억했다. 자기를 좋아해주는 사람도 없었고, 무리를 이뤄 다니는 아이들과 좀체 어울릴 수 없었던 기억. 아무리 아이들을 따라 하려고, 비슷해지려고 노력해도 그렇게 되지 않았고, 자기 자신이라는 존재를 애써 바꿔보려 했지만 불가능했으며 그렇다고 바뀌지 않는 자신을 사랑할 수 있는 것도 아니었다.

수이와의 연애는 삶의 일부가 아니었다. 수이는 애인이었고, 가장 친한 친구였고, 가족이었고, 함께 있을 때 가장 편하게 숨쉴 수 있는 사람이었다. 수이와 헤어진다면 그 상황을 가장 완전하게 위로해줄 수 있는 유일한 사람은 수이일 것이었다. 그 가정은 모순적이지만 가장 진실에 가까웠다. 그런 수이에 비하면 은지는 얼마나 가볍게 잊을 수 있는 사람인가. 그녀의 아름다운 얼굴과 부드러운 말투는 얼마나 쉽게 지울 수 있는 허상에 가까운가.

혹시나 연락이 올까 싶어 겁이 났지만 은지에게서는 아무런 연락도 없었다. 마음을 독하게 먹었으면서도 은지를 마음에서 몰아내는 일은 어려웠다. 한순간만이라도 얼굴을 볼 수 있으면 좋겠다는 생각에 병원 쪽으로 향하는 발걸음을 멈추는 일도, 은지에게 문자를 보내고 전화를 하고 싶은 마음을 참는 것도 힘들었다.

그리고 은지는 이경을 찾아왔다.

은지는 이경의 집으로 가는 길목, 대한극장 앞 벤치에 앉아 있었다. 은지는 이경을 발견하고 자리에서 일어나 이경 쪽으로 걸어왔다. 이경은 골목길로 발걸음을 돌렸다. 백 미터 달리기를 했을 때처럼 심장이 빠르게 뛰면서 귀에서 쿵쿵대는 소리가 울렸다. 이경은 상가 건물로 숨어들어가서 이층 계단에 앉았다.

'이경씨는 나를 봤어요. 난 이경씨가 인사도 하기 싫을 정도의 사람이 된 거죠.'

은지의 문자였다. 이경은 그 문자가 은지의 일부라도 되는 것처럼 핸드폰 액정을 가만가만 만져봤다. 한 달 만에 은지의 얼굴을 볼 수 있었다. 그 한 달이 얼마나 길고 괴로운 시간이었는지를 이경은 은지의 얼굴을 마주친 순간 이해했다.

'놀랐다면 미안해요. 이러려고 온 건 아니었어요.'

얼마 지나지 않아 은지는 다시 문자를 보내왔다.

'보고 싶었어요.'

이경은 아직도 이 문자를 받았을 때 느꼈던 캄캄한 기쁨을 기억하고 있다. 당신은 나보다 더 못 견딜 정도였는지도 모른다고, 나 혼자만의 고통은 아니었다고. 그렇게 이경은 은지의 고통을 감각하고 행복해할 수 있었고, 그것만으로도 충분할지 모른다고 생각했다. 이경은 그 자리에서 은지의 문자를 다 삭제해버린 뒤 어떤 답도 보내지 않았다. 이미 은지의 번호는 지워버린 상황이었지만, 머릿속에서까지 지울 수는 없었다.

얼마나 그곳에서 그렇게 있었을까. 상가에서 나와 집에 가는 길에 이경은 건물 유리창에 비친 자신의 모습을 봤다. 해골처럼 마른 얼굴에 막대기 같은 다리, 쪼글쪼글한 무릎. 마음 같아서는 은지에게 전화를 걸고 싶었다. 한 번만이라도 은지를 안아보고 싶었다. 그렇게 한 번만이라도 은지를 몸으로 감각한다면 여한이 없으리라는 생각이 발작처럼 들었고, 그 생각에 잠식당할 것 같은 두려움에 수이에게 전화를 했다. 수이가 아무것도 눈치채지 못하리라고 믿으면서.

그다음날부터 이경은 고열에 시달렸다. 침을 삼키기 어려울 정도로 목이 부었고 가만히 누워 있으면 바닥이 한쪽으로 기울어져서 몸이 아래로 굴러떨어질 것 같았다. 겨우 잠이 들면 괴이한 이미지들이 눈앞에 떨어지는 꿈을 꿨다. 병원에 가서 주사를 맞고 약을 타왔지만 증세는 나아지지 않았고, 밤이 되면 누군가가 머리를 발로 걷어차는 것 같은 두통이 찾아왔다. 죽조차 제대로 먹을 수 없는 지경이 되어서야 이경은 수이의 부축을 받아서 병원에 입원했다. 눈을 뜨자 자기를 보고 있는 수이의 얼굴이 보였다가, 다시 눈을 뜨니 밤이었다. 보조침대에 누워 자는 수이의 모습을 이경은 가만히 바라봤다.

"정신 좀 들어?" 이경의 기척에 잠에서 깬 수이가 물었다.

"이리 와." 이경의 말에 수이는 병상 위로 올라가 그 옆에 누웠다.

"볼살이 다 빠졌네." 수이는 손가락으로 이경의 얼굴을 조심스레 쓰다듬었다.

"더 못생겨졌지."

"그러네."

수이는 그렇게 말하면서 이경의 코를 검지로 꾹 눌렀다. 둘은 서로를 바라보고 있었다. 서로의 눈을 통해 신기한 세상을 바라볼 수 있다는 듯이, 골똘히 서로의 얼굴을 마주봤다.

"말 안 해도 돼. 너 목 다 부었잖아."

수이의 말에 이경은 고개를 끄덕였다.

"너 꼬박 열두 시간 잤어. 수액을 그렇게 맞아도 화장실 한 번을 안 가고. 탈수가 있었나봐. 영양 상태도 좋지 않다고 의사가 혼냈어. 너랑 같이 사는 언니라고 했거든. 내가 네 동생처럼 보이진 않잖아?"

이경은 웃으며 고개를 끄덕였다. 얼마나 시간이 지났을까. 수이가 입을 열었다.

"날 용서해줄래."

수이는 그렇게 말하고 입술을 깨물었다.

“내가 널 힘들게 했다면. 그게 뭐였든 너에게 상처를 주고 널 괴롭게 했다면.”

이경은 고개를 저었다. 그때 이경은 수이의 오해에 마음이 아팠다. 네가 아닌 다른 사람에 대한 갈망 때문에 이렇게 되어버린 것인데. 용서를 구해야 하는 쪽은 네가 아니라 나라고.

시간이 지나고 나서야 이경은 수이의 그 말이 단순한 오해에서 비롯한 것만은 아니었으리라고 짐작했다. 수이는 이미 그때 이 연애의 끝을 보고 있었는지도 모른다. 무너지기 직전의 연애, 겉으로는 누구의 것보다도 견고해 보이던 그 작은 성이 이제 곧 산산조각날 것이라는 예감을 했는지도 모른다. 그랬기에 최선을 다해서 마지막을 준비했는지도 모른다.

말도 안 되는 용서를 비는 수이를 보며 이경은 어떤 말을 해야 할지 알지 못했다. 너에겐 아무 잘못이 없어, 넌 나에게 상처를 주는 사람이 아니야, 라는 말조차 수이에게 상처를 입힐 것 같아서였다. 이경은 아무 말도 하지 않은 채로 수이의 동그랗고 부드러운 뒤통수를 어루만졌다. 아무리 애를 써도 웃음이 나오지 않았고, 그건 수이도 마찬가지였다.

4

눈을 뜨니 보조침대에 앉아 있는 은지의 얼굴이 보였다. 은지는 가방을 무릎 위에 올려놓고 어색하게 굳은 채로 앉아 있었다. 이경은 자리에서 일어나 앉아 은지를 바라봤다.

"어떻게 왔어요?"

"전화했어요. 수이씨가 받더군요. 병원이라고."

"수이한테 뭐라고 했어요?"

"이경씨 친구라고 했죠. 수이씨도 절 알더군요. 얘기 들었다고."

"……"

"이렇게 아프다니 놀라서……" 은지의 목소리가 떨렸다.

"……놀랄 것 없어요. 찾아올 일도 아니었고."

"이경씨."

은지의 모습이 또렷이 보이지 않았지만 이경은 안경을 끼지 않았다. 안경을 끼고 은지를 본다면, 그 아름다운 얼굴을 다시 본다면 자기가 무슨 말을 하고 어떤 행동을 할지 장담할 수가 없어서였다.

이경은 은지에게 쉰 목소리로 천천히 말했다. 수이에 대해, 수이가 자신에게 준 새로운 삶이라는 선물에 대해, 수이와 자신이 만든 세계가 얼마나 견고하고 완전한지에 대해, 그곳에는 누구도 개입할 수 없다는 사실에 대해.

그렇게 말하면서 이경은 그 말이 진실하지 않다는 것을 알았다. 은지를 설득시키기 위해 한 말이었지만, 그 말은 오히려 숨겨둔 자신의 마음을 수면 위로 떠오르게 했다.

은지는 이경이 이야기를 끝내자 다시 연락하겠다는 말을 남기고 병실을 나섰다. 바람이 심하게 불던 날이었다. 그때 이경은 스물한 살이었고, 자신이 절대 할 수 없다고 생각했던 선택을 목전에 두고 있었다. 이제 손을 뻗으면 모든 것은 무너지고 망가질 수밖에 없을 것이었다. 스물하나의 이경이 수이에게 줄 것은 그것밖에 없었다.

그 일은 지금도 이경에게 악몽으로 반복된다.

꿈에서 이경은 그때의 자신의 모습을 창이 달린 엘리베이터 안에서 바라본다. 말하지 말라고, 이제 그만 말하라고 아무리 소리쳐도 그 소리는 스물하나의 이경에게 닿지 않고, 엘리베이터는 갑자기 높은 층으로 올라갔다가 아래로 떨어지기를 반복한다. 그곳에서 빠져나갈 수 있는 방법은 없다. 그리고 그 모든 층에는 그때의 이경과 수이가 있다. 그들은 아직도 함께 있다. 이경의 꿈속에서, 오로지 그 고통스러운 순간의 모습으로만.

이경은 수이의 일터 맞은편 골목길에 쭈그리고 앉아서 수이를 기다렸다. 창이 얇은 슬리퍼를 신은 발에 아스팔트의 열기가 그대로 전해졌다. 골목길에서는 시큼한 음식물 쓰레기 냄새가 코를 찔렀다. 이경은 쓰레기봉투에서 흘러나온 오렌지빛 액체를 바라봤다. 이 여름이 너무 길었다.

수이는 이경을 발견하고 손을 흔들었다. 이경도 수이에게 손을 흔들었다. 수이는 머리를 왼쪽, 오른쪽으로 조금씩 기울이며 뛰어왔다. 축구할 때의 습관이었는데, 마치 발 앞에 공이 있는 것처럼 달리는 자세였다. 수이는 기분이 좋을 때만 그렇게 달렸다.

둘은 자주 가곤 했던 술집으로 갔다. 감자전, 소주 한 병, 콜라 한 병을 주문하고 둘은 마주보고 앉아 있었다. 감자전이 나오기 전에 수이는 오백 시시 잔에 담긴 얼음물을 다 마셨다. 술집으로 걸어오는 동안 수이는 평소와는 달리 많은 말을 했다. 잠시라도 말의 공백이 있으면 큰일이라도 날 것처럼 다급하고도 절박하게.

"할말이 있어."

자리에 앉아 이경은 수이에게 말하기 시작했다. 이경의 말을 듣는 수이의 얼굴은 그저 차분해 보였다. 수이는 팔짱을 끼고 가만히 이경의 이야기를 들었다.

이경은 수이가 최소한으로 상처받기를 바랐다. 그래서 수이에게 은지에 대해 말하지 않기로 했고, 그것이 수이를 위한 일이라고 철저히 믿었다. 수이를 속이기로 마음먹은 순간 이경은 자기 자신조차 완벽하게 속일 수 있었다. 이경은 자신의 기만이 선의의 거짓말이라고 믿고 싶었고, 실제로 그렇게 믿었다. 그 거짓말이 비겁함이 아니라 세심하고 사려 깊은 배려에서 나온 것이라고 생각했다.

배려라니. 지금의 이경은 생각한다. 배려라니. 그 거짓말은 수이를 위한 것도, 자신을 위한 것도 아니었다. 단지 끝까지 좋은 사람으로 남고 싶은 욕심이고 위선일 뿐이었다는 것을 그때의 이경은 몰랐다. 수이는 그런 식의 싸구려 거짓을 받아서는 안 될 사람이라는 사실도.

이경은 그때 수이에게 무슨 말을 했는지 기억한다.

우린 서로 너무 다른 사람들이 되었어. 너도 느끼고 있었겠지. 서울에 올라온 이후로 모든 게 다 변해버렸잖아. 넌 네 얘기를 나에게 하지 않잖아. 네가 날 좋아하는지도 모르겠어. 내가 너에게 가장 좋은 사람인지도 모르겠다. 널 위해서 따로 뭘 해줄 수 있는 것도 아니고. 넌 나보다 더 좋은 사람을 만나야 해. 네 잘못은 없어. 다 나 때문이야.

그 위선적인 말들을 이경은 기억한다. 아무 대답 없이 고개를 숙이고 있는 수이에게 이경은 괜찮으냐고 물어보기까지 했었다. 수이는 가만히 고개를 끄덕였다.

"살다보면 이런 일도 있는 거니까…… 다들 이렇게 사는 거니까…… 그러니까 너도 너무 걱정하지 마."

분노도, 슬픔도, 그 어떤 감정도 읽을 수 없는 무미건조한 말투로 수이는 말했다. 무엇이 수이를 체념에 익숙한 사람으로 만들었을까. 이경은 시간이 지나고 나서 생각했다. 걱정하지 말라니, 그것이 버림받는 사람이 할 수 있는 말일까.

"너 때문이 아니야. 넌……"

"이렇게 좋은 일은 없다고 생각했어. 나에게 이런 좋은 일이 생길리 없다고…… 널 영원히 만날 수 있다고는 기대하지 않았어. 그럴 주제가 아니니까…… 이제 네가 아플까봐 다칠까봐 죽을까봐 더는 걱정하지 않아도 되겠지. 그런데도…… 아니야. 다 지나가겠지. 그럴 거야."

수이의 목소리는 점점 작아지다가 나중에는 겨우 알아들을 수 있는 정도로 줄어들었다. 자기 앞에 이경이 있다는 사실을 잊은 것처럼, 혼잣말하듯 말했다. 처음에 이경을 향하던 시선은 테이블 모서리에 가 있었다. 이경은 테이블 위에 올라온 수이의 손을 잡았다. 수이는 포개진 두 손을 정물을 응시하듯이 가만히 바라보기만 했다.

"마음먹었으면 돌아보지 말고, 가." 수이는 작은 목소리로 중얼거렸다. "가. 가줘."

다음날 이경은 수이에게 받은 물건들을 정리해서 수이의 집으로 가져갔다. 수이를 기다리면서, 수이 집에 있는 자기 물건도 정리했다.

수이는 자정이 넘어서야 들어왔다. '대성 카센타'라는 로고가 박힌 초록색 폴로셔츠를 입고 있었다. 현관 앞에 서 있는 이경을 수이는 잠시 쳐다봤다. 자신을 보는 눈빛에 미움이 조금이라도 묻어 있기를 바랐지만 수이는 이경을 보고 엷게 웃었다. 그러고는 화장실에 들어가서 천천히 샤워를 하고 나왔다.

"밥은?"

"먹고 왔어. 너는?"

"나도 먹었어."

"짐은 다 쌌어?"

그때 자신을 바라보던 수이의 얼굴이 어땠는지 이경은 정확히 기억하지 못한다. 단지 얼굴이 많이 상해 보였다는 것, 자신을 보고 싶지 않지만, 그런 마음을 읽힐까봐 애써 자신을 바라보던 눈은 기억난다. 혹시나 이경이 마음을 바꾸진 않을지 기대하는, 어떻게 그들이 이렇게 끝날 수 있는지 아직 실감할 수 없다는 눈빛이었다. 수이는 창가 아래에 앉았다. 이경은 박스를 하나 내밀었다. 대부분은 서울에 올라온 후에 수이가 이경에게 쓴 편지와 엽서였고, 수이가 빌려준 시디와 책들도 들어 있었다. 수이는 그 박스를 물끄러미 바라봤다.

"이걸 왜 날 줘. 갖든 버리든 네가 알아서 해."

"그래도……"

박스는 수이와 이경 사이에 놓였다. 둘은 멀찍이 떨어져 앉아서 그 박스를 바라보고만 있었다. 새벽 두시가 다 된 시간이었다.

"열여덟에 널 만났어. 열여덟 7월에."

침묵을 깨고 수이는 박스를 바라보며 말했다.

"행복했었어. 그때만 말하는 게 아니라 너랑 같이 지냈던 시간 전부 말이야."

자꾸 목이 잠겨서 수이는 헛기침을 했다.

"이경이 너도 날 불쌍하게 생각했는지 모르겠다. 그래, 다른 사람들 기준으로 보면 나, 안된 사람인지도 모르지. 형편없는 부모에, 부상당해서 운동도 관둬야 했고, 대학은 엄두도 못 내고. 그냥 밖에서 보면 말이야. 이런 인생 살고 싶다는 생각은 안 들겠지."

수이는 이경을 보며 작게 웃었다.

"근데 아니었어. 나 너랑 만나면서 세상 누구도 부럽지 않았다. 부상 때문에 운동 관둔 것도 괜찮았어. 그만큼 운동 좋아했던 것도 아니었으니까. 아니, 싫었지. 지긋지긋했어. 근데 할 수 있는 게 그거밖에 없으니까 했던 거야. 그거라도 잡고 살아야 했으니까 그랬던 거야. 대학 못 가도, 운동 계속 못해도 아무렇지 않았어. 이경이 네가 날 좋아하는데, 내가 널 사랑하는데, 보고 싶을 때 언제고 널 볼 수 있는데 내가 뭘 더 바라. 참 힘들게 사는구나, 누가 그렇게 말하면 속으로 비웃었지. 나 사실 힘들지 않은데, 바보들, 그러면서."

거기까지 말하고 수이는 한동안 아무 말도 하지 않았다. 옆집에서 남자와 여자가 싸우는 소리가 들려왔고, 누군가가 현관문을 세게 닫는 소리도 들려왔다.

"이경아."

"응."

"우리 처음 만났던 날 기억해?"

"그럼."

"내가 찬 공에 맞았잖아."

"그래. 안경 부러지고 코피 나고."

"주저앉아 울었었지. 눈물이랑 코피랑 섞여서 턱밑으로 떨어지고."

"그게 내 첫인상이었겠네."

수이는 고개를 끄덕이고 이경을 가만히 바라봤다. 자기가 찬 공에 맞아서 코피를 흘리던 열여덟 이경을 보던 표정으로, 자기가 다친 것처럼 놀라고 아픈 사람의 얼굴로. 그렇게 이경을 보던 수이의 눈에 눈물이 고였다.

"수이야."

"이제 네가 날 부르는 소리도 들을 수 없겠지."

그 말을 하고 수이는 오래 울었다. 어떻게든 울지 않으려고, 말을 이어가려고 노력했지만 잘 되지 않았다. 수이는 시위하듯 우는 것이 아니었다. 이경을 공격하기 위해서, 이경에게 죄책감을 주기 위해서 감정을 과장하는 것이 아니었다. 수이는 단 한 번도 자기 상처를 과시한 적이 없었다. 자기 상처로 누군가를 조종하는 일이 가장 역겹다고 믿는 사람처럼 그런 가능성 자체를 차단했다. 누구도 원망하지 않으려 했고, 그게 무엇이든 모든 것을 삼켜내려 했다. 그런 수이가 소리내지 않으려고 애쓰며 울고 있었다.

이경은 벽에 등을 대고 앉았다. 수이의 울음이 자신의 마음을 아주 조금도 돌려놓을 수 없다는 사실에 놀란 채. 수이 또한 이경의 그런 마음을 알았을 것이다. 이경은 울 자격이 없었다.

"잘 자."

수이는 그렇게 말하고 불을 껐다. 동이 트기까지 이경은 한숨도 자지 못한 채 뒤척였다. 수이가 화장실에 들어가는 소리, 샤워를 하고 나와 드라이어로 머리를 말리는 소리, 현관문을 닫고 나가는 소리를 들었다. 수이가 돌아볼까봐 이경은 수이의 뒷모습을 바라볼 수조차 없었다.

수이가 방을 나서고서야 이경은 참은 눈물을 흘렸다. '잘 자', 그렇게 말하면서 불을 끄던 수이, 그것이 이경이 마지막으로 본 수이의 모습이었다. 냉장고 안에는 언제 사다놓았는지 모를 딸기우유 팩들이 나란히 줄 서 있었다.

5

은지와의 연애는 일 년도 가지 않아 끝났다. 은지는 누비를 잊을 수 없다고 말했다. 자신의 첫사랑, 오 년을 만났던 사람에 대한 마음을 끊어낼 수 없다고 고백했다. 이경 또한 은지의 마음을 느끼고 있었다. 온전히 자신을 향하지 않는 마음은 은지가 아무리 숨기려 해도 드러나게 마련이었고, 이경을 얼게 했다.

종국에는 특별한 뜻이 없는 은지의 모든 말과 행동이 비수가 되어 이경에게 날아왔다. 은지가 뒤돌아 누워 있는 것조차도 이경을 슬프게 했다. 은지는 손끝 하나 움직이지 않고도, 말 한마디 하지 않고도 이경을 상처 입힐 수 있었다.

이경은 수이처럼 담담하게 상황을 받아들이지 못했다. 울면서 매달리고, 이렇게 쉽게 끝을 정하지 말라고, 한 번만 더 생각해보라고 빌었다. 이경은 자기가 이렇게 비굴해질 수 있는 사람이라는 것을 알고 놀랐지만, 매일매일 이렇게 살더라도 은지와 함께하고 싶었다. 내가 이런 인간이었나 자문했지만 과거의 자신이 어떤 사람이었는지조차 제대로 기억할 수 없었다.

은지를 알게 된 이후 한순간도 죄책감이나 불안함 없이 행복하지 못했다는 사실을 이경은 인정했다. 은지의 말처럼 이경과 은지는 너무 비슷한 사람들이었고, 그 이유 때문에 빠르게 서로에게 빠져들었지만 제대로 헤엄치지 못했으며 끝까지 허우적댔다. 누구든 먼저 그 심연에서 빠져나와야 했을 것이다. 하지만 그 또한 순간이었다. 은지와 함께했던 기억은 하루하루 떨어지는 시간의 무게를 버티지 못하고 부서져 흘러가버렸고, 더는 이경을 괴롭힐 수 없었다. 그렇게 시간은 갔다.

은지에게서 연락이 온 건 서른넷의 늦은 봄이다.

둘은 이경의 직장 근처 카페에서 만나 겨우겨우 말을 이어갔다. 지난 십삼 년간의 일을 고작 한 시간 동안 요약해서 정리할 수는 없었고, 그럴 필요도 느끼지 못했다. "자기가 날 만나줄 줄은 몰랐어요." 그렇게 고백하는 은지에게서 이경은 이상한 안도감을 느꼈다. 은지는 더이상 자신을 아프게 한 사람으로만 남아 있지 않았다.

"나는 변덕스러운 사람이었어요."

"알아요, 그 마음. 나도 그랬으니까." 이경이 답했다.

그 말을 하고 둘은 한참이나 말을 잇지 못했다.

"이수이씨는 어떻게 지내나요."

"십삼 년 전이 마지막이었어요."

"연락이 없었나요?"

그렇다고 말하려는데 입을 열 수가 없어서 이경은 그저 고개를 끄덕였다. 수이가 살아 있는지 죽었는지조차도 모르게 됐어요. 이경은 속으로 말했다. 둘은 커피 한 잔을 다 마시고 자리에서 일어났다. 은지와의 만남은 이경을 지난 시간으로 끌고 들어갔다. 수이는 다시 만날 수 없는 사람이었다. 한 번쯤은 마주칠 수 있지 않을까 생각했지만, 차라리 그런 우연이 없기를 바랐다.

수이는 시간과 무관한 곳에, 이경의 마음 가장 낮은 지대에 꼿꼿이 서서 이경을 향한 시선을 거두지 않았다. 수이야, 불러도 듣지 못한 채로, 이경이 부순 세계의 파편 위에 우두커니 서 있었다. 그곳까지 이경은 손을 뻗을 수 없었다. 은지를 만나지 않았다면 수이와 헤어지지 않았을까. 그 가정에 대해 이경은 자신이 없었다.

은지와 만나고 몇 달이 지나 이경은 고향집에 들렀다. 땀에 젖은 등에 티셔츠가 달라붙는 더운 날이었다. 엄마가 새로 산 스쿠터를 타고, 이경은 동네를 몇 바퀴 돌았다. 이경이 안경을 수리한 안경점도, 수이와 처음 점심을 먹었던 분식집도, 심지어 수이의 집도 이미 사라진 지 오래였다. 수이의 집이 있던 자리에는 짓다 만 콘크리트 건물이 붉은 철근을 드러낸 채 방치되어 있었다. 이경은 그것들을 지나 다리로 갔다.

이경은 다리 가운데에 스쿠터를 세워두고 다리난간에 기대 하류로 흘러가는 강물을 바라봤다. 그곳에서, 시간으로부터 놓여난 것처럼 하염없이 강물을 바라보던 시절이 생각났다. 왜 우리는 그렇게 오래 강물을 바라보고 있어야 했을까, 서로 가까이 서지도 못한 채로.

그곳에는 '김이경', 그렇게 자신을 부르고 어색하게 서 있던 수이가, 강물을 바라보며 감탄한 듯, 두려운 듯 '이상해'라고 말하던 수이가, 그런 수이를 골똘히 바라보던 어린 자신이 있었다. 이경은 입을 벌려 작은 목소리로 수이의 이름을 불러보았다.

강물은 소리없이 천천히 흘러갔다.

날갯죽지가 길쭉한 회색 새 한 마리가 강물에 바짝 붙어 날아가고 있었다. 이경은 그 새의 이름을 알았다.

| 작가노트 |

그곳에서 만날 수 있을까

수이는 지금 어디서 뭘 하고 있을까요. 이 소설을 읽은 누군가가 내게 물었다.

초고를 쓴 지 반년 만에 원고를 읽으며 나는 수이를 다시 그려 보게 됐다. 마지막에 다다라서 그 모든 시간 행복했다고 말하는 수이의 마음은 어떤 것이었을까. 이야기 밖에서 수이는 어떻게 살아가고 있을까.

나는 수이를 좋아했다. 처음 수이의 목소리를 들었을 때부터 그녀에게 마음을 주게 됐다. 그런 수이를 울게 하고 혼자 남겨지게 하다니. 작가란 자기가 좋아하는 이를 어떻게든 쓸쓸하게 만들고야 마는 사람인지도 모르겠다.

가끔은 대체 내가 무슨 일을 하고 있는 건지 겁이 나고 얼빠진 기분이 들기도 한다. 며칠 동안이나 아무도 만나지 않고 작업을 하면 이야기 속 인물들이 실재하는 사람들보다 더 친숙하게 느껴지기도 한다. 그때 우리는 아주 가깝다. 결국 멀어지게 되겠지만 그 특별한 관계가 사라지는 것은 아니다.

글쓰기의 벽 앞에서, 고통 없이 이 벽을 지나가기란 불가능하다는 것을 깨달아간다. 나는 어쩌면 다른 이들보다 더 많은 벽을 가진 사람인지 모른다는 사실도.

존재하지만 존재하지 않는 세상, 존재하지 않지만 존재하는 세상. 나는 글을 쓸 때 그 세상으로 들어간다. 그곳은 내가 글을 쓰기도 전, 어린아이였을 때부터 현실로부터 피신하곤 하던 곳이었다. 내성적인 사람들의 희미한 목소리로 지어진 아름다운 집. 나는 그 집에서 편안함과 소속감을 느꼈다. 그곳은 내가 마음을 둘 곳이었다.

두려운 어른들과 함께 있어야 할 때, 당황스럽고 난처할 때, 내가 아무것도 아닌 존재처럼 느껴질 때 책을 펴고 문장들을 따라 읽으면 마음의 고통이 누그러졌고, 길게만 느껴지던 시간을 금방 흘려보낼 수도 있었다. 현실에서 내내 겉돌기만 할 때도 언제고 그곳에 갈 수 있다는 사실에 위안을 받았다. 그곳은 상처받은 사람들의 마음이 흘러드는 섬인지도 모른다고 생각했다.

그곳에서 당신을 만날 수 있을까.

무척이나 길고 무더웠던 작년 여름을 나는 이경과 수이와 함께 건너올 수 있었다. 그녀들의 마음을 바라보던 시간은 쉽게 잊히지 않을 것이다. 사랑하면서 나란히 앉아 있을 수조차 없었던 그녀들의 마음이 이 글 안에 남아 당신에게 흘러갈 수 있다면 좋겠다.

사람의 사랑을 박해하고 증오하지 않는 세상으로 우리가 함께 갈 수 있다면.

우리의 모습 그대로 사랑할 수 있다면.

그곳까지 아무리 먼 길이 이어지더라도 당신의 손을 잡고 같이 걸어가고 싶다.

| 해설 |

사랑이라는 역설

이은지

사랑은 사회적 조건으로부터 자유롭지 못할 뿐만 아니라, 거의 언제나 이에 좌우된다. 그러나 사랑은 자신의 발목을 잡는 이 물적 토대를 극복하는 동시에 완전히 변모시킴으로써 스스로를 완성한다. 사랑을 둘러싼 조건이 사랑의 한계인 동시에 잠재력이 될 때, 사랑은 비로소 온전히 사랑일 수 있다. 이때 사랑은 사회적 조건을 '초월'하는 혁명적 사건이 된다.

'이경'과 '수이'의 사랑에 연루된 사회적 조건은 크게 '계급'과 '젠더'로 분류할 수 있다. 우선 둘은 서로 다른 계급에 속한다. 이경이 세상에 대해 꽤 많은 선택지를 가질 수 있는 계급인 반면, 수이는 "선택하고 말고의 문제"(226쪽) 자체를 따질 수 없는 계급에 속해 있다. 한편 둘 모두 '여자를 사랑하는 여자'라는 점에서 젠더적으로는 동일하다. 열여덟 여름의 한복판에 운명처럼 벌어진 이경과 수이의 사랑은 젠더적 같음이 계급적 다름을 초월하는 사건이었다. 둘의 같음과 다름은 서로 부단히 교호(交互)하며, 혁명적 사건으로서의 사랑이 갖는 구조적 본질을 보여준다.

이경과 수이의 젠더적 같음은 분명 둘의 우연한 만남으로부터 사랑을 이끌어내는 놀라운 계기임에 분명하다. 그러나 둘의 계급적 다름은 이내 이 같음을 제한하고 분화시켜 갈등을 불러일으킨다. 둘의 계급적 다름은 젠더적 같음을 대하는 각자의 태도를 다르게 한다. 수이는 둘의 같음이 현실에 대해 행사하는 다름을 예민하게 감지한다. 어릴 적 "세상에 여자를 좋아하는 여자가 있다는 사실을 알기 전부터"(221쪽) 자신의 정체성을 알았던 수이는 자신의 존재를 깊이 들여다보기도 전에 자신의 존재가 세상을 거스르는 데 대한 감각을 먼저 체득하였다. 세상을 거스르지 않으려 몸을 사리는 수이의 태도는 삶의 매 국면마다 최소한의 선택지밖에 없는 상황과 맞물리며 더욱 강해진다. 그래서 수이는 항상 "자신의 선택에 따른 결과에 대해서는 어떤 변명도 하지 않"고 "자신이 선택한 일이니까 최선을 다해 수행할 뿐이었다"(242쪽).

반면 이경은 둘의 같음에 깊이 몰두한다. 이경이 수이와 오래도록 키스하며 "자신의 몸이라는 것도, '나'라는 의식도, 너와 나의 구분도 그 순간에는 의미를 잃"(220쪽)는 경험은 이를 잘 보여준다. 수이의 경우와 달리 그전까지 자기 정체성을 잘 알지 못했던 이경은, 수이와의 사랑을 통해 "모든 감각기관이 한 꺼풀 벗겨진"(221쪽) 듯한 생의 실감 속에서 자신의 정체성에 눈뜬다. 이처럼 서로 동일한 정체성을 갖고 있음에도 수이는 그것을 외부에 드러나는 '다름'으로, 이경은 그것을 수이를 통해 내적으로 강화되는 '같음'으로 경험한다.

둘의 다름은 성인이 되어 작은 마을을 떠나 서울로 이주하면서 더욱 심화된다. 직업학교에 다니게 된 수이는 주거 환경도 열악할 뿐 아니라 직업훈련과 아르바이트를 병행하느라 노상 지쳐 있는 반면, 이경은 서울 소재 대학에 입학하여 기숙사에서 지내며 부모에게 틈틈이 용돈을 받는 자유로운 생활을 누린다. 수이에게 세상은 숨통을 틀 여지도 없이 단 하나의 선택지를 통해 자신을 향해 세차게 들이치는 "너무 큰 물"(227쪽)과 같아서, 수이는 이를 묵묵히 받아들이며 더욱 단단해지고 닫혀만 간다. 한편 수이에게는 없는 선택의 여지를 누릴 수 있는 이경에게 세상은 여러 갈림길로 내키는 대로 흘러가는 '물결'과 같아서, 이경은 마치 그 물결의 순리인 양 자신과 비슷한 현실을 사는 이들과 마주치게 된다. 그리고 대학이나 레즈비언 정모에서 조우한 "억눌리지 않은 아이들의 자아"(230쪽)가 수이의 그것과는 퍽 다르다고 이경은 생각한다.

수이보다 더 많은 같음을 자신과 공유하는 이들과의 교류는 이경의 자아를 확장하고 해방시킨다. 그렇게 이경의 자기동일성이 강화될수록 이경과 수이의 다름은 더욱 부각된다. 둘의 계급적 다름은 젠더적 같음을 압도하며, 이는 수이가 레즈비언 바를 찾아간 날 갈등의 형태로 분출된다. 이경이 수이가 자신과 다르다고 막연하게 느꼈던 부분들은 자신과 비슷한 이들과 수이가 얼마나 다른지를 '비교'함으로써, 즉 수이와는 다른 이들의 편에서 수이를 바라봄으로써 좀더 선명해진다. 그해 겨울 물리적으로 가까워진 둘은 외부와의 비교가 아닌, 서로가 서로를 견주었을 때 드러나는 다름에 열중함으로써 관계를 회복한다. 성격이나 태도의 다름으로 묘사되는 이 다름은 그러나 계급적 다름의 또다른 표정일 뿐이며, "보증금 오백만원"(241쪽)이라는 수이의 경제적 투자가 둘의 계급적 다름을 일시적으로 가려줌으로써 발견할 수 있는 것이다.

더 많은 같음이 주는 소속감을 겪어본 한편 수이와의 다름이 관계의 갈등으로 내재하는 상태에서, 이경은 수이보다 더 자신과 비슷한 '은지'에게 끌리지 않을 수 없었을 것이다. 심지어 겨우 여섯 번의 싱거운 데이트마저도 "서로에 대해 아무것도 모르면서 말하지 않고서도 순간의 감정을 이해할 수 있다는 사실"(247쪽)을 확인하기에 충분할 만큼, 서로에게 끌리는 마음까지도 둘은 같았다. 도저히 거스를 수 없이 '같음'의 총체로 존재하는 은지를 내치려는 노력은 곧 자기 존재에 대한 거부와도 같아서 이경은 그토록 앓을 수밖에 없었을 것이다.

하지만 오직 같음만이 생성하는 사랑은 결코 오래 지속될 수 없다. 같음의 사랑은 이에 몰두할수록 자기 존재 내부로 깊이 접속하는 매혹에서 놓여날 수 없기에 자기 탐닉과 자기 소멸로 이어질 수밖에 없다. 실제로 이경과 은지는 "너무 비슷한 사람들"이었다는 "그 이유 때문에 빠르게 서로에게 빠져들었지만 제대로 헤엄치지 못했으며 끝까지 허우적댔다"(265쪽). 은지의 옛 애인이었던 '누비'의 말은 이런 맥락에서 의미심장하게 들린다.

어떻게 우리가 두 사람일 수 있는지 의아할 때도 있었어요. 네가 아픈 걸 내가 고스란히 느낄 수 있고, 내가 아프면 네가 우는데 어떻게 우리가 다른 사람일 수 있는 거지? 그 착각이 지금의 우리를 이렇게 형편없는 사람들로 만들었는지도 몰라요.(235쪽)

그렇다면 '다름'이 갈등하고 조정되어 화해해나가는 과정 속에서 서로가 서로를 갱신하며 만들어가는 사랑은 어떠한가. 이는 둘이 하나이기를 갈망하면서도 결코 하나로 환원되기를 거부하는, 역설의 도정에 있는 사랑이다. 달리 말해 그 역설의 도정이 곧 사랑이다. 수이와의 사랑은 서로의 같음에 잠기다가도 서로의 다름에 끌려나오는 불안한 운동성이 이끄는 것으로서 분명 그러한 역설을 타고났다. 그러니 "수이와 헤어진다면 그 상황을 가장 완전하게 위로해줄 수 있는 유일한 사람은 수이"일 만큼 "수이와의 연애는 삶의 일부가 아니"(252~253쪽)라 그 이상임을 이경 또한 분명히 자각하고 있었지만, 그럼에도 이경은 은지를 택할 수밖에 없었다. 혹시 이경이 같음에 비추어 다름을 바라보며(異鏡) 수이를 아프게 하지만 않았다면, 수이가 다름에 갇혀(囚異) 묵묵히 견디는 것에 익숙해지기 전에 이경과 부딪치기를 주저하지만 않았다면, 둘의 사랑은 영원히 지속될 수 있었을까?

그런데 오히려 이 헤어짐이야말로 둘의 사랑에서 가장 중요한 국면이었다고 보면 어떨까? 수이와 이경 사이에 가로놓인 '다름'은 각자가 세상과 대면하는 양태를 분화시켜 사랑의 동력이 되기보다 갈등으로 비화하기가 더 쉬웠다. 수이에게 들이닥치는 '너무 큰 물'과 같은 현실을 이경은 결코 알지 못했다. 그러나 적어도 은지에 대한 거스를 수 없는 마음과 사투하는 동안 이경은 수이의 현실과 비슷한 조건의 현실을 살아볼 수 있었다. '선택하고 말고의 문제'를 가릴 수 없는 수이의 현실은 다른 맥락을 통해 이경의 현실이 되었다. 또한 수이와의 사랑과 은지와의 사랑이 갈등하고 경합하던 그때에 그들 각각이 처한 사회적 조건의 같음과 다름은 중요하지 않았다. 적어도 그때만큼은, 오로지 사랑만이 사랑에 대해 제약이자 조건이 되는 초월적인 상태에 그들은 놓여 있었다.

그런 상태에 놓여보지 않았다면, 이경이 십삼 년이 지난 현재 시점에서 과거를 반추하고 후회하기란 불가능했을지도 모른다. 그때를 살아보지 않았다면, 둘의 다름은 여전히 화해 불가능한 것으로만 남았을지도 모른다. 십삼 년 동안 단 한 번 마주치지도 못한 수이는 "시간과 무관한 곳에, 이경의 마음 가장 낮은 지대에", 즉 "이경이 부순 세계의 파편 위에"(266쪽) 서 있다. 그러나 이경의 마음에 붙박인 수이와 더불어 수이와의 사랑을 돌이키는 매 순간 둘의 사랑은 갱신되고 있다. 둘의 사랑은 결코 현실화될 수 없다는 한계를 안은 동시에, 그 한계를 스스로의 잠재력으로 삼아 영원히 지속되고 있다. 열여덟 여름의 강 위를 위태롭게 날던 왜가리가 지금도 여전히 강물을 따라 날고 있듯이. 수이가 없는 지금에서야 수이와의 사랑은 있다.

한 가지 물음이 남아 있다. 소설의 제목이기도 한 '그 여름'은 어느 때를 가리키는 것일까? 이경과 수이가 처음으로 만난 열여덟의 여름일까, 아니면 고요하게 그러나 무너지듯이 헤어진 스물하나의 여름일까? 혹은 둘 다를 가리키는 것일까? 어쩌면 이경의 마음속에서 영원히 반성되는 바로 그 여름은 아닐까? 그렇다면 이경을 통해 반성된 서술로서의 소설이야말로 그들이 사랑하던 당시의 현실보다도 더 사랑에 가까울 것이다. 그리고 소설을 읽은 당신의 마음은 소설보다도 더 사랑에 가까울 것이다.

이은지
2014년 창비신인평론상에 「징후적 소설과 그 너머—이기호의 『김 박사는 누구인가?』가 맴도는 것들」이 당선되어 등단.

천희란

다섯 개의 프렐류드, 그리고 푸가

작가노트 기억이 나를 본다

해설 양경언 사랑의 영(靈)

천희란
2015년 『현대문학』 신인추천에 단편소설 「창백한 무영의 정원」이 당선되어 등단. 소설집 『영의 기원』, 경장편소설 『자동 피아노』가 있다.

다섯 개의 프렐류드, 그리고 푸가

선생님께

이른 무더위와 함께 불면의 날들이 지속되고 있습니다. 일상의 리듬을 건강하게 유지하기가 거의 불가능하다 느껴질 지경이에요. 책상 앞에 앉아 차가운 음료를 마시다 문득 선생님이 계신 그곳을 떠올렸습니다. 알프스의 나라, 열기를 내뿜지 않는 낮고 낡은 건물들, 선선하고 쾌적한 대기 같은 것을 말입니다. 그러나 곧 바젤의 날씨를 검색해보고는 제 생각이 완전히 틀렸다는 걸 깨달았어요. 그곳의 여름도 무척 덥다는 사실을 알게 되었지요. 물론 그 사실을 알게 된 것이 선생님의 그곳 생활을 조금 더 이해하게 되었다는 걸 뜻하지는 않습니다. 인간은 누구나 아주 모르지 않으면서 겨우 조금 아는 것에 사로잡혀 살아간다는 것을 새삼 떠올렸을 뿐입니다.

그런 생각을 오랫동안 해왔습니다. 그래서 차라리 아주 모르는 것이 낫다고 여겨왔고요. 엄마의 마지막 순간에 대해 말입니다. 그날의 이야기를 듣기로 결정한 것이 과연 옳은 선택인지는 알 수 없습니다. 제가 들을 수 있는 이야기란 그저 겨우 조금의 조금일 테니까요. 알게 된다고 해서 더 많이 이해할 수 없을 것임에도 불구하고, 어쩌면 이제는 편견이라도 좋으니 무언가 저를 완전히 사로잡을 결론을 얻고 싶은 건지도 모르겠습니다. 선생님께 한 번도 묻지 않았고, 또한 물을 수 없었던 그날의 일에 대해 들어야겠다는 생각에 닿았습니다. 그것이 선생님께 고통스러운 기억이라면, 그래서 도저히 답해주실 수 없다면, 답하지 않으셔도 괜찮습니다. 유난히 더위를 못 견디시는 선생님을 곁에서 보살필 사람이 없다는 게 조금 걱정스럽습니다. 건강하세요.

7월 21일

효주 올림

*

추위가 한풀 꺾인 날씨였지. 잠시 눈이 내릴지도 모르겠다고 생각했던 것 같구나. 나는 음악을 들으며 강변을 걷고 있었어. 드뷔시였던가. 음악 때문이었을 게다. 바람도 거의 불지 않고 강도 얼어붙어 있었는데, 불쑥 눈앞에 펼쳐진 화면을 향해 돌을 던져보고 싶었다. 돌을 던지면 돌이 파문을 일으켜 암록의 상록수와 고동색 산

맥, 옅은 회청색 하늘이 휘몰아치며 뒤섞일 것처럼 보였거든. 실제로 걸음을 멈추고 작고 표면이 매끄러운 돌을 하나 골라 허공을 향해 던져보기도 했다. 나이를 먹어간다는 걸 어느 때보다 자각하고 있는 때였지만, 그런 감상에 빠질 만큼은 젊었고, 그래서 잃어가는 중인 것들을 어떻게든 붙잡아보고 싶기도 했지. 돌멩이는 허공으로 솟구쳤다가 언 강에 부딪혀 굴러갔다. 돌이 구르는 소리를 들으려고 잠시 이어폰을 빼기도 했어. 그러자 아주 먼 곳의 바람 소리와 발밑의 풀들이 바짝 말라가는 소리, 그리고 내 이어폰에서 흘러나오는 희미한 피아노 선율이 들려왔지. 그 풍경이 조금 무서워지더구나. 오래 걸으려던 애초의 계획과는 달리 금세 호텔로 돌아가야겠다는 생각이 들었다.

그때 한 여자가 멀리서 언 강 위를 가로지르고 있었어. 네 엄마였다. 부동의 풍경을 휘젓고 있었지. 동작이 크기 때문만은 아니었어. 너무 멀어서 구체적인 생김새나 표정도 보이지 않았다. 아주 느리게 움직이고 있었기 때문에 두꺼운 검정 점퍼 아래 자줏빛 스커트가 펄럭이고 있지 않았다면, 그것을 사람이라고 생각하지 못했을지도 몰라. 아무튼 발목을 다 덮는 자줏빛 스커트는 풍경 안의 다른 색들을 모두 무채색으로 만들어버릴 만큼 강렬했지. 아름다웠다고밖에는 설명할 수 없을 것 같구나. 걷는 것처럼 보이지 않았어. 작은 발을 얼음 위로 지치며 미끄러지는 것처럼 보이기도 했고, 강의 중심을 향해 저절로 빨려드는 것처럼 보이기도 했다.

그 모습이 나를 홀린 것 같아. 다시 이어폰을 끼고 볼륨을 높였다. 그때 나는 내 행동이 비할 데 없는 잔인한 짓이 되리라고는 결코 생각하지 못했어. 그런 일이 될 줄 몰랐지. 세계가 오직 내 귓속에만 있는 유려하고 감상적인 음악에 맞춰 출렁이는 것 같았고, 나는 그 움직임에 맞춰 내 내면에서 사라져버린 것 같은 절망이나 슬픈 감정을 느끼려 애썼다. 부정적이고 혼란스러운 관념어들을 떠올리면서, 그것들이 고갈된 내 정신을 다시 날카롭게 벼려주기를 바라면서 말이다. 흐느끼는 것 같은 얼음 위의 치맛자락을 보며 깊이 상처받은 사람의 얼굴 따위를 상상하기도 했지.

여자가 강 한복판에 잠시 멈춰 서는 듯했고, 내 호주머니 속의 호출기가 울렸어. 시간이 약탈해간 내 젊음은 육체의 그것만을 의미하는 게 아니었지. 그 시절 나는 격렬한 냉소나 깊은 우울, 끝없는 회의가 다신 내게 속할 수 없다는 사실을 깨닫던 중이었다. 내가 내 인생에 일어나는 대부분의 일을 난해하게 여기지 않고 능수능란하게 해결할 수 있게 되었다는 건 내가 더는 혼란스러운 상념들에 붙잡히지 않아도 된다는 뜻이기도 했지만, 동시에 내가 더는 그것을 견딜 수 없는 사람이 되었다는 뜻이기도 했어. 그러니까 나는 시간이 나를 그렇게 몰아가고 있다고 느꼈다. 호출기가 울렸을 때, 나는 이제 허구의 절망을 느끼려고 애를 쓸 수조차 없게 되었다는 생각을 했어. 그러나 그 사실조차 그리 예민하게 받아들이지는 못했지. 그 순간 내가 내 삶을 조소하고 있었다는 것도 좀더 시간이 지난 후에야 깨달았다.

지역번호를 확인하고 그게 호텔 연락처라는 걸 알았다. 머무는 기간이 길어져 큰언니가 사람을 시켜 물건을 보내기로 했었지. 나는 현실로 돌아와야 했어. 여전히 음악이 흘러나오고 있었지만 집중할 수 없었고, 풍경은 한순간에 생기를 잃었다. 나는 돌아섰어. 도로로 연결된 계단으로부터는 이미 너무 멀어져 있어서 야트막한 둔덕을 올라보기로 했지. 땅은 단단하게 얼어 있었고 풀들은 바짝 말라 낮게 엎드려 있어서 오르는 게 힘겹지는 않았다. 그런데도 몇 차례 발을 옮기고 나자 마땅히 발 디딜 곳을 찾을 수가 없었어. 다른 길을 찾아야 할 것 같았지. 그때 유려하게 흐르는 피아노 선율 위로 희미하지만 둔탁한 소음이 들려왔다. 반사적으로 숨을 참으며 소리에 귀를 기울였지. 다시 고요한 음악 소리만이 남았지만, 어쩐지 몸이 움직이지 않더구나. 곧 다시 한번 소리가 들렸지. 나는 그제야 이어폰을 빼고 여자가 걷고 있던 방향을 향해 몸을 돌려세웠다.

얼음을 깨고 있었어. 어느새 강의 가장자리에 도착해 있었지. 여자의 손에 들린 것은 크고 무거운 돌덩이였어. 어둡고 커다란 것이 떨어지자 단단해 보이던 언 강이 깨져나가기 시작하더구나. 그 소리가 강변을 뒤흔들고 있었다. 불안했지만 어떤 일이 일어나고 있는지 단정할 수는 없었다. 나는 잠시 지켜보았어. 강물이 출렁이며 깨진 얼음을 밀어올리는 장면이 내 마음을 전에 없이 흥분시켰지. 그걸 부정할 수는 없을 것 같구나. 얼음을 깨던 둔기가 강물 속에 던져졌다. 그것이 가라앉는 것을 우리는 함께 지켜봤어. 그리고 여자는 곧 얼음 위로 번지는 투명한 물에 발을 적시며 천천히 검은 강물 속으로 걸어들어갔다. 그때만 해도 물은 별로 깊어 보이지 않았어. 물이 여자의 허벅지를 삼킬 때쯤에야 뭔가 잘못됐다는 걸 느꼈다. 하지만 무엇을 해야 할지는 알 수 없었어. 강을 향해 뛰어야겠다고 생각했는데 발 하나 겨우 딛고 설 수 있는 돌들을 밟고 평지로 내려서기도 쉽지 않았지. 물이 서서히 허리를 삼켰고, 가슴과 머리가 물속으로 들어가는 건 순식간이었다. 자줏빛 스커트가 수면 위에 펼쳐졌다. 허우적대는 것처럼 보이지 않았어. 마치 얼음 밑으로 헤엄치려는 것처럼 보였으니까. 그리고 어느새 여자도, 자줏빛 스커트도 어두운 물속으로 사라져버렸다. 그게 내가 본 전부란다.

내가 강변에 닿았을 때 물위에 남은 것이라고는 깨진 얼음 조각들뿐이었다. 내가 몰아쉬는 거친 숨소리가 강변을 울리는 것만 같았고 발밑에서 흐르는 물소리는 맹렬했지. 소리를 질렀다. 뭐라고 소리를 질렀는지는 잘 기억이 나지 않는구나. 울부짖으면서 여자가 헤집어놓은 강의 환부를 향해 달려갔어. 나는 조심스럽지 못했고, 얼음이 갈라지면서 내 한쪽 무릎이 힘없이 물속으로 떨어졌다. 물에 빠지는 동시에 다리의 감각이 모조리 사라졌어. 나는 아예 얼음 위에 주저앉아버렸다. 그뒤로 얼마나 오래 소리를 질렀는지는 모르겠구나. 당시에는 아주 길게 느껴졌는데, 내가 겨우 가벼운 동상만을 입었던 것을 보면 그다지 긴 시간은 아니었겠지.

거기까지다. 언젠가는 네가 그날의 일을 물어오리라 생각했고, 당연히 어떻게 답을 해주어야 하는지도 오래 고민했어. 네가 감당해야 할 고통의 크기를 생각한다면 최대한 간명하게 사실만을 전해야 한다고도 생각했고, 자세한 이야기는 아예 하지 않는 편이 낫다고도 생각했지. 하지만 어느 순간 네 엄마의 마지막 순간이 아름다웠다고 말해주고 싶어지더구나. 설령 내가 비정한 인간으로 보이더라도, 메마른 스스로를 비웃던 나와 같은 인간에게조차 황홀하게 느껴질 만큼 아름다웠다고 말이다. 내 입장에서는 이 이야기를 말로 하지 않게 해준 것이 무척 고마울 뿐이구나.

바젤의 더위는 한국의 더위와는 비교할 것이 못 될뿐더러 차로 조금만 이동하면 한여름에도 점퍼를 입어야 하는 곳이 지천이니 내 건강을 걱정할 필요는 없을 듯하구나. 건강하고, 준영에게도 안부 전해주렴.

7월 30일
스위스 바젤에서

*

선생님께

선생님, 선생님을 원망했던 순간이 있었다는 걸 숨기지는 않겠습니다. 그럴 수밖에 없었어요. 그때 제게 더는 엄마가 곁에 없다는 슬픔은 안중에도 없었습니다. 이상한 일이었지요. 엄마의 시신은 예상보다 온전했고, 그게 기이하게 느껴질 뿐이었어요. 엄마가 떠났다는 느낌이 별로 들지 않았습니다. 그러면서도 앞으로의 삶에 대한 막막함을 피할 도리는 없었습니다. 마을은 작았고, 사건의 목격자가 여전히 호텔에 머무르고 있다는 사실은 노력하지 않아도 제게 전해졌습니다. 버스를 탈 수도 있었는데 굳이 추운 길을 걸었습니다. 목격자를 만난다고 해서 문제가 해결되리라는 보장 같은 건 없었어요. 하지만 악다구니라도 써야 마음이 잠잠해질 것 같았어요. 슬픔은 안중에도 없었다지만, 돌이켜보면 그게 제가 슬픔을 겪어내는 방식이었던 것 같습니다. 이미 뼛가루가 된 엄마를 원망할 수는 없었으니까요. 저는 호텔 로비에 들어서자마자 소리를 질러댔습니다. 당장 내가 원하는 사람을 내놓으라고. 마치 선생님이 엄마를 죽이기라도 한 것처럼 말이에요. 행패를 부리지 않으면 절대로 절 만나주지 않을 거라고 생각했습니다. 만만하게 보여서도, 우습게 보여서도, 불쌍하게 보여서도 안 된다고 수없이 되뇌었어요.

만일 선생님이 그토록 침착한 어른이라는 사실을 미리 알았더라면, 어쩌면 저는 선생님을 찾아가려는 시도조차 할 수 없었을 거예요. 선생님이 로비에 나타나신 순간, 저는 더는 소리칠 수 없었습니다. 온몸에서 힘이 빠져나가는 걸 느꼈어요. 저는 목격자가 엄마 또래의 여자라는 사실을 알고 있었고, 내내 엄마와 크게 다르지 않은 분위기의 사람을 예상했으니까요. 제 예상은 완전히 빗나갔습니다. 상하의가 한 벌인 파자마 위에 긴 코트를 걸친 선생님은 지방 도시에서 흔히 볼 수 있는 그런 여자 어른은 아니었어요. 초췌한 얼굴조차 기품 있게 보였습니다. 무엇보다 선생님은 사람들의 시선을 아랑곳하지 않으셨어요. 그건 선생님이 머잖아 마을을 떠날 외지인이었기 때문에 가능한 일이었는지도 모르지만, 적어도 제가 나고 자란 마을의 사람들은 누구나 지나치게 타인의 눈치를 봤습니다. 엄마를 포함해서 그랬어요.

방으로 가자. 울지 말자고 다짐을 했는데 왈칵 눈물이 쏟아졌습니다. 방으로 가자. 선생님은 막 잠에서 깨어나 처음으로 입을 연

사람처럼 잠긴 목소리로 말씀하셨습니다. 그 목소리가 한적한 로비를 울릴 때, 저는 암담한 미래에 대한 생각을 잠시 접어둘 수밖에 없었어요. 다정하지 않지만 차갑지도 않은 눈, 속마음을 쉽게 읽을 순 없지만 짐작할 수 있을 것만 같은 그런 눈빛이었습니다. 방으로 가자. 선생님께 의지해 살아온 지난 십오 년간, 제게는 그 말이 곧 선생님이었습니다. 결국 그 말을 따라 이제는 너무나 익숙한 이 집에 살게 되었으니까요.

분명 엄마에 대한 기억이 떠오르리라 생각했는데, 오히려 떠오르는 것은 선생님과 보낸 날들입니다. 보내주신 편지를 읽는 내내 선생님과 처음 만난 순간의 기억이 생생하게 되돌아왔습니다. 결혼을 앞둔 딸들이 어쩔 수 없이 엄마에게 전에 없던 애틋한 마음을 느낀다는 이야기를 왕왕 들어왔고, 그래서 저도 그럴 줄만 알았습니다. 물론 선생님과의 일을 돌아보게 될 것도 알았지요. 제 인생에서 꼬박 절반의 시간 동안 엄마가 곁에 있었고, 나머지 절반의 시간에 선생님이 계셨으니, 딱 절반만큼 두 분을 떠올릴 거라 예상하고는 했고요. 하지만 엄마와의 기억은 멀리에, 선생님과의 기억은 이토록 가까이에 있네요. 제가 엄마와 처음으로 눈을 맞춘 순간은 기억할 수 없지만, 선생님을 처음 만난 순간만큼은 결코 잊을 수 없을 테니까요.

선생님의 편지를 읽고 명확해진 것은 별로 없습니다. 다만 절 받아들이기로 결정하신 그때, 당시 선생님의 젊음에 대해 생각했습니다. 지금 제 나이보다도 많은 나이이지만, 결코 늙었다고는 말할 수 없는 그 시절을 말입니다.

당분간 종종 이렇게 편지를 보내려고 합니다. 가을이 시작될 때쯤 준영과 집을 합치기로 결정했어요. 아무래도 제 형편에 큰 집에서 시작하긴 어려울 것 같아 짐을 정리하고 있습니다. 언젠가부터 나날이 집이 비좁게 느껴지던 이유가 제가 어른이 되었기 때문이라고 생각했는데, 그저 너무 많은 걸 버리지 않고 쌓아둔 탓이라는 걸 깨달았어요. 결코 버릴 수 없는 물건들을 추려내듯, 간직해야 하는 기억들을 돌이키는 일도 필요한 것 같습니다.

여유가 있으시다면 그곳의 소식을 전해주셔도 좋을 것 같습니다.

8월 14일

효주 올림

끝내 엄마를 아주 미워할 수는 없었습니다. 아무런 도움도 없이 홀로 아이를 키우는 여자의 삶이 순탄하지 않다는 것을, 제 눈에 띄지 않는 곳에서 상상조차 할 수 없는 비참한 일들이 일어났으리라는 것을 이해하니까요. 선생님이 그날의 온전한 기억을 제게 전하신 건지는 알 수 없지만, 엄마의 마지막 선택에 두려움이나 망설임이 없었다고 기억해주셔서 감사합니다. 만약 망설임 끝에 그런 결정을 내렸다면, 저는 그 사실을 더욱 견딜 수 없었을 거예요.

*

내가 네게 손편지를 쓰게 될 줄이야. 정말이지 오랜만이고, 또한 뜻밖의 일이구나. 네가 나란 사람을 얼마만큼은 이해하고 있었기 때문이겠지. 그간 내 앞에서 나약하게 굴지 않으려 애쓰고, 또 묻고 싶을 때에도 묻지 않았던 것 말이다. 구구절절한 편지를 쓰는 일은 내 적성에 맞지 않지만, 이곳에선 남는 게 시간뿐이니 천천히 네게 답장을 해보기로 했다. 네게 편지를 받을 일도 잘 없었잖니. 네 글씨를 보고 조금 놀랐다. 네 글씨가 좀더 반듯할 줄 알았으니까.

글쎄, 너는 좀 실망할지도 모르겠구나. 너를 처음 만났을 때 나는 내가 처한 곤경에 대처하느라 정신이 없었다. 그러니까 겨우 두어 달 내려가 있던 시골 동네에서 그런 사건의 목격자가 된 것만으로도 보통의 충격이 아니었는데, 죽은 사람의 딸이 날 찾아오다니 제정신이었을 리가 없지. 나는 사람들의 시선으로부터 달아나고 싶어 안달이 나 있었다. 당장의 소란을 모면하고 싶다는 생각이 간절했으니, 네가 기억하는 것처럼 의연하지만은 않았어. 빨리 마을을 떠나지 않았던 걸 후회했지. 그런데 널 쉽게 달래 돌려보낼 수 있으리라 생각하지는 않았지만, 네 눈빛이 마냥 떼를 쓸 것처럼 보이지는 않더구나.

며칠을 제대로 잠들지 못한 탓에 그날의 모든 일이 선명히 기억나진 않는다. 그래도 지울 수 없는 순간이 있기는 해. 네가 내 말을 기억하듯이 나도 너의 말을 기억한다. 너는 방에 들어가자마자 혼이 빠진 사람처럼 의자에 주저앉았다. 앉았다기보다는 쓰러지다시피 했지. 내가 준 물 한 잔을 마시고 나서야 겨우 몸을 일으켰고, 퉁퉁 부은 눈으로 나를 똑바로 올려다보며 말했다. 이제 네게는 남아 있는 것이 아무것도 없다고 말이다. 그건 의외였다. 나는 네가 내게 엄마의 죽음에 관해 물을 줄로만 알았지. 너를 지극히 보살펴온 엄마가 널 두고 목숨을 끊을 리 없다고, 내 증언을 철회해주길 바랄 줄로만 알았던 거야. 네가 내 증언 때문에 보험금조차 받을 수 없게 되었다는 이야기를 하리라고는 상상도 못했지. 너는 갈라지고 떨리는 목소리로 흥분을 억누르며 내게 말했다. 너와 내 관계를 결정한 건 내가 네게 한 말이 아니었다. 네가 내게 한 말이었지. 아마도 네 말이 내 예상을 빗나가지 않았다면, 나는 어떻게든 그냥 널 돌려보내고 소리없이 마을을 떠났을 거야. 아직도 그렇게 생각한다.

물론 곧장 네 후견인이 되기로 결정한 건 아니었다. 네가 돌아간 후에 보험금을 받아낼 방법이 있는지 알아보는 게 먼저였지. 어렵다고들 하더구나. 지금 같아선 애초에 말이 안 되는 일이지만, 너도 알다시피 그 시절엔 그랬잖니. 내 증언 때문에 소송에서도 이길 가능성이 희박하다고들 했어. 물론 그때의 너는 미성년자였으니 법정대리인 없이 보험금을 수령할 수조차 없었겠지만, 그게 가능했더라도 그 보호자가 내가 되어야 할 필요는 없었을 거다. 널 맡아줄 가까운 친척, 네 아버지도 찾아봤지만 모두 허사였어. 아버지와 상의를 했지. 단번에 입양을 권하시더구나. 독신 가정은 입양이 불가능하니 작은언니를 설득해보자고 하셨지. 그건 내가 원하지 않았어. 나 혼자 입양이 가능하다고 해도 하지 않았을 거야. 천지가 개벽하지 않는 한 내가 내 배로 아이를 낳을 일은 없었고, 책임감만으로 아이를 입양하는 건 용납이 안 됐지. 특별히 아이를 좋아하는 것이 아니기도 했지만, 이데올로기적인 정상가족의 삶을 흉내내며 사는 건 더더욱 용납이 되지 않았다.

결국, 내가 하고 싶은 말은 이것 같구나. 나는 경제적 여유가 있었고 너에게 들여야 하는 비용과 관심을 추후에라도 다른 곳에 돌릴 필요가 없었다. 무엇보다 내 눈에 비친 너라는 아이는 약간의 도움만 있다면 충분히 자신의 삶을 홀로 꾸려나갈 수 있을 만한 인간이었지. 굳이 이런 말을 하는 건 내가 너에게 보인 작은 호의를 과장되게 평가하지 않길 바라는 마음 때문이다.

아버지가 네 결혼 비용 문제를 두고 연락하셨다. 네가 조금 마음을 열고 아버지의 뜻을 받아주면 좋겠다는 게 내 생각이다. 네가 성장하는 과정을 부모의 마음으로 지켜본 것도 나보다는 아버지셨으니까. 생각해보길 바란다.

8월 23일

바젤에서

*

선생님께

할아버지는 키우던 식물 대부분을 처분하기로 하셨습니다. 이제 힘에 부치시는 모양이에요. 고모님들이 일부를 가져가셨고, 일부는 지인들에게 선물하셨고, 나머지는 식물원 사무실로 보내셨다고 해요. 선생님이 떠나신 뒤에 줄곧 고민을 해오신 모양입니다. 선생님이 아주 떠나신 것이 아니니 신중하게 결정하시라고 설득해보기도 했고, 제가 돕겠다고 나서도 봤지만, 애당초 너무 욕심을 부렸다는 말씀만 거듭하셨어요. 화분이 놓여 있던 마룻바닥을 걸레질하며, 처음 선생님 댁을 찾았던 날을 떠올렸습니다.

막 해가 떨어져서 모든 게 어슴푸레한 푸른빛에 잠기기 시작할 무렵이었습니다. 커다란 대문 앞에서 이미 주눅이 들어 있기는 했어요. 그러나 대문 안으로 들어서자마자 펼쳐진 정원의 풍경을 보고는 완전히 겁에 질려버리고 말았습니다. 초록으로 뒤덮인 산도 겨울이 되면 으레 을씨년스럽게 변하는 법이라지만, 수목과 잔디가 반듯하게 정돈된 앙상한 정원은 더욱 기묘한 느낌을 주었지요. 선생님의 다정한 제안과 별개로 그 집의 첫인상은 델 것 같은 차가움이었습니다. 아마도 드라마 같은 것에서 보아온 이미지였겠지요. 그때 얼핏 제가 그 집에서 환영받을 사람이 아니라는 짐작 따위를 했던 듯합니다.

바퀴 달린 가방을 끌며 징검돌을 놓은 정원을 가로질러 가는 것은 불가능했어요. 가방을 번쩍 들어올렸는데 감당할 수 없을 만큼 무겁게 느껴졌습니다. 곧 선생님이 현관문을 열고 나오셨지요. 현관에서 뿜어져나오는 불빛은 따뜻한 동시에 저를 집어삼킬 것처럼 느껴지기도 했던 것 같아요. 비장한 마음으로 정원을 지났습니다. 선생님이 가볍게 제 짐을 받아들어 양손이 자유로워진 순간에도, 제가 모두에게 불편한 손님일 거라는 생각만큼은 떨칠 수가 없었어요. 선생님조차 낯설었지요. 우리가 얼굴을 맞대고 만난 건 고작 서너 번에 불과했으니까요.

그런데 거실로 들어서는 순간 모든 게 바뀌었습니다. 거실은 완연한 초록이었어요. 세계의 온도가 급변하는 걸 느꼈습니다. 저를 에워싼 안온한 공기와 뼛속 깊이 들어찬 냉기가 부딪쳐 뼈와 살이 갈라지는 기분이 들었어요. 그때 느낀 감각을 통증이나 고통이라 부를 수는 없습니다. 제 안에 짓눌려 있던 무언가가 터져나오는 것 같았으니까요. 눈물이 쏟아질 것 같아서, 아랫입술을 꽉 물었습니다.

그날 선생님 댁에서 처음으로 하룻밤을 보내며, 저는 좀처럼 잠들 수 없었습니다. 낯설고 불편한 탓도 있었고, 저를 위해 구해두셨다는 집이 궁금하기도 했습니다. 그러나 무엇보다 저녁식사 자리의 분위기가 자꾸만 떠올랐어요. 선생님과 할아버지는 말씀을 많이 하지 않으셨지요. 말을 건네는 건 대부분 고모님들이셨습니다. 모두 다정하셨어요. 음식을 덜어주시고, 제 외모와 목소리를 칭찬하셨고, 제가 다니게 될 학교의 평판에 대해서도 차분히 이야기를 들려주셨고요. 진로를 결정하는 일이나 서울 생활을 하며 겪어야 하는 자질구레한 문제들에 대해 언제든 선생님께 상의하라고 조언하셨습니다. 분명 친절한 분들이었는데도, 저는 그 상황이 못내 불편했습니다. 과도한 친절이랄까요. 제 짐작이 틀리진 않았다는 걸 이제는 잘 알고 있어요. 모두 다정했지만, 저는 분명 반가운 손님은 아니었던 거예요. 저는 자꾸만 거실 쪽으로 눈을 돌렸습니다. 그리고 그러다 간혹 할아버지와 눈이 마주쳤지요. 할아버지는 매번 희미하게 미소를 지으셨어요. 잠이 오지 않는 어둠 속에서, 저는 밤새도록 그 미소만을 떠올리려 애썼습니다.

오래된 집안 곳곳에서 나무가 뒤틀리는 소리가 들려왔고, 한번 귀를 기울이자 도무지 떨쳐낼 수 없었습니다. 불을 켜고 어둠을 몰아내도 소리는 잦아들지 않았고요. 짐을 정리하다 엄마의 문갑 안에서 찾아낸 담배가 떠오른 건 아주 깊은 밤이었어요. 집에 남아 있는 사람은 할아버지와 선생님뿐이었고, 두 분의 침실은 위층에 있으니 잠시 현관 밖으로 나갔다 오는 것쯤이야 상관없을 거라고 생각했습니다. 너무 피곤해서인지 오히려 몸의 무게가 잘 느껴지지 않았어요. 소리내지 않고 움직일 수 있을 것만 같았죠. 거실에 할아버지가 계실 거라는 생각은 추호도 못한 채로, 저는 방문을 열었습니다.

할아버지는 스탠드 불빛 아래서 무언가를 읽고 계시다가는 조금 놀라신 듯했습니다. 물을 마시고 싶다고 둘러댔더니 굳이 몸을 일으켜 부엌으로 가셨고, 그릇 건조대에서 컵을 꺼내 냉장고 문을 여셨습니다. 그러고는 옴짝달싹 못하고 서 있는 제 손에 차가운 물잔을 쥐여주셨어요. 그냥 방으로 돌아갈 수는 없었어요. 저는 내내 말을 골랐습니다. 감사하다고 말할 수도 있었고, 아직 안 주무셨느냐 물을 수도 있었는데, 왜 그때는 그 말이 떠오르지 않았는지 모르겠어요. 그러다가 거실에 놓인 화분들 사이에서 진분홍빛의 꽃봉오리를 발견하고 식물의 이름을 물었습니다. 가재발선인장이었어요. 추운 겨울에 꽃을 틔운다고 말씀하시면서, 할아버지는 거실로 돌아가 앉으셨습니다.

할아버지가 움직이실 때 흐릿하게 남성용 스킨 냄새 같은 것을 맡았어요. 평생 엄마와 단둘이 살아온 제게는 낯설고 어색한 향기였습니다. 그 향기에 이끌리듯이 저는 거실로 따라가 무릎을 꿇고 앉았습니다. 할아버지는 제게 식물을 좋아하냐 물으셨고, 저는 식물이 많은 곳에서 자랐지만 다른 아이들에 비해서는 아는 게 별로 없다고 답을 했어요. 그러자 느닷없이 세상에 얼마나 다양한 식물들이 있는지를 설명하기 시작하셨습니다. 빛을 더 많이 보기 위해 경쟁하듯 성장하는 밀림의 나무들과 필요한 만큼의 수분만을 얻기 위해 방수가 되도록 진화한 잎, 꽃가루를 옮기기 위해 곤충의 형태로 몸을 바꾼 꽃들, 잎을 갉아먹지 못하도록 화학물질을 내뿜는 식물이나 다른 식물과 바위에 붙어 양분을 빨아들이는 기생식물, 곤충이 아니라 커다란 동물을 잡아먹기도 하는 육식식물 같은 것에 대해 말입니다. 왜 제게 그런 이야기를 하시는지 알 수 없었습니다. 그렇지만 재미있는 이야기였고, 저는 물잔의 표면에 맺힌 물방울들이 제 손을 적시는 걸 느끼면서, 젖은 손을 어딘가에 문질러 닦지도 못한 채로, 그저 가만히 그 말에 귀를 기울일 수밖에 없었어요.

한참 그런 이야기를 늘어놓으신 뒤에야 할아버지는 말씀하셨습니다. 수중에서만 살던 식물이 육지로 올라온 것은 바다의 산소 농도가 급격히 낮아진 탓이라고요. 산소가 없어 죽어나가야 했던 식물들의 사체가 뭍으로 올라와 광합성을 하며 스스로 산소를 내뿜기 시작했다고 하셨어요. 식물은 존재의 방식을 바꿔가며 생존해왔다고도 하셨고요. 그렇지만 이전과 완전히 새롭게 태어난 것은 식물뿐이 아니라 육지도 마찬가지였다는 이야기를 덧붙이셨습니다. 그걸로 비로소 동물이 살 수 있는 환경이 만들어진 것이라고요. 생존하기 위해 자기 자신을 바꾸는 일을, 자신의 환경과 주고받는 영향의 형태가 달라지는 것을 두려워하지 말라고 말씀하셨습니다. 세상의 모든 것은 절대로 홀로 존재할 수 없어서, 무언가가 변하기 시작하면, 그 변화가 세상의 다른 것들을 바꾸기도 한다고 하셨어요.

울어버려야 할 것 같았지만, 눈물이 나지는 않았습니다. 다음날 아침, 방문 앞에 가재발선인장 화분이 놓여 있는 것을 발견하기 전까지는 그랬어요. 화분을 들고 지금 사는 이 집으로 오는 길에 내내 눈물이 멈추지 않았습니다.

그걸 정말로 잘 키워보고 싶었어요. 해가 가장 잘 드는 자리에 화분을 두고, 매일 잘 길러보자고 다짐했습니다. 그러나 꽃이 떨어지고 얼마 지나지 않아 선인장은 시들기 시작했습니다. 이파리 끝이 거뭇거뭇하게 변하더니 이내 손쓸 수 없는 상태가 되었어요. 마음이 아팠습니다. 왜 그렇게까지 마음이 아픈 건지, 그 아픔이 무엇을 의미하는지는 알 수 없었지만요. 그때부터 식물을 사들이기 시작했어요. 물과 햇빛만 있으면 저절로 자란다는 다육식물이나 허브 모종은 수도 없이 샀고, 때로는 씨앗을 사서 심어보기도 했습니다. 하지만 번번이 실패했어요. 어떤 식물은 충분히 관심을 두지 않았기 때문에 말라버렸고, 어떤 식물은 지나치게 관심을 둔 탓에 죽기도 했고요. 화원에서 물을 주는 주기를 적어주었는데도, 자꾸 자주 물을 주면 안 되는 화분에만 눈길이 갔습니다. 물을 주지 않으면 곧 말라 죽어버릴 것 같은 불안이 엄습했고, 물을 주다보면 뿌리가 썩어갔습니다. 저는 비로소 그것이 제 삶을 은유하고 있다고 느꼈어요. 저는 점점 더 의기소침해졌고, 이내 식물 키우는 일을 포기했습니다. 그리고 어느 날엔가 할아버지가 주신 가재발선인장의 텅 빈 화분을 선생님 댁 정원 구석에 놓아두었어요. 그게 마지막이었습니다.

할아버지의 정원을 흠모해온 것은 식물의 유연함이나 생명력 때문은 아니었어요. 그저 제가 도저히 해낼 수 없는 일들이 누군가의 손으로는 가능하다는 게 놀라울 따름이었습니다. 아이가 생겼어요. 식을 올리기 전에 준영과 집을 합치기로 한 건 그 때문입니다. 어제야 할아버지께 말씀을 드렸고, 결혼 비용에 관해서도 할아버지 말씀을 따르기로 했어요. 그리고 또다시, 가재발선인장 화분을 받았습니다. 낡았지만 눈에 익은 화분에서 아직 꽃이 달리지 않은 파란 잎들이 날카롭게 손끝을 뻗어올리고 있었습니다. 지금 화분은 다시 제 창가에 놓여 있습니다. 다시는 이 화분을 돌려드릴 수 없고, 그래서는 안 된다는 생각에 겁이 납니다. 생존하려는 것은 스스로 변할 뿐만 아니라, 자신을 둘러싼 환경을 바꾸기도 한다는 오래전 할아버지의 말씀을 겨우 붙들고 있는 밤입니다. 그것이 가능하기만을, 간절한 마음으로.

9월 2일

효주 올림

*

인류의 유구한 역사 속에서 여성에게 출산이란 언제나 공포스러운 경험이었잖니. 우리 모두 알고 있는 바대로 말이다. 나 역시 그 두려움을 충분히 이해한다. 그러나 네가 두려워하는 것은 그런 게 아니겠지. 그래, 나도 거기까진 미처 생각해보지 못한 것 같구나. 나는 출산과 육아로부터 자유로운 삶을 살아왔으니까. 아무래도 네가 한 아이의 어머니가 될 날을 미리 염두에 두지 못한 거겠지.

네가 항상 의젓한 사람이었기 때문에 무엇이든 잘 극복해낼 것이라 생각한 탓도 있을 거야. 네가 그 두려움에 대해 적어 보낸 지금도, 나는 네가 결혼을 앞두고 실패할지도 모른다는 예감과 싸우고 있다는 게 실감이 나지 않는구나.

내가 부모님께 처음으로 여자를 사랑한다고 고백했던 날이 떠오르는구나. 나는 엄마에게 먼저 그 사실을 털어놓았어. 가부장인 아버지보다는 엄마 쪽이 편했으니까. 내 기대는 완전히 엇나갔지. 그 분은 날 끌어안으며 다시는 누구에게도 이 이야기를 하지 말라고 말씀하셨지. 떨고 계시는 게 온몸으로 느껴졌고, 차디찬 얼음 바늘이 내 혈관을 따라 흐르고 있는 기분이 들었다. 부침 없이 모든 걸 단번에 이해받으리라 생각하지는 않았어. 하지만 아무리 마음의 대비를 해도, 그 일이 실제로 내게 일어나니 분이 나서 참을 수가 없었다. 나도 그땐 혈기왕성한 나이였고 어떤 종류의 것이든 내 정체성을 있는 그대로 인준받기를 원하는 청년이었지. 자리를 박차고 일어나 그대로 집을 나와버렸다. 겨우 대문밖까지 따라나온 엄마는 내 이름을 외쳐 부를 수조차 없었어. 평생 그렇게 살도록 교육받은 사람이었으니까.

가장 가까운 공중전화 부스로 가서 아버지 연구실로 전화를 걸었지. 곧장 받으셨어. 전후 설명도 없이 다짜고짜 내가 레즈비언이라고 말했다. 말씀이 없으셨어. 동전이 떨어지는 소리가 들렸고, 전화가 끊어질지도 모른다는 생각에 주머니 속의 동전을 죄다 털어 집어넣었지. 동전이 몇 번이나 떨어졌을까. 분명한 건 답변이 생각보다 빨리 돌아왔다는 거였지. 집에서 얘기하자. 아직 한참 더 통화를 할 수 있을 만큼 동전이 남아 있었는데, 아버지는 일방적으로 전화를 끊었다. 화가 난 것 같지는 않았어. 아버지의 의중을 알 수가 없더구나. 정말로 알 수가 없었어.

밤늦게까지 집 근처를 서성이며 아버지를 기다렸다. 우리는 집으로 들어가지 않은 채 근처 호프집으로 가 맥주를 마셨지. 아버지는 담담해 보였어. 이미 알고 있었던 것도 같았지. 물론 알고 있었다고 말하진 않았다. 맥주 반잔을 단숨에 들이켠 아버지는 입을 떼기가 무섭게 엄마가 드러누웠다는 얘기부터 했어. 다시 화가 치밀었지. 그때 아버지가 네게 했던 것과 꼭 같은 이야기를 내게 들려주었다. 너도 이미 느껴본 것이니 잘 알 것 같구나. 내 기분이 어땠겠니. 거의 울기 직전이었어. 그렇게 해야만 살 수 있다면, 그렇게 살라는 소리로 들렸다. 그러면서 덧붙이기를 엄마를 조금 기다려달라 했어. 엄마가 죽음이 찾아온 순간까지도 어떻게든 나를 돌려세우려고 애쓸 줄은 아버지도 모르셨겠지. 엄마가 돌아가시기 전까진 가족들 앞에서 한 번도 내색하지 않았지만, 내게는 아버지가 가장 큰 지원자였던 셈이다. 차차 언니들도 알게 되었지만, 젊다고 해서 빨리 이해하는 건 아니었지. 그렇게 아버지와 가까워지고, 아버지의 식물에 관심을 가지고, 엄마가 떠난 집으로 돌아가 내내 아버지 곁에 머물게 된 거야.

그리고 네가 나타났다. 네 이야기를 들은 아버지는 마치 내가 자식을 얻게 된 것처럼 기뻐했어. 언니들이 아이를 낳았을 때보다 훨씬 더 기뻐했지. 그때 처음 알았다. 결국 그도 어쩔 수 없는 가부장이었다는 걸. 아버지가 내가 바라는 세계를 주려고 고통스럽게 진화하고 있었다는 사실을 말이다. 모순된 감정이 들었어. 하나는 모종의 죄책감이었고, 다른 한쪽에 배반감이 있었지. 세상의 편견을 생각하면 아버지의 이해에 감사해야 했지만, 나는 그게 늘 내가 받아야 할 온당한 이해라고 생각했으니 말이야. 아버지의 이해가 부자연스러운 인내였을 것을 생각하면 견딜 수가 없었던 거야. 차라리 우리가 격렬히 불화했다면, 아버지를 영원히 미워했을지언정 누추한 감정을 느껴야 할 필요는 없었을 테니까. 물론 일시적인 감정이기는 했다. 내 기준대로 세상을 단죄할 수 없다는 걸 모르는 나이가 아니었지.

네가 어떻게 여기든 네 존재가 내 삶을 바꿔놓은 건 사실이다. 아버지는 네 덕분에 내가 자식을 갖지 않으리라는 끝도 없는 상실감으로부터 벗어났으니까. 나는 부모로서 지고 견뎌야 하는 모든 책임에서 자유로우면서도, 부모가 되어야 얻을 수 있는 것들을 너로부터 얻었다. 네가 이미 알고 있는 이야기들이니 거리낌없이 이야기하자면, 한때 내가 회개하기를 바랐고 또한 그게 가능하리라 믿었던 큰언니는 이제 자신의 기도가 성취되지 않는 게 너 때문이라고 믿어. 내가 너에 대한 책임감 때문에 결혼을 하고 정상적인 가정을 꾸리는 삶으로 돌아올 기회를 잃었다고 생각하는 거야. 작은언니는 내게 너를 사랑하는지 물었던 적도 있지. 젊고 건강하고 아름다운 걸 사랑하는 마음은 이해하지만, 그렇게 아름다운 것에 끌려다니는 자들의 파국을 생각해야 한다고 했어. 그런데 결국엔 그 모든 게 내게는 좋은 변명거리였던 셈이다. 내가 주장하지 않아도 그들이 그렇게 믿는 한에서는 말이다. 혹여 네가 이 가정에서 기생하듯 살아왔다고 생각하지 말았으면 한다. 너는 정말로 많은 것을 바꿔놓았어.

네가 모든 걸 잘해낼 수 있을 거라고는 말할 수 없구나. 너와 나는 닮은 점이 별로 없지만, 적어도 진화와 생장이 극복이나 성장의 동의어가 아니라는 사실을 아버지께 배운 사람들이잖니. 그러니 그저 그 두려움이 지나가고 난 뒤에, 네가 그것을 모두 지나온 지점에서 있으리라는 말을 해주고 싶구나. 그리고 은유란 선명하고 매혹적이지만, 때로는 그 아름다움이 우리를 미혹한다는 것을 잊지 마라. 이를테면 네가 망쳐온 그 화분들은 결코 네가 얻게 될 생명과는 등가의 것이 될 수 없다는 사실을 말이다.

가장 먼저 해야만 했던 말을 가장 마지막에 하게 되는구나. 축하한다.

9월 12일
바젤에서

*

선생님께

"절대로 쓰고 싶지 않은 이야기를 가진 것의 의미를 알 것 같다. 한 작가에게 쓰고 싶지 않은 것은 곧 쓸 수 없는 것일 테다. 비열한 글쓰기란 자신과 타인의 삶을 팔아 연명하는 것도, 핍진한 허구를 구성하지 못하는 것도, 삶의 새로운 의미를 발굴하지 않는 것도 아니다. 그저 쓸 수 없는 것을 쓸 수 없는 것으로 남겨두는 것. 지금까지의 절망이 모두 허위였음을 비로소 깨달았다."

엄마의 마지막날에 대해 듣기로 결심한 것은 선생님의 마지막 책에 실린 바로 이 문장들 때문이었습니다. 선생님을 보며 작가의 꿈을 갖게 되었고, 작가가 되어야겠다고 결정한 순간부터 저 문장을 한 번도 잊은 적 없습니다. 그 어떤 위대한 작가의 윤리도 작가 그 개인의 윤리에 지나지 않을 뿐임을 압니다. 하지만 선생님은 저 문장을 마지막으로 실제로 더는 작품을 쓰지 않으셨지요. 선생님의 말씀이 주술처럼 저를 묶고 놓아주지 않았습니다. 소설을 쓰는 일은 제 개인의 구원을 위한 것이 아니지만, 제 개인을 구하려는 하찮은 정념으로부터 해방되기 위해서라도, 더 늦기 전에 써야 한다는 생각이 들었습니다. 아마도 선생님의 젊음이 지금의 세상에 속한다면 선생님도 조금 더 빨리 그 비밀의 구속에서 자유로워지셨을 테지요. 그 사실이 무척 안타깝습니다. 제 유년의 일들을 선생님의 긴 침묵에 견줄 수는 없을 듯합니다. 그건 그저 한 개인의 인생사로 치부할 수 없는 것이니까요. 쓰는 내내 선생님의 침묵을 떠올렸습니다. 한 편의 소설을 동봉합니다. 진화와 생장, 이것이 선생님께 저의 그것을 증명하는 일이 된다면 얼마나 좋을까요.

9월 23일

효주 올림

*

이곳에 스콜라 칸토룸이라는 제법 유명한 고음악 학교가 있다. 어지간해서는 명성을 얻기도, 돈을 벌기도 쉽지 않은 악기를 다루기 때문일까. 종종 거리에서 악기 케이스를 열어두고 연주를 하는 그곳의 학생들을 마주쳐. 그 광경이 무척 생소하게 느껴졌다. 길거리 공연이라는 것은 별로 특별하지 않지만, 류트나 비올라 다 감바 연주를 길에서 들을 일은 흔치 않지. 지난 오후에 팅겔리 뮤지엄 앞의 광장에서 바로크 바이올린과 류트, 리코더 연주를 하는 학생들을 만났어. 류트 연주를 직접 보는 건 나도 평생 처음이었다. 팅겔리가 만든 우스꽝스러운 분수가 물을 퍼올리고 뿜어내는 소음과 고악기들의 음색이 묘하게 어울리더구나. 차가운 기계장치의 삐걱거리는 소리와 오래된 나무 악기들의 떨리는 음색이 불협화음을 일으키는 게 아주 현대적인 음악처럼 느껴졌다. 바로크 음악이 말이야.

학생들의 연주가 서툰 건 아녔어. 나는 해가 떨어질 무렵까지 한참 동안 연주를 지켜보았고, 그들이 모두 떠난 뒤에도 쉽게 자리를 떠날 수 없었다. 분수 소리만이 광장에 울려퍼졌지. 그러다 문득 깨달았다. 연주하기 쉽도록 개량하기 전의 악기들이 연주되던 시절, 아무리 정교해지려고 애를 써도 완벽한 소리를 낼 수 없었던 그런 악기들이 존재한 시대의 음악에 대해 말이야. 그걸 금속으로 만든 기계장치의 신경을 긁는 소음 속에서 깨달은 거야. 천진난만하고 장식적인 비발디의 기저에 낮게 깔린 불안이 느껴졌다. 이제는 헨델과 바흐에서도 마찬가지로 느껴지지. 지금껏 그 음악들을 편안히 들어온 게 의아해졌다. 어떻게 설명해야 할지 모르겠구나. 우리는 그 말로 설명할 수 없는 불안을 마치 현대에 고안된 개념인 것처럼 생각하지. 그런데 신과 계급의 권위에 철저히 복무하던 예술에서도 불안은 떠난 적이 없었어. 오히려 그 존재의 형식과 도저히 분리해낼 수 없이 밀착되어 있었지. 어쩌면 인간은 악기를 개량해 흠결 없는 소리를 만들자, 이제 그 불안을 놓칠까 두려워졌던 게 아닐까. 불안을 제거한 것이 도리어 인간을 더욱 불안하게 만든 것이 아닐까. 그런 생각이 들더구나. 지나치게 막연하지만, 왜 그렇게 해야만 했는지, 그걸 알 것 같은 기분도 들었다.

말로 설명할 수 없는 그 순간의 감각을 며칠째 잊을 수가 없구나. 그래서 그 이야기를 들려주고 싶었다. 준영과 네가 와서 보아도 좋으리라는 생각이 드는데, 홑몸이 아닌 상태로는 좀 무리겠지. 보내준 원고는 잘 받았다. 한국의 가을도 슬슬 깊어가고 있겠지. 이곳 공기는 부쩍 차가워졌다. 더 추워지기 전에 이곳을 떠날 수 있다면 좋겠구나.

10월 10일
바젤에서

*

아이를 데리고 처음으로 공연장에 갔습니다. 바로크 음악을 들으러 갔지요. 바로크 악기로 연주하는 바로크 음악을요. 집으로 돌아와 잠을 이루지 못하고 책상 앞에 앉았습니다. 악기 소리가 귓가에 맴돌고, 저는 비로소 선생님의 마지막 편지가 수수께끼 같다고 느낍니다. 어째서, 하필이면 마지막에, 우리의 삶과 아무런 상관이 없는 그 이야기가 이곳에 도착해야 했을까. 궁금해지기 시작했습니다. 선생님이 돌아가신 후 그 편지를 몇 번이고 다시 읽었고, 언젠가는 반드시 바젤에 가보자고 준영과 약속했지요. 그러나 저는 아직 바젤에 가보지 못했고, 머릿속을 떠나지 않는 음악도 저를 일깨우지는 못했습니다. 이곳은 그곳이 아니기 때문일까요. 왜 하필 그 편지가 마지막이었을까. 계속해서 묻다보니 실은 그 편지가 마지막 편지가 아닐지도 모른다는 생각이 들었어요. 그러자 불현듯 선생님이 어딘가에 살아 계실지도 모른다는 생각에까지 이르렀습니다. 제가 보고 만진 건 오직 흰 분이 된 선생님의 유골뿐이었으니까요. 선생님의 필체로 적힌 마지막 편지 이후에 제게 도착한 것은 오직 그것뿐이었으니까요. 저는 오직 할아버지께만 죽음이 다가오고 있다는 사실을 알려두셨던 선생님께 이미 한 번 속은 것이나 다름없으니까요. 슬픔이 아닌 배신감에 눈물을 흘리기도 했으니까요. 아무런 근거가 없는 예감이라는 것을 압니다. 설령 제 예감이 틀리지 않았다 해도 답을 해주실 리 만무하겠지요. 그럼에도 불구하고 저는 씁니다. 편지는 닿지 못하더라도, 이 그리움만은 닿을 수 있으리라 믿으면서……

효주 올림

*

효주에게

나도 그땐 어렸으니까 말이다. 내가 믿는 우리의 사랑이 어떤 사랑이었냐 하면, 그건 아주 평범한 사랑이었다. 내가 여자이면서 여자를 사랑한다는 사실을 제외하면 정말로 다른 사람들의 사랑과 조금도 다르지 않았지. 그게 내 첫번째 착각이었다. 내가 여자를 사랑한다는 사실을 제외시켜서는 안 됐어. 그건 정말이지 특별한 사랑이었어야 했다. 물론 내가 여자를 사랑했고, 그래서 세상의 편견과 싸워야 했기 때문만은 아니었다. 모든 사랑은 언젠가 깨지고 부서질 수 있기 때문에, 어떤 사랑이라도 사랑하는 순간만큼은 특별하다는 사실을 나는 좀더 시간이 지난 후에 깨달았지. 나는 다른 사람과 나의 사랑이 다르지 않다는 사실을 증명하고 싶었고, 그래서 그 특별함에 대해서는 생각할 여력이 없었던 거야. 그걸 좀더 빨리 깨달았어야 해. 그때 나는 지극히 평범한 사랑 앞에서, 평범하므로 당당해져야만 한다고 생각했다. 타인에게 당당할 수 없으면서 자기 자신에게 당당하다고 믿는 건 기만이라고 생각했던 거야. 그게 진정 내 신념이었다면, 타인의 시선은 아랑곳하지 않아도 되었을지도 몰라. 그런데 실은 나는 자주 흔들렸고, 흔들리는 자신을 바로 세우려고 애를 쓰고 있었던 거야. 그 사람이 나와 똑같은 선택을 하길 바란 건 그런 생각 때문이었다.

내 사랑이 적어도 아버지에게만큼은 순순히 받아들여졌기 때문이기도 했지. 나의 사랑과 동시에 내가 사랑하는 사람 또한 받아들여졌으니까. 나는 그 사람이 나를 보며 용기를 얻어야 한다고, 또 그럴 수 있다고 믿었다. 그 사람은 그럴 수 없다고 했지. 자신에겐 형제자매도 없고, 홀로 남은 아버지에게 그런 시련을 줄 자신이 없다고 했어. 나는 우리의 사랑 앞에서 똑바로 고개를 들지 못하는 그의 태도가 곧 나를 향한 것이라 여겼던 것 같구나. 우리의 대화는 언쟁으로, 언쟁은 그를 향한 나의 일방적인 비난으로 번져갔어. 그의 마음을 이해할 수 없었던 건 아니지만, 이해해서는 안 된다고 마음을 다잡았다. 이해할 수 없었던 게 아니라, 이해하지 않기 위해서 기를 쓰고 버틴 거지.

그래서 더는 그 사람에 대한 사랑이 남아 있지 않았음에도 불구하고 나는 화가 났다. 그 사람이 나와 헤어진 후에 남자와 결혼을 하고 아이까지 낳아 기르고 있다는 걸 알게 되었을 때 말이야. 시간이 흐르는 동안 많은 걸 이해하게 되었다고 생각했는데, 모욕을 당한 기분이 들었어. 더군다나 그가 아이를 키우며 사는 곳이 한때 우리가 함께 여행을 한 곳이었으니까. 그게 뭘 의미했겠니. 그 사람이 나를 추억하고 살아간다는 뜻이었지. 참담했다.

물론 이 모든 건 사후적인 감정일 뿐이야. 나는 그저 그 사람의 소식을 얼핏 전해 들었고, 아무런 확신도 없이 그를 찾아 나섰어. 그리고 만났다. 결혼을 한 건 아버지 때문이었다고 하더구나. 병환이 있는 아버지의 바람이었다고. 후회한 적도 있다고 했어. 어차피 아버지에게 남은 날이 길지 않다는 걸 알았으니까. 조금만 버텼다면 불효를 했다는 자책을 하더라도 한 남자에게, 한 아이에게, 그리고 자기 자신에게 죄를 짓는 기분을 느낄 필요는 없었을 거라고 했지. 아버지가 돌아가신 직후에 남편에게 모든 걸 털어놓고 이혼을 했다더구나. 남편은 그를 비난했다고 했어. 그때 나를 떠올렸다더구나. 내가 틀리지 않았다고 했어.

그제야 그 사람을 용서할 수 있을 것 같았다. 용서라는 말이 어울리지 않지만, 적어도 그 순간에는 용서라고 믿었어. 내가 옳았다는 걸 그 사람이 인정했으니까. 나는 원래의 자리로 돌아가자고, 돌아가는 데 도움을 주고 싶다고 했다. 내 생각에 그 사람은 그런 곳에 있을 사람이 아니었어. 명문대를 다녔고 누구보다 세련되었던 한 여자가 시골 동네의 식당에나 눌러앉은 게 마음에 들지 않았지. 그 사람이 대학에서 공부한 건 화학이었어. 아버지와 죽이 잘 맞았지. 나는 아버지와 그 사람이 마주앉아 꽃의 생식에 대해, 그 화학작용에 대해 이해할 수 없는 말을 늘어놓는 것을 지켜보길 좋아했다. 그런 장면이야말로 그 사람에게 어울리는 삶이라고 생각했어. 그러니 더는 내 연인이 아니라 해도, 그는 그곳으로 돌아갈 자격이 있는 사람이었다. 돕고 싶었어. 어리석은 생각이었지. 그 또한 착각이었다. 나는 여전히 그 사람의 인생을 존중하는 법을 몰랐어. 그가 선택한 삶에 자격 같은 건 필요하지 않다는 걸 몰랐지. 내 호의를 받아들일 수 없다고 답하더구나. 내가 옳지만, 이미 자신이 선택할 수 있는 길은 하나뿐이라고 했다. 내게 저지른 일들을 만회할 수 없을 거라고도 했고, 자신의 하나뿐인 혈육이 견뎌야 하는 삶에 대한 확신도 없이 그럴 수는 없다고 했다. 그게 바로 너야, 효주.

그건 완벽한 사고였다. 우리가 언 강 위를 걷지 않았다면 일어나지 않았을 일이지. 아니 내가 네 엄마가 선택한 삶을 존중하고 이해했다면, 그래서 감히 내 호의를 거절한 데에 굴욕감을 느끼지 않았다면, 내가 미친 사람처럼 언 강 위를 날뛰며 내 가슴을 치지만 않았다면, 아니 우리의 발밑에 있는 강 가장자리의 얼음이 서서히 녹아가고 있다는 사실을 눈치채기만 했더라도, 아니 재빨리 네 엄마의 손을 붙잡기라도 했다면. 적어도 도저히 설명할 수 없는 두려움 때문에 네 엄마를 난생처음 본 사람이라 답하지만 않았더라도, 그날의 일을 이토록 긴 침묵 속에 간직해야 하는 일은 일어나지 않았겠지. 그런데 만약이란 있을 수 없지. 그 모든 게 실제로 일어났고, 그게 네가 내게 오게 된 이유다.

내게도 예상치 못한 이른 죽음이 찾아올 수 있다고 생각했던 적이 있지만, 내게 선고된 죽음을 비밀에 부치고 숨어들 계획 같은 걸 세운 적은 단 한 번도 없었다. 하지만 나는 그렇게 했다. 그러자 네게 진실한 이야기를 들려줄 수 있지 않을까 막연히 생각하게 됐어. 물론 영영 그 이야기를 할 수 없도록 돌연 내 목숨이 끊어지기를 바랐던 날이 훨씬 많다. 끝내 망설였지만, 오늘 네가 보낸 원고를 읽고 나니 더 늦기 전에 말을 해야겠더구나. 거기에 묘사된 나는 내가 알고 있는 나와는 너무 멀리에 있다. 그건 네 엄마도 마찬가지지. 너는 그렇게 쓸 수밖에 없었으리라는 것도 알아. 그런데 네 말처럼 너는 겨우 조금 아는 것에 사로잡혀 있을 뿐이란다. 나는 아직도 네 엄마의 선택이 옳았다고는 생각하지 않는다. 하지만 그렇게 살아야만 했다는 걸 이제 조금은 이해할 수 있어. 그가 마냥 나약하지도 강인하지도 않은, 누구나 그렇듯 살아가는 방법을 선택하고 그 선택의 대가를 치르는 사람이었다는 걸, 널 지켜보며 알게 됐지. 내가 쓰고 싶지 않았고 쓸 수 없었던 것은 내 성적 지향 따위가 아니다. 나의 과오와 너에 관한 이야기였어.

너는 한때 나를 원망했던 순간이 있다고 고백했지. 나는 그렇지 않았다. 너를 평생 원망했어. 네가 없었다면 이런 일은 일어나지 않았을지도 모른다는 생각에서 한순간도 자유로웠던 적이 없다. 물론 나는 네가 나를 두려워하면서도 진심으로 사랑했다는 걸 알아. 네 눈 속에서 항상 그 마음을 읽을 수 있었어. 그뿐이겠니. 내 실수로 네 인생은 엉망이 되었으니까. 너를 향한 내 마음을 끝까지 억누르고 살아야 했다. 내 멋대로 그 사람의 죽음을 아름답게 날조하고, 나 또한 그것을 믿어버리려고 했지. 계속해서 그랬어야 하는데, 나는 좀처럼 어른스러워지지 않는 인간이구나. 십오 년의 세월을 지나오면서 내가 네게 쉽게 곁을 주지 않는 이유를 너 또한 적잖이 생각했겠지. 네 엄마를 구하지 못한 죄책감 때문이라 생각했을 수도 있고, 그저 내가 너에 대한 애정을 충분히 표현하지 못하는 서툰 사람이라 생각했을 수도 있어. 그런데 말이다. 나는 한때 네 엄마를 진심으로 사랑했지만, 너를 사랑했던 적은 결코 없다. 네게 해줄 수 있는 것은 모두 해주리라 마음먹었지만, 그것은 네 엄마에 대한 속죄였을 뿐 너를 애틋하게 생각했기 때문은 아니었어. 아직도 그 차디찬 바람 속에서 너를 사랑한다고 말하던 눈을 잊을 수 없다. 더는 그 사람을 사랑하지 않는데도 그 단호함을 견딜 수 없었고, 널 향한 그의 사랑이 의심스러웠지. 네가 망친 화분이 네가 낳고 길러야 하는 아이와 같지 않다고 단언할 수 있었던 건 그날의 일 때문이다. 그와 꼭 닮은 네가 내 눈앞에 나타났을 때에도, 내 눈에 너는 그 사람과 조금도 닮아 보이지 않았으니까. 그 사람은 영원히 사라졌고, 너만 여기에 남았으니까.

아버지는 끝까지 내가 진실을 이야기하지 않기를 바라셨다. 이 편지가 네게 닿을 때쯤 아버지가 여전히 살아 계신다고 해도 이 모든 이야기가 진실이라고 인정하실지 확신이 서지 않는구나. 그게 널 혼란스럽게 할 수도 있겠지. 너라면 네 마음에 깃든 엄마에 대한 원한의 감정을 잠재우려 내가 허구의 사건을 만들어냈다고 믿을지도 몰라. 너무 고통스러워서 무엇도 진실이 아니라고 생각해버릴 수도 있어. 그러나 결국엔 이게 진실이고, 너는 네가 아무것도 극복하지 못했다는 걸 인정해야만 할 거다. 진실을 감추는 것도, 진실을 말하는 것도 결국엔 너를 위한 일이 될 수는 없을 것 같구나. 나는 많은 걸 극복했다고 믿으며 득의양양한 너를 비웃었다. 네가 내 실패를 연민하는 것도 용서할 수 없었지. 지금 나는 그렇게 비틀린 마음으로 네가 틀렸다고, 정말로 선생처럼 너를 가르치고 있는 거야. 만일 이런 비열한 마음에서 선한 무엇인가를 억지로 길어올릴 수 있다면, 그건 내가 해낼 수 없던 일을 너는 해낼 수도 있으리라는 예감 같은 게 아닐까.

효주야, 네가 망치고 버려둔 화분에 나는 새 식물을 심고 길렀어. 망친 것을 거듭 망치고 또다시 기르는 동안에, 언젠가는 그 작은 식물이 내 안에 독처럼 퍼져 있는 너를 향한 어두운 감정을 모두 품은 채 꽃을 맺고, 낙화가 그것을 함께 거두어가기만을 간절히 기도했다. 그러나 한 번도 꽃이 맺히는 것을 보지 못했어. 만일 그 화분이 꽃을 틔웠다면 비로소 내 기도가 이루어진 것일 게다. 나는 그걸 바라면서도 바라지 않아. 이 악의를 더이상 숨기고 싶지 않구나. 그리고 나는 이제야 조금 자유로워진 것 같다.

이 편지를 이곳에서 수학중인 젊은 한국인 바이올리니스트에게 맡기려고 한다. 본인이 적당하다 생각되는 언젠가 네게 이 편지를 전해줄 것을 당부하려고 해. 그가 이 편지를 몰래 뜯어본 뒤에 네게 전하지 않거나, 혹 피치 못할 사정으로 전할 수 없게 될지도 모른다는 걸 염두에 두고 있다. 그 가능성을 남겨두는 것이 내 마지막 망설임의 흔적으로 기억되기를 바라면서.

내가 네게 용서받지 않기 위해 부러 내 마음을 가혹하게 포장하고 있다고 생각할 필요는 없다. 이 모든 게 진심이니까. 그렇다고 해도 나는 네가 많은 걸 이겨낼 수 있다고 생각하기도 하지. 놀랍지 않니. 이런 두 개의 마음이 한 사람의 가슴속에 양립해서 존재하고 있었다는 거 말이야. 건강하렴. 이제부터 나를 미워해도 좋다.

바젤에서

| 작가노트 |

기억이 나를 본다*

열 살 남짓이던 겨울에 언 강에 간 적이 있다. 강의 수면은 자동차가 올라서도 끄떡없을 만큼 단단히 얼어 있었다. 나는 빙판 위를 걸어 강의 한복판으로 나아갔다. 강의 중심에 내 신장과 얼추 비슷한 지름의 둥근 구멍 하나가 뚫려 있었다. 누군가 일부러 뚫어놓은 듯 가장자리가 매끈한 구멍이었다. 구멍은 어두웠는데 구멍의 가장자리를 적시는 강물은 맑았다. 아마도 그곳에서 컴컴한 것을 들여다보는 기분을 처음으로 배웠을 것이다. 한쪽 발을 차디찬 강물 속에 집어넣자 힘이 빠지며 몸이 앞으로 기울었다. 순간 몸이 허공으로 붕 떠올랐다. 내 몸은 작고 가벼웠고 나를 낚아챈 사람의 품은 따뜻했다. 그날 나는 강변을 빠져나오는 자동차의 뒷좌석에 앉아

* 토마스 트란스트뢰메르의 시 제목을 빌려왔다.

정말로 서럽게 울었고, 운전석에 앉은 사람은 나무라는 말 몇 마디를 하고는 이내 입을 다물었다. 그날의 일을 자주 떠올리며 살았다. 그리고 언젠가는 얼어붙은 강을 깨고 물속으로 걸어들어가는 사람이 나오는 소설을 써야겠다는 생각을 꽤 오랫동안 해왔다. 비로소 오랜 계획을 실현한 셈이다.

이 소설은 바로 그러한 개인적 기억으로부터 출발했다. 경험이 아닌 기억이다. 반드시 기억이라 불러야만 한다. 그날 강에 간 목적을 기억하지 못하기 때문이다. 나를 나무란 사람의 말도 기억나지 않는다. 기억은 부분적으로 이어붙인 필름 같다. 남아 있는 부분은 생생하고, 그렇지 않은 부분은 짐작조차 되지 않는다. 어떤 기억은 왜곡되고, 어떤 기억은 만들어진다. 그 일이 정말로 내게 일어났던 것일까. 비슷한 기억이 하나 더 있다. 키 작은 내가 운전석에 앉아 운전을 한다. 차는 엄마가 운영하던 슈퍼마켓 앞의 언덕을 따라 굴러내려가고 있으므로 가속페달을 밟지 않아도 속도는 서서히 빨라진다. 나는 핸들을 조금씩 움직인다. 그다음은 기억나지 않는다. 거의 불가능한 일임에도 떠오르는 기억은 구체적이다. 손에 닿은 핸들의 감촉이나 창밖의 풍경, 차 안의 공기에 대해 얼마든지 설명할 수 있다. 어쩌면 그날 나는 누군가의 무릎 위에 앉아 핸들을 조작하는 법을 배우고 있었는지도 모른다. 이 기억은 왜곡된 것일까, 아니면 만들어진 것일까. 이러한 기억 속의 일들이 내게 실제로 일어난 일인가를 영영 확인할 수 없는 것은 아니다. 그것은 나의 기억인 동시에 다른 누군가의 기억이기도 할 것이기 때문이다.

그럼에도 나는 아무에게도 질문하지 않았고, 오히려 그 기억을 일정한 방식으로 서사화하며 살아왔다. 설령 내가 검고 차디찬 강을 향해 발을 내딛거나 멈출 수 없는 자동차를 본 적이 없다 하더라도, 한낱 꿈이나 공상에 지나지 않았을지라도, 내가 그것을 나의 기억으로 선택했기 때문이다. 그것은 내가 한번 발을 들이면 되돌아나올 수 없는 세계에 매혹되는 사람, 그것을 거부할 수 없는 사람이라는 사실을 증명하는 듯했다. 그게 마음에 들었다. 그래서 기억의 실체를 확인하지 않은 채로 내버려두는 쪽을 선택했다. 내 삶의 필연을 설명하기 위한 각주로 전유하기 위해서. 그것이 내게 일어난 적 없는 사건이 될까봐.

기억을 선별하고 축조하여, 그로부터 인생을 건져올리는 행위는 얼마만큼은 기만적이다. 그러나 동시에 내가 현실의 경험으로부터 연원하지 않은 기억을 가지고 살아왔을지도 모른다는 가능성이 남아 있는 한, 나는 나의 기만을 의식하며 살아간다. 그것은 기억이지만 기억에 균열을 내는 기억이며, 벌어진 틈 그 자체이기도 하다. 내가 기억을 더듬어 나를 비추려고 할 때, 그 틈으로 내가 결코 의미화할 수 없는 이미지가 소실되거나 틈입하고 있을 것이다.

내가 쓴 소설을 다시 읽을 때에도 매번 그와 같은 기억의 균열 앞에 선다. 그것은 나로 인해 세상에 존재하게 되었음에도 결코 내게 종속되지 않는 기억이다. 그리고 그 기억은 환자가 함부로 내린 자가진단의 결과를 파기하고 새로운 진단을 내리는 의사처럼 최초의 기획을 뒤흔들어버리고는 한다. 질문을 받는 것은 다름아닌 나 자신이다. 그는 내가 한 번도 생각해본 적 없는 것들, 애써 인정하지 않으려 했던 욕망이나 비밀스러운 감정 따위로 오염되어 얼룩진 자리를 가리킨다. 나는 기억을 만들지만, 기억은 나를 본다.

그럴싸한 기억을 구성해 타인의 의식을 매혹하려는 기만적 행위는 계속해서 나 자신의 기만을 일깨우는 역설로 작용한다. 그를 견디는 일이 작가에게 내려진 천형이라도 되는 양 말하고 싶지는 않다. 물론 내 안에 불쑥 솟아오르는 낯선 존재의 형식은 분열을 촉발했고, 때론 그것이 견딜 수 없게 고통스러웠다는 사실도 감출 필요는 없을 것이다. 그러나 이제는 내가 원하지 않았는데도 이미 도착해버린 타자들의 세계에서 살아간다는 사실에 안도하는 순간이 있었음을, 또한 기꺼이 고백할 수 있다. 그곳은 부정하고 싶으면서도 결코 부정할 수 없는 자신조차 추방되지 않고 받아들여진 거의 유일한 장소이기 때문이다.

한 편의 소설에 관해 이야기해야 하는 곤혹을 피하려다 지나치게 비대한 자의식만을 전시해버린 것 같다. 결국엔 소설에 관한 이야기를 하지 않을 수 없을 텐데도. 이 멋쩍은 상황을 모면할 수 있기를 바라며, 마지막으로 이 소설에 관한 짧은 이야기 하나를 덧붙인다. 이 소설의 제목이 대부분의 사람에게 바흐를 상기시킬 것임을 안다. 그러나 정작 내가 소설을 쓰는 내내 자주 떠올린 것은 드뷔시의 프렐류드였다. 과연 그것이 의미하는 바가 무엇일까. 골몰했으나 답은 찾지 못했고, 문득 이런 문장이 떠오르고는 했다. 다만 나는 그 불협화음을 사랑했다.

사랑의 영(靈)

양경언

천희란의 「다섯 개의 프렐류드, 그리고 푸가」는 '효주'와 '선생님'이 서로를 향해 쓴 다섯 통의 편지로 이루어진 소설이다. 수신자가 이미 정해진 형태로 진행되는 소설을 접할 때 독자는 '누가 말하는가'에 따라 '무엇을 말하는지'가 변형되는 서사적 정황을 유난히 의식하게 된다. 이는 효주와 선생님이 서로의 상황을 염두에 두고 주고받은 문장에 주의를 기울여 혹 행간으로 빠져나간 진실은 없는지를 살피는 것이 이 소설의 독서 방식 중 하나란 얘기다. 두 명의 서술자가 수신자를 고정한 글을 발신할 때마다 독자는 요청된 수신자가 아니라는 이유로 유일하게 진실을 보증하는 자리에 선다.

이 소설에 들어선 독자 모두가 진실의 보증인이라고 했거니와, 우리는 두 명의 서술자가 왜 이토록 간곡하게 편지를 주고받는지 그 연유에 대해 파악할 필요를 느낀다. 양자 간에 오간 다섯 통의 편지는 그간 효주와 선생님이 어떤 관계를 맺어왔는지에 대해선 비교적 뚜렷하게 보여준다. 이를테면 엄마의 죽음으로 당장의 생계조차 불투명해진 효주를, 선생님은 그 죽음의 목격자라는 이유로 십오 년간 후견한 바 있음에도 효주는 그런 선생님을 향해 '선생님'이라는 깍듯한 명칭을 내려놓지 않는다(선생님이 그 명칭을 특별히 민망해하지 않는다는 점도 효주의 자세 형성에 한몫했을 것이다). 선생님 역시 효주를 향한 말을 허투루 쓰지 않음으로써 예의를 차리는데, 이것으로 짐작하건대 이들은 서로를 끊임없이 신경쓰면서도 이들과 관계된 여타의 사람들 앞에서는 서로에 대한 신경을 자제하면서 지냈을 관계로 여겨진다. 여러모로 떳떳하고자 하는 마음이 큰 사이였기 때문일 것이다. 요컨대 이들은 자신의 감정을 추상화하여 상대에게 전달함으로써 서로의 방어권을 존중하며 살아왔다. 그랬던 사람들이 그들 속내를 오래도록 가리고 있던 암막 커튼을 굳이 걷어내는 이유란 무엇인가.

그를 살피기 위해 먼저 '엄마의 마지막 순간'에 대한 물음으로 시작한 효주 편의 이야기를 거슬러 읽는다. 엄마의 자살을 담담하게 들려주는 선생님의 편지를 받고, 효주는 그 죽음 이후 가졌던 선생님과의 첫 만남, 효주를 받아들임으로써 삶의 변화를 맞이했던 젊은 시절에 대한 기억을 상대에게 불러일으킬 두번째 편지를 쓴다. 그러고 나서 이어지는 편지들에 담긴 내용을 차례대로 요약하자면 다음과 같다. 선생님 댁에 처음 발을 들였을 때의 인상에 대한 세번째 편지, "그저 쓸 수 없는 것을 쓸 수 없는 것으로 남겨두"(304쪽)기로 한 선생님의 침묵에 틈새를 내어 "겨우 조금의 조금"에 해당

할지언정 "들을 수 있는 이야기"(282쪽)를 소설가로서 듣고자 했다고 고백하는 네번째 편지, 선생님과 자신 사이에 끝나지 않은 이야기가 더 있으리라는 예감을 담은 다섯번째 편지가 그것이다. 소설에 배치된 순서에 맞게 언급했지만, 이 글들이 선생님 편지에 대한 응답으로 바로바로 쓰인 것은 아니다. 다시 말해 효주와 선생님 사이에서 오간 편지가 언제 쓰였는지 시간상으로 배치해보자면 임종을 앞두고 작성되었으리라 짐작이 가능한 선생님의 다섯번째 편지가 먼저, (선생님의 다섯번째 편지가 전해지지 않은 상태에서 쓰인) 효주의 다섯번째 편지가 그다음이다. 특히나 효주의 마지막 편지는 선생님의 죽음 이후에 쓰였으므로 거기에 실린 효주의 선생님을 향한 그리움은 끝내 수신되지 못할 감정으로 남는다.

편지가 작성된 시기를 중요하게 짚은 이유는 실제로 편지의 말미마다 효주의 삶이 다른 단계로 전환되고 있다는 소식이 동봉되어 있어서다. 결혼을 하고, 아이를 낳는 등 자신에게 많은 변화를 요구하는 삶의 조건들을 맞닥뜨릴 때마다 효주는 인생에 등장한 불연속선과 어떻게 관계를 맺어야 하는지 신중을 기할 수밖에 없다. 그럴 때마다 효주는 과거 자신의 삶에서 이전과 이후가 확연히 달라진 지점이 형성되었던 상황을 떠올려야 했을 것이고, 전부 해명되진 않았으나 자신이 거쳐올 수밖에 없었던 그러한 삶의 국면에 뒤늦게라도 응답해야 한다고 여겼을 것이다. 누구의 인생에나 한 번쯤, 아니 그 이상으로 여러 번 그어질 수밖에 없을 불연속선을 잘 감당하는 것. 이는 "진화와 생장이 극복이나 성장의 동의어가 아니라는 사실"(303쪽)을 알고 있는 효주가 자신의 삶에서 일어나는 변화를 능동적으로 수용하기 위해 풀어야 할 과제였던 것이다. 게다가 그러한 변화는 홀로 고립된 채 만들어내는 것이 아니기에, 효주는 과거 삶에 그어졌던 불연속선에서 자신이 생존하기 위해 영향을 주고받았던 이에게 이전에는 들을 수 없던 이야기를 묻는 방식으로 그 과제를 수행하고자 한다. 그렇다면 효주 편에서 소설의 흐름을 파악할 때, 효주가 쓴 다섯 통의 편지는 인생이 다른 국면으로 전환될 때마다 효주 자신이 힘껏 연주하는 전주곡(prelude)에 부합하는 것일 테고 바로 그러한 이유로, 편지를 받을 때마다 선생님은 개량되기 전 악기들 특유의 불안한 울림을 감지했을 터이다. 선생님의 편지들은 효주의 프렐류드에 응답하기 위해, 나아가 효주에게 그 순간 필요하리라고 여겨지는 말들을 건네기 위해, 선택된—'들을 수 있는' 것으로 각색된—진실로 자리해갔던 셈이다.

효주의 편지가 더해질수록 선생님 자신이 '쓸 수 없는 것'으로 남겨두었던 내용에 스스로 다가가게 된 이유도 여기에 있을 것이다. '엄마의 죽음'에 관해 듣기를 간청하며 운을 뗀 효주의 첫번째 편지에 등장하는 '들을 수 있는 이야기'란 표현은, 그간 '들을 수 없는 이야기'에 속해 있었을 "아무런 도움도 없이 홀로 아이를 키우는 여자의 삶"(290쪽)을 살았던 엄마의 고통과 "이데올로기적인 정상가족의 삶을 흉내내며 사는"(292쪽) 걸 용납하지 않았던 선생님의 상처를 효주가 계속해서 신경쓰고 있었음을 환기시킨다. 둘 사이의 편지가 거듭될수록 선생님은 효주가 간주하는 '들을 수 없는 이야기'의 초점이 실은 자신이 은폐한 진실과 닿아 있다고 판단했을 것이다. 이는 선택된 진실을 건네는 것만으로는 효주의 삶이 연주하는 프렐류드에 대한 적절한 응답이 될 수 없음을 그녀 자신이 그 누구보다도 잘 알고 있었기 때문이다.

선생님 편에서 이야기는 '각색된 진실'과 '가려진 진실'이라는 두 층위가 서로를 반영하면서 결국에는 이 모든 상황을 있게 한 '근원적 진실'이라는 주제로 나아가는 푸가(fuga)로 들린다. 선생님의 다섯번째 편지에서, 엄마와 한때 연인 사이였던 선생님의 과거와 엄마가 효주를 위해 선생님의 '호의'를 거절한 날이 사고 당일이었음이 드러날 때, 독자는 엄마의 죽음을 자살로 기록한 선생님의 첫번째 편지가 각색된 것임을 깨닫는다. 그간 그늘진 자리에 있었을 진실에 비애감을 느끼면서 동시에 그 진실을 '주어진 삶'에 적응시키기 위해 쓰였던 글이 곧 첫번째 편지였음을 알게 되는 것이다.

그러니 선생님 편의 이야기를 거슬러 읽을 때 비로소 알 수 있는 진실이란 단순히 선생님과 엄마가 어떻게 만났고 헤어졌는지에 대한 것이 아니다. 그보다는 선생님과 엄마, 그리고 둘 사이를 매개하는 효주의 삶에 깊숙이 새겨져 있을, 그러나 마치 불에 쬐지 않는다면 끝내 드러나지 않는 레몬즙으로 쓰인 글씨처럼 숨어버린 사랑의 영(靈)이 어떻게 숱한 시간을 인내하면서 보존될 수 있었는지에 대한 것에 가깝다. 천희란은 소설의 처음부터 전체적 앎에 다가갈 수 있는 길을 의도적으로 차단한 채, 부분적 앎에 머물 수밖에 없는 우리 삶의 비극이 어떻게 허구의 가능성을 낳아 기어코 삶을 이어가게 만들고 진실을 보존하는지, 물러서지 않고 말한다. 군데군데 미봉으로 남아 있는 삶의 불연속선들을 회피하지 않으면서 우리가 어떻게 이전과는 다르게 계속해서 다음으로 밀고 갈 수 있는지, 성장과 진화에 눈먼 생장으로서가 아니라 간직해야 하는 기억을 원동력 삼아 어떻게 끊임없이 변화하고 유동할 수 있는지에 대해. 이것은 어쩌면 생의 불연속선에 맞서 자신의 삶에 책임을 다하려 했던 엄마가 효주와 선생님에게 가장 남겨주고 싶어했던 삶의 태도일지도 모른다. 그리고 이것은 마치, 끝맺음(ending)을 차단한 채 자신의 내부에서 자신과 다른 소음, 침묵, 조직되지 않은 소리, 들을 수 있는 것과 들을 수 없는 것들의 충돌을 마주함으로써 지속되는 어떤 음악의 속성과도 닮아 있다. 천희란은 들을 수 없는 저쪽 삶의 한 장면을 들을 수 있는 이쪽 삶의 한 장면과 교차시키면서, 아직 언어화되지 않은 진실이 훼손되지 않을 수 있는 이야기 방식을 택했다. 부재한다고 여겨져왔지만 실은 끝나지 않은 사랑을 위해 스스로 행간이 되기로 한 자리들이, 효주와 선생님의 편지에는 있다.

이 소설에서 독자는 수신자로 호명되지 않는다고 앞서 말했던가. 이는 독자가 할 수 있는 일이 아무것도 없다는 얘기가 아니라, 아무것도 쓰여 있지 않다고 여겨지는 자리를 따라 효주와 선생님의 서사를 다시 조직하는 방식으로 소설에 응답하는 역할을 독자가 해야만 한다는 얘기이다. 그렇게 함으로써 독자는 가장 적극적으로 진실을 쓰는 자리에 선다. 누군가를 향해 글을 띄우는 이들 중 구경꾼은 아무도 없다. 뿐인가. 삶이라는 이야기의 불연속선을 감당하고자 하는 이들 중 방관자로 불릴 이, 아무도 없다. 그걸 전하기 위해 천희란은 오늘 우리에게 다섯 개의 프렐류드를 띄웠을 것이다. 혹은 푸가, 아무리 개량하고 각색해도 사라지지 않을 진실, 그것과 함께 연주되는 화해와 불화의 이중주, 이른바 사랑의 영을 간직한 이들의 오래된 이야기를.

양경언

2011년 『현대문학』 신인추천에 평론 「참된 치욕의 서사 혹은 거짓된 영광의 시—김민정론」이 당선되어 등단.

2017 제8회 젊은작가상

심사 경위
심사평

심사위원

권희철 김연수 김인숙 남진우 하성란

선고위원

노태훈 이은지 이재경 신샛별 황현경

젊은작가상은 전년도 1월부터 12월까지 한 해 동안 문예지를 비롯한 각종 지면에 발표된 등단 십 년 이내 작가들의 중단편소설을 심사 대상으로 삼는다. 신인 문학평론가인 노태훈, 이은지, 이재경 씨가 2016년 한 해 동안 그 방대한 작품들을 찾아 읽고 토론하여 우수작 및 문제작을 선별해주었다. 그 결과 스물아홉 편의 작품이 추려졌고, 여기에 신샛별, 황현경 씨가 합류하여 1차 선고 결과를 보완해서 2차 선고 작업을 마무리했다. 그 결과 총 열아홉 편의 작품이 본심에 오르게 됐다. 이 열아홉 편을 두고 본심 심사위원들이 토론을 거쳐 일곱 편의 수상작과 그 가운데 한 편의 대상작을 냈다. 본심은 권희철, 김연수, 김인숙, 남진우, 하성란 제씨가 맡아주었다.

대개의 심사가 그렇듯이 젊은작가상 본심 또한 격렬한 토론을 수반하고, 원만한 합의에 이르지 못해 어쩔 수 없이 투표를 해놓고

서도 그 결과에 승복할 수 없어 다시 토론과 투표를 반복하는 일이 잦은데, 이번 심사에서는 예년에 비하자면 그런 과열된 분위기는 없었던 것 같다. 심사위원들이 다른 모두의 반대를 무릅쓰고서라도 그것을 옹호하게 만드는 독특하고 강렬한 작품을 찾아내지 못한 탓일까, 아니면 대상작을 비롯한 수상작들이 다양한 읽기와 취향을 두루 만족시키는 특별한 무엇인가를 갖고 있는 덕분에 심사위원들이 무난한 합의에 이를 수 있었던 것일까.

심사를 마치고 보니 다음과 같은 사실들이 눈에 띈다. 대상의 영예를 얻은 임현을 비롯해, 강화길과 천희란은 젊은작가상에 처음으로 소개되었다. 우리의 읽기와 쓰기에 새로운 흐름들이 지속적으로 합류하고 있다는, 젊은작가상이 그러한 흐름을 조명하는 데 어느 정도 기여하고 있다는 방증이 될 수도 있겠다. 그런 와중에도 김금희는 3회 연속으로 젊은작가상에 이름을 올렸고, 최은미도 이번 결과를 포함해서 3회 수상자가 되었다. '새로움'을 조명하고자 하는 젊은작가상의 취지에도 불구하고 이 작가들의 꾸준한 정진이 두드러졌기 때문일 것이다.

수상자들에게 축하의 인사를 건넨다. 수상자들 모두, 그리고 아쉽게도 수상작에는 들지 못했지만 그에 못지않은 작품들을 쓰고 읽어온 작가들과 독자들에게 감사드린다. 계속해서 젊은 작가들의 차갑고 고독한 글쓰기가 뜨겁고 풍요로운 읽기와 만날 수 있기를 혹은 그 반대가 될 수 있기를 바란다.

| 심사평 |

권희철 _문학평론가

특별히 인상적이었던 두 편의 소설 그리고 대상작에 대해서만 짧게 쓰고자 한다.

최은영의 「그 여름」을 다음과 같이 요약하는 것이 크게 잘못된 일은 아닐 것이다. 고교 시절 처음 만난 레즈비언 커플이 서로 깊이 사랑했으나 각자의 계급이 결정한 생계의 패턴과 취향의 차이 때문에 서서히 멀어지다가 결국 이별하게 된 이야기. 하지만 이 요약이 부정확한 것이 아닐 수는 있어도 부당한 것만은 분명한 듯하다. 왜냐하면 이러한 요약 속에는 다음의 사항이 끼어들 틈이 없기 때문이다. 평범한 일상 안에 이미 들어 있는 이상한 느낌들을 발견해내고 그 느낌들에 충실해지다가도 결국 그것들을 배반할 수밖에 없는 예민하고도 나약한 삶 곳곳에 산포(散布)되어 있는 어떤 기미들의 무성함. 어떤 대단한 사건으로 격발되지도 못하고 그저 기미들에 머물러 있는, 다시 말해서 아무 일도 일어나지 않는, 그러나 아무 일도 일어나지 않으면서도 삶의 색채를 바꿔버리는 기미들의 무성함. 그 무성함을 이루는 결들을 감촉할 때의 기쁨과 슬픔, 감격과 냉담이 최은영의 「그 여름」에 들어 있다고 나는 읽었다.

최은미의 「눈으로 만든 사람」은 징그러운 소설이다. 가까운 친척에 의한 성폭력이 묘사되어 있다거나, 세월이 지나 바로 그 성폭력범이 뻔뻔하게도 자신의 병든 아들을 피해자에게 며칠간 돌봐주기를 부탁했다거나, 피해자 가정의 부녀 사이에 의식하지 못한 채 근친상간의 분위기가 희미하게 깔려 있는 가운데 그 어린 딸이 성조숙증을 앓고 있다거나 하는 특정한 장면들 때문이 아니다. 순수하거나 아름답거나 때로 신성한 것이라고 믿고 싶어하는 삶은 그 자체가 어쩔 수 없는 불순물 덩어리여서, 가족애 안에는 범죄적 충동이, 선의와 배려 안에는 폭력과 이기심이 들어 있고, 반대로 증오와 기탄 안에도 염려와 애착이 섞여 있다. 부정적인 것들, 흉하거나 끔찍하거나 역겨운 요소들이 징그러운 것이 아니라, 부정적인 것들과 긍정적인 것들이 분리 불가능하게 엮여 있어서 그것들을 별도의 자리에 배당하여 그 값에 합당하게끔 '처리'해버릴 수 없다는 사실, 어떻게 해버릴 수도 없는 불순한 삶에 붙들린 채 빠져나갈 길이 없다는 사실이 징그러운 것이다. 이와 같은 삶의 실상을 거부할 수 없게 우리 눈앞에 들이밀고 있기 때문에 「눈으로 만든 사람」은 징그러운 소설이다.

임현의 「고두(叩頭)」는 선함 혹은 선의 실천이라는 관념에 수반되는 패러독스들을 짚어보는 가운데 최종적으로는 그러한 성찰을 진행해온 윤리 교사(서술자)의 기만적이고 위선적인 요소들을 폭로하는 소설이다. 여기서 다뤄지고 있는 선에 관한 관념들, 그 관념들을 비틀고 있는 논평들은, 선에 대한 상식적 이해를 재검토할 것을 요구하는, 음미할 만한 것들이다. 또한 이 소설은 이인칭 시점을 효과적으로 활용해 독자들이 윤리 교사의 궤변 안으로 빨려들어갔다가 강한 불쾌감을 느끼며 튕겨져나와 그 궤변을 듣고 있는 '너'에 대해 생각하게 만들고 있다. 잘 만들어진 소설이라는 점을 인정할 수밖에 없다.

권희철

그런데도 이 작품이 대상으로 선정될 때 왜 나는 충분히 기꺼운 마음일 수 없었을까. 이 소설이, 결함 있는 인물의 약점을 폭로하고 조롱하는 것처럼 읽혔기 때문일지도 모른다. 성공적인 소설은 등장인물을 이상화하려는 그릇된 욕망에서 벗어나 그의 결함을 냉정히 해부할 수 있을 것이다. 하지만 탁월한 소설은 그의 결함을 밑바닥까지 파헤치는 바람에 오히려 그 결함을 절박하고 심각한 것으로 만들어 그 누구도 그것을 비웃을 수 없게 만드는 것이 아닐까. 이 점에서 「고두」가 탁월한 소설에 이르렀다고 확신하기 어려웠다. 게다가 「고두」는 선에 관한 패러독스를 능숙하게 다루면서도 최종적으로는 어떤 곤경에 빠지게 된다. 이 소설에서 선에 대한 상식을 뒤엎는 윤리 교사의 패러독스들이야말로 기만적인 변명에 지나지 않는 것으로 밝혀지는데, 그렇다면 「고두」는 윤리 교사의 불쾌한 궤변을 강요하는 것이 아닌 다음에야 결과적으로 상식을 의심하고 재검토하는 복잡한 과정이 기만이고 변명에 불과하다고 진단해야만 하는 곤경에 빠지게 된다.

그럼에도 심사장에서 나는 이 작품이 대상에 선정되는 데 특별히 반대 의견을 표하지는 않았다. 그것은 앞서 이야기한 「고두」의 미덕들 때문이기도 하지만, 임현이 「그 개와 같은 말」의 작가이기 때문이었던 것 같다. 「그 개와 같은 말」에서 임현은 병신스러운 삶에도 없을 리 없는 섬세함과 절실함을 찾아내고 그것들 때문에 짓뭉개지기도 하고 일으켜세워지기도 하는 마음의 모양 같은 것들을 섬세하게 포착하여 병신스러운 삶이 결코 병신스러울 수만은 없음을 입증하고 있다고 읽었다. 그런 작가라면 젊은작가상 대상이라는 조명에 어울린다고 생각했다.

실패한 의도와 새로운 문체 | 김연수 _소설가

최근 『서브텍스트 읽기』를 재미있게 읽었다. 그 책에 따르면 좋은 소설의 매력은 대개 충격을 동반하는데, 이는 등장인물이 원한 것과 실제로 얻게 되는 것의 불일치에서 기인한다고 한다. 저자인 찰스 백스터는 『위대한 개츠비』를 그 대표적인 소설로 거론하며 '성공

함으로써 파멸한 사람들의 이야기'라고 정의내린다.

> 개츠비는 데이지를 원한다고 말한다. 그것은 바로 그가 사랑을 원한다는 뜻이지만, 사실 그는 그녀를 통해서만 얻을 수 있는 다른 무엇인가를 원할 따름이다. 표면 아래 음울하게 감추어진 형식을 취하고 있는 다른 무엇인가는 소설이 끝나고도 오랫동안 요동친다.(『서브텍스트 읽기』, 김영지 옮김, 엑스북스, 2016, 54쪽)

김연수

등장인물부터가 자신의 욕망을 오인하고 있기 때문에 그에게 감정이입돼 이야기를 충실히 뒤쫓던 독자 역시 등장인물의 욕망이 충족된 이후 전혀 예상치 못한 결과를 접하고 충격을 받는다. 그제야 등장인물은 물론이거니와 독자도 다른 이야기가 더 있다는 사실을 깨닫는다. 소설에서 작가가 이렇게 표층적인 욕망과 심층적인 욕망 사이의 불일치를 효과적으로 배치해 충격을 유도하는 것을 백스터는 '연출(staging)'이라고 일컫는다.

'연출'이라는 용어는 초고의 존재를 강하게 암시한다. 대본이 있어야 연출이 가능하듯 초고를 작성해야 작가는 이를 재배치할 수 있다. 그렇다면 왜 재배치하는가? 작가에게 먼저 충격이 있었기 때문이다. 작가는 자신이 의도하지 않은 방향으로 이야기가 전개된다는 사실에 충격을 받는다. 이는 사실상 처음의 의도가 실패했다는 의미다. 이 실패를 지나 계속 나아가자면, 작가는 이야기를 처음부터 새로 구성, 그러니까 '연출'할 수밖에 없다. 이야기의 질적 변화가 생기는 지점이 바로 여기다.

2017년 젊은작가상 후보에 오른 작품들을 읽으면서 작가의 의도가 단 한 번의 실패도 경험하지 않고 결말로 치닫는 소설을 여러 편 발견했다. 말하자면 '연출'의 흔적을 찾아보기 힘들었다. 최근의 사회적 이슈들은 성공적으로 소설화됐다. 하지만 실패의 과정을 거치지 않은 소설은 등장인물들의 복잡한 내면을 드러낼 기회를 충분히 갖지 못했다. 심사 과정에서 어떤 작품을 두고는 SNS상에 떠돌 법한 이야기를 그대로 소설로 만든 것 같다는 비판이 나오기도 했다. 이런 경우라면 작가의 의도는 반드시 실패했어야만 한다. 문학 내부의 관점에서만 따지자면 사회적 이슈가 소설쓰기의 시발점은 될지언정 목적지가 되기는 어렵다.

작가의 의도보다 연출이 더 중요하다는 관점을 취할 때, 소설이 말하는 방식에 관심이 가지 않을 수 없다. 그게 연출이라면 소설의 화자는 일단 심층적 이야기를 감춰야 하고, 그다음에는 감춘다는 사실 자체를 감춰야 한다. 내러티브로 이 일에 공을 들일 때 자연스럽게 문체가 만들어진다. 이번 심사 과정에서 개인적으로 주목한 작품은 꽤 많았다. 그중 의도와 문체라는 관점에서 세 작품만 언급해보도록 하겠다.

천희란의 「다섯 개의 프렐류드, 그리고 푸가」는 성소수자 문제가 전면에 부각된 단편이다. 최근 이를 소재로 한 작품들이 많이 발표

됐다는 사실에서 알 수 있다시피 현재의 뜨거운 관심사라고 짐작된다. 뜨거운 이슈라면 그것을 담아 전달할 그릇에 특별히 공을 들일 필요가 있다. 다른 단편보다 특히 이 단편에서 그런 숙고의 과정이 보였다. 그럼에도 의도된, 다시 말해 충분히 예측 가능한 결말로 향한다는 점은 뜨거운 이슈를 소재로 한 다른 단편들과 크게 다르지 않았다.

김금희의 「문상」은 언뜻 작의가 잘 파악되지 않는 단편이다. 사실 작의가 파악되지 않는 단편은 수두룩하다. 어떤 이유에서 작가의 의도가 가려졌는가 하는 것이 중요하다. 「문상」은 자신만의 문체를 위해, 더 나아가 인물의 복잡한 내면을 확보하기 위해 의도를 감췄다는 생각이 든다. 그러지 않았다면 "희극배우의 말은 정말이었지만, 양은 그런 여자였지만 그 사실이 희극배우의 입에서 나오니까 손쓸 수 없이 비극적으로 느껴졌고 송의 어떤 죄책감을 건드렸다" 같은 문장을 쓰지 못했을 것이다.

임현의 「고두」는 위선적인 남성 화자가 능청스럽게 내는 목소리에 이야기를 잘 싣고 있다. 이야기를 듣는 대상이 존재하기 때문에 이 위선과 능청은 시간이 흐를수록 더 강하게 느껴진다. 이 단편의 장점은 바로 이 과장된 위선과 능청에 있다. 다만 엄청난 사건을 두 가지나 겪은 뒤에도 이 화자의 내면이 잘 보이지 않는다는 점은 아쉬움으로 남는다. 그건 아마도 현재의 사건이 사소한 것이 아님에도 분량상 회고담에 압도당하는 문제와 관련이 있을지도 모르겠다.

김인숙 _소설가

임현의 「고두」를 읽고 '고두'라는 말을 사전에서 찾아봤다. 머리를 조아려 경의를 표하던 예라고, 한국고전용어사전에 나와 있다. 그 뜻은 내게 좀 낯설게 여겨졌다. 사전을 찾기 전에 내가 떠올렸던 단어는 '고두배'이고, 그건 인조가 삼전도에서 청 태종에게 올렸던 절이었다. 나라를 바치는 절, 피눈물의 절, 그러니까 절을 받는 자에게가 아니라 절을 하는 스스로에게. 그리고 중국 역사드라마에서 봤던 수많은 '고두'들. 경의이기도 하겠으나, 비하와 치욕이기도 하고, 때로는 앙심으로도 여겨졌던.

이 소설의 제목은 왜 '고두'여야 했을까. 공립 여자고등학교의 윤리 교사. 그가 학생들에게 가르치는 세상의 윤리, 그리고 그가 믿는, 믿는다고 믿는, 그의 윤리 사이의 위선. 이야기는 매우 위악적으로 흘러간다. 그에게 던져지는 질문에 대해, 주인공이 내놓는 대답은 하나.

어쩔 수 없었단다.

머리를 조아려 경의를 표하며 어쩔 수 없었다고 하는 말과 돌바닥에 이마를 찧어가며 어쩔 수 없다고 말을 하는 것의 사이, 간격. 살아가는 것의, 살아 있는 것의 거짓됨에 대해 '설파'하고 있는 듯한 이 소설은, 그러나, 한 겹을 벗겨놓고 보면, 쓸쓸함으로 다가온다. 누군가의 고두를 지켜보는 자, 내 이마가 아파오는, 말하자면 나의 쓸쓸함. 위선과 위악과 변명과 항변과 어처구니없음과 기막힘 사이에서, 그 삶에서.

한 해 동안 젊은 작가들이 써낸 작품들을 모아 읽을 수 있다는 건 큰 기쁨이다. 호사에 가깝다. 그러니 심사를 한다기보다는, 온전히 독자의 자세가 될 수밖에 없다. 읽기도 전에 두근두근했다. 어떤 작가의 소설은 처음 봤고, 어떤 작가의 소설은 여러 번 보았지만 또 새로웠다. 한 번은 흥분과 더불어 독자의 마음으로, 그다음에는 문학 수업을 하는 자세로, 배우는 마음으로 보았다. 심사하는 사람으로서의 자리에 있기가 매우 어려웠으니, 겨우 한 자리를 보탠 셈이었다고 하겠다.

강화길의 「호수—다른 사람」은 그 단조로운 구조가 자칫 밋밋할 수도 있겠으나, 나는 오히려 그래서 그 긴장을 쫓아갈 수 있었다. 익숙한 공포다. 너무나 익숙해서 바로 내 곁의 것 같은, 그러나 내가 한 번도 가보지 못했던 공간, 마침내 물속. 이렇게 되겠지, 이렇게 흘러가겠지 하면서 닿은 호숫가 물속인데도, 숨막히는 느낌이었다. 주인공의 공포가 아니라 아마도 나의 공포여서였을 것이다.

공포는 멀리 있지 않을 때, 낯설지 않을 때, 그때에 비로소 정말로 무섭다. 익숙한데 이유조차 알 수 없다면 더욱 그러할지 모르겠다. 설명할 수 없는 것, 분석할 수 없는 것. 단지 내가 거기에 있었다는 이유만으로, 그가 나의 지인이었다는 이유만으로, 그래서 털어놓거나 분노조차 할 수 없다는 이유로, 그런데도, 그 변명이 너무나 사소해서 마침내 더욱 끔찍한 폭력이 되는, 그런 소설들. 최은미의 「눈으로 만든 사람」은 그렇게 읽혔다.

최은영의 「그 여름」은 레즈비언들이 주인공이다. 어떤 소설을 이런 식으로 규정하는 것만큼 촌스럽고 무례한 일이 어디 있겠나. 이

김인숙

소설은 Ze, 혹은 0, 혹은 또다른 무엇으로 지칭되는 또다른 젠더, 또다른 세계에 관한 이야기이고, 성장과 사랑에 관한 이야기다. 그도 그녀도 아닌, 그렇다고 결코 그것도 아닌, 그들의 세계. 아무리 이야기를 해도 그들에 대해서는 다 알 수가 없는, 나의 타인에 대해 그러하듯, 나의 지인에 대해서도 그러하듯. 그래서 오히려 이렇게 써야 한다는 생각도 들었다. 다른 얘기를 하는 게 아니라 같은 얘기를 해야 한다고. 한 글자 한 글자 꾹꾹 눌러쓴 듯했다. 그래서 아름다웠다. 이 소설은 단편으로 읽히기보다 짧은 장편으로 읽혔다.

세상이 어수선하고 어지럽다. 그러나, 뭐 안 그런 적이 있었겠나. 그래서 문학은 늘 그 자리다. 비상식적인 것과 어처구니없는 것에 휘둘리지 않고, 그저 미련하게 묻고 또 묻는 것.

일곱 편 안에 들지는 않았으나, 내게 독자의 즐거움을 준 소설들이 많았다. 실험적인 양식이나 문법의 소설들이 더는 '젊지 않거나 젊지 못한 작가'인 내게도 낯섦을 주기보다는 즐겁게 읽혔다는 게, 큰 기쁨이었다. 이해할 수 없을 것 같은 지점에서 느닷없이 느껴지는 흥분, 방금 전 뭐가 날 건드렸는데, 그게 뭐였지? 두근두근하는 기분.

이런 표현이 맞는가는 모르겠는데, 전통적인 서사 속에서 잔잔하게 흘러가다가 다 읽고 나니 더한층 잔잔해지는, 그런 소설도 있다. 그리고 그런 소설은 언제나 뒤가 길게 남는다. 백수린의 「고요한 사건」은 그야말로 고요하고, 다 읽고 나니 더 고요하다. 그런데 뭘 봤을까. 창문 밖으로, 눈 내리는 밤 말고, 뭘 더 봤을까.

오늘도 여전히 어쩔 줄을 모르고 있는 내게, 한밤중 눈 내리는 밤을 내다보게 해준, 젊은 작가들의 모든 작품에 깊이 감사를 드린다.

남진우 _시인, 문학평론가

열아홉 편으로 압축된 후보작을 읽고 그중 다시 일곱 편의 수상작을 선별해내는 이번 심사에서 특히 흥미로웠던 것은 절대다수의 작가들이 여성이었다는 점이다. 이는 젊은 층으로 내려갈수록 문학을 공부하고 창작하는 인구의 다수를 여성이 점유하고 있는 현실을 반영하고 있으며 이런 현상은 한동안 더 가속화될지 모른다는 추측을 가능하게 했다. 그 여파인지는 알 수 없으나 레즈비언 서사라고 부를 만한 경향의 작품이 부쩍 늘어난 것도 시선을 끌었다. 한국문학에서 그동안 산발적으로 조심스럽게 다루어져온 이 주제가 이제 상당히 심도 있게 검토되고 다양한 각도에서 본격적으로 성찰되고 있는 징후로 받아들여졌다.

후보작으로 올라온 열아홉 편의 문학적 수준에 대해 언급하자면, 물론 뛰어난 작품도 있었지만, 전반적으로 조금 실망스러운 편

남진우

이었다고 하는 게 솔직한 반응일 것이다. 대여섯 편은 왜 이런 정도의 작품이 후보가 되었는지 의아스러운 느낌을 불러일으켰다. 그리고 무엇보다 이 세대를 대표하는 작가로 어느 정도 공인된 작가의 최근작들이 이렇다 할 매력을 보여주지 못해 선정 과정에서 자연스럽게 제외된 것도 특기할 만한 점이다. 그 어떤 작가라 하더라도 발표하는 모든 작품마다 능력의 최대치를 구현할 수는 없겠지만 한창 기대를 받고 있는 젊은 작가일수록 더 많은 비판의 시선에 노출될 수밖에 없으며 자신의 이전 작품과도 비교돼 평가된다는 점을 도외시하지 말기를 바란다.

그런대로 일곱 편의 수상작을 선정하는 데는 쉽게 합의할 수 있었다. 작품들에 대한 간략한 독후감을 남긴다.

강화길의 「호수—다른 사람」. 반복되는 묘사로 서정적 분위기를 조성하는 능력이 돋보이는 소설이었다. 성폭력과 여성들 간의 유대라는 익숙한 소재를 침착하게 밀고 나간 작품이었다. 결말 처리가 상대적으로 아쉬웠는데 어쩌면 그것은 이런 소재의 이야기로선 불가피한 선택이었을 수도 있다는 생각이 든다.

김금희의 「문상」. 제목 그대로 지방 도시에 문상 가 보고 겪은 일을 따라가는 형식의 소설이다. 지루하고 뻔한 과정의 기록인 듯하면서도 삶의 페이소스를 놓치지 않고 포착하는 작가의 예리한 시각을 곳곳에서 감지할 수 있는 수작이었다. 특히 초점인물인 희극배우의 캐릭터가 묘하게 울림이 있었다.

백수린의 「고요한 사건」. 소녀 시절을 다룬 전형적인 여성 성장소설. 눈 내리는 장면을 포함해서 여러 곳에서 아름다운 그림을 간직한 작품이었다. 삶을 소리없이 마모시키는 시간의 흐름에 대한 우수 어린 묘사가 인상적이었다. 표면적으로 별다른 사건이 벌어지지 않는 가운데 재개발 지역에서 흔히 마주할 수 있는 계층 문제를 은밀히 환기시키고 있다.

임현의 「고두」. 고등학교 윤리 선생을 서술자로 하고 있는 이 작품은 한 인간의 자기기만이 얼마나 지독한 수준에 이를 수 있는가를 역으로 드러내 보인다. 어떻게든 자신을 옹호하려고 하는 서술자의 집요한 노력은 그가 얼마나 이율배반적이고 자기중심적이며 위선적인 존재인지를 선명하게 부각시킨다. 사과와 용서의 진정성이라는, 우리 시대의 주요한 화두이기도 한 문제를 다시금 곱씹게 만드는 힘을 발휘하는 작품이다.

천희란의 「다섯 개의 프렐류드, 그리고 푸가」. 자살한 것으로 알려진 어머니를 둔 주인공과 그녀의 후견인 역할을 하는 여성이 주고받는 서간체 형식의 소설. 거짓말과 착각, 사랑과 배신에 관련된 다양한 에피소드를 담고 있는 이야기도 흥미롭지만 마지막 반전에 이르러 드러나는 인간의 내면에 대한 냉혹한 시선이 강한 여운을 남긴다.

최은미의 「눈으로 만든 사람」. 근친 사이에 일어나는 성폭력과 그것이 남긴 후유증이 대를 이어 지속되는 과정을 다룬 작품. 따스

한 동화적 분위기로 시작한 소설은 후반부로 갈수록 가족이란 외피 속에 숨어 있는 참을 수 없는 폭력과 곤혹의 흔적에 직면하도록 만든다. 껄끄러운 소재인데도 이 정도 흡인력 있는 이야기로 만들 수 있었던 것은 때로 살벌하게 느껴질 정도로 멋부리지 않는 작가의 문체에 힘입은 바 클 것이다.

최은영의 「그 여름」. 레즈비언 멜로드라마라 부를 수 있는 내용의 작품이었다. 다루는 소재는 이색적이지만 형상화 방식은 전통적이고 정통적이라 할 만큼 익숙한 서사 형태를 취하고 있다. 모든 인간의 사랑이 그러하듯이 두 여성의 사랑에도 자잘한 다툼과 오해, 침묵, 변화가 뒤따른다. 순진한 무지의 상태에서 환멸에 찬 자기 인식의 단계로 이행하는 삶의 여정을 이 작품은 담담하게 펼쳐 보인다. 아마도 이 소설은 본격적인 장편으로의 개작도 고려해볼 만하다고 여겨진다.

대상 수상작은 임현의 「고두」로 결정되었지만 그 영광은 나머지 여섯 작가의 작품 어느 것에 돌아가도 되었을 것이라고 생각한다. 수상자의 행운에 축하를 보내며 한국문학의 내일을 짊어지고 분투하고 있는 젊은 작가 모두에게 충심으로 응원의 인사를 전하고 싶다.

하성란 _소설가

심사가 끝나고 오랫동안 머릿속을 떠나지 않은 것은 아쉽게도 수상작이 되지 못한 김희선의 「골든 에이지」가 던진 질문이었다. 왜 그때여야 했을까. 소설에는 한 순간을 반복해 사는 삶을 택한 늙은 열쇠수리공이 등장한다. 그가 되풀이해 살고 있는 순간은 하나뿐인 손주가 막 수학여행을 떠나는 때다. 왜 하필 그때일까. 참사 훨씬 이전으로 거슬러올라갈 수도 있었을 텐데. 그 시간은 수학여행에 대한 기대로 들뜬 손주와 그런 손주를 보며 행복해하는 그, 둘 모두에게 행복한 시간이다. 그래서 그때를 살면서도 그는 종잡을 수 없이 흐르는 눈물에 당황하는 것이다. 2014년 젊은작가상 심사에 참여했었다. 열기로 차올랐던 현장을 기억한다. 불과 석 달 뒤에 일어난 일에 대해서는 알지 못했다. 이번 심사가 좀더 각별했던 것은 이 소설들이 그 이후에 쓰였기 때문이다. 기억을 놓지 않으면서 그 이후를 나아가야 하는 젊은 작가들의 고군분투 때문이다.

가만히 있으라고 한 것은 비단 기우는 배에서만이 아니었다. 이유 없는 폭력 앞에서도 "나는 가만히 서 있었다. 어느 순간 갑자기 앞이 하얗게 번쩍였다. 나는 가만히 있었다. 바닥에 쓰러졌을 때도, 그 이후에도 가만히 있었다. 습관이었다". 강화길의 「호수—다른 사람」은 이렇듯 남성의 폭력을 묵인하고 회피해온 '나'가 누군가에게 폭행을 당해 혼수상태에 빠진 친구의 연인인 '이한'의 부탁으로 사고 현장인 호수를 찾아가는 것으로 시작한다. 백구십 센티미터에 가까운 키의 건장한 남자의 일거수일투족은 서서히 '나'를 공포로 옥죄어오는데, 강화길은 이한의 이런 행동들이 위협인지 배려인지 잘 구분하지 못하는 '나'의 심리를 몽환적이면서도 섬뜩하게 그려낸다. 소설의 결말, 호수 바닥에 박힌 딱딱하고 날카로운 무언가를 확인한 '나'가 이한을 마주보고 "해야 할 일을 했다. 그래야 할 것 같았다"라고 말하는 부분은 모호하지만 더는 가만히 있지 않겠다는 의지의 표현인 것만은 확실하다. 이렇게 하기까지 긴 시간이 필요했고 「호수—다른 사람」의 '나'에 이르러 비로소 시작되었다.

최은미의 「눈으로 만든 사람」에도 약자를 향한 폭력이 등장한다. 짧은 도입부를 지나면 "백은호와 백아영은 나란히 앉아 있었다"라는 문장을 만나게 된다. '남편과 딸은 나란히 앉아 있었다'라고 하면 단숨에 이해될 관계를 최은미는 결혼식장 하객들 속에서 가족과 친척의 이름을 하나하나 호명한다. 그리고 그 가계도가 눈에 그려질 무렵 오랫동안 감춰진 폭력이 느닷없이 폭로된다. 이 소설의 묘미는 폭력의 당사자인 '작은 작은아버지'의 고백이다. 조카에게 용서를 구하면서도 자신에게 내린 죄의 대가가 너무 가혹하다는, 실소를 터지게 하는 한마디는 뼈와 살의 인간이 흔적없이 사라지는 눈사람만큼 허망한 존재라는 사실을 새삼 확인하게 한다.

심사중에 '레즈비언 소설은 레즈비언이 써야 하는 것 아닌가'라는 물음이 나온 것은 선고심을 거쳐 올라온 소설들 중 동성애를 소재로 한 작품이 많았기 때문이었다. 단순히 소재주의로 흐를 것을 경계한 말이었다고 생각한다. 심사를 했던 동료 작가의 말처럼 많은 소설들이 1980년대의 퀴어소설을 답보하고 있는 듯한 느낌을 주었던 것도 사실이다. 천희란의 「다섯 개의 프렐류드, 그리고 푸가」는 레즈비언인 '작가'와 그녀의 죽은 연인의 딸이 주고받는 서신으로 이루어진 소설이다. '작가'가 자신의 마지막 책에 써넣은, '절대로 쓰고 싶지 않은 이야기란 쓸 수 없는 이야기'라는 문장을 중심으로 소설은 전개되는데 이 문장이 해석되는 순간 감춰진 진실이 드러난다. 하지만 이 소설이 말하고 싶은 것은 '모든 사랑은 언젠가 깨지고 부서질 수 있기 때문에, 어떤 사랑이라도 사랑하는 순간만큼은 특별하다는 걸 잊었다'는 '작가'의 고백일 것이다. 이 고백이 이 소설이 말하고자 하는 바이고 위의 질문에 대한 대답이 되리라는 생각이 든다. 답보의 자리에서 이제 이만큼의 자리까지 왔노라는.

하성란

최은영의 중편 「그 여름」을 나는 단숨에 읽었다. 레즈비언인 '이경'과 그녀의 시선으로 '수이' '은지'와의 사랑을 보여주는 이 소설은 애당초 사회적인 편견과 그로 인한 갈등은 생략하고 오로지 이경, 수이, 은지 세 사람의 관계에만 집중한다. 이 작가의 장점이 공감하려는 데 있다는 말에 동의한다. 이경은 수이를 이해하려 애를 쓴다. 자신과는 다른 세계에 살고 있는 수이의 삶과 좌절에 가닿으려고 노력한다. 그러나 결국 둘 사이의 계층이 다르다는 것만 확인할 뿐이다. 나는 이 소설이 이경이 아닌 수이의 시점에서 쓰였다면 어떤 소설이 되었을까, 궁금하다. 그 여름이 수이의 프리즘을 통과했더라도 이렇듯 맑고 쓸쓸한 풍경이었을까. 이것은 그저 소수의 의견일 뿐이다. 이번 소설들 대다수가 소수와 약자에 관한 소설이었으니 여기 소수의 의견도 슬쩍 보태본다.

세상의 모든 경계를 허물어뜨리면서 백수린의 「고요한 사건」에서는 눈이 내린다. 눈이 내리지 않는 고장에서 서울의 재개발 지역으로 이사 와 하루하루를 견디고 있는 '나'가 그토록 눈을 바란 것은 그 때문이 아니었을까. 소설을 읽는 내내 독자인 나는 소설 속 '나'가 문을 열고 밖으로 나가 죽은 고양이를 묻어주기를 응원했다. 결국은 문안에 서 있게 되리라는 것, "평생 이렇게, 나가지 못하고 그저 문고리를 붙잡은 채 창밖을 기웃거리는 보잘것없는 삶을 살게 되리라는 사실"을 알아버린, 매번 그때의 추억을 소환해서 몇 번이고 생각해도 여전히 문밖으로 나가지 못할 거라는 태생의 한계에 대해 고백하는 이 문장이, 왜 이렇게 쓸쓸히 다가오는지 모르겠다. 그래서 그날 밖으로 나가 흰 눈 위에 자신의 발자국을 찍어놓으라는 처음의 주문을 슬그머니 접는다.

김금희의 「문상」은 작가의 이름을 가리고 읽었대도 김금희의 소설이라고 알아챘을 만큼 작가의 장기가 골고루 녹아들어간 소설이었다. 이 작품의 발견이라면 단연 '조용히 우는 사람'이 아닐까. 소설 전면에 등장하지 않으면서도 '양'이라는 호칭 때문에 마치 양처럼 조용히 울 것 같은 양. 그런 양의 모습을 알아봐준 희극배우의 다른 면모를 발견하는 것도 흥미로웠고 전 애인의 그 모습을 다른 남자가 알아챘다는 것에 질투하는 '송'의 모습에도 웃음이 나왔다. 조용히 우는 사람들은 어떤 사람들일까. 왜 조용히 우는 걸까. 보일 듯 말 듯 어깨로 우는 사람. 김금희는 이로써 자신의 개성적인 인물들 옆에 또하나의 인상적인 인물을 세워놓았다.

너무도 익숙해서 자칫 진부하게 느껴질 수도 있을 이야기임에도 나는 망설임 없이 임현의 「고두」에 손을 들었다. 한 문장 한 문장 벽돌을 쌓듯, 이 성실한 벽돌공은 이 일밖에는 모르는 듯하다. 집요함으로 마치 소설의 육체를 쌓듯, 한 장씩 한 장씩. 그가 그렇게 쌓아올린 벽돌이 마지막 "그게 나라고 뭐 달랐겠니"라고 말하는 한 남자의 자기변호를 위해 필요했다는 것을 아는 순간, 이 벽돌은 요지부동의 괴물 같은 존재가 되어버린다. 평생을 변명과 회피로 살아온 노회한 자의 누르스름한 눈빛이 끈덕지게 달라붙어 묻는다. 그러는 너라면 어떻게 했겠니? 그러는 너라면? 결국 나는 알게 된다. 나라고 소설 속 그와 다르지 않다는 것을, 그래서 "나라고 별수 있었겠니"라는 말을 하게 되리라는 것을. 성실한 줄만 알았던 임현에게서 노련함까지 발견하는 순간이다.

문학동네 젊은작가상 수상작품집
2017 제8회 젊은작가상 수상작품집

1판 1쇄 2017년 4월 7일
1판 8쇄 2020년 10월 30일

지은이 임현 최은미 김금희 백수린 강화길 최은영 천희란
펴낸이 염현숙
책임편집 정은진 | 편집 김내리 이성근 이상술
디자인 김마리 유현아 | 마케팅 정민호 박보람 우상욱 안남영
홍보 김희숙 김상만 지문희 김현지
제작 강신은 김동욱 임현식 | 제작처 영신사

펴낸곳 (주)문학동네
출판등록 1993년 10월 22일 제406-2003-000045호
주소 10881 경기도 파주시 회동길 210
전자우편 editor@munhak.com | 대표전화 031) 955-8888 | 팩스 031) 955-8855
문의전화 031) 955-3576(마케팅) 031) 955-8864(편집)
문학동네카페 http://cafe.naver.com/mhdn | 트위터 @munhakdongne

ISBN 978-89-546-4499-0 03810

* 이 도서의 국립중앙도서관 출판예정도서목록(CIP)은 서지정보유통지원시스템 홈페이지(http://seoji.nl.go.kr)와 국가자료종합목록 구축시스템(http://kolis-net.nl.go.kr)에서 이용하실 수 있습니다.(CIP 제어번호: 2017006748)

잘못된 책은 구입하신 서점에서 교환해드립니다.
기타 교환 문의 031) 955-2661, 3580

www.munhak.com